이탈리아 기행 2

Italienische Reise

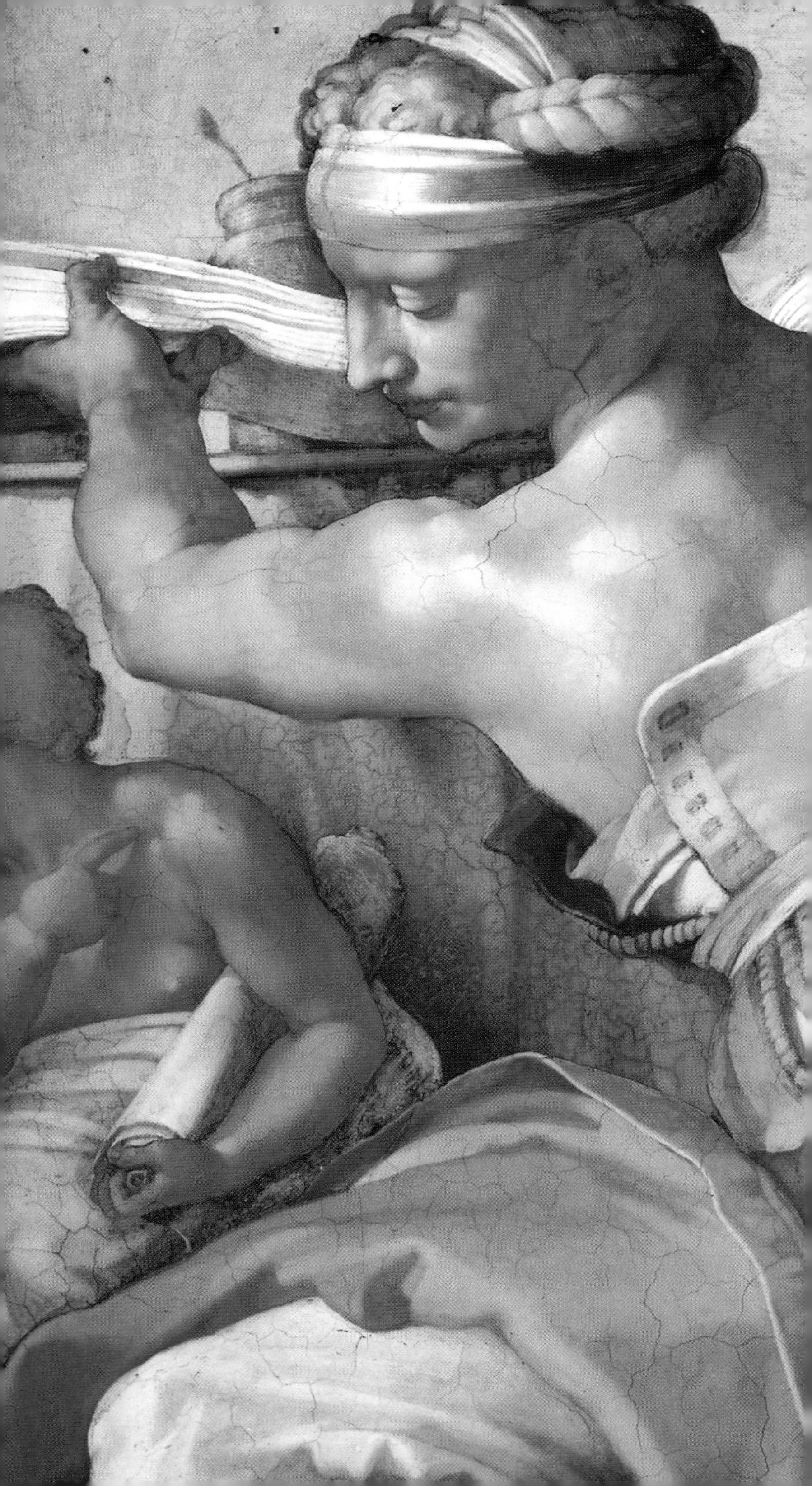

베르나르도 벨로토(Bernardo Bellotto, 1721~1780), 콜로세움 전경 ©

하스파르 반 비텔(Gaspar van Wittel, 1653~1736), 콜로세움

미켈란젤로(Michelangelo
di Lodovico Buonarroti Simoni,
1475~1564),
리비아의 무녀(부분), 1511
시스티나 예배당 원형 천장, 바티칸

로마 판테온 내부, 서기 125년경 건축 ⓒ
괴테는 로마에 도착한 이래 그 도시의 아름다움에 매료됐다.
“만월의 달빛 아래 로마를 거니는 아름다움은 실제로 본 사람이 아니면 상상할 수 없다.”

위 **라오콘 군상, 비오 클레멘티노 박물관, 벨베데레 정원, 바티칸**
아래 **미켈란젤로, 피에타(1499), 산피에트로 대성당, 바티칸**

바티칸 산피에트로 대성당 광장 ⓒ
광장은 베르니니(Gian Lorenzo Bernini, 1598~1680)가, 돔과 탕부르는 미켈란젤로가 설계했다.
괴테는 1786년 11월 처음으로 로마에 입성했다. “드디어 나는 세계의 수도에 도착했다!”

로마 포로로마노 ⓒ
7개의 구릉이 빙 둘러싼 작은 계곡으로 종교, 시민 생활, 상업의 중심지였다.
괴테는 로마의 유적지를 찾아다니며 고전 예술을 열심히 탐구했다.
"간절히 바라고, 노력하고, 어린애처럼 한 발짝 한 발짝 새로 시작하고 있다."

위 **괴테, 로마 포르타 델 포폴로**
아래 **괴테, 보르게세 별장 주변**

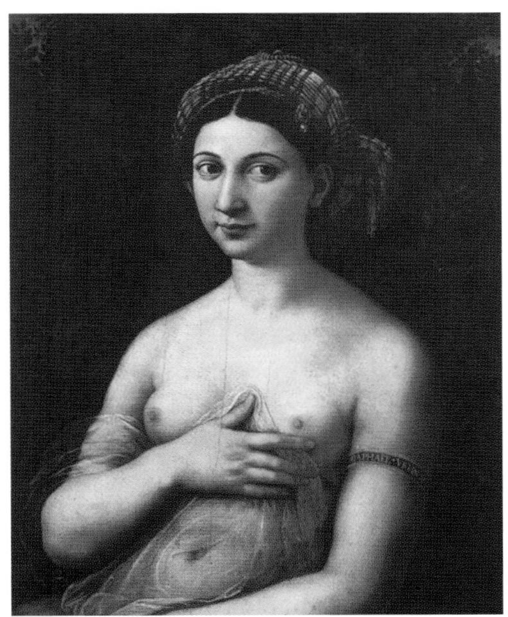

위 **라파엘로**(Sanzio Raffaello, 1483~1520), **그리스도의 변용**(1516~1520), **바티칸 미술관, 로마**

아래 **라파엘로, 라포르나리나**(1518~1520), **바르베리니 궁전, 로마**

로마의 아피아가도 ⓒ
기원전 3~2세기에 건설된 도로로, 로마에서 이탈리아 최남단 브린디시까지 뻗어 있다.

로마의 스페인 광장 계단 ⓒ
트리니타 데이 몬티 성당(계단 정상에 보이는 건물)과 지상에 있는 로마 주재
부르봉-스페인 대사관을 연결하기 위해 조성한 광장과 계단이다. 1725년 개통되었다.

시칠리아 타오르미나의 원형극장 유적 ⓒ
괴테는 1787년 5월 이곳에 들렀다가 자연과 인공이 절묘하게 결합된 건축 양식에 감탄했다.

시칠리아 시라쿠사 해변 ⓒ

괴테는 시칠리아를 떠나기 전 이 지역의 그리스 유적을 보길 원했으나 여정상 행로를 변경했다.

시칠리아 몬레알레 성당의 기둥 ⓒ
1787년 4월 괴테는 이 근방의 수도원을 방문하여 귀중한 유물을 감상했다.

세제스타 신전 ⓒ
기원전 5세기경 지어진 그리스식 신전이다.

시칠리아 바게리아에 있는 팔라고니아 공자의 저택 ⓒ
괴테는 1787년 4월 여기를 방문했다.

시칠리아 팔레르모 대성당 파사드 ⓒ
괴테는 1787년 4월 팔레르모에서 이렇게 말했다.
"시칠리아 없는 이탈리아란 우리들 마음에 아무런 심상도 만들어내지 못한다.
시칠리아야말로 모든 것을 푸는 열쇠를 가지고 있다."

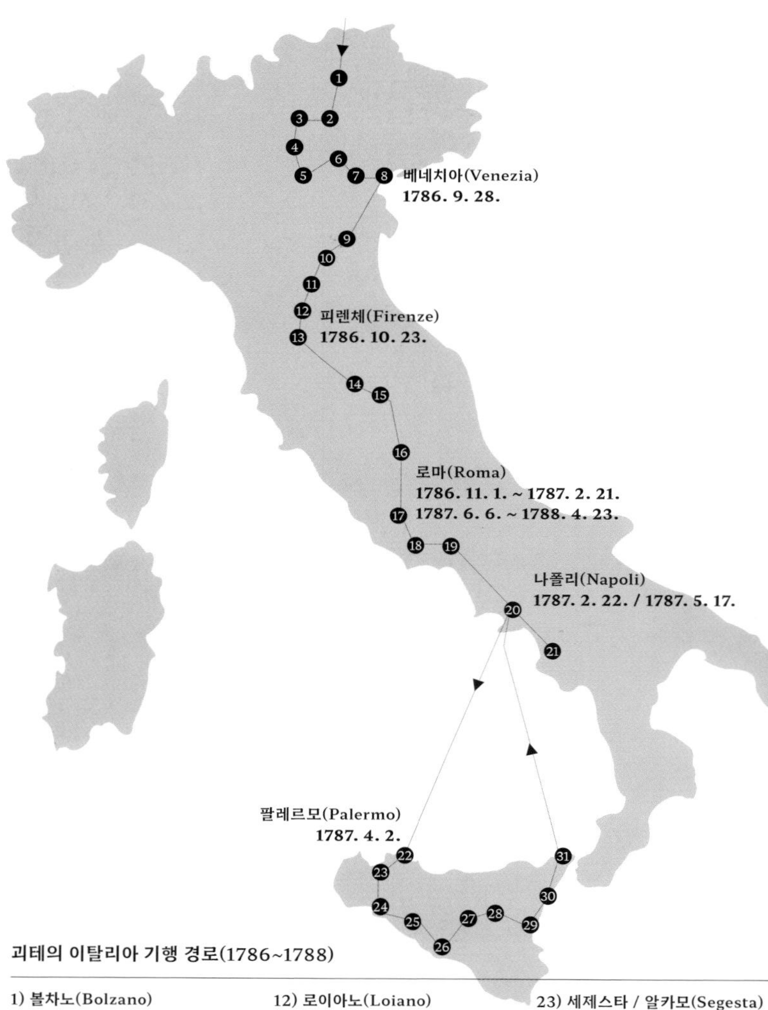

괴테의 이탈리아 기행 경로(1786~1788)

1) 볼차노(Bolzano)
2) 트렌토(Trento)
3) 토르볼레(Torbole)
4) 말체시네(Malcesine)
5) 베로나(Verona)
6) 비첸차(Vicenza)
7) 파도바(Padova)
8) 베네치아(Venezia)
9) 페라라(Ferrara)
10) 첸토(Cento)
11) 볼로냐(Bologna)
12) 로이아노(Loiano)
13) 피렌체(Firenze)
14) 페루자(Perugia)
15) 아시시(Assisi)
16) 테르니(Terni)
17) 로마(Roma)
18) 벨레트리(Velletri)
19) 폰디(Fondi)
20) 나폴리(Napoli)
21) 파에스툼(Paestum)
22) 팔레르모(Palermo)
23) 세제스타 / 알카모(Segesta)
24) 카스텔베트라노(Castel Vetrano)
25) 시아카(Sciacca)
26) 아그리젠토(Agrigento)
27) 칼타니세타(Caltanisetta)
28) 엔나(Enna)
29) 카타니아(Catania)
30) 타오르미나(Taormina)
31) 메시나(Messina)

세계문학전집 106

이탈리아 기행 2

Italienische Reise

요한 볼프강 폰 괴테

박찬기, 이봉무, 주경순 옮김

민음사

일러두기

1 인명은 통치 지역이나 활동 국가보다는 혈통을 우선하여 썼다. 예: 빌헬름(독), 굴리엘모(이), 윌리엄(영). 창작된 인물명의 경우, 괴테의 작품 속 등장인물을 가리킬 때는 독일어로, 그리스 신화의 인물을 지칭할 때는 그리스어로, 로마 신화를 특정한 경우에는 라틴어로 표기했다. 예: 제우스(그), 유피테르(라). 지명의 경우, 18세기 기준으로 독일어권에 속했던 지역명은 괴테가 사용한 독일어 표기를 주로 썼고, 이탈리아의 지명은 독자가 괴테의 이동경로를 쉽게 파악할 수 있도록 현대의 지명을 주로 썼다. 단, 오늘날에 이미 고유명사 표기가 굳어진 경우는 우리말로 번역하지 않고 원어를 그대로 썼다. 예: 성 베드로 대성당 → 산피에트로 대성당. 그 밖에 외래어 표기는 표준국어대사전의 외래어표기법을 따랐다.
2 이 책은 *Italienische Reise*(1964, Hamburg, Christian Wegner Verlag)를 저본으로 번역했다.
3 본문의 각주는 모두 옮긴이 주이다.

차례

2부 나폴리와 시칠리아에서(계속)

3부 두 번째 로마 체류기

1권 차례

1787년 4월 28일, 토요일, 칼타니셋타

오늘에 이르러서야 비로소 우리는 말할 수 있다. 시칠리아가 어떻게 해서 이탈리아의 곡창이라는 명예로운 칭호를 획득할 수 있었는지 명확한 대답을 얻었다고. 아그리젠토를 떠나서 조금 가면 풍요한 토지가 전개된다. 큰 평야는 아니지만 완만하게 서로 대치하고 있는 연이은 산이나 언덕 등성이 곳곳에 밀이나 보리가 심겨 있어서 풍요로운 광경을 끊임없이 제공해 준다. 이들 식물에 적합한 토지는 한 그루의 나무도 볼 수 없을 정도로 이용되고 잘 손질되어 있으며, 작은 촌락이나 가옥은 모두 언덕 등성이 위에 산재해 있는데, 그곳은 석회암의 열이 뻗쳐 있어서 집을 짓는 것밖에는 달리 용도가 없는 땅인 것이다. 여자들은 1년 내내 이 땅에 살면서 실을 뽑고 피륙을 짜는 일에 매달리고 있다. 이에 반해 남자들은 농번기에

토요일과 일요일을 부인과 함께 지낼 뿐, 다른 날에는 아래쪽에 머물며 밤에는 오두막으로 돌아간다. 이렇게 해서 우리의 희망은 충분히 채워졌다. 오히려 이 단조로움에서 탈출하기 위해 트리프톨레모스[1]의 익차(翼車)를 갖고 싶다고 생각했을 정도다.

우리는 태양이 이글거리는 가운데 삭막하지만 풍요로운 이 땅을 지나서 말을 몰아, 마침내 지형으로 보나 건축으로 보나 훌륭한 칼타니셋타의 거리에 도착한 것을 기뻐했지만, 참을 수 있을 법한 여관은 아무리 찾아도 없었다. 나귀는 훌륭한 둥근 천장이 있는 마구간에서 쉬고, 하인들은 말에게 먹이는 클로버더미 위에서 자는데 여객은 지낼 만한 공간을 만들어야 했다. 그리고 방으로 옮기려고 해도 먼저 청소를 해야만 했으며, 의자도 걸상도 없어서 튼튼한 나무로 된 낮은 받침대에 앉아야 하는 데다 테이블도 없었다.

높은 쪽의 나무 받침대를 침대 다리로 사용하려면 목공소에 가서 필요한 만큼의 널빤지를 얼마간의 돈을 주고 빌려 와야 한다. 하케르트가 빌려준 큰 러시아산 가죽 부대는 이번에 무척 도움이 되어서, 여기에다 짚 썬 것을 집어넣어 급한 대로 쓰기로 했다.

하지만 무엇보다 먼저 식사 준비를 하지 않으면 안 되었다. 우리는 오는 도중에 암탉을 한 마리 사두었으며, 마부가 나가

---

1) 대지의 여신 데메테르/케레스에게 농경술을 전수받아 농업의 신으로 추앙된 인물로, 날개 달린 수레를 타고 다닌다.

서 쌀과 소금과 양념을 구해 왔지만 그도 이곳은 처음이기 때문에 어디서 요리를 해야 할지 한동안 난감해했다. 여관에도 그런 설비는 없었다. 결국 나이 지긋한 이 지방 사람이 한 명 나서서 부엌과 땔감, 부엌 용구와 식기를 싼 비용으로 빌려주고, 게다가 요리가 다 될 때까지 거리를 안내해 주기로 했다. 안내를 받아 마지막에 간 곳은 시장이었는데, 거기에는 이 도시의 존경받는 인사들이 고대의 풍습 그대로 둘러앉아서 여러 가지 이야기를 주고받고 있었으며 또 우리의 이야기도 듣고 싶어 했다.

우리는 프리드리히 대왕에 관해 이야기하지 않으면 안 되었다. 이 위대한 왕에 대한 그들의 관심이 너무도 깊어서 우리는 대왕의 서거를 숨겼다.[2] 이것을 알림으로써 여관 주인이 우리를 싫어할까 두려웠기 때문이다.

지질학적인 관찰 몇 가지를 첨가한다. 아그리젠토로부터 패각석회암을 내려가면 희끄무레한 지면이 나타난다. 이것은 옛날의 석회암이 다시 나타나면서 그것에 부착된 석고라는 것이 나중에 판명되었다. 널따랗고 평평한 골짜기는 정상 부분에서도 경작이 이루어지고 있으며, 때로는 그 너머까지 뻗쳐 있는 경우도 있다. 오래된 석고암에는 풍화되기 쉬운 새 석회암이 나타난다. 갈아놓은 밭을 보면 거무스름하고, 때로는 자색을 띠고 있는 석회암의 색조를 확실하게 구별할 수 있다. 노

2) 프리드리히 대왕은 1786년 8월 17일에 서거했다. 1권 278쪽 참조.

정의 반쯤 갔을 때 석고암이 다시 나타났다. 그 석고암 위에는 거의 장미의 붉은색에 가까운 아름다운 보라색 꿩의비름이 무성한 것을 볼 수 있었으며 석회암에는 예쁜 황색 이끼가 껴 있었다.

이 풍화된 석회암은 자주 나타나는데, 칼타니셋타 부근에서 가장 현저하여 여기서는 층을 형성하고 있고 그 속에는 두세 개의 조가비가 들어 있다. 그리고 거의 연단과 같은 붉은색이 낀 것도 보이는데 이전에 산마르티노 부근에서 보았던 것 같은 엷은 자색을 나타내는 것도 있다.

석영 표석은 노정 중간쯤에서 세 방향이 막혀 있고 동쪽, 즉 바다를 향한 쪽만이 열려 있는 것을 어느 작은 골짜기에서 보았다.

좌측 멀리 있는 캄마라타 근처의 높은 산이 눈길을 끌었고, 또 다른 산은 머리 쪽이 잘린 원추형 같았다. 길에는 나무가 거의 보이지 않는다. 곡물은 훌륭한 작황이고, 아그리젠토나 해안에서만큼 키가 크지는 않지만 그래도 고루 잘 자라고 있다. 멀리까지 이어진 밀밭에는 잡초가 전혀 없었다. 처음에는 푸릇푸릇한 밭밖에 눈에 보이지 않았는데 점점 잘 갈아놓은 밭이 보이고 물기가 있는 곳에는 약간의 초지가 있었다. 여기에는 포플러도 보인다. 아그리젠토 바로 뒤에는 사과와 배나무가 있고, 그 밖에 언덕이나 작은 촌락 부근에는 무화과가 조금 있었다.

좌우로 보이는 것 모두를 포함해서 30밀리오[3] 이내는 신구의 석회암으로 형성되어 있고 그 안에 석고암이 섞여 있다. 이

셋이 풍화하여 서로 혼합된 덕분에 이 지방의 토지가 비옥한 것이다. 입에 넣고 씹어도 자글거리지 않는 것을 보면 모래는 거의 섞여 있지 않은 모양이다. 아카테스강에 관한 어떤 가설이 있는데 그건 내일 증명하기로 하자.

골짜기는 아름다운 형세고, 완전히 평탄하다고 할 수는 없지만 그래도 빗물이 흘렀던 자국은 발견되지 않는다. 모든 물길은 곧장 바다로 흘러든다. 빨간 클로버는 거의 볼 수 없다. 키가 낮은 야자도, 서남쪽에 보였던 꽃도 관목도 사라져버린다. 다만 엉겅퀴만이 제멋대로 길에 우거졌고 그 밖의 것은 모두 케레스 여신에게 속하는 곡물이다. 여하튼 이 지방은 독일의 언덕이 많은 풍요한 지방, 예를 들자면 에르푸르트와 고타 사이, 특히 글라이헨 같은 곳과 많은 점에서 유사하다. 시칠리아를 세계에서 가장 풍요한 지방의 하나로 만들기 위해서는 매우 많은 요건이 갖추어져야 했던 것이다.

길 가는 도중에 말은 거의 보이지 않는다. 이 지방 사람들은 농사에 수소를 사용하며, 암소나 송아지는 도살해서는 안 된다는 금지령이 있을 정도다. 산양, 나귀, 노새는 많이 만났다. 말은 대체로 발과 갈기가 까맣다. 훌륭한 마구간들은 말이 자는 곳 바닥을 돌로 깔아주었다. 누에콩이나 편두를 심기 위해서 땅에는 비료를 주고, 여름에 성숙하는 작물이 익으면 그 뒤에 다른 농작물을 재배한다. 이삭이 갓 팬, 아직 파란 보리를 단으로 묶고, 빨간 클로버도 마찬가지로 다발로 묶어서,

3) Miglio. 마일에 해당하는 이탈리아의 옛 거리 단위로, 약 1.48킬로미터다.

말을 타고 여행하는 사람들에게 매물로 제공한다.

칼타니셋타 위에 있는 산에서 화석을 포함하고 있는 견고한 석회암을 발견했다. 큰 조가비의 화석은 아래쪽에, 작은 것은 위쪽에 들어 있었다. 우리는 이 작은 도시의 포석 중에서도 국자가리비의 화석이 들어 있는 석회암을 발견했다.

1787년 4월 28일, 덧붙임

칼타니셋타를 지나자 언덕은 급경사를 이뤄 여러 가지 모양을 한 골짜기가 되고, 골짜기에서 흐르는 물은 살소강으로 흘러든다. 토지는 붉은색을 띠고 다량의 점토를 포함하고 있으며, 대부분은 미경작 상태지만 경작되고 있는 부분은 곡물이 상당히 영글었다. 하지만 앞서 본 지방에 비하면 한참 뒤떨어진다.

1787년 4월 29일, 일요일, 엔나에서

전날 보았던 것보다 더 풍요하고 인가가 드문 곳을 우리는 보아야 했다. 비가 내리는 데다가 물이 많이 불어난 강을 건너가야 하기 때문에 여행은 매우 불유쾌했다. 살소강에서 다리를 찾았으나 보이지가 않았는데, 그 대신 우리는 신기한 방법을 보고 크게 놀랐다. 건장한 남자들이 기다리고 있다가 두 사람씩 짝을 지어 손님과 짐을 실은 노새를 가운데 끼고 강물 깊은 곳을 지나 큰 모래밭까지 운반해 가는 것이다. 그리고 모두들 모래밭에 도착하면 다시 같은 방법으로 강의 두 번째 분류(分流)를 건넌다. 방금 전처럼 마찬가지로 받쳐주고 밀어주고 해서 노새가 물살에 떠내려가지 않고 똑바로 나아가게 하는 것이다. 강가에는 얼마간의 수풀이 있으나 강가를 떠나면 곧 보이지 않는다. 살소강은 화강암, 편마암으로의 과도기의 암석, 그리고 각력(角礫) 대리석, 단색 대리석 등을 날라 온다.

다음에는 고립되어 있는 봉우리가 눈앞에 보였는데, 이 꼭대기에 엔나의 도시가 형성되어 있기 때문에, 봉우리는 주위의 경치에 장중하고 야릇한 특징을 부여하고 있다. 산 중턱을 따라 길게 뻗어 있는 길로 말을 몰고 들어갔을 때 이 산이 패각석회로 되어 있다는 것을 알았다. 크고 석회화한 조가비만을 꾸려서 실었다. 봉우리 정상에 도달하기 전에는 엔나는 보이지 않는다. 도시가 바위산의 북쪽 사면에 있기 때문이다. 이 이상한 도시 자체와 탑, 왼편으로 좀 떨어진 곳에 있는 작은 촌락 칼라시베타[4] 등은 실로 엄숙하게 서로 대치하고 있다. 평지에는 콩이 만개한 꽃을 피우고 있었지만 이런 광경을 즐기고 있을 때가 아니었다! 길은 지독하게 나쁘고 이전에 돌로 깔았던 것이라 더욱 고약한 데다 끊임없이 비가 내리고 있는 것이다. 고대의 엔나 거리는 극히 불친절하게 우리를 맞아주었다. 회반죽을 바른 바닥에 판자를 둘러친 방에는 창문이 없었기 때문에 우리는 암흑 속에 앉아 있든지 아니면 문을 열고 방금 피해 온 이슬비를 다시 참고 견뎌야 할 판이었다. 여행용 식료품이 얼마간 남아 있었지만 그것도 다 먹어치우고 비참한

4) 엔나 맞은편, 해발 691미터의 고지대에 있다. 9세기에 시칠리아에 들어온 이슬람군이 엔나를 공격하기 위해 세운 주둔지였다.

하룻밤을 보냈다. 이렇게 해서 우리는 신화[5]의 이름에 끌려 행선지를 정하는 따위의 일은 앞으로 절대 안 하겠다는 엄격한 맹세를 했다.

1787년 4월 30일, 월요일

엔나부터 시작되는 내리막은 기복이 많은 불쾌한 비탈길이기 때문에, 우리는 말에서 내려 끌고 가지 않으면 안 되었다. 우리들 눈앞의 하늘에는 낮게 구름이 껴 있었는데 멀리 높은 곳에 이상한 현상이 보였다. 그것은 흰색과 회색의 줄무늬 모양을 띤 고체 같은 것이었다. 그러나 고체가 어떻게 공중에 있을 수 있을까! 안내자는 지금 우리가 보고 놀라고 있는 것은 에트나의 산허리가 구름 사이를 통해서 보이는 모습이라고 설명해 주었다. 눈과 산마루가 번갈아 있는 것이 줄무늬 모양을 만들어내고 있는데 제일 높은 정상은 그보다 더 위에 있다는 것이다.

옛 엔나 고을의 험준한 암석을 뒤로하고 길고 긴 적막한 골짜기를 지나갔다. 경작도 안 하고, 사람도 살지 않고, 가축이 풀을 뜯는 대로 내버려두고 있었다.

아름다운 갈색을 한 그 짐승은 크지 않고 작은 뿔이 달려 있는데 참으로 귀엽다. 새끼 사슴처럼 날씬하고 활발하다. 목장은 이들 선량한 가축에게는 충분한 넓이인데 터무니없이 군

---

5) 제우스와 데메테르의 딸인 페르세포네는 엔나 인근에서 수선화 꽃밭을 거닐다 하데스에게 납치되어 하계로 끌려갔다.

생하는 엉겅퀴 때문에 목초는 점점 위축해 간다. 이 식물은 여기서 스스로 씨를 뿌려서 그 종족을 증식할 절호의 장소를 얻고 있는 것이다. 이것들은 믿을 수 없을 정도로 널리 퍼져 있어서, 그런 목장은 두 개의 대농장만큼이나 크다. 엉겅퀴는 다년생식물이 아니기 때문에 꽃이 피기 전인 지금 잘라버린다면 근절시키는 것은 문제없는 일이다.

우리가 엉겅퀴에 대한 농업상의 작전 계획을 진지하게 짜고 있는 동안에, 부끄러운 일이지만 엉겅퀴도 전혀 무용지물은 아니라는 사실을 깨달았다. 우리가 식사를 했던 여관에 어떤 소송사건 때문에 이 지방을 횡단해서 팔레르모로 간다는 시칠리아의 귀족 두 사람이 도착했다. 성실하게 보이는 그 두 사람이 예리한 나이프를 손에 들고 엉겅퀴 수풀 앞에 서서, 잘 자란 이 들풀의 제일 윗부분을 잘라내는 것을 보고 우리는 미심쩍게 생각하지 않을 수 없었다. 그들은 이 가시 돋친 수확물을 손끝으로 잡고 줄기의 껍질을 벗겨서 맛있게 먹었다. 우리가 물을 타지 않은 포도주와 고급 빵으로 기운을 차리는 동안, 그들은 긴 시간 이렇게 엉겅퀴를 벗겨 먹고 있었다. 마부는 같은 줄기의 속대를 우리에게도 만들어주면서 몸에 좋은 시원한 음식이라고 했지만, 먹어보니까 세제스타의 특수재배 양배추처럼 별로 맛이 없었다.

4월 30일, 도중에서

산파올로강이 구불구불 흐르고 있는 계곡에 도착했다. 이곳 토지는 검붉은 색으로 풍화된 석회가 섞여 있다. 놀고 있는 땅이 많으며 대단히 넓은 밭도 있고 아름다운 골짜기도 있으면서 개울이 흐르고 있어서 매우 기분이 좋다. 잘 혼합된 훌륭한 점토지는 때로는 20피트 깊이로 대체로 질이 고르다. 알로에는 힘차게 뻗어 있다. 곡물의 작황은 양호하지만 그래도 가끔 잡초 같은 것이 섞여 있고, 남쪽에 비하면 상당히 떨어진다. 여기저기에 작은 집이 있는데, 엔나 바로 아래 부근을 빼면 나무가 자라고 있지 않다. 강가에는 목장이 많으나 무수하게 많은 엉겅퀴 때문에 좁아져 있다. 강물 속의 표석 중에는 역시 석영이 발견되는데 단순한 종류도 있고 각력암 같은 것도 있다.

새로운 작은 촌락 몰리멘티는 산파올로 강가의 아름다운 밭 한가운데에 매우 좋은 자리를 잡고 있다. 밀은 이 부근에서는 아주 비길 데 없는 훌륭한 작황으로 5월 20일에는 벌써 수확을 한다. 이 근방 일대에는 아직 화산활동의 흔적이 없고, 강물도 이 종류의 전석은 날라 오지 않는다. 지면은 잘 혼화되어서 가볍다기보다는 오히려 무거운 편인데 전체적으로 커피 같은 갈색에 보랏빛이 섞여 있다. 강을 둘러싼 왼쪽 편의 산은 모두 석회석과 사암으로, 그 둘이 서로 자리를 바꾸고 있는 상태를 관찰할 수는 없었으나 그것들이 풍화함으로써 아래쪽 골짜기는 어디나 비옥하다.

1787년 5월 1일, 화요일

자연으로부터 똑같은 비옥함을 받았지만 경작 상태가 매우 고르지 못한 골짜기를 지나, 우리는 좀 불유쾌한 기분으로 말을 달리고 있었다. 왜냐하면 고르지 못한 날씨를 참고 견디면서 이곳까지 오는 동안 우리 그림의 대상이 될 만한 것은 하나도 만날 수 없었기 때문이다. 크니프는 먼 곳을 스케치했는데, 중경과 전경이 너무나도 살풍경해서 재미로 거기에다 푸생[6]풍의 전경을 멋있게 그려 넣었더니 그리 힘들이지 않고 참으로 아름다운 그림 한 장이 완성되었다. 그림 여행을 하다 보면 이런 가짜 그림도 왕왕 생기곤 한다. 마부는 우리의 언짢은 기분을 풀어주려고 오늘 밤은 좋은 곳으로 안내하겠다고 약속하고선, 몇 년 전에 지은 괜찮은 여관으로 데리고 갔다. 카타니아에서 적당한 거리에 있기 때문에 당연히 길손들로부터 환영받을 만한 곳이다. 시설도 괜찮아서 12일 만에 어느 정도 몸을 풀 수 있었다. 그런데 벽에 연필로 예쁜 글씨의 영어 낙서가 적혀 있는 것이 눈에 들어왔다. 거기에는 이렇게 쓰여 있었다.

"길손이여, 당신이 어떤 사람이건, 카타니아의 '금사자 여관'에는 머물지 않도록 조심하라. 키클로페스, 세이레네스, 스킬레와 같은 괴물의 발톱에 한꺼번에 당하는 것보다도 무서운 일을 당하리라."

이 호의에 찬 충고를 남긴 사람은 위험을 다소 신화적으로 과장하고 있는 것 아닌가 생각했지만, 아무튼 괴물이라고 예고하고 있는 금사자 여관은 피하자고 우리는 마음을 정했다.

---

6) 니콜라 푸생(Nicolas Poussin, 1594~1665). 17세기 프랑스의 화가로, 신화와 성서의 소재를 가져와 상상의 고대 풍경화로 표현하는 데 뛰어났다.

그러므로 노새를 끄는 사나이가 카타니아에서는 어디에 묵을 것이냐고 물었을 때, 우리는 금사자 여관만 아니면 어디라도 좋다고 대답했다. 그러자 그는 노새를 묶어두는 곳이라도 괜찮다면 그렇게 해도 좋다면서, 우리가 지금껏 해왔듯이 같은 음식을 먹어야 한다고 덧붙였다. 우리는 모든 것을 승낙했다. 사자의 복수를 피하는 것이 우리의 유일한 소원이었으니까.

파테르노에 가까워지자 북쪽으로부터 강물이 나르는 용암의 표석이 나타나기 시작한다. 선착장 위쪽에는 온갖 종류의 전석, 각암, 용암, 석회 등과 결합한 석회암과 석회질 응회암으로 덮인 경화된 화산재도 보인다. 혼성된 자갈 언덕은 멀리 카타니아까지 계속되며, 에트나에서 분출한 용암의 흐름은 이 언덕 위까지 달하는데, 그중에는 언덕을 넘은 것도 있다. 분화구라고 생각되는 것을 왼편으로 보면서 나아갔다. (몰리멘티 바로 밑에서는 농민이 삼을 뜯고 있었다.) 자연이 이 근처에서 흑청색이나 갈색의 용암을 만들어서 즐기고 있는 것을 보면 얼마나 다채로운 색을 좋아하는지 알겠다. 이 용암 위에는 진황색 이끼가 껴 있으며, 더 위쪽에는 아름다운 빨간 꿩의비름이 무성하고 그 밖에 고운 보랏빛 꽃도 피어 있다. 선인장 재배와 포도 퍼걸러를 보면 재배법이 얼마나 정성스러운가를 알 수 있다. 곧 거대한 용암류가 밀려왔던 곳에 도달한다. 모타는 아름답고 거대한 바위산이다. 이곳 콩은 잘 자라서 키가 큰 관목 같다. 경작지는 장소에 따라 가지각색으로, 자갈이 매우 많은 곳도 있고 잘 혼합된 곳도 있다.

마부는 동남 지방의 봄 경작물을 오랫동안 보지 못했던 듯

곡물의 훌륭한 작황에 감탄하여, 나라 자랑을 하는 의기양양한 투로, 독일에도 이렇게 근사한 작물이 있느냐고 물었다. 이 근방 토지는 모두 곡물 생산을 위해 제공되어서 수목은 거의 없다고, 아니 하나도 없다고 해도 좋다. 마부와 예전부터 알고 지내는 예쁘고 날씬한 처녀가 노새에 뒤떨어지지 않게 따라와 마부와 이야기하면서, 보기에도 우아한 손놀림으로 실을 뽑고 있었는데 정말 사랑스러웠다. 얼마 안 있어 노란 꽃이 만발한 곳을 지났다. 미스테르비안코 부근에서는 또다시 선인장이 울타리를 만들고 있었다. 그러나 이 기묘한 형태의 식물로 만들어진 울타리는 카타니아 가까이에 오면 더욱더 규칙적으로 그리고 아름답게 된다.

1787년 5월 2일, 수요일, 카타니아

과연 여관은 형편없었다. 마부가 만들어준 요리는 빈말이라도 고급이라고는 할 수 없었다. 쌀과 함께 삶은 암탉은 터무니없이 많이 넣은 사프란 때문에 도저히 먹을 수 없을 정도로 노랗게 되었다. 그것만 아니었다면 그런대로 괜찮았을 것이다. 침상은 지극히 불편해서 하케르트가 빌려준 러시아산 가죽부대를 끄집어낼 지경까지 갈 뻔했다. 그래서 이튿날 아침이 되어 곧 마음씨 고운 여관 주인과 이야기해 보았으나, 주인은 더 이상 어떻게 할 도리가 없다고 말하면서 안타까워했다. "하지만 저 건너편에 있는 집에서는 외국 손님을 잘 모시니까 마음에 드실 겁니다." 그렇게 말하고 그는 커다란 모퉁이에 있는 집을 가리켰는데 이쪽에서 보니 그럴듯해 보였다. 곧바로 가보니까 자신을 종업원이라고 소개한 싹싹한 남자가 주인 대신 홀 옆에 있는 깨끗한 방을 배정해 주었다. 그리고 숙박료도 특별히 싸게 해주겠다고 약속했다. 우리는 곧 습관대로, 방, 책상, 포도주, 아침밥 등등에 대해 얼마를 지불하면 되겠느냐고 물었다. 모든 것이 쌌기 때문에 우리는 서둘러 짐들을 가지고 와서 도금이 되어 있는 큰 장롱 속에 집어넣었다. 크니프는 비로소 종이를 펼칠 기회를 얻게 된 것이다. 그는 스케치한 것을 정리하고 나는 노트를 정리했다. 그러고 나서 이 깨끗한 방에 만족하며 발코니로 나가서 조망을 즐겼다. 충분히 경치를 보고 나서 일을 시작하려고 돌아오니까, 아차, 이게 웬일이지! 우리 머리 위에 커다란 황금 사자가 있지 않은가! 우리는 걱정스러운 얼굴로 서로 마주 보고 미소 짓다가 크게 웃었다. 그러고 나서 우리 둘은 호메로스에 나오는 괴물이 어딘가 숨어 있지 않나 주위를 돌아보았다.

괴물 같은 것은 어디에도 보이지 않았는데 그 대신 홀에서 젊고 아름다운 여자가 두 살쯤 되어 보이는 어린애를 데리고 놀고 있는 것이 눈에 띄었다. 그러나 곧 그녀는 활달한 지배인 남자에게 심하게 꾸지람을 들었다.

"여기서 나가! 넌 여기서 할 일이 없어!"

"저를 내쫓다니 너무해요." 그녀는 대꾸했다. "집에서는 당신이 없으니까 애를 달랠 수가 없어요. 그리고 손님들도 당신 앞에서 아이 달래는 걸 용서하실 거예요."

남편은 그래도 승낙하지 않고 그녀를 내쫓으려 했고, 아이는 문 앞에서 불쌍한 소리로 울부짖었다. 마침내 우리는 그에게 이 아름다운 부인을 내버려 두도록 진정으로 부탁하지 않을 수 없었다.

영국인의 경고 덕분에 이 연극을 간파하는 것은 쉬운 일이었다. 우리는 아무것도 모르는 신참인 척 연기를 했고, 반면에 그는 정이 넘치는 아버지 노릇을 그럴듯하게 했다. 어린애는 정말로 그를 잘 따랐는데, 아마도 어머니라는 여자가 문 앞에서 어린애를 꼬집어 울렸을 것이다.

그렇게 해서 그녀는 아주 순진한 체하고 그곳에 남아 있게 되었고, 남자 쪽은 비스카리 제후[7]의 재속신부[8]에게 소개장을 갖다주기 위해 밖으로 나갔다. 그녀가 어린애처럼 재잘대고 있는 동안 남자는 돌아왔다. 신부가 몸소 찾아와서 우리에게 긴히 할 말이 있다는 것이었다.

1787년 5월 3일, 목요일, 카타니아

어젯밤에 인사를 전해 온 신부는 오늘 일찍 와서 우리를 높은 대석 위에 서 있는 단층 궁전으로 안내했다. 먼저 미술관을 구경했는데, 대리석이나 청동으로 만든 상, 화병 등등 온갖 고대 유물이 수집되어 있었다. 우리는 지식을 넓힐 수 있는 기회를 한 번 더 얻게 된 셈인데, 특히 유피테르의 토르소가

---

7) 카타니아 공국의 군주로, 괴테가 만난 인물은 6대 비스카리 공작 빈첸초 파테르노 카스텔로(Vincenzo Paterno Castello, Principe di Biscari, 1743~1813)다.

8) 피렌체 출신의 고고학자, 식물학자, 화폐 연구가인 도메니코 세스티니(Domenico Sestini, 1750~1832)다.

우리 마음을 끌었다. 그 모상을 나는 이미 티슈바인의 작업실에서 보아 알고 있었지만, 우리의 비평이 허용될 수 없을 만큼의 장점을 갖추고 있었다. 관내 사람에게 필요한 역사상의 설명을 듣고 나자, 천장이 높은 큰 홀로 들어갔다. 주변 창가에 의자가 많은 것은 사람들이 가끔 여기서 회합하기 때문이었다. 우리는 우리를 맞을 사람이 친절하기를 바라면서 의자에 앉았다. 부인 둘이 방 안으로 들어와서 왔다 갔다 하면서 열심히 이야기하고 있었다. 그 두 사람이 우리의 존재를 발견했을 때 신부가 일어나기에, 나도 따라 일어나 절을 했다. 저들이 누구냐고 물어보니 젊은 분은 제후비(妃)이고, 나이 든 쪽은 카타니아의 귀족 부인이라고 했다. 우리는 다시 앉았는데, 그녀들은 시장 바닥이라도 돌아다니듯 여기저기를 돌아다녔다.

우리는 제후가 있는 곳으로 안내되어 갔는데 이미 들어서 알고 있던 대로 제후는 특별한 신뢰감으로 우리에게 화폐 수집한 것을 보여주었다. 부군 시대에도 또 당대로 내려와서도 이런 식으로 공람을 시킬 때에 많은 화폐가 분실됐기 때문에 예전처럼 쾌히 보여주는 일은 근래에는 좀 줄었다고 했다. 나는 토레무차 공자의 수집을 보고 배운 바가 있었기 때문에 이번에 여기서는 이전보다도 더 잘 이해할 수 있었다. 나는 새로 배우는 바가 있었고, 거기다가 예술상 여러 시대를 관통하면서 우리를 인도해 주는 저 유구한 빙켈만의 이론을 통해 견해를 상당히 깊게 할 수가 있었다. 이 방면에 매우 정통한 제후는 우리가 전문가가 아니고 단지 주의 깊은 애호가에 불과한 것을 알고 우리의 질문에 대해 기꺼이 설명해 주었다.

관람에는 시간이 턱없이 부족했으나 벌써 한참 머물렀기 때문에 작별 인사를 하려고 하니까 제후는 자신의 어머니에게로 우리를 안내해 갔다. 거기서는 다른 종류의 여러 가지 자질구레한 미술품을 볼 수 있다는 것이었다. 우리는 꾸미지 않고도 품위가 있어 보이는 훌륭한 귀부인을 만났는데 그녀는 다음과 같은 말로 우리를 맞았다.

"자, 내 방을 구경해요. 돌아가신 남편이 수집해 정돈해 놓은 그대로를 보실 수 있어요. 그것도 아들이 마음씨가 고와서지요. 나를 제일 좋은 방에서 살게 해줄 뿐 아니라, 돌아가신 아버지의 수집품을 하나도 없애지 않고, 위치를 옮기지도 않는답니다. 덕택으로 나는 오랫동안 살아온 대로 생활할 수 있고, 또 우리들의 보물을 구경하려고 멀리서 오시는 훌륭한 외국 분들을 만나 뵙고 친해질 수 있는 이중의 혜택을 누리지요."

그리고 그녀는 자기 손으로 호박 세공을 진열해 놓은 유리장을 열었다. 시칠리아의 호박이 북방의 호박과 다른 점은, 투명 또는 불투명한 납색(蠟色)과 벌꿀색부터 진황색의 모든 농담(濃淡)을 거쳐서, 지극히 아름다운 히아신스의 붉은색에 이르기까지 다양하다는 점이다. 항아리나 술잔, 그 밖의 여러 가지 물건이 호박을 조각해서 만들어져 있었는데 때로 놀랄 만한 재료가 쓰였을 것이 틀림없다. 이러한 세공물과 트라파니에서 제작되는 산호(珊瑚) 공예품, 그리고 정교한 상아 세공 등에 대해서 귀부인은 특별한 애착을 가지고 있어서, 여러 가지 재미있는 이야기를 들려주었다. 그리고 제후는 또다른 중요한 사항에 대해 우리의 주의를 끌어주는 식이어서 유쾌하고도 유익하게 몇 시간이 지나고 말았다.

이럭저럭하는 동안에 어머님은 우리가 독일인이라는 것을 듣고서는 리데젤, 바르텔스, 뮌터 같은 사람들에 관해 물었다. 그녀는 이 사람들을 모두 잘 알고 있어서, 그들의 성격과 행실도 잘 식별하고 평가를 내릴 수 있었다. 우리는 이별을 아쉬워하며 그녀에게 작별을 고했는데 그녀 역시 섭섭해 하는 것 같았다. 적적한 섬 생활을 지나쳐 가는 사람의 관심에 의해 지탱하고 활기를 찾는 것 같았다.

신부는 다음으로 베네딕트회 수도원의 한 수사의 방으로 안내했는데, 그다지 고령도 아니면서 슬프고 소극적으로 보이는 외모로 미루어 재미있는 이야기를 기대할 수는 없을 듯했다. 그런데 그는 이곳 성당의 거대한 오르간을 혼자서 칠 수 있는 재주를 가진 사람이었다. 그는 우리의 소원을 듣기 전에 벌써 알아차리고 말없이 우리가 원하는 바를 설명했다. 우리는 대단히 큰 성당으로 갔다. 그는 그 멋진 악기를 연주해서 아주 작은 소리에서부터 굉장한 음향에 이르기까지, 높고 낮은 음률을 예배당 구석구석까지 울려 퍼지게 했다.

이 남자를 사전에 만나 보지 않았다면 이 같은 힘을 발휘하는 자는 틀림없이 거인이라고 생각했을 것이다. 그러나 우리는 그 인물을 이미 알고 있었기 때문에, 그가 이 싸움을 하고도 아직 기운이 남아도는 것을 보고 감탄할 따름이었다.

1787년 5월 4일, 금요일, 카타니아

식후 얼마 안 돼서 신부는 도시에서 상당히 멀리 떨어진 곳을 안내하겠다며 마차를 타고 왔다. 마차에 올라탈 때 기묘한 자리다툼이 벌어졌다. 내가 먼저 타서 그의 왼쪽에 앉으려고 했더니, 그가 올라타면서 자리를 바꿔서 자기가 왼쪽에 앉게 해달라고 청하는 것이었다. 그런 거북스러운 일은 걷어치우자고 그에게 부탁했더니 그가 말했다.

"제발 우리가 이렇게 앉는 것을 허락해 주십시오. 왜냐하면 만약 제가 당신 오른편에 앉으면 사람들은 제가 주인이고 당신이 동반자라고 생각합니다. 그러나 왼편에 앉는다면 당신이 주인이고 제가 하인으로 되어, 다시 말해 제가 제후의 명에 따라 당신을 안내해 드리고 있다는 것이 명백해집니다."

반대할 마땅한 이유도 없어서 그가 하자는 대로 했다. 우리는 산 가까운 쪽으로 마차를 몰았는데 이 근방에는 1669년에 도시 대부분을 파괴했던 용암이 오늘에 이르도록 도로에 그대로 남아 있다. 응고해 있는 용암류는 다른 암석과 같이 가공되어서 그 위에 시가지가 만들어질 예정인 곳도 있고, 현재 일부분 만들어진 곳까지 있다. 내가 독일을 출발하기 전에 벌어졌던 현무암의 화산성(火山性)에 관한 논쟁[9]을 떠올리면서, 나는 용암 조각이라고 생각되는 돌을 깨보았다. 그것으로부터 여러 가지 변화를 알아내려고 이곳저곳에서 같은 일을 반복했다.

---

9) 1권 79쪽 참조.

그러나 사람이 자기가 살고 있는 지방에 대한 애착을 가지지 않거나, 이익을 위하든 학문을 추구하든 간에 자기 구역 내의 진기한 것을 수집하려고 노력하는 일이 없었다면, 여행자는 오랫동안 고생하더라도 보상받는 일이 없을 것이다. 이미 나폴리에서 나는 용암 상인한테서 크게 덕을 보았는데, 여기서도 그것보다 고차원적인 의미에서 기사 조에니로부터 얻은 바가 있었다. 나는 그의 짜임새 있게 진열된 풍부한 수집품 중에서 에트나산의 용암, 같은 산기슭에 있는 현무암, 그리고 변화한 암석을 다소라도 식별할 수 있었다. 그는 수집품을 전부 친절하게 보여주었다. 아치[10] 밑의 해저에서 솟아오른 험준한 절벽에서 채취한 제올라이트[11]에 나는 가장 감탄했다.

에트나산에 오르려면 어떻게 하면 좋으냐고 기사에게 물었으나 그는 정상에 오르는 것은 일종의 모험이며, 특히 지금 같은 계절에는 더욱 위험하다고 말하면서 상대도 해주지 않았다. 그는 실례를 사과하고 나서 다시 말했다.

"대체로 이곳에 오시는 외국 분들은 에트나 등반을 매우 간단하게 생각하고 있습니다. 그런데 우리 같은 산기슭 주민도 평생에 가장 좋은 기회를 포착해서 두세 번 정상에 오를 수 있으면 만족하는 형편입니다. 처음으로 이곳에 대한 보고서를 써 등반 열풍을 일으킨 브라이던도 정상까지 올라간 것은 아닙니다. 보르흐 백작의 기록도 확실하지 않지만 역시 어

10) Aci. 에트나산 바로 밑자락에 있는 해안 지역인 아치레알레(Acireale)의 줄임말이다.

11) 미세한 구멍들이 있는 규산염 광물의 통칭이다.

느 높이까지 오른 데에 지나지 않습니다. 이런 예는 그 외에도 많이 있습니다. 현재는 아직 눈이 상당히 밑에까지 퍼져 있기 때문에 이것이 여간 어렵지 않습니다. 당신이 만일 제 충고를 받아들인다면 내일 되도록 일찍 몬테로소 기슭까지 말을 타고 오십시오. 그리고 정상으로 오르는 것입니다. 그곳에서는 조망도 멋지고, 거기다가 1669년에 분출해서 불행하게도 시내 쪽으로 흘러든 오래된 용암도 동시에 잘 볼 수 있습니다. 그곳의 조망은 멋지고 선명합니다. 하지만 그 밖의 것은 이야기로 들으시는 편이 낫습니다."

1787년 5월 5일, 토요일, 카타니아

친절한 충고를 따라 우리는 이른 아침에 출발해서 노새 등에 타고 끊임없이 배후의 경치를 돌아다보면서, 용암이 긴 세월에도 정복되지 않고 누워 있는 장소에 도착했다. 톱날 같은 암괴와 암반이 우리 앞을 가로막았으나 노새가 그 사이에 있는, 잘 보이지도 않는 길을 찾아서 지나갔다. 우리가 꽤 높은 언덕에 도착해 휴식을 취하는 동안, 크니프는 눈앞에 솟은 산의 모습을 매우 정확하게 스케치했다. 전방에는 용암의 덩어리, 왼편에는 몬테로소의 쌍봉, 또한 우리 바로 위에는 니콜로시의 삼림이 있고, 그 사이로부터 약간의 연기를 내뿜는 눈 덮인 에트나의 산정이 솟아 있었다.

곧 붉은 산에 접근하여 나는 올라갔다. 이 산은 전부가 붉은 화산질의 자갈과 재와 돌로 되어 있다. 화구를 일주하는 것은 보통 때라면 문제없는데, 아침 바람이 폭풍처럼 몰아쳐서, 한 발 한 발 떼기가 위험하기 때문에 도저히 할 수 없었다. 조금이라도 앞으로 가려고 하면 외투가 벗겨지고 모자도 금방이라도 화구 속으로 날아가 버릴 것 같고 나 자신도 그 뒤를 따라 날려 떨어질 것만 같았다. 그래서 몸을 안전하게 하고 주위의 경치를 바라보기 위해 쪼그려 앉아 보았지만, 이런 자세로도 여전히 위험했다. 눈 아래에 멀고 가까운 해안에서부터 아름다운 육지를 넘어서 무서운 동풍이 불어닥치는 것이다. 메시나로부터 시라쿠사에 이르는 우여곡절의 해안 조망은 바닷가에 있는 바위에 조금 가릴 뿐 아무것에도 막힐 것이 없었다.

나는 아찔한 기분으로 산을 내려왔는데, 그사이에 크니프는 피난소에서 시간을 잘 이용해 내가 맹렬한 바람 때문에 거의 볼 수가 없었고 더구나 마음에 담아두는 것은 엄두도 내지 못했던 경치를 섬세한 선으로 종이 위에다 옮기고 있었다.

우리가 돌아와 금사자 여관 초입에 들어서자, 아까 우리하고 함께 가겠다는 것을 간신히 말렸던 지배인 남자가 기다리고 있었다. 그는 우리가 산정 정복을 단념한 것을 칭찬하고, 그 대신 내일은 바다에 배를 띄워서 아치의 바위로 가보자고 열심히 권했다.

"카타니아에서 제일 멋진 유람 여행입니다! 마실 것과 먹을 것, 그리고 취사도구도 가져가지요. 집사람이 준비를 하겠답니다."

그리고 예전에 어떤 영국인이 작은 배에 악대를 태워서 데리고 갔었는데 상상 이상으로 유쾌했다고 말하면서 그때의 재미를 되씹는 듯했다. 아치의 바위는 내 마음을 강렬하게 끌어당겨, 조에니의 집에서 본 것 같은 아름다운 제올라이트를 채취하고 싶은 욕망도 일었다. 물론 모든 것을 간단히 마치고 아낙의 동행 같은 것은 거절할 수도 있었다. 하지만 결국 그 영국인이 남겨준 경고가 이겨서 우리는 제올라이트를 단념하기로 했는데, 이 자제력에 대해 우리는 내심 적잖이 자랑으로 생각했다.

1787년 5월 6일, 일요일, 카타니아

우리를 안내하는 신부는 예정대로 왔다. 그는 고대 건축의 유적을 보여주기 위해 우리를 데리고 갔는데, 이런 것을 보려면 감상자 스스로가 부족한 부분을 보충해서 생각할 만한 재능을 충분히 갖추고 있지 않으면 안 된다. 나우마키아[12)]의 저수조 유적과 그 밖의 폐허를 보았다. 용암이나 지진, 전쟁으로 도시가 여러 번 파괴되던 때 매몰되거나 침해되었기 때문에 고대 예술에 십분 정통하고 있는 사람이 아니면 흥미와 교훈을 끌어낼 수 없다. 감사 인사를 하려고 제후를 다시 한 번 방문하고자하는 나를 신부는 사절하고, 이렇게 해서 우리는 서로 감사와 호의의 말을 교환하면서 작별했다.

---

12) 고대 로마인들이 즐긴 모의 해전과, 그것이 이루어지던 분지 또는 경기장을 아우르는 명칭이다.

1787년 5월 7일, 월요일, 타오르미나

고맙게도 오늘 우리가 본 것들은 이미 상세한 기록[13]이 있으며, 거기다 더 고마운 것은 크니프가 내일은 해안 위편에서 하루 종일 스케치하기로 마음먹은 일이다. 해안으로부터 멀지 않은 곳에 있는 깎아지른 암벽 위에 오르면, 두 개의 정점이 한 개의 반원에 의해 합쳐지고 있는 것을 볼 수 있다.[14] 이 반원은 자연 그대로의 상태에서는 어떤 형태였는지 알 수 없으나, 여기에 인공이 가미되어 관람객을 위해 원형경기장의 반원을 형성하고 있는 것이다. 벽돌로 쌓은 장벽이나 그 밖의 증축물이 잘 배치되어서 필요한 통로나 홀을 보충하고 있다. 계단식으로 되어 있는 반원의 발밑에 무대가 비스듬히 설치되어 있기 때문에 양쪽 바위가 결합되어 거대한 자연적, 인공적 작품이 만들어진 것이다.

그 옛날 관람인이 앉아 있었을 제일 위 좌석에 앉아보니, 극장의 관람인으로서 이 정도의 경치를 눈앞에서 바라본 사람은 나 외에는 없으리라는 것을 인정하지 않을 수 없다. 오른쪽에는 조금 높은 바위 위에 성채가 솟아 있고 그 멀리 아래쪽에는 시내가 보인다. 저 건축물들은 근대의 것이지만, 옛날에도 역시 같은 장소에 비슷한 건물들이 있었을 것이다. 둘러보면 에트나산맥의 산등성이가 전부 한눈에 들어오고 왼쪽

---

13) 앞서 언급했던 리데젤, 보르흐, 브라이던 등의 여행기를 가리킨다.

14) 타오르미나는 해발 204미터의 험준한 절벽 위에 있는데, 도시에서 다시 150미터 높이의 바위산 위에, 지름이 105미터에 달하는 대규모 원형경기장 터가 있다.

으로는 카타니아 아니 시라쿠사까지 뻗쳐 있는 해안선이 보이며, 이 광대 망망한 한 폭의 그림이 다하는 곳에 연기를 뿜어내는 에트나의 거대한 모습이 보이지만, 온화한 대기가 이 화산을 실제보다도 더 멀리 그리고 부드럽게 보여주기 때문에 그 모습은 결코 무섭지가 않다.

이 광경으로부터 눈을 돌려서 관람석 뒤에 만들어놓은 통로를 보면, 왼편에는 암벽이 한눈에 들어오고 그 암벽과 바다 사이에는 메시나로 향하는 길이 구불구불하다. 바다 속에는 몇 개의 암괴 군과 바위의 등성이가 보이고, 저 멀리에는 칼라브리아의 해안이 보이는데 여간 주의해서 보지 않으면 조용히 올라가는 구름과 구별하기 힘들다.

우리는 극장 안으로 내려가 그 폐허에 서서, 유능한 건축가로 하여금 이 극장 수복의 기술을 종이 위에서나마 발휘시켜 보았으면 하는 생각을 했다. 그리고 우리는 농원을 지나 시내 쪽으로 길을 개척해 보려고 생각했다. 그러나 나란히 심긴 용설란의 생울타리가 요새처럼 되어 있어서 도저히 지날 수가 없었다. 얽혀 있는 잎 사이로 보면 지나갈 수 있을 듯이 보이지만, 잎 언저리에 있는 강한 가시가 장애물이 되어서 닿으면 아프다. 사람이 올라서도 괜찮겠지 싶어 그중 큰 잎을 밟으니까, 잎은 뜯어져 건너편 공지로 가는 게 아니라 옆에 있는 식물의 가지 안쪽으로 떨어져버리는 것이었다. 겨우겨우 이 미로로부터 빠져나와 시내를 잠시 산책했는데, 해 떨어지기 전에는 이 지역에서 돌아올 수 없었다. 천천히 어둠 속으로 가라앉는 이 지방의 경치는 어떤 각도에서 보아도 두드러지는 특색이 있었고, 그것을 바라보는 것은 한없이 아름다운 일이었다.

1787년 5월 8일, 화요일, 타오르미나 아래 해변에서

행운이 나에게 인도해 준 크니프를 아무리 칭찬해도 지나침이 없다. 그는 나 혼자서는 도저히 질 수 없는 무거운 짐에서 나를 풀어주고 자연 그대로의 자신으로 되돌려 주는 것이다. 우리가 대충 관찰한 것을 그는 하나하나 스케치하기 위해 산에 올라갔다. 그는 몇 번이고 연필을 깎고 있을 것이지만 어떻게 작품을 마무리할 것인지는 여기서 보이지 않는다. 하지만 어차피 나중에 다 보게 될 터이니까 하는 생각으로 기다리고 있었다. 실은 처음에 나도 함께 올라갈 생각이었는데 역시 여기 남아 있는 편이 좋겠다는 생각이 들어, 나는 마치 둥지를 만들려고 하는 새처럼, 좁다란 장소를 찾았다. 그러고는 손질이 안 되어 있는 황폐한 농원에 가서 오렌지나무의 큰 가지에 걸터앉아 제멋대로 사색에 잠겼다. 길손이 오렌지나무 가지에 앉았다고 하면 좀 기이하게 들릴지 모르지만, 대체로 오렌지나무라고 하는 것은 자연 그대로 놔두면 뿌리 바로 윗부분에서 가지가 돋아나고 해를 거듭하여 훌륭한 큰 가지가 된다는 사실을 안다면 별로 이상할 것도 없는 이야기가 된다.

나는 거기에서 앉아서 『오디세이아』를 희곡으로 집약시킨 「나우시카」의 구상을 더욱 심화시켜 보았다. 나는 이것이 불가능한 일이라고는 생각지 않지만, 희곡과 서사시의 근본적 차이를 바르게 인식할 필요가 있다고 생각한다.

크니프가 산에서 내려와 참으로 아름답게 그린 두 장의 큰 그림을 아주 만족한 듯이 들고 돌아왔다. 그는 이 두 장의 그림을 오늘이라는 멋진 날의 영원한 기념으로 나를 위해 완성해줄 것이다.

맑은 하늘 아래에 작은 발코니로부터 아름다운 바다를 내려다보면서, 장미가 피어 있는 광경을 보고 나이팅게일이 지저귀는 소리를 들었던 것은 잊지 못할 추억이다. 이곳 사람들 이야기로는 이곳의 나이팅게일은 여섯 달 동안 운다고 한다.

회상 중에서

유능한 예술가가 내 곁에서 활동해 주고 있는 것에 더하여 나의 미약하고 작은 노력도 도움이 되어, 이제 이 흥미 있는 지방과 그 부분 부분을 테마로 하여 잘 선택된 불후의 회화랄까, 간단한 스케치 혹은 완성된 그림이 내 수중에 남을 것이 확실해졌다. 그렇게 되니까 한 발 더 나아가, 지금 눈앞에 보이는 이 멋진 바다와 섬, 항구의 풍경을 시적 인물들을 통해 되살아나게 하고, 이 지방을 토대와 출발점으로 삼아 내가 지금까지 생산해 내지 못했던 의미와 리듬을 가지고 하나의 작품을 구성해보고 싶은 충동이 점점 더 높아져 마침내 그 충동에 몸을 내맡기게 되었다. 하늘의 청명함, 바다의 숨결, 산과 바다와 하늘을 하나의 요소로 융합시키는 안개, 이 모든 것이 나의 계획에 양분을 주었다. 나는 그 아름다운 공원[15] 안에

---

15) 괴테는 1787년 4월 3일 팔레르모의 빌라 줄리아 공원에서 「나우시카」

서 꽃이 핀 협죽도 생울타리 사이라든가 열매가 달린 오렌지나 레몬나무 밑을 산책하고, 그 밖에 내가 아직 모르는 수목과 관목 사이에 머무르면서 이국이 미치는 감화를 더없이 유쾌하게 느꼈던 것이다.

나는 『오디세이아』의 주석으로는 이 활기찬 환경 이상의 것은 없다고 확신하고 있었기 때문에, 한 권을 입수해, 내 식대로 믿을 수 없을 정도의 공감을 가지고 읽었다. 그러자 불현듯 나도 하나 만들어볼까 하는 생각이 일어서, 그것도 처음에는 이상하게 생각됐지만 점점 더 하고 싶은 기분이 들어서, 마침내는 아주 거기에 몰두하게 되었다. 즉 '나우시카의 테마'를 비극으로 취급하려는 생각이 든 것이다.

나 자신도 이 작품이 어떻게 될 것인지 예측할 수 없지만, 그래도 계획은 곧 확실해졌다. 요지는 다음과 같다. 나우시카는 많은 남자들로부터 구혼을 받고 있는 훌륭한 처녀다. 그녀는 별반 애정이라는 것을 의식하지 않고 모든 구혼자에 대해서 냉정하게 행동하고 있다. 그런데 어느 기묘한 이국인에게 마음이 흔들리고 자기 궤도를 벗어나 애정의 표현이 너무 빨랐던 탓에 자기 명예를 손상하고 그 때문에 사태가 아주 비극적으로 되어버린다. 이것에다 부차적 동기를 풍부하게 넣고, 전체의 묘사나 특수한 색조로 바다와 섬의 기분을 집어넣으면, 이 간단한 이야기는 틀림없이 재미있어질 것이라고 생각한다.

를 처음 구상하기 시작했다. 1권 383쪽 참조.

1막은 공놀이로 시작된다. 여기서 예상치 못한 만남이 이루어지는데, 이방인에게 직접 도시를 안내해 주느냐 마느냐 하는 망설임에서 이미 애정의 전조가 나타난다.

2막은 알키노오스의 집을 보여 주고 구혼자들의 성격을 설명하며 오디세우스의 등장으로 막이 내린다.

3막에서는 주로 모험자의 뛰어난 점을 나타내는 것으로 되어 있다. 그로 하여금 모험을 대화식으로 이야기하게 하여, 듣는 사람에 따라서 여러 가지 다른 의미로 들리는 데에 나는 기교와 흥미를 돋우려고 생각하고 있다. 이런 이야기를 하는 사이에 두 사람의 정열은 뜨거워져서, 이국인에 대한 나우시카의 절실한 애정은 상호작용에 의해 마침내 바깥으로까지 나타나기에 이른다.

4막에서는 무대 밖에서 오디세우스가 그의 용기를 증명해 보이고 있는 동안 여자들은 집에 남아 애정과 희망 그리고 온갖 상냥한 기분에 젖어 있다. 이국인이 대승리를 거두었을 때, 나우시카는 자신을 억제할 수 없게 됨으로써 자기 나라 사람들에 대해 돌이킬 수 없이 체면을 잃게 된다. 이 모든 일을 일으킨 것에 대해 절반은 죄가 있는 것 같기도 하고 없는 것 같기도 한 오디세우스는 결국 이 땅을 떠날 것을 선언하지 않을 수 없게 되고, 이렇게 해서 이 선량한 처녀는 5막에서 죽음을 택할 수밖에 없게 된다.

이 구상 속에는 내가 자신의 체험에 비추어 자연 그대로 묘사해 내지 못할 곳은 하나도 없다. 여행 중 위험에 처했을 때 호감을 갖게 되는 상황, 호감이 비극적인 종말까지 가지는 않더라도 마음 아프고 위험하고 해가 될 수도 있는 경우, 함정에 빠지는 경우, 고향에서 멀리 떨어진 곳, 모험적인 여행, 사건들. 이런 일들을 사람들한테 재미있는 이야기로 들려주기 위해 생생한 색채로 그려내기. 젊은이들한테는 반신(半神)으로, 나이 지긋한 사람들한테는 허풍쟁이 취급받기. 우연한 호의, 그리고 예상치 못한 장애를 체험하기, 이 모든 요소들이 나에게 이 작품의 구상에 대한 강한 애착을 불어넣었다. 그래서 팔레르모 체재 중에도, 시칠리아의 다른 지역을 여행할 때도 이 작품에 관한 것만을 몽상하면서 지냈을 정도다. 사실 내가 여행에서 여러 가지 불편을 거의 느끼지 않았던 것도 지극히 고전적인 이 땅에서 시적인 기분에 잠겨 있었기 때문이며, 내가 경험하고 보고 깨닫고 만나고 했던 것을 모조리 이 기분 속에서 포착하여 즐거운 용기 속에 저장해 둘 수 있었기 때문이다.

내게 있는 칭찬할 만한 습관, 혹은 칭찬할 만하지 않은 습관 때문에 나는 이 일에 대해 별로, 아니 전혀 써두지 않았다. 그래도 대부분은 머릿속에서 상세한 부분에 이르기까지 잘 다듬어놓았는데, 그러고는 한동안 정신이 산란해서 그냥 내버려두었던 것을 오늘 문득 떠올라 적어둔다.

5월 8일, 메시나로 가는 길 위에서

왼편에 높은 석회암이 보인다. 아름다운 만을 이루고 있다. 그것에 이어진 것이 점판암이나 경사암이라고 이름 붙이고 싶은 일종의 암석이다. 냇물 속에는 이미 화강암의 표석이 있다. 노란색 토마토와 협죽도의 빨간 꽃이 주변의 풍경을 돋우어주고 있다. 니시강과 그것에 이어져 있는 냇물은 운모편암을 날라 온다.

1787년 5월 9일, 수요일

동풍이 불어닥치는 가운데 오른편에서 파도치는 바다와 암벽 사이를 노새를 타고 지나갔다. 엊그저께는 이 암벽 위에서 내려다보았는데 오늘은 끊임없는 파도와의 싸움이다. 우리가 건너온 많은 개천 중에서 가장 큰 니시 정도가 강이라는 명칭으로 불릴 수 있다. 그러나 이 강도, 강이 날라 오는 전석(轉石)도 바다보다는 건너기가 쉬웠다. 바다는 대단히 거칠어서 많은 곳에서 도로를 넘어 바위까지 파도가 밀어닥쳐 물보라가 여행자에게 떨어졌다. 참으로 장관이어서 이 기이한 광경을 보고 있으면 불쾌한 일도 그다지 마음에 걸리지 않았다.

동시에 광물학상의 관찰도 소홀히 하지 않았다. 거대한 석회암은 풍화하면서 부스러져 떨어지고, 연약한 부분은 파도로 인해 닳아 없어지고, 혼성된 딱딱한 부분만이 남아 있는 것이다. 그래서 해안은 전부 각양각색의 각암질의 부싯돌로 덮여 있는데, 그 가운데서 표본을 몇 개 채취해 짐 속에 넣었다.

5월 10일, 목요일, 메시나

이렇게 해서 메시나에 도착했는데, 어디가 어딘지 알 수 없어서 첫날 밤은 마부들 숙소에서 지내고 이튿날 아침에 더 좋은 곳을 찾기로 했다. 이런 결정을 하고 시내로 들어와 보니, 파괴된 도시[16]라는 처참한 인상을 받았다. 왜냐하면 15분쯤 말을 몰고 가는 동안 폐허 또 폐허의 연속이었으며, 여관에 도착해 보니, 이것이 이 근방에서 수복된 단 하나의 건물이었고, 그곳 2층 창에서 보면 톱니 모양으로 들쭉날쭉한 폐허로 변한 광야가 보일 뿐이었기 때문이다. 이런 농장 가옥의 바깥쪽으로는 사람도 동물도 눈에 띄지 않고, 밤에는 섬뜩할 만큼 적막하다. 문에는 자물쇠도 없으며, 객실에도 다른 마부들 숙소와 마찬가지로 아무 설비도 되어 있지 않다. 하지만 친절한 마부가 주인을 설득해서 주인이 깔고 있던 요를 빌려 왔기 때문에 그 위에서 우리는 편안히 잘 수 있었다.

1787년 5월 11일, 금요일, 메시나

오늘 우리는 충직한 안내인과 헤어졌다. 술값을 톡톡히 주어 그의 완벽한 봉사에 보답했다. 우리는 친근한 기분으로 작별했는데, 떠나기 전 그는 이 지방의 잡역부 한 사람을 소개해 주었다. 그는 곧 우리를 제일 좋은 여관으로 데려가고, 메시나의 명소도 전부 안내해 주기로 했다. 여관 주인은 한시라도 빨리 우리가 떠나서 귀찮은 존재가 없어지기를 바라는 듯, 재빠르게 트렁크나 그 밖의 모든 짐을 시내 번화가의 쾌적한 숙소로 날라다 주었다. 번화한 장소라고 하지만 교외에 있는 곳으

16) 1783년 2월과 3월의 대지진으로 도시가 거의 파괴되었다.

로, 거기에는 다음과 같은 사정이 있다. 메시나가 조우한 미증유의 재난에서는 1만 2000명의 주민이 사망하고 나머지 3만 명은 살 집이 없었다. 대부분의 가옥은 쓰러져버리고 남은 집도 벽이 허물어져서 안에 있기도 불안한 상태였다. 그래서 사람들은 메시나의 북쪽에 있는 초지에다 다급하게 판자촌을 세운 것이다. 프랑크푸르트의 뢰머베르크나 라이프치히의 시장을 걸어본 적이 있는 사람이면 이 판자촌의 모양을 쉽게 상상할 수 있을 것이다. 시장과 마찬가지로 상점이나 작업장은 모두 길 쪽을 향해 열려 있어서 장사는 문밖에서 하는 경우가 대부분이다. 주민들은 주로 문밖에서 지내기 때문에 길 쪽이 닫혀 있는 것은 극히 소수의 비교적 큰 건물뿐이며 그것도 특별히 꼭꼭 닫아놓지는 않았다. 그들은 벌써 3년간이나 이렇게 살고 있기 때문에 이 노천 생활, 오두막 생활, 아니 천막생활은 그들 성격에 결정적인 영향을 미치고 있다. 저 미증유의 재난에 대한 경악, 그리고 같은 재화가 다시 일어나지는 않을까 하는 공포는 오히려 낙천적인 기분으로 찰나의 향락을 즐기는 쪽으로 그들을 몰아가고 있다. 이 새로운 재해에 대한 걱정은 바로 20일쯤 전, 즉 4월 21일에 다시 현실화되었는데, 상당히 심한 지진이 대지를 뒤흔들었던 것이다. 남자는 우리에게 작은 예배당을 보여주었는데, 거기서는 한 무리의 사람들이 예배당에 모인 바로 그 순간에 첫 번째 지진이 일었다는 것이다. 그곳에 있던 몇몇 사람은 아직도 당시의 경악에서 헤어나지 못하는 듯 보였다.

이러한 사물을 찾아다니고 관찰하는 데에는 친절한 영사

한 사람이 안내를 해주었는데, 그는 자진해서 우리를 위해 여러 가지로 수고를 해주었다. 이렇게 불탄 자리 같은 곳에서는 그 고마움이 다른 어디서보다도 한층 더 컸다. 그 밖에도, 그는 우리가 곧 떠난다는 말을 듣고 나폴리를 향해 출범하는 프랑스 상선을 소개해 주었다. 배에 달린 백기는 해적에 대해 안전하기 때문에 이중으로 고마웠다.

단층이라도 좋으니까 좀 큰 오두막집 하나의 내부를, 그 살림살이와 임시방편으로 살고 있는 모습을 보고 싶다는 희망을 마음씨 좋은 안내인에게 귀띔하고 있을 때 붙임성이 있는 남자 하나가 우리 패에 끼어들었다. 그 남자가 프랑스어에 능하다는 것을 곧 알았는데, 산책이 끝난 뒤 영사는 이러이러한 집을 보고 싶다는 우리의 희망을 이 남자한테 전하고 우리를 그의 집에 데려가서 가족에게도 소개하도록 부탁해 주었다.

우리는 판자 지붕에 판자로 둘러친 오두막집 안으로 들어갔다. 그 인상은 마치 맹수나 그 밖의 진기한 것을 입장료를 받고 보여주는 연말의 가설 흥행장과도 같았다. 벽에도 천장에도 대들보 같은 것이 노출되어 있고 칸막이라곤 녹색 커튼 한 장뿐인데, 앞쪽의 방은 마루가 깔려 있지 않고 곳간처럼 토방으로 되어 있었다. 의자와 테이블은 있지만 그 밖의 가구라고는 아무것도 없었다. 또한 조명은 천장의 판자와 판자 사이에 우연히 생긴 틈에서 새어드는 빛이 전부였다. 우리가 잠시 이야기를 나누는 동안 내가 녹색 커튼과 그 위로 보이는 내부의 지붕 재목을 관찰하고 있으려니까, 갑자기 커튼 왼편과 오른편에서 각각 까만 눈과 검은 곱슬머리의 아주 귀여운 소녀의 머리 두 개가 나타나 신기하다는 표정으로 우리를 엿보았다. 그러다 나한테 들킨 것을 알아채자마자 번개같이 잽싸게 모습을 감췄다. 하지만 영사가 나오라고 하니까 옷을 갈아입을 만한 시간을 두고서 잘 차려입은 귀여운 모습으로 다시 나타났다. 눈부시게 밝은 옷차림으로 녹색 태피스트리 앞에 선 모습은 참으로 아름다운 색상의 배합이었다. 그녀들의 질문으로 미루어 보면, 둘은 우리가 딴 세상에서 온 동화 속 인물로 여기는 모양으로, 그 순진한 착각은 우리의 대답을 듣고 더해졌을 것이 틀림없었다. 영사는 우리의 동화 같은 출현을 유쾌한 말투로 과장해서 이야기해 주었다. 이야기는 대단히 재미있어서 작별하기가 애석할 정도였다. 문밖으로 나와서야 비로소 우리가 그 소녀들에게 홀려서 집 내부를 보지 못하고 집의 구조를 관찰하는 것도 잊었음을 깨달았다.

1787년 5월 12일, 토요일, 메시나

영사가 이야기 중간에 말하기를, 총독에게 경의를 표하는 것은 꼭 해야 하는 일은 아니지만 무슨 일에건 이로울 것이며, 총독은 별난 노인으로 기분이나 선입관에 따라서 냉정하기도 하고 힘이 되어주기도 하는데, 훌륭한 외국인을 소개한다면 영사에게도 유리할지 모르겠으며, 처음으로 이곳에 온 사람은 어떤 식으로든 이 사람의 힘을 필요로 할 수 있다는 이야기였다. 이 친구를 위해서 나는 같이 갔다.

대기실로 들어갔을 때 안에서 굉장한 외침 소리가 들렸다. 사동이 어릿광대 시늉을 하면서 "액일입니다. 위험한 때입니다!" 하고 영사 귀에다 속삭였다.

그래도 우리가 상관 안 하고 들어가니, 노령의 총독은 이쪽에다 등을 돌리고 창가의 책상에 앉아 있었다. 누렇게 낡은 서류가 그의 앞에 높게 쌓여 있고 그 속에서 아무것도 적혀 있지 않은 종이쪽지를 골라서 유유히 잘라내고 있었는데 이것만 보아도 그의 검약하는 성격이 엿보였다. 그는 이 한가로운 일을 하면서 어떤 점잖은 사람에게 지독한 호통을 퍼붓고 있었다. 그 남자는 복장으로 보아서 몰타기사단과 관계가 있는 듯했는데, 매우 냉정하고 명백한 태도로 변명을 하고 있었지만 총독은 거의 그럴 틈을 주지 않았다. 그 자리의 상황으로 보아서 총독은 이 남자에게 정당한 권한도 없이 여러 번 이 나라를 왕래했다는 혐의를 걸고 있고, 한편 질책과 호통을 받고 있는 남자는 침착하게 그 혐의를 해명하고 있는 모양으로, 남자는 여권과 나폴리에 있는 지인 관계를 증빙으로 대고 있었다. 그러나 그것은 아무 소용에도 닿지 않았고 총독은 낡은 서류를 잘라서 아무것도 적혀 있지 않은 흰 종이쪽지를 차분하게 분류하면서 호통을 치고 있었다.

우리 두 사람 외에도 12명의 사람들이 멀리 원을 그리고 서 있었는데, 말하자면 야수의 싸움을 구경하고 있던 그들은 우리가 문간에 서 있는 것을 보고 혹시 이 광분한 노인이 지팡이를 들어 후려칠 경우에도 우리 위치라면 잘 피할 수 있을 거라며 부러워하는 눈치였다. 이 장면을 보고 영사는 아주 언짢은 얼굴을 했다. 그 익살스러운 사동이 내 가까이 있었기 때문에 나는 마음이 든든했다. 그는 내 등 뒤 문턱 밖에 서서 자주 뒤돌아보는 나에게 별로 걱정할 것은 없다는 듯 나를 안심시키기 위해 여러 가지 익살스러운 시늉을 해 보였다.

그러나 이 무서운 사건도 극히 조용하게 결말이 났다. 총독은 결국 이렇게 언도한 것이다. "너 같은 침입자 하나 체포해서 유치장에 처넣는 것은 문제없는 일이지만, 이번만은 봐줄 테니까 정해진 이삼일만 메시나에 체류한 다음 곧 퇴거해서 다시는 여기 오지 말도록 해라."

남자는 얼굴색 하나 변하지 않고 참으로 태연한 태도로 작별한 다음, 모여 있는 사람들에게도 정중하게 인사했다. 문으로 나가려면 우리 곁을 지나야 했기 때문에 우리에게는 특히 공손하게 절을 했다. 총독은 그 뒤에 대고 호통을 치려고 무서운 얼굴로 뒤돌아보았는데, 우리를 발견했기 때문에 곧 마음을 바로잡고 영사에게 가까이 오라는 눈짓을 했다. 그래서 우리는 앞으로 나아갔다.

대단한 고령으로, 고개는 앞으로 굽었고 회색빛 굵은 눈썹 아래에는 까만 눈동자가 움푹 파인 눈에서 빛나고 있었다. 그는 지금까지와는 전혀 딴판인 상냥한 태도를 취하면서 나를 앉게 하고, 하던 일을 여전히 계속하면서 여러 가지로 물어보기에 나는 일일이 대답했다. 끝으로 그는 내가 이곳에 있는 동안 식사에 초대하겠다는 말을 덧붙였다. 영사는 나와 마찬가지로 만족한 모양으로, 아니 우리가 피한 위험을 더 잘 알고 있었기 때문에, 나보다도 더 만족해서 계단을 날듯이 뛰어 내려갔다. 나는 이 사자의 동굴을 다시 탐사해 보려는 마음이 싹 없어졌다.

1787년 5월 13일, 메시나

밝게 비치는 태양 아래 조금은 편안한 여관에서 눈을 떠보니 우리는 여전히 불행한 메시나에 있었다. 당당한 건물이 기역자로 나란히 있는 팔라차타 궁전의 광경이야말로 불유쾌한 것 중의 으뜸으로, 걸어서 한 15분쯤 걸릴 정도의 길이로 부두를 둘러싸고 있으며 그것이 부두의 표시가 되고 있다. 전부 석조인 4층 건물로 그중 몇 동은 그 전면이 발코니에 이르기까지 완전하지만 그 밖의 것은 3층, 2층, 1층까지도 넘어져버려서 옛날 호화롭게 늘어섰던 집들은 지금 마치 이가 빠진 것처럼 모양 사납다. 거기다가 거의 모든 창문으로부터 하늘이 엿보이는 식으로 구멍투성이다. 내부의 본 저택은 완전히 파괴되어 있다.

왜 이러한 기묘한 현상이 일어났느냐 하면, 부자들이 시작한 호사스러운 건축을 그다지 부유하지도 않은 이웃 사람들이 따라하면서 집의 외관을 두고 경쟁이라도 하듯 크고 작은 강에서 난 표석과 다량의 석회석을 섞어 쌓아서 만든 헌 집 전면에 깎은 석재를 덧씌웠기 때문이다. 그 자체가 벌써 불안전한 결합물은 대지진을 만나 붕괴하고 파괴되지 않을 수 없었던 것이다. 이런 대재해에는 이상하게 목숨을 건진 경우가 많은데, 다음과 같은 것도 그 한 예다. 역시 이런 건물에 살고 있던 사람이 하나 있었는데, 그 무서운 순간에 창 옆의 벽이 움푹한 곳으로 들어갔다. 그리고 그의 배후에서 가옥은 완전히 붕괴돼버렸다. 이렇게 해서 그는 높은 곳에서 목숨을 건지고 이 공중의 감옥으로부터 구출될 때를 조용히 기다렸다고 한다. 근방에 깎은 석재가 귀했기 때문에 이런 조잡스러운 건축 방법을 썼다는 것이 애당초 이 도시의 전멸의 주요 원인이라는 점은 견고한 건축이 지금도 튼튼하게 서 있는 모습을 보아도 알 수 있다. 훌륭한 솜씨로 깎은 돌로 지어진 예수회 학교와 성당은 조금도 허물어지지 않고 여전히 당당한 모습이다. 그건 그렇고 메시나의 외관은 극도로 불유쾌해서, 시카니족과 시쿨리족[17]이 이 불안한 땅을 떠나 시칠리아의 서해안에다 도시를 건설했던 옛날을 상기시킨다.

이런 일로 아침 시간을 소비하고 나서 우리는 간단히 식사하기 위해 여관으로 돌아왔다. 느긋한 기분으로 식탁에 앉아 있는데 영사의 하인이 숨을 헐떡이며 뛰어들어 와서 식사에 초대했는데도 모습을 보이지 않아서 총독이 전 시내를 뒤져 나를 찾고 있다고 했다. 그리고 식사를 마쳤든 아직 안 했든, 또한 잊고 있었든 고의로 시간을 늦추고 있었든, 하여간에 즉각 와주었으면 좋겠다는 영사의 전갈도 전해 주었다. 이것을 듣고 비로소 처음에 어려움을 잘 피했다고 기뻐한 나머지 키클롭스[18]의 초대를 잊고 있었던 터무니없는 경솔을 깨달았다. 하인은 나에게 조금의 틈도 주지 않으면서 열심히 그리고 절박하게 설득했다. 영사는 이 광포한 전제군주로부터 자기와 주민들이 호되게 당하지 않을까 겁내고 있다는 것이었다.

---

17) 시쿨리족은 원시 철기시대에 시칠리아에 정착한 고대 부족이고, 이후 페니키아와 그리스 식민지에서 시카니족이 이동해 들어와 시쿨리족을 정복했다.
18) 『오디세이아』에 나오는 외눈박이 거인이다.

나는 머리를 빗고 의복을 가다듬는 동안 결심을 단단히 하고서 안내자를 따라나섰다. 오디세우스를 수호신으로 하여 빌고, 팔라스 아테네에게 화해와 중재를 마음속으로 간청하면서.

사자의 동굴에 도착하자 어제의 익살스러운 사동의 안내로 큰 홀로 들어갔는데, 거기에는 40명쯤의 사람들이 찍소리도 내지 않으면서 타원형 테이블에 둘러앉아 있었다. 그리고 총독의 우측 빈자리로 사동이 나를 인도해 갔다. 나는 주인과 손님들에게 절을 하고 그의 옆자리에 앉아서, 거리와 시간을 재는 방법에 익숙하지 못한 까닭으로 가끔 저지르는 실수를 오늘도 저도 모르게 저질러서 지각했다고 사과했다. 그는 불타는 듯한 눈초리로, 외국에 가면 그때마다 그 나라의 습관을 잘 알아서 그에 따르도록 해야 한다고 말했다.

"그건 제가 항상 주의하고 있는 바입니다만, 사정을 모르는 땅에 오면 처음 얼마간은 아무리 조심을 해도 항상 실수를 합니다. 하기는 여행의 피로라든가 여러 가지 사건 때문에 정신이 산란해진다든지, 지낼 만한 숙소를 찾을 때까지의 마음고생이라든지, 앞으로의 여행에 대한 걱정이라든지 여러 가지 변명할 이유도 있습니다만, 아무튼 용서해 주실 것으로 생각합니다." 내가 대답했다.

그러자 그는 얼마쯤 체재할 예정이냐고 물었다. 나는 가능한 한 오래 머무르고 총독의 명령과 지시에 충실히 따라서, 내가 받은 후의에 대한 감사의 뜻을 표시하고 싶다고 대답했다. 잠시 있다가 그는 메시나에서는 무엇을 보았느냐고 물었다.

나는 오늘 아침에 본 것에 두세 가지 의견을 붙여서 이야기하고, 파괴된 도시의 가로가 깨끗하게 정돈된 모습을 보고 대단히 놀랐다고 덧붙였다. 모든 도로가 깨끗이 치워져서 쓰레기는 부서진 성벽 안으로 쓸어 넣고 돌은 집 옆으로 쌓아올리고 해서 길 복판에는 방해될 것이 아무것도 없고, 장사나 왕래가 자유로이 행해질 수 있게 된 모습은 실제로 경탄할 만했다. 나는 메시나의 주민 모두 이 도시가 훌륭한 것은 총독의 덕택이라고 감사하고 있다는 취지를 이야기한 덕분에, 이 귀족을 기쁘게 해줄 수 있었다.

"모두들 그것을 인정하고 있는가?" 그는 중얼거리듯 말했다. "예전에는 그들을 위해서 무리를 하면 가혹하다고 불평이 많았는데."

나는 정부의 현명한 정책이나 고매한 목적이란 것은 나중에 가서야 비로소 인정되고 칭송을 얻게 된다고 말하며, 그 밖에도 비슷한 이야기를 했다. 예수회 성당을 보았느냐고 묻는 그의 질문에 아직 보지 않았다고 대답하니까 그러면 안내자를 구하고 부속물도 전부 볼 수 있도록 해주겠다고 약속했다.

거의 끊길 사이도 두지 않고 대화가 계속되는 동안, 다른 사람들은 침묵 일관으로 먹을 것을 입으로 가져가는 데 필요한 동작 이외에는 몸도 움직이지 않고 있었다. 식사가 끝나고 커피가 나오고 나자 그들은 납 인형처럼 벽에 붙어서 일어났다. 나는 성당을 안내해 줄 재속신부 쪽으로 가서 미리 그 노고에 감사의 뜻을 표하려 했다. 그는 옆으로 몸을 비키면서 총독 각하의 명령은 한시라도 잊지 않고 있다고 조심스럽게 말했다. 나는 다음으로 옆에 서 있는 젊은 외국인에게 말을 걸었다. 그는 프랑스인이었지만 그다지 자리가 편하지 않은 듯했다. 그도 또한 주위의 모든 사람들처럼 입을 다물고 몸이 굳어 있었다. 그리고 그들 중에는 어제 몰타의 기사가 호통을 듣고 있는 것을 옆에서 걱정스럽게 지켜보던 얼굴도 몇몇 끼어 있었다.

총독은 자리를 떴다. 잠시 있다가 재속신부가 이제 갈 시간이라고 말해서, 나는 그의 뒤를 따라갔고 다른 사람들도 조용히 모습을 감추었다. 그는 나를 예수회 성당의 현관으로 데려갔다. 이 현관은 유명한 예수회의 건축법에 따라 세워진 것으로, 화려하고 참으로 당당하게 공중에 솟아 있다. 문지기가 곧 와서 안으로 모시려고 했으나, 신부는 총독이 오실 때까지 기다려야 한다고 말렸다. 총독이 곧 마차로 도착했고, 성당에서 가까운 곳에 마차를 세우고 손짓을 해서 우리 셋은 마차 문 옆으로 다가가 모였다. 총독은 문지기에게 성당을 구석구석까지 보여줄 뿐만 아니라 제단과 그 밖의 시주물의 유래를 상세히 설명하도록, 그리고 성물실(聖物室)도 열어서 그 안에 있는 보물도 전부 보여주라고 명령했다. 그리고 이어서, 이분은 내가 존경하는 분으로 본국에 돌아가시면 메시나에 대해 칭찬의 말씀을 하시도록 해야 한다고 말했다. 그런 다음 나를 향해 얼굴에 될 수 있는 한 한껏 웃음을 띠면서 "당신이 이곳에 계실 동안은 식사 시간에 늦지 않게 오시는 것을 잊어서는 안 됩니다. 언제든지 환영할 테니까요." 내가 공손히 인사하려고 하니까, 그럴 사이도 없이 마차는 달려갔다.

마차가 떠나자 신부는 전보다 명랑해졌고, 우리는 성당 안으로 들어갔다. 청지기가(지금은 예배소로 쓰이지 않는 마법의 궁전이니까 이렇게 불러도 괜찮을 듯하다.) 엄하게 명령받은 의무를 실행에 옮기려 하고 있는데, 영사와 크니프가 인기척 없는 성당으로 뛰어들더니 나를 얼싸안고 이미 구금되어 있는 것으로 생각하고 있었다며 나를 다시 만나게 된 것이 꿈인가 생시인가 하고 기뻐했다. 그들은 대단히 걱정을 하고 있었다. 아마도 영사로부터 많은 수당을 받고 있는 듯한 민첩한 급사가 사건의 반가운 결과를 여러 가지로 재미있고 우습게 보고하고 나서야 두 사람은 안도의 숨을 쉬었고, 총독이 나에게 교회를 보여주려고 한다는 것을 듣자마자 나를 찾아온 것이었다.

이윽고 우리는 대제단 앞에 서서 옛 귀중품에 대한 설명을 들었다. 도금한 청동 막대기로 홈을 파놓은 것 같은 청금석 원주, 피렌체식으로 끼워 넣게 되어 있는 벽주(壁柱)와 격자천장, 사치스럽게 쓰이는 훌륭한 시칠리아산 마노, 풍부하게 사용되어서 모든 것을 결합하고 있는 청동과 도금 등등. 크니프와 영사가 이 사건으로 혼난 이야기를 하고, 안내자는 안내자대로 지금까지도 잘 보존되어 있는 훌륭한 보물에 대해 설명하고, 양편이 뒤범벅이 되어 자기 이야기에 열중하고 있는 모양은 마치 기묘한 대위법의 푸가와도 같았다. 하지만 덕분에 나는 어려운 일을 잘 넘겼다는 고마움을 느끼는 동시에, 애를 많이 쓰며 지금까지 연구해 온 시칠리아 산악의 산물이 건축에도 사용되고 있는 것을 보는 이중의 만족을 가졌던 것이다.

이 화려한 건축을 구성하고 있는 개개의 부분을 상세히 조사해 보니까 저 원주의 청금석은 실은 석회석에 지나지 않는다는 것이 판명되었다. 그러나 색조는 어디서도 본 적이 없을 만큼 아름답고, 결합 상태도 훌륭하다. 석회석이라 하더라도 여전히 이 기둥은 존중할 만한 가치가 있는 것이다. 왜냐하면 이처럼 아름다우면서 같은 색조의 돌을 찾아서 골라낼 수 있으려면, 터무니없는 다량의 재료가 전제되어야 하며 거기에다 이것을 자르고 갈고 마무리하는 노력은 막대하기 때문이다. 하지만 저 예수회 신부들에게 극복할 수 없는 일이란 있을 리 없다.

영사는 그동안에도 나의 위태로웠던 운명에 대해서 이야기하는 것을 멈추지 않았다. 그가 말한 바에 의하면, 내가 맨 처음 방에 들어가자마자 총독이 몰타인 남자를 고압적으로 다루고 있는 장면을 목격한 것이 총독 자신에 있어서도 재미없는 일이었기 때문에, 특별히 나를 존경하기로 마음먹고 그 때문에 모종의 계획을 세웠는데, 내가 식사에 지각하는 바람에 실행에 옮기기도 전에 암초에 부딪히고 만 것이다. 오래 기다린 후에 식탁에 앉기는 했지만 폭군은 불쾌한 감정을 감출 수 없었다. 그리고 동석했던 사람들도 내가 도착했을 때 아니면 식사가 끝난 뒤에 한바탕 소동이 벌어지지 않고서는 못 배길 것이라고 걱정했다는 이야기였다.

이런 이야기가 계속되는 중에도 문지기는 여러 번 발언의 기회를 노려서 비밀의 방을 열어 보였다. 그 방은 아름다운 균형이 잡히게 만들어져 있고 우아하다기보다는 화려하게 꾸며져 있었으며, 그 안에는 운반이 가능한 성당 집기가 아직 많이 남아 있었다. 모든 것이 전체적으로 균형이 잡히도록 만들어지고 장식되었지만, 귀금속이나 고대 및 근대의 진짜 예술품은 아무것도 없었다.

신부와 문지기는 이탈리아어로, 크니프와 영사는 독일어로 불러대는 찬송가의 2개 국어 푸가가 끝머리에 가까워졌을 즈음, 식사 때 만났던 한 장교가 우리와 합류했다. 그런데 그 때문에 또다시 다소 걱정되는 일이 벌어졌다. 이 장교가 나를 항구로 데려가서 보통 외국인이 볼 수 없는 장소를 안내하겠다고 제안했기 때문이다. 나의 친구들은 서로 얼굴을 마주 보았는데, 나는 개의치 않고 그와 단둘이서 가기로 했다. 몇 마디 일상적인 이야기를 나눈 다음, 나는 그에게 친근감을 나타내면서 말을 걸었다. 식사 때 침묵하고 앉아 있었던 많은 사람들 중에는, 내가 전혀 모르는 사람들 사이에 있는 게 아니라 친구들 아니 형제들과 함께 있으니까 아무 걱정 없다고 암암리에 알려준 사람들이 있던 것을 충분히 알고 있다고 말했다. 그리고 나는 그에게 감사하며 다른 분들에게도 마찬가지로 감사의 뜻을 전해 주시라 간청하지 않으면 안 되겠다고 했다. 그러자 그는 다음과 같이 답했다. 그들은 총독의 성격을 잘 알고 있어서 나에 대해서도 별반 걱정할 것은 없다고 생각했기 때문에 더욱 나를 안심시키려고 그랬던 것이고, 몰타인에게 나타낸 것 같은 폭발은 극히 드문 일이며, 오히려 이런 일이 있으면 존경할 만한 이 노인은 자책을 하면서 그 후에는 행동을 삼가고 당분간은 자기 의무를 성심껏 다하는데, 그러다가 예상외의 사건이 일어나든지 하면 또다시 흥분해서 화를 못 참게 된다는 것이다. 이 정직한 친구는 말을 이어서, 그와 동료들은 나와 더 친하게 교제하고 싶어 하며, 그러므로 내 신분을 좀 더 확실하게 밝혀주기를 바라고, 그런 점에서 오늘 저녁은 절호의 기회가 될 것이라고 했다.

나는 너무 내 멋대로인 것을 용서해 주기 바란다고 하면서 그 요구를 정중하게 거절했다. 나는 여행 중에는 오로지 한 명의 인간으로서 보아주기를 바랄 뿐이며, 그래도 사람들의 신뢰와 동정을 얻는다면 그것은 나에게 지극히 기쁘고 바라는 바이지만, 그 외의 관계에 관여하는 것은 여러 가지 이유로 삼가고 있다고 답했다.

그를 설득하려는 마음은 없었다. 왜냐하면 나의 진짜 이유를 말할 수 없었기 때문이다. 하지만 선량한 사람들이 훌륭하고 순진한 태도로 전제정부 밑에서 자신과 외국인을 보호하기 위해 잘 단결되어 있는 것이 감탄스럽다고 생각했다. 내가 다른 독일 여행자들과 그들의 관계도 충분히 잘 알고 있다는 것을 감추지 않았고, 그들이 달성하려는 칭찬할 만한 목적에 관해서도 소상하게 말했더니, 그는 터놓고 얘기하면서도 완고한 나의 태도에 새삼 놀랄 뿐이었다. 그는 나를 미행하여 신원을 밝히려고 온갖 노력을 다해 보았지만 성공하지 못했다. 그건 첫째로는, 내가 하나의 위험을 피해 온 판국에 다시 필요도 없는 다른 위험을 찾아갈 수는 없는 일이었고, 둘째로는 이 섬의 성실하고 정직한 사람들이 가지고 있는 생각이 나의 생각과 큰 차이를 보이기 때문에, 내가 더 이상 가까워진다 하더라도 그들에게 기쁨도 위안도 줄 수 없다는 것을 너무나 잘 알고 있었기 때문이다.

그 대신 밤에는 친절한 활동가인 영사와 함께 두세 시간을 보냈는데 영사는 그 몰타인에 대해 설명해 주었다. "물론 그는 진짜 사기꾼은 아닙니다만, 한군데 있지 못하고 떠돌아다니는 사나이입니다. 총독은 명문가 출신에다 성실하고 유능한 덕분에 존경도 받고 수많은 업적으로 중용되고 있기는 하지만, 터무니없는 변덕쟁이에다 지독하게 성미가 급하고 거기다가 무서운 고집쟁이라는 평판을 받고 있습니다. 노인인 데다가 전제군주이기 때문에 의심이 많고, 궁정 안에 자신의 적이 있다고 믿지는 않는다 해도 걱정하고 있는 것은 확실하므로, 그 때문에 이곳저곳 돌아다니는 인물이 있으면 스파이라고 여기고 증오하는 것입니다. 이번 경우도 한동안 조용하다가 이제 한번 성미가 폭발해 울화를 풀 때가 됐다고 하는 판에 그 붉은 옷차림의 사나이가 걸려들었던 것입니다."

1787년 5월 13일, 월요일, 메시나 그리고 해상에서

우리 두 사람은 같은 기분으로 잠에서 깨어났다. 즉 메시나의 황폐한 광경을 처음 보고 나서 참을 수가 없어져서 프랑스 상선을 타고 돌아가기로 결정한 우리의 경솔함에 대해 똑같이 화나는 기분으로 눈을 뜬 것이었다. 지금 돌이켜보면, 총독과의 사건도 잘 결말이 났고, 선량한 사람들과의 관계도 내가 좀 더 소상히 신분을 밝히면 되는 것이고, 시골의 매우 기분 좋은 곳에 살고 있는 은행가 친구를 방문해서 유쾌했고, 이런

일로 미루어 보더라도 더 오래 메시나에 머물러 있으면 재미있는 일이 있을 것 같았다. 두세 명의 귀여운 아이들과 친해진 크니프는 다른 때라면 방해가 되었을 역풍이 더 오래 불어줄 것을 절실하게 원하고 있는 눈치다. 하지만 사정이 유쾌한 것만은 아니다. 짐을 꾸려놓고 우리는 언제라도 출발할 수 있도록 준비하고 있지 않으면 안 되었다.

정오에는 출항한다는 통지가 있어서 우리는 서둘러 배로 갔다. 해안에 모인 군중 속에 친절한 영사의 얼굴도 보였으므로, 우리는 고맙다는 인사를 하고 작별했다. 누런 얼굴의 사동도 잔돈을 얻을 속셈으로 인파를 헤치고 우리에게로 왔다. 약간의 돈을 주며, 주인에게 내가 출발했다는 것을 말씀드리고, 식사에 참석하지 못하게 된 것을 사과드려 달라고 부탁했다.

"항해를 떠나는 자는 용서받는 것이지요." 하고 그는 외쳤다. 그리고 기묘한 동작으로 뒤돌아서더니 사라져갔다.

배 내부는 나폴리의 프리깃함과는 달랐다. 하지만 해안으로부터 점점 멀어짐에 따라서 팔라차타 궁전의 둥근 윤곽과 망루, 그리고 도시 배후에 솟아 있는 산맥의 멋들어진 조망이 우리의 눈길을 앗아갔다. 맞은편에는 칼라브리아가 보였다. 남북으로 이어지고 있는 해협은 탁 트인 채로 바라보이고 기다란 양측에는 아름다운 해변이 멀리 내다보였다.

우리가 이 경치를 감탄의 눈으로 보고 있으려니까, 어떤 사람이 왼쪽 멀리 물이 움직이고 있는 곳이 카립디스이며, 오른쪽에 그것보다 좀 가까이 해안에 솟아 있는 바위가 스킬레라고 가르쳐주었다.[19] 자연에서는 이렇게 떨어져 있는 저 둘이 시인이 쓴 글에서는 매우 가까이 있는 악명 높은 장소로 묘사된 것을 보고 시인의 허구라고 불평하는 사람이 있다. 하지만 인간의 상상력이 대상을 보다 현저하게 표상하려 할 때는 폭보다도 높이를 중시해서, 그 필법으로 대상의 모습에 더한층 성격이나 엄숙성이나 가치를 부여하는 법이다. 그리고 이야기 속에서 알게 된 대상은 현실 세계에서는 사람을 만족시키지 못한다는 불평을 자주 듣는데, 그 이유도 마찬가지다. 상상과 현실의 관계는 시와 산문과의 관계와 매한가지로, 전자는 대상을 웅대 준험하게 생각하는 데 반해, 후자는 항상 평면으로 펼쳐가는 것이다. 16세기의 풍경화가를 현대 화가에 비교해 보면 이 사실을 확실하게 알 수 있다. 예를 들어 요스 데 몸퍼[20]의 그림을 크니프의 스케치와 비교하면 이 대비는 명백해질 것이다.

크니프는 해안의 경치를 스케치하려고 벌써부터 준비하고 있었지만 그럴 만한 것이 나타나지 않아서 우리는 이런 대화를 하고 있었다.

또다시 뱃멀미의 불쾌한 느낌이 엄습해 왔다. 이 배에서는 섬으로 갈 때처럼 자신을 간편하게 격리해서 불쾌한 기분을 완화시킬 수가 없었다. 하지만 선실은 몇 사람을 수용하기에 충분한 넓이였고 고급 깔개도 있기는 했다. 그곳에서 내가 전

---

19) 『오디세이아』에서 항해자들을 괴롭히는 무서운 바다괴물 카립디스와 스킬레는 메시나해협의 거친 소용돌이 물살의 의인화로 여겨진다.

20) Joos de Momper, 1564~1653. 네덜란드 안트베르펜 출신의 플랑드르파 화가로, 인물의 크기에 비해 매우 웅대한 상상적 풍경화를 주로 그렸다.

처럼 수평 자세를 취하고 누워 있으니까 크니프가 붉은 포도주와 흰 빵을 가지고 와서 성실히 간호해 주었다. 이런 상태에서 생각해보니 시칠리아 여행 전체가 그다지 유쾌한 조명을 받고 있는 것 같지 않다. 우리가 시칠리아에서 본 것이라고는 대체로 자연의 흉포한 행위와 시간의 끈질긴 농락, 인간들 서로의 적대적 분열에 의한 증오 같은 것으로부터 자기를 지키려는 인류의 공허한 노력뿐이었다. 카르타고인, 그리스인, 로마인 그리고 그 후의 많은 민족은 건설하고 다시 파괴했다. 셀리눈테[21]는 계획적으로 파괴되어 있다. 아그리젠토의 수도원을 폐허로 만드는 데는 2000년의 세월도 충분하지 못했는데, 카타니아와 메시나를 파괴해 버리는 데는 순식간은 아니라 하더라도 몇 시간이면 족했던 것이다. 그러나 나는 인생의 파랑 위에서 흔들리고 있는 사나이의 이 뱃멀미와도 같은 고찰에 의해 완전히 지배되어 버리지는 않았다.

1787년 5월 13일, 화요일, 바다 위에서

이번에는 좀 빨리 나폴리에 도착하겠지, 그렇지 않더라도 뱃멀미는 요전보다는 빨리 낫겠지 하고 소망했건만 그렇게 되지 않았다. 크니프의 격려를 받고 나는 갑판에 나가보려고 여러 번 시도했지만 변화무쌍한 경치를 즐길 수가 없었다. 다만 두세 번은 뱃멀미를 잊을 수 있었다. 하늘은 전면이 희끄무레

21) 시칠리아 남서부의 고대 그리스 도시로, 기원전 409년과 기원전 397년 카르타고에 의해 두 차례 침략당한 후 멸망했다.

한 안개로 덮여서 그 뒤로부터 태양이, 모습은 확실하게 분간할 수 없었지만, 해면에 비치고 있기 때문에 바다는 비할 데 없는 아름다운 하늘색을 띠고 있었다. 돌고래 떼가 배를 따라와서 헤엄치고 뛰어오르고 하면서 배와 항상 같은 간격을 유지하고 있었다. 돌고래들은 바다 깊은 곳이나 먼 곳에서는 검은 점같이 보이는 이 떠 있는 건물을 무슨 사냥감이나 맛있는 먹이라고 여기는 것은 아닐까 생각했다. 그러나 뱃사람들은 그들을 동반자가 아니라 적이라고 생각하고 있는 모양으로 그중 한 마리를 작살로 명중시켰는데 배 위에 끌어올리지는 않았다.

바람 상태가 나빠서 우리가 타고 있는 배는 방향을 바꿔가면서 겨우 바람을 속일 수 있었다. 이것을 보고 참지 못하는 선객이 점점 늘어나, 마침내 항해 경험이 많은 선객 두세 명이 나서서, 선장도 조타수도 전혀 일을 모르며 선장은 상인, 조타수는 하급선원 정도밖에 안 되고, 이렇게 많은 인명과 화물을 맡을 자격이 없다고 불평했다.

악담은 하지만 근본은 정직한 그들에게 나는 염려를 입 밖에 내지 말아 달라고 부탁했다. 선객의 수는 굉장히 많아서 그중에는 늙은이, 젊은이, 여자, 어린이도 섞여 있는데, 모두들 하얀 깃발이 해적에 대해 안전하다고 해서 그 밖의 것은 하나도 생각하지 않고 프랑스 배로 몰려왔던 것이다. 그래서 나는 상상했다. 이 사람들은 표식 없는 하얀색 깃발 덕분에 안전하다고 믿고 있을 뿐이니, 만일 이 배를 전혀 신용할 수 없다고 한다면 다들 극도의 불안 상태에 빠지게 될 것이라고.

사실 하늘과 바다 사이에서 이 흰 헝겊은 영험이 뚜렷한 부적으로서 참으로 불가사의한 작용을 한다. 길 떠나는 자와 뒤에 남는 자가 흰 손수건을 흔들어 인사를 교환하며 서로 보통 때는 느끼지 못했던 이별의 우정과 애정을 자아내듯, 이 단순한 깃발의 기원은 그야말로 신성하다. 그것은 한 사람이 손수건을 막대기에 묶어서 친구가 바다를 건너온다는 소식을 전 세계에 알리는 것과도 같다.

식사는 돈을 지불하고 먹어달라고 요구한 선장은 화를 냈을지도 모르지만, 나는 지참한 포도주와 빵으로 기운을 차리고 어떻든 갑판에 앉아서 세상 돌아가는 잡담에 끼어들 수 있었다. 크니프는 지난번 코르벳 범선에서는 맛있는 음식을 자랑하면서 먹어 내 부러움을 샀던 것과는 달리, 도리어 이번에는 나에게 식욕이 없는 것이 다행이라고 위로하면서 나를 쾌활하게 만들려고 애썼다.

1787년 5월 14일, 수요일

오후가 다 지났지만 배는 나의 소망대로 나폴리만에 들어갈 수가 없었다. 도리어 우리 배는 끊임없이 서쪽으로 밀려서 카프리섬 가까이 와 있는데도 점점 미네르바곶으로부터 멀어지는 모양이다. 모든 승객이 초조를 참지 못하고 있었으나, 세상을 화가의 눈으로 관찰하는 우리 두 사람은 극히 만족하고 있었다. 왜냐하면 이번 여행이 우리에게 준 가장 아름다운 풍경을 이날 일몰 즈음에 즐길 수 있었기 때문이다. 미네르바곶은 눈부실 만큼 아름다운 색깔로 물들어 인접한 산들과 같이 우리 눈앞에 누워 있고, 남으로 뻗쳐 있는 바위는 벌써 푸른 기운이 도는 색조를 띠고 있었다. 미네르바곶에서 소렌토에 이르기까지 해안은 석양을 받아 길게 이어져 있었다. 베수비오산도 모습을 드러냈다. 봉우리 위에 수증기가 소용돌이치며 동쪽으로 길게 낀 것을 보면 최근에 강렬한 폭발이라도 있지 않았나 추측된다. 왼쪽에는 카프리가 험하게 솟아 있고 투명한 푸른 기운이 낀 안개 속에서도 암벽을 완전하게 식별할 수 있었다. 구름 한 점 없는 맑은 하늘 아래 조용하고 거의 파도가 없는 바다가 빛나고 있었는데, 바람 한 점 없이 마치 맑은 연못처럼 눈앞에 펼쳐져 있었다. 우리는 황홀하게 이 광경을 바라보았다. 크니프는 어떠한 회화도 이 조화를 그려낼 수는 없을 것이며, 아무리 노련한 화가가 최상급의 영국제 연필을 사용한다 하더라도 도저히 이 선을 그을 수는 없다고 말하면서 길게 탄식했다. 이에 반해서 나는, 설령 이 재능 있는 화가가 이루고자 하는 것보다 훨씬 가치가 떨어지는 기념품일지라도 머지않은 장래에는 대단히 귀중한 것이 되리라 확신하고, 크니프에게 손과 눈을 최대한 움직여서 불후의 작품을 제작하도록 격려했다. 그는 내 말을 받아들여 지극히 정확한 스케치를 한 장 그렸다. 나중에 색을 입히고 보니, 재현 불가능한 것도 회화적 묘사에 따라서는 가능하게 될 수 있다는 실례를 남겼다. 우리는 저녁에서 밤으로 옮겨가는 경치를 탐닉하듯이 눈으로 좇았다. 이제 카프리는 시커먼 모습으로 우리 앞에 누웠고, 놀랍게도 베수비오산 근처의 길게 깔려 있는 구름도 점점 불타올라서 마침내는 우리가 바라보고 있는 경치의 배경을 이루고 있는 일대의 대기가 밝게 빛나고 끝내는 번개처럼 섬광을 발했다.

우리 둘은 이처럼 기쁜 광경에 완전히 넋을 잃고 있었기 때문에 일대 재난이 우리를 위협하고 있는 것을 전혀 알아차리지 못했다. 그러나 선객들 사이의 동요는 우리에게도 위험을 인정하지 않을 수 없게 만들었다. 우리보다 훨씬 바다 사정에 밝은 선객들은 선장과 조타수의 기술이 미숙해 해협으로 들어가지 못했을 뿐만 아니라, 위탁된 인명이나 재화 등의 모든 것이 위험에 처하게 되었다며 호되게 비난했다. 우리는 바람이 조금도 없는데 무엇을 걱정하는지 몰라서 그 불안의 원인을 물어보았다. 그런데 이 무풍 상태야말로 걱정의 근원이라는 이야기였다.

그들은 말했다. "이미 우리 배는 저 섬의 주위를 돌고 있는 조류 속으로 들어와 있습니다. 이 조류는 기묘한 물살에 의해 속도는 느리지만 어쩔 수 없이 저 깎아지른 바위 쪽으로 흘러갑니다. 저 바위가 있는 곳에는 발 디딜 만한 틈도 없으며 피난할 만한 후미진 곳도 없습니다."

이 이야기를 들은 우리는 긴장했고, 우리 자신의 운명을 생각하며 전율을 느꼈다. 밤이 되어서 닥쳐오는 위험을 식별할 수는 없었지만, 그래도 배는 크고 작게 흔들리며 바다 전체에 퍼져 있는 희미한 저녁놀 속을 통과하여 점점 더 시커멓게 솟아오르고 있는 눈앞의 바위를 향해 접근하고 있었다. 바람은 한 점도 없어서 사람들은 손수건이나 가벼운 리본을 높이 공중에 쳐들고 있었으나, 애타게 바라고 있는 바람이 불어올 기척은 없었다. 사람들은 더욱더 소리 높여 떠들기 시작했다. 아녀자들은 갑판 위에 꿇어앉아 기도라도 드릴 텐데, 움직일 공간이 없어 그저 밀고 당기며 서 있었다. 남자들은 그래도 구조 방법 등을 생각하고 있는 데 반해, 여자들은 선장에 대해 줄곧 욕설만 퍼부었다. 여행 중 입에 담지 않고 뱃속에 쌓아두었던 온갖 불평불만을 선장을 향해 쏟아놓았다. 비싼 뱃삯을 받으면서 선실이 낡았다, 음식이 빈약하다, 선장의 태도가 불친절한 것까지는 아니더라도 무뚝뚝하다고 투덜거렸다. 선장은 그러나 자기 행동에 관해서 아무에게도 변명 같은 것은 하지 않았다. 어젯밤에도 자신의 조종 방법에 대해 완강하게 침묵을 지켰다.

그러니까 이번에는 모두들 선장과 조타수는 어디선가 잘못 기어든 행상인이며 항해술 같은 것은 모르고 다만 잇속 때문에 이 배를 입수했는데, 무능과 미숙으로 인해 이제 자기들에게 위탁된 모든 것을 위험에 빠뜨렸다고 악담을 했다. 선장은 여전히 침묵한 채 계속 구조 방법을 생각하고 있는 것 같았다. 나는 원래 젊었을 적부터 무질서란 것을 죽기보다도 싫어한 인간이기에 더 이상 참고 있을 수 없었다. 나는 그들 앞으로 나아가 새 떼 같은 말체시네의 군중 앞에서 그랬듯이[22] 평온한 기분으로 다음과 같이 이야기했다. 이런 때에 모든 사람이 큰 소리로 떠들어대면 구조의 유일한 희망이랄 수 있는 선장과 그의 부하들의 귀와 머리를 혼란하게 만들기 때문에 그

22) 1786년 9월 14일의 일화(1권 69~74쪽) 참조.

들은 생각할 수도 서로 의논할 수도 없게 되어버린다고.

나는 소리를 질렀다. "당신들이 저지른 일은 결국 당신들에게 돌아오는 겁니다. 그러니까 열심히 성모님께 기도를 올리십시오. 옛날 갈릴리의 호수가 거칠어져서 파도가 배에 들이쳤을 때, 희망을 잃고 방도를 찾지 못한 사람들이 주무시던 주님을 깨우니까, 주님은 '바람이여 자라!' 하고 명령하신 적이 있습니다. 마찬가지로 지금도 주님께서 원하신다면 바람이 불도록 명령하실 수 있습니다. 주님께서 그때 사도를 위해 하신 말씀을 여러분을 위해서도 해주실 것인지 여부는 오로지 성모님이 주님께 잘 말씀드려 주시느냐 아니냐에 달려 있어요."

이 말은 이상한 효과를 거두었다. 아까 나하고 도덕과 종교 문제 등에 관해서 서로 이야기를 나누었던 한 부인이 외쳤다. "바를람님, 바를람님에게 축복 있으라!" 그리고 그들은 마침 무릎 꿇고 있었으므로 평상시와 다른 열정을 가지고 연도(連禱)를 드리기 시작했다. 선원들이 구조 작업을 하는 것이 눈에 보였기 때문에 그녀들은 더욱 안심하고 이 기도를 계속할 수 있었다. 선원들은 6~8인승 보트 한 척을 내려서, 긴 밧줄로 본선과 연결한 후 노를 저어서 본선을 예인하려고 죽을힘을 다하여 노력하고 있었다. 한순간 배는 조류 속에서 움직인 것같이 보였고 조류 밖으로 나올 수 있겠다는 희망을 안게 했다. 그런데 이 방법이 조류의 반동력을 증대시켰기 때문인지 아니면 무언가 다른 사정이 있어서였는지, 갑자기 긴 밧줄에 끌린 보트와 승무원들이 활처럼, 마치 마부가 냅다 갈긴 채찍처럼 배 쪽으로 튕겨져 왔다. 이렇게 해서 이 희망도 물거품으로 사라졌다.

기도와 애원이 뒤범벅되어 울려 퍼졌다. 아까부터 양치기가 지피는 불이 멀리 보이고 있었는데, 그 양치기가 바위 위에서 "아래쪽에 배가 닿는다!" 하고 공허한 소리로 외쳤을 때에는 사태가 더욱 악화되어 있었다. 양치기들이 서로 외쳐대는 알아들을 수 없는 사투리를 이해한 선객의 말로는, 그들이 내일은 고기가 많이 잡히리라 기뻐하고 있다는 것이었다. 설마 배가 그렇게까지 바위에 가까이 가 있지는 않겠지 하고 불안 속에서도 위안하고 있었지만, 선원이 큰 작대기를 가지고 만약의 경우 작대기가 부러져 만사 끝날 때까지 바위에다 대고 버텨서 배의 충돌을 막으려는 자세를 취하고 있는 것을 보니까, 순간의 위안도 금세 사라지고 말았다. 배의 동요는 전보다도 심해지고, 밀려와서 부서지는 파도는 더욱 많아지는 것 같았다. 이 때문에 뱃멀미가 다시 일어나 별수 없이 선실로 내려가려고 결심했다. 나는 반쯤 혼미한 상태로 자리에 누워 있었는데 어쩐지 기분이 좋았다. 이 기분은 갈릴리의 호수에서 연유된 듯하다. 왜냐하면 동판화가 있는 메리안성서[23)]가 생생하게 눈앞에 떠올랐기 때문이다. 인간의 감각적 도덕적 인상의 힘은 자기 이외에 믿을 것이 없어졌을 경우에 가장 강렬하게 나타난다. 내가 얼마 동안이나 반은 잠들고 반은 깬 상태로 누워 있었는지는 확실치 않지만, 여하튼 시끄러운 소리가 머리

23) 마테우스 메리안(Matthaus Merian, 1593~1650)이 마르틴 루터가 번역한 성경에 삽화를 붙여 1627년에 프랑크푸르트에서 출판했다. 괴테는 어린 시절 이 성경으로 처음 글자를 깨쳤다고 『시와 진실』에 썼다.

위에서 들려 눈을 떴다. 큰 밧줄을 갑판 위에서 잡아당기고 있다는 것은 확실히 알 수 있었기에 돛을 사용할 수 있게 된 것은 아닐까 하는 희망이 가슴속에 솟아났다. 그러는 동안 크니프가 헐레벌떡 내려와서 이젠 걱정 없다고 알렸다.

"조금이지만 바람이 불어왔어요. 지금 모두들 돛을 올리고 있기에 저도 거들고 왔습니다. 이제 배는 바위에서 상당히 떨어져 있습니다. 아직 완전히 조류를 빠져나오지는 못했으나 더는 걱정 없을 것 같습니다."

갑판은 조용했다. 곧 선객이 두세 사람 돌아와서 잘되었다고 하면서 드러누웠다.

항해 나흘째 아침에 눈을 뜨니 기분은 상쾌하고 기운도 났다. 지난번 항해에서도 이때쯤 되어서 기분이 회복되었는데, 그러고 보면 더 긴 항해에서도 처음 사흘 동안만 멀미를 하면 아마도 그걸로 끝나게 되는 모양이다.

갑판에서 보니 카프리섬은 옆쪽으로 상당한 거리에 떨어져 있고, 배는 나폴리만으로 들어갈 수 있을 듯한 방향으로 전진하고 있어 기뻤다. 과연 얼마 지나지 않아 만 안쪽으로 들어갔다. 이제 우리는 괴로웠던 하룻밤을 참고 견딘 끝에 전날 밤 우리를 황홀하게 만들었던 바로 그 경치를 반대쪽 햇빛 속에서 감상하는 기쁨을 갖게 된 것이다. 저 위험한 바위섬도 뒤에 남겨졌다. 어제는 만의 오른편을 멀리서 감상했는데 지금은 성채도 시내도 바로 앞쪽에 모습을 드러냈고, 거기서부터 왼편에는 포실리포와 프로치다가 보였다. 이스키아섬 근처까지 뻗어 있는 갑이 보였다. 승객들 전부가 갑판에 나와 있었다. 제일 선두에는 자기가 태어난 동방 자랑만 늘어놓던 그리스인 성직자가 서 있었는데, 자기들의 아름다운 조국을 황홀하게 맞고 있는 이탈리아인들이 나폴리와 콘스탄티노플을 비교해 보니 어떠냐고 묻자 "이것도 하나의 도시군요!" 하고 장중한 어조로 대답했다.

우리는 마침 좋은 시각에 항구에 도착했다. 대낮의 번화한 때여서 대단한 혼잡이었다. 우리의 트렁크와 그 밖의 짐이 양륙되어 부두에 닿자마자 두 사람의 짐꾼이 그것을 차지하여, 모리코니 여관[24]에 숙소를 잡는다는 말을 듣기가 무섭게 노획품이라도 되는 듯 짐을 들고 뛰어갔다. 거기서 우리도 통행량이 많은 큰길로 나가서 뒤를 쫓았는데, 굉장히 혼잡해서 그들을 놓치고 말았다. 다행히도 크니프는 자기 포트폴리오를 옆구리에 끼고 있었기 때문에, 만약에 그 짐꾼이 나폴리의 빈민보다도 질이 나빠서 겨우 파도로부터 건져낸 짐을 날치기해 달아난다 하더라도, 적어도 그림만은 잃지 않았을 것이다.

24) 괴테가 첫 번째 나폴리 체류 때 묵었던 곳이다. 1권 312쪽 참조.

나폴리

헤르더에게

1787년 5월 17일, 나폴리

친애하는 친구들이여, 나는 매우 건강하게 다시 이곳으로 돌아왔다. 시칠리아 여행은 간단하게 빨리 끝냈다. 귀국하면 내가 본 것에 관해서 여러분의 비판을 듣고 싶다. 나는 지금까지 대상을 단단히 잡고 늘어져 있었기 때문에 이제는 악보만 보아도 금방 연주할 수 있을 만한 훌륭한 숙련을 쌓을 수 있었다. 그리고 나는 시칠리아에 관한 위대하고 아름답고 또한 비할 수 없는 생각을 이처럼 명확하고 순수하게 마음에 안게 된 것을 대단한 행복이라고 생각하고 있다. 나는 어제 파에스툼으로부터 돌아왔기 때문에, 이것으로 남국에서 나의 동경의 대상은 전부 본 셈이다. 바다와 섬은 나에게 즐거움과 함께 괴로움도 주었지만 나는 만족하고 간다. 자세한 이야기는 내가 귀국하는 날까지 기다려주기 바란다. 이 나폴리라고 하는 곳은 명상에는 어울리지 않는다. 나는 이번 편지에서는 저번 보다 요령 좋게 이 땅에 관해 쓸 수 있다고 생각한다. 이변이 생기지 않는 한 나는 6월 1일 로마로 간다. 그리고 7월 초에는 로마를 떠나려고 생각한다.

나는 될 수 있는 한 빨리 여러분을 만나고 싶으며 그날이야말로 기쁨의 날이 아닐 수 없다. 선물은 꽤 많이 생겼으나 좀 차분하게 정리를 해야겠다.

자네가 나의 전집에 대해 보여준 친절과 호의에 대해 마음으로부터 감사하고 있다. 나는 무언가 지금까지 해온 것 이상의 훌륭한 작품을 써서 자네와 기쁨을 나누고 싶다고 항상 소원해 왔다. 자네로부터 어디서 무엇을 받든지, 나는 언제나 기꺼이 얻으려고 생각한다. 우리 두 사람은 사물의 사고방식에 있어서 똑같지는 않아도 더없이 접근해 있으며, 주요한 안목에 있어서는 가장 가까워져 있다. 자네는 최근에 자신의 내부로부터 많은 것을 퍼 올렸을 텐데, 나 또한 많은 것을 배웠다. 그러므로 훌륭한 교환이 되리라고 생각한다. 물론 자네가 말하듯이, 내 생각은 너무나도 눈앞의 사물에 집착해 있었다. 그리고 내가 세상을 관찰하면 할수록, 인류가 장차 현명하고 사려 깊고 행복한 집단이 될 수 있으리라는 생각이 점점 약해진다. 하기는 백만의 세계 중에 아마 하나쯤은 그러한 특색을 자랑할 수도 있겠지. 그러나 우리들 세계와 같은 조직에서 그런 것을 도저히 바랄 수 없다는 점은 시칠리아에서의 경우와 마찬가지다.

동봉한 쪽지에 살레르노로 가는 길과 파에스툼 자체에 관해서 의견을 약간 적어둔다. 이것은 내가 완전한 모습으로 북방에 가지고 돌아갈 수 있는 최후의, 그리고 정직하게 말하자면, 아마도 가장 멋진 아이디어다. 한가운데의 신전[25]도 내 의견으로는 시칠리아에서 볼 수 있는 것 중에 가장 훌륭하다.

호메로스에 관해서는 눈에 덮였던 것이 벗겨진 느낌이다. 묘사나 비유를 할 것 없이 아주 시적인 느낌을 받으며, 말할 수 없는 자연미가 있고, 그러면서도 놀랄 만한 순수성과 열성을 가지고 쓰여 있다. 극히 기묘한 허구의 사건일지라도 자연미가 들어 있는데, 묘사된 대상을 눈으로 직접 보고는 더욱더 그렇게 느껴졌다. 내 생각을 간단히 말하자면, 그들은 존재를 묘사하고 우리들은 효과를 묘사한다. 그들은 무서운 것을 표현했지만 우리들은 무섭게 표현한다. 그들은 유쾌한 것을, 그리고 우리들은 유쾌하게 그리는 것이다. 극단적인 것, 부자연스러운 것, 허위의 우아함이나 과장은 모두 여기서 유래하는 것이다. 왜냐하면 효과를 내려고 하거나 효과를 노려서 창작하는 경우에는 그 효과를 아무리 독자에게 십분 전하려 해도 여전히 부족함을 느끼기 때문이다. 내가 말하는 바가 새롭지는 않다 하더라도 최근의 기회에 나는 절실하게 그것을 깨달았다. 즉 나는 이들 모든 해안과 곶, 만과 후미, 섬과 해협, 암석과 모래사장, 관목이 우거진 언덕, 완만한 목장, 아름답게 가꿔진 정원, 손질이 잘된 수목, 매달려 있는 포도 넝쿨, 구름에 휩싸인 산과 언제나 청명한 평야, 단애와 여울, 그리고 이

25) 파에스툼에서 가장 보존 상태가 좋은 헤라 제2신전을 가리킨다.

모든 것을 둘러싼 바다의 천변만화의 양상을 마음속에 생생하게 보전하고 지니고 있음으로 해서 『오디세이아』는 비로소 나에게 생명이 넘치는 말을 걸어오는 것이다.

또한 나는 자네에게 털어놓지 않으면 안 되는 것이 있는데, 식물의 번식과 조직의 비밀이 나에게는 상당히 확실하게 판명되었다는 점이다. 그것은 생각지도 못할 정도로 간단하다. 이탈리아의 하늘 아래서는 참으로 재미있는 관찰을 할 수 있다. 나는 맹아(萌芽) 발생의 핵심을 발견했다. 지극히 명백하고, 아무런 의심을 할 여지도 없다. 그 밖의 문제들도 이미 전체적으로는 파악했으며, 다만 두세 가지 점만 좀 더 명료해지면 되는 것이다. 원식물은 지상에서 가장 경이로운 피조물이니, 이를 발견한 나를 자연이 시샘할 만하다. 이 모델과 해결 방법으로 우리는 식물을 무한히 발견할 수 있으며, 그것은 수미일관될 수밖에 없다. 즉 설령 그런 식물이 존재하지 않는다 하더라도 존재할 수 있는 것이며, 회화나 문학의 영상이나 가상과는, 달리 내적 법칙과 필연성을 가진다. 같은 법칙은 다른 모든 생물에도 적용될 수 있을 것이다.

1787년 5월 18일, 나폴리

티슈바인은 로마로 돌아가 있지만[26] 지금 돌이켜보니 그는 자기가 없더라도 우리가 불편을 느끼지 않도록 여러 가지로

26) 괴테가 시칠리아에 있던 1787년 5월 초, 그때까지 나폴리에 체류하던 티슈바인은 발데크 공자와 함께 로마로 돌아갔다.

애써 두었다. 그는 이곳 친구들에게 우리에 대한 신뢰감을 충분히 불어넣은 듯, 이 친구들은 너나없이 모두 허물없는 태도로 친절하게 우리를 돌봐준다. 누군가로부터 무엇이든 친절과 도움을 필요로 하지 않는 날이 하루도 없었기에, 그 우정이 지금 특별히 고마운 것이다. 나는 다시 이제부터 보고 싶은 것의 목록을 작성 중이다. 시간이 짧다는 것은 기정사실이며, 그에 따라 앞으로 얼마만큼 구경할 수 있을지가 정해질 것이다.

1787년 5월 22일, 나폴리

오늘 내가 겪은 재미있는 사건은 여러 가지로 생각을 해보아도 여기서 이야기할 만한 가치가 있을 것이다. 나의 첫 번째 체재 때 여러 가지로 편의를 보아주었던 어느 부인이 저녁 5시 정각에 찾아와 주었으면 좋겠다면서, 내가 쓴 『젊은 베르테르의 슬픔』에 관해서 어떤 영국인이 이야기를 하고 싶어 한다고 부탁해 왔다.

이것이 반년 전이었다면 설사 그 부인이 나한테 두 배나 소중한 사람이었을지라도 거절했을 것이다. 그러나 내가 승낙한 것을 보면 시칠리아 여행이 나에게 좋은 영향을 주었다는 사실을 알 수 있다. 여하튼 나는 가기로 약속했다.

그러나 유감스럽게도 도시가 큰 데다가 볼 것이 너무 많아서 나는 15분쯤 늦게 도착했다. 층계를 올라가 닫혀 있는 현관 앞의 갈대로 만든 매트 위에 서서 초인종을 누르려는데, 문이 안으로부터 열리고 중년의 점잖은 남자가 나왔다. 나는 그가 영국인이라는 것을 금방 알아차렸다. 그는 나를 보자마자 "당신은 『젊은 베르테르의 슬픔』의 작가시군요!"라고 말했다. 나는 그렇다고 답하고 시간 맞춰 오지 못한 것을 사과했다.

그랬더니 그는 "저는 이제 한시도 기다릴 수가 없게 되었습니다. 제가 당신한테 드리려는 말씀은 아주 간단해서 이 깔개 위에서도 말할 수 있습니다. 저는 당신이 많은 사람들로부터 들으신 일을 여기서 되풀이하라고 하지 않겠습니다. 거기다가 그 작품은 다른 사람들에게 미친 만큼 열렬한 영향을 저한테는 주지 못했습니다. 하지만 그것을 쓰는 데 얼마큼의 노력이 필요했을까를 생각하면 저는 언제나 경탄을 금치 못합니다." 라고 말했다.

내가 그에 대해서 무언가 감사의 말을 하려고 하니까 그는 가로막으면서 외쳤다. "저는 더 이상 지체할 수 없습니다. 당신을 만나 이것만은 직접 말씀드리고 싶다는 제 바람은 이것으로 만족되었습니다. 그럼 안녕히!"

그러더니 그는 계단을 내려갔다. 나는 거기 선 채로 이 명예로운 말을 잠시 반추하고 있다가 겨우 초인종을 눌렀다. 부인은 우리 두 사람의 해후의 모양을 재미있게 듣고서 이 진귀하고 색다른 남자의 여러 가지 장점을 들려주었다.

5월 25일, 금요일, 나폴리에서

저번에 만났던 그 제멋대로의 공녀[27]를 다시 만날 일은 없

27) 사트리아노 공자비를 말한다. 1권 332쪽 참조.

을 것이다. 그녀는 자기 말대로 소렌토로 가 있다. 그녀는 출발하기 전에 내가 그녀보다도 돌뿐인 황량한 시칠리아를 선택한 것 때문에 나에 대해서 좋지 않게 말했다고 하는데, 몇몇 친구가 이 색다른 여자의 내력을 전해 주었다. 그녀는 가문은 좋지만 빈한한 가정에 태어나 수도원에서 양육되었는데, 나이 많은 부호 공자와 결혼하려고 결심했다. 그녀는 천성이 선량했으나 사람을 전혀 사랑하지 못하는 성격이었다. 그 결혼은 주위에서 권한 것이었다. 돈은 있지만 가정 사정상 극도로 속박이 많은 처지에서 그녀는 자신의 재기로 난관을 뚫고 나가려고 마음먹고, 행동이 구속되어 있다면 구변만은 마음껏 구사하기로 결심했다. 사람들의 말에 의하면, 그녀의 행실은 본래 비난할 것이 아무것도 없으나, 상대를 불문하고 대놓고 막말하는 것을 원칙으로 삼는 듯하다는 이야기다. 그녀의 말을 종이에 적어놓는다면 처음부터 끝까지 종교, 국가, 풍속을 해치는 이야기뿐으로 도저히 검열을 통과할 수 없을 것이라고 농담 삼아 말하는 사람도 있었다.

그녀에 관한 아주 기발하고 애교 있는 이야기를 들었기에 그다지 품위 있는 내용은 아니지만 그중 하나를 여기 적어 둔다.

칼라브리아를 덮친 지진이 일어나기 직전, 그녀는 남편의 영지에 살고 있었다. 그녀의 저택 근처에는 지면에 바로 세운 단층 판잣집이 있었다. 판잣집이기는 하지만 내부에는 깔개와 가구도 있고 상당한 살림살이가 있었다. 지진의 징후가 있었을 때 그녀는 그곳으로 피신했다. 집 안에서 그녀는 뜨개질을 하면서 소파에 앉아 있었고, 그 앞에는 재봉대를 마주 보고 한 성직자가 있었다. 그런데 갑자기 대지가 흔들리면서 그녀가 있는 쪽은 땅속으로 꺼지고 반대쪽은 솟아올라 사제와 재봉대는 위로 올려졌다.

"망측해라!" 그녀는 쓰러지는 벽에 머리를 기대면서 외쳤다. "성직자란 사람이 그래도 되나요? 마치 나를 덮칠 것 같은 모양이네요. 정말 풍속괴란이에요."

그러는 사이에 집은 다시 바로잡혔지만, 그녀는 이 선량한 노인이 취할 수밖에 없었던 진묘하고 음탕한 자세를 생각하느라 웃음을 멈추지 못했다. 그리고 이런 농담을 함으로써 그녀는 모든 재해와 그녀 가족은 물론이고 수천의 사람들에게 닥친 크나큰 손실을 전혀 개의치 않는 듯이 비쳤다. 땅속으로 빠져 들어가려는 순간에도 그런 농담을 할 수 있다니, 참으로 이상하고 행복한 성격이라 할 것이다.

1787년 5월 26일, 토요일, 나폴리

잘 생각해 보면 이렇게 성자가 많다는 것은 역시 편리한 일이라고 해야겠다. 신자들은 각자의 성자를 선택할 수가 있으며, 자기에게 정말 맞는 성자에게 충분한 신뢰를 갖고 의지할 수 있는 것이다. 오늘은 나의 성자의 날이어서 나는 교의에 따라서 경건하게 그리고 명랑하게 제례를 올렸다.

성자 필리포 네리[28]는 사람들로부터 깊은 존경을 받는 동

28) S. Flippo Neri, 1515~1595. 피렌체 공국의 귀족 가문에서 태어났으나

시에 유쾌한 추억 속에 기억되고 있다. 그의 인물 됨됨이와 숭고한 신앙심에 관한 이야기를 듣는 일은 우리에게 수양도 되고 흥미도 있는 일이다. 그의 재미있는 기질에 대해서도 여러 가지 이야기가 전해져 온다. 그는 아주 어렸을 적부터 이미 열렬한 종교적 충동을 느꼈고, 나이가 들면서 내면의 종교적 열정이 깃든 숭고한 천성이 발전되었다. 저도 모르게 입 밖으로 나오는 기도나 심원하고도 침묵하는 예배의 재능, 눈물을 흘리고 황홀경에 빠지는 종교적 천분, 그리고 마지막으로 정말 최고의 경지인바, 지상으로부터 날아올라서 공중에 떠 있는 재능 등이 나타난 것이다.

이러한 신비하고도 비범한 여러 성정에 더해 그에게는 한없이 투철한 이성, 현세의 사물에 대한 순수하고 정확한 평가 혹은 더 나아가 경멸, 그리고 동포의 육체적 정신적 고통을 실질적으로 돕기 위해 헌신하는 성격까지 있었다. 그는 축일 제례, 미사 참례, 기도, 단식 및 기타 믿음이 깊은 성직자가 지켜야 할 온갖 의무를 엄수했다. 게다가 청년의 교육, 그들의 음악 및 구변의 양성에도 종사했다. 그리고 그때에는 종교상의 문제만 아니라 재기 넘치는 문제도 폭넓게 제기하며 여러 가지 자극이 될 담화나 논의를 벌였다. 그중에서도 가장 훌륭한 점은, 이 모든 것을 전적으로 자기의 충동이나 권능에서 실행하면서 어떤 교단이나 교회에도 속하는 일 없이, 또한 아무런

로마에서 평신도로 16년 동안 순례자와 병자를 구호했다. 오라토리오회 창시자다.

직위에도 취임하는 일 없이, 장기간에 걸쳐 자기의 길을 부단히 추구해 갔다는 점이다.

무엇보다 뜻깊은 일로 주목해야 할 것은 이때가 마침 루터 시대였으며, 유능하고 신앙심 깊은 정력적 활동가가 그것도 로마 한복판에서 종교적이고 신성한 것을 세속적인 것과 결합시키고 천상의 것을 현세의 생활 속에 도입해, 일종의 종교개혁을 준비하려고 생각했다는 사실이다. 왜냐하면 이곳에야말로 교황 정치의 감옥을 개방하여 신을 자유의 세계로 돌려 올 수 있는 열쇠가 존재하기 때문이다.

이렇게 훌륭한 인물을 가까이에, 즉 로마 관할 내에 두고 있던 교황청은, 그러지 않아도 이미 종교생활을 하며 수도원에도 살았고, 그곳에서 설교를 해 신앙심을 고무했으며, 정식 교단은 아닐지언정 자유로운 한 집단을 설립하려 한 이 인물을 부단한 설득과 추궁으로 끝내 직위에 앉힘으로써, 지금까지의 인생에는 결여되어 있던 온갖 이익을 누리게끔 했던 것이다.

그의 육체가 기이하게도 땅 위로 떠올랐다는 이야기를 의심하는 것은 지극히 당연한 일이지만, 그러나 정신적으로 보면 그는 확실히 지상 높이 뛰어오른 것이다. 그는 허영, 허식, 불손을 가장 싫어했으며 이것을 참된 신앙생활로 들어가는 최대의 장애라고 극력 반대했다. 그것도 많은 일화에 남아 있듯이 늘 해학이 넘치는 식으로.

예를 들어 다음과 같은 이야기가 있다. 그가 교황 측근에 있었을 때 로마 근방에 온갖 종류의 영묘한 종교적 능력을 지닌 수녀에 대한 보고가 교황에게 전해졌다. 이 이야기의 진상을 조사하라는 명령이 네리한테 떨어졌다. 그래서 그는 곧 나귀를 타고 궂은 날씨와 지독히 나쁜 길을 뚫고 수녀원으로 갔다. 안으로 들어가 수녀원장과 이야기했는데, 그녀는 이 불가사의한 징후를 곧이곧대로 믿고 네리에게 소상히 설명했다. 그들은 문제의 수녀 본인을 불러들였다. 그녀가 들어오자마자 네리는 인사도 없이 흙투성이의 장화를 벗겨달라고 그녀 면전에 내밀었다. 신성한 처녀는 놀라서 뒤로 물러나며 격앙된 어조로 이 무례한 요구에 대해 분격을 토로했다. 네리는 침착하게 일어나 나귀를 타고 되돌아왔다. 그는 교황이 예측하고 있던 것보다도 빨리 복귀했다. 이런 종류의 정신적 천부(天賦)를 사정하기 위해 가톨릭의 고해사제들에게는 중요한 예방책이 지극히 정밀하게 정해져 있다. 즉 교회는 이러한 신의 은총의 가능성을 인정하고는 있지만, 그 현실성에 대해서는 대단히 엄격한 시험을 과하도록 되어 있는 것이다. 놀란 교황에게 네리는 간단하게 결과를 보고했다.

"그 여자는 성자가 아닙니다." 그는 외쳤다. "그래서는 기적을 행할 수 없습니다. 그 이유는, 그녀에게는 겸손이라고 하는 최대의 미덕이 결여되어 있기 때문입니다."

이 원칙은 그의 전 생활에 있어 근본 원리라고 할 수 있다. 그 증거로 한 예를 들어보면, 그가 오라토리오 수도회를 설립하고 얼마 지나지 않아 수도회가 사람들로부터 큰 존경을 받게 되어 회원 희망자가 대단히 불어났을 때, 로마의 한 공자가 회원이 되기를 원해서 수도사의 자격과 규정된 복장이 허가되었다. 그로부터 머지않아 그는 정식 회원이 되겠다고 청원했다. 규정에 따라 그는 몇 가지 시련 절차를 밟아야 했고, 그는 물론 이를 받아들였다. 네리는 긴 여우 꼬리를 가지고 와서 공자에게 이 꼬리를 저고리의 뒷자락에 매달고 로마의 모든 거리를 극히 엄숙하게 걷도록 요구했다. 그 젊은 남자는 지난번의 수녀와 같이 놀라서는 자기는 치욕을 구하러 온 것이 아니라 명예를 구하고자 왔노라고 대답했다. 그러자 교부 네리는 이 수도회에서 그런 희망을 기대하는 것은 무리며, 이곳에선 극도의 체념과 인내가 가장 소중한 법칙이라고 대답했다. 그 말을 듣고 청년은 돌아갔다.

다음과 같은 짧은 잠언 속에 네리는 그의 교리를 표현했다. "현세를 경멸하라, 너 자신을 경멸하라, 남이 너를 경멸하는 것을 경멸하라." 이 말이 모든 것을 표현한다. 첫 두 구절은 우울증 환자라도 실행할 수 있다고 생각하겠지만 세 번째 구절을 기꺼이 실행하려면 성인이 될 정도의 수양이 필요하리라.

1787년 5월 27일, 나폴리

지난달 말에 발송된 편지는 로마의 프리스 백작을 통해 어제 전부 함께 받았다. 되풀이해 읽으면서 큰 기쁨을 느꼈다. 고대하던 작은 상자[29]도 받았다. 여러모로 정말 감사한다.

그러나 내가 이곳으로부터 도망갈 시기는 다가왔다. 마지막이라는 마음으로, 나폴리와 그 주변을 돌아보며 인상을 새로

29) 슈타인 부인이 보낸 지갑과, 슈타인 씨가 선물한 소지품 케이스가 들어 있었다.

이 하고 몇 가지 일에 관해서 결론을 내려고 생각하고 있으니, 하루의 일정이 걷잡을 수 없게 되었기 때문이다. 게다가 이곳의 훌륭한 사람들과도 지기가 되어서, 새로 사귄 친구들과 옛 지인들을 함부로 거절할 수도 없는 것이다. 한 사랑스러운 부인과도 재회했는데 그녀와는 지난여름 카를스바트에서 유쾌한 날을 보낸 적이 있다. 우리 두 사람은 얼마나 긴 시간을, 즐거웠던 과거의 추억에 잠겨서 현재의 시간이 가는 것을 잊었던가. 그립고 소중한 사람들의 모습이 차례차례 떠올랐는데 특히 우리의 경애하는 대공의 기분 좋은 모습이 생각났다. 대공이 말을 타고 떠나려 할 때 엥겔하우스의 처녀들이 대공을 놀라게 했던 일화를 그린 시[30]를 그녀는 여태 간직하고 있었다. 그 시는 기지가 풍부한 해학과 재미있는 속임수, 서로 복수권(復讐權)을 행사하려는 재기 만발한 시도 등, 당시의 유쾌한 장면을 기억에서 되살아나게 했다. 그러자 순식간에 우리는 독일 국내의 일류 인사들 모임 속에 있는 듯한 기분이 되었다. 우리 모임은 암벽으로 둘러싸인 이국적 살롱 안에 한정되어 있었으나, 그보다도 존경과 우의와 애정에 의해서 한층 더 깊게 결합되어 있었다. 그런데 우리가 창가로 걸어가자마자 나폴리의 물살은 다시 맹렬한 기세로 우리들 곁을 지나갔기 때문에 이 평화로운 추억도 지워질 지경이었다.

우르젤 공작 부부와 알고 지내는 것도 마찬가지로 피할 수

---

30) 괴테가 아우구스트 대공에게 헌정한 「엥겔하우스의 농부 처녀들의 작별인사」(1786)라는 짧은 시를 가리킨다.

없었다. 이분들은 언행도 품위가 있고 자연과 인간에 대해 순수한 감각을 가졌으며, 예술을 깊이 사랑하고 후의를 가지고 사람을 대하는 훌륭한 사람들이다. 몇 번이나 장시간에 걸쳐서 대화를 나눴는데 참으로 매력적이었다.

해밀턴과 그의 미녀는 여전히 나에게 친절하다. 나는 이 두 사람과 식사를 같이했는데, 저녁에는 하트 양이 음악을 연주하고 노래를 부르며 그녀의 재능을 보여주었다.

나에게 점점 더 후의를 표시하고 온갖 진귀한 물건을 구경시켜 주려고 애쓰는 하케르트의 권고에 응해서 해밀턴은 예술품과 오래된 도구를 소장하고 있는 자신의 비밀 창고로 우리를 안내했다. 온갖 시대의 작품이 어수선하게 섞여 있었다. 흉상, 토르소, 화병, 청동 작품, 시칠리아산 마노로 만든 여러 가지 가정용 장식품, 그 밖에 작은 예배당 모형, 조각, 회화, 그리고 그가 우연히 손에 넣은 물건 등등. 바닥에 놓인 긴 상자가 눈에 띄어 호기심에서 그 깨진 뚜껑을 들어보니, 그 안에는 청동 가지들이 멋들어진 훌륭한 촛대 두 개가 있었다. 나는 눈짓으로 하케르트의 주의를 끈 다음, 이 물건은 포르티치 박물관에 있던 것과 참으로 닮았다고 속삭이니까, 그는 잠자코 있으라는 신호를 보냈다. 말할 것도 없이 폼페이의 신전으로부터 유출되어서 이곳 창고 속으로 자취를 감춘 것이 틀림없었다. 이런 좋은 진품이 있기 때문에 이 기사는 자신의 보물을 친밀한 친구 외에는 보여주지 않는 모양이다.

그다음으로 눈에 띈 것은 수직으로 서 있는, 앞면은 열려 있고 내부는 까맣게 칠한 상자로 화려한 황금 테가 둘러져 있다. 사람이 선 채로 충분히 들어갈 수 있을 만한 크기여서, 그것으로 이 상자의 용도를 알 수 있었다. 즉 예술과 여성 애호가인 그는 여성의 아름다운 자태를 움직이는 입상으로 보는 것만으로는 만족할 수 없어서, 그것을 다채롭고도 아무도 모방할 수 없는 한 폭의 그림으로 즐기려고 생각했던 것이다. 그래서 여성은 가끔 이 황금 액자 속에 들어가 검은 배경 앞에 여러 가지 색색의 의상을 두르고 폼페이의 고대 회화나 나아가서는 근대 회화의 걸작까지도 흉내 냈던 것이다. 물론 지금은 그런 시대도 지나갔고, 거기다가 이 장치도 무거운 탓에 들고 나가 적당한 광선으로 조명한다는 것도 불가능하다. 따라서 우리도 그런 광경을 구경할 수는 없었다.

이쯤에서 나폴리 사람들이 대단히 좋아하는 오락에 관해 이야기하자. 그들은 크리스마스 때 어느 교회에서나 볼 수 있는 마구간을 호화롭게 장식하곤 한다. 원래는 양치기, 천사, 동방박사들의 예배를 표현하는 것으로, 전부 갖춰진 것도 있고 부분적인 것도 있다. 옥상에 오두막 같은 간단한 가설무대를 설치하고 그걸 상록수나 관목으로 장식한다. 성모와 어린 아기 예수, 그리고 주변에 서 있거나 공중에 떠 있는 인형이 돈을 아끼지 않고 장식되고 또 그 의상에도 사람들은 많은 비용을 들인다. 그렇지만 전체를 더없이 아름답게 해주는 것은 베수비오산과 그 일대의 풍경을 포함한 수려한 배경이다.

이 인형 사이에는 가끔 살아 있는 인간이 섞여들 수도 있었을 것이다. 이렇게 해서 서서히 역사나 문학에서 취재한 것 같은 세속적 인물의 모습이 밤의 오락으로서 저택 안에서 상연

되다가, 마침내 귀족 부호의 가장 중요한 오락 가운데 하나가 되었던 것이다.

나같이 환대를 받은 사람이 이러쿵저러쿵할 것은 아니지만, 한마디 소견을 말하는 것이 용서된다면, 우리를 즐겁게 해주는 역할을 맡았던 그 미인은 정직하게 고백하자면 아무래도 정신이 좀 나간 데가 있는 것 같았다. 물론 그녀의 아름다움은 인정하는 바이지만, 목소리나 말의 표현에 정신이 들어 있지 않기 때문에 빛을 잃고 마는 것이다. 그녀의 노래부터가 사람을 매료하는 충실성을 가지고 있지 않다.

아마도 이것은 결국 영혼을 가지고 있지 않은 아름다움의 경우일 것이다. 아름다운 겉모습을 가지고 있는 사람은 어디에나 있지만, 유쾌한 발성기관을 가지고 있는 민감한 사람은 드물다. 양자를 조화롭게 가지고 있는 사람은 더욱 드물다.

나는 헤르더의 책 3부가 매우 기다려진다. 어디서 그것을 받아볼지 통지해 드릴 때까지 잘 보관해 주기 바란다.

언젠가 인류의 상태는 지금보다 나아질 것이라는 아름다운 공상적 소망이 그 책 속에 잘 쓰여 있을 것이다. 감히 말하거니와, 나 자신도 인본주의(Humanität)가 최후의 승리를 점하리라는 것은 참이라고 생각한다. 다만 그 승리의 날에 이 세상이, 전 인류가 서로를 간호해 주어야 하는 하나의 거대한 병원으로 변해 버리는 것은 아닐까 걱정하고 있을 뿐이다.

1787년 5월 28일, 나폴리

저 훌륭하고 매우 유익한 폴크만의 안내서에는 가끔 나와 의견을 달리하고 있는 대목이 있다. 예를 들자면 그는 나폴리에는 3~4만 명 정도의 무위도식하는 떼거리가 있다고 썼다. 그리고 누구나 그같이 말한다. 하지만 내가 남국의 사정에 정통해짐에 따라서, 그것은 하루 종일 악착같이 일하지 않는 자는 모두 빈둥거리고 있는 패거리라고 생각하는 북국인의 견해일지도 모르겠다고 추측하게 되었다. 그래서 나는 활동하고 있든 휴식하고 있든 불문하고 일반 대중을 세심하게 관찰해 보았더니, 남루한 옷차림을 한 사람은 실제로 상당히 많았지만 아무 일도 하지 않는 사람은 한 명도 없었다.

무수하다는 무위의 떼거리를 확인해 보려는 생각에 두세 명 친구에게 물어보았으나, 그들도 가르쳐줄 수가 없었다. 이런 조사는 도시의 관찰과 밀접한 관계가 있기 때문에 나는 몸소 탐구에 나서기로 했다.

나는 대단히 혼잡한 장소에 자리를 잡고 여러 종류의 인간을 관찰하며 그 얼굴과 모양, 의복, 언동, 직업에 의해 그들을 판단하고 분류하기 시작했다. 여기서는 각자가 비교적 제멋대로의 태도를 취하는 것이 허용되고 있으며, 외견으로 말하더라도 신분에 상응하는 복장을 하고 있기 때문에, 이 작업은 다른 곳에서보다 훨씬 용이했다.

나는 이른 아침부터 관찰을 시작했다. 여기저기에 서성거리고 있거나 휴식하고 있는 사람들은 한눈에 직업을 알 수 있는 삶들이었다.

화물 운반인은 각기 면허를 받은 구역이 있으며 거기서 호출을 기다린다. 넓은 광장에서는 하인과 심부름하는 아이를 데리고 다니는 마부들이 말 한 마리가 끄는 마차 옆에 서서 말을 돌보면서 승객을 기다린다. 뱃사람은 부두에서 담배를 피우고, 어부는 바람 상태가 나빠 바다로 못 나가는 모양인지 햇볕을 쪼이고 있다. 그 밖에 많은 사람들이 왔다 갔다 하는 것을 보니 대부분은 직업의 표시를 갖추고 있었다. 거지는 아주 나이가 들어 전혀 일할 수 없는 불구자뿐이었다. 주위를 둘러보고 면밀히 관찰하면 할수록 하층민에도 중류층에도, 아침 시간에도 대낮의 대부분 시간에도, 남녀노소를 불문하고 정말로 아무 일도 안 하고 있는 사람은 없었다.

내가 주장하는 바를 더욱 확실하고 명료히 하기 위해 보다 상세하게 들어가 보자. 아주 어린 아이까지도 여러 가지 일을 하고 있다. 그런 아이들의 대부분은 생선을 팔러 산타루치아에서 시내로 나온다. 또 다른 아이들이 병기창[31] 근처, 나무 부스러기가 흩어져 있는 공사장, 나뭇가지나 작은 나뭇조각이 파도에 떠밀려 올라와 있는 바닷가 등에서 작은 파편까지도 손바구니에 주워 담고 있는 것을 자주 보았다. 겨우 땅을 기어다니는 두세 살 난 아이도 대여섯 살 아이들 틈에 끼어서 이 작은 생업에 종사하고 있다. 그것이 끝나면 아이들은 바구니를 가지고 시내 중심가로 들어와, 이 근소한 나뭇조각으로, 말하자면 시장을 여는 것이다. 장인, 소시민 같은 사람들이 이

---

31) 나폴리 아스날. 1583년에 완공된 해군 무기고다. 1998년에 폐쇄되었다.

것을 사 가지고 화덕 위에서 태워 숯을 만들어 난방용으로 쓰거나 간단한 취사용 열원으로 사용한다.

다른 아이는 유황천 물을 팔고 다닌다. 이것은 특히 봄에 많이 마신다. 또 다른 아이들은 과일, 정제한 벌꿀, 과자, 사탕류를 사 가지고 꼬마 장사꾼이 되어 물건을 다시 다른 아이들에게 팔아 약간의 이윤을 남기려고 한다. 아무튼 그들은 자기 군것질만큼은 제 힘으로 손에 넣으려고 하는 것이다. 이런 아이가 자신의 유일한 점포이자 장사 도구인 널빤지 한 장과 작은 칼을 지니고 수박이나 구운 호박을 절반쯤 가지고 다니면 아이들이 떼 지어 모여든다. 그러면 그 아이는 널빤지를 내려놓고 과일을 작게 썰기 시작하는데, 그 모습을 보고 있으면 여간 재미있지 않다. 손님 쪽은 작은 동전에 상응한 분량을 살 수 있을까 하고 매우 진지한 얼굴로 긴장하고 있고, 꼬마 상인 쪽도 게걸거리고 있는 상대에게 다만 한 조각이라도 속아서 더 주지 않으려고 신중을 기한다. 더 오래 머물러 있으면 이런 아이들 직업의 실례를 얼마든지 수집할 수 있을 것이다.

중년 남자들 또는 사내아이들, 대개는 형편없는 복장을 한 많은 사람들이 쓰레기를 나귀에다 싣고 시외로 운반해 나가는 일을 하고 있다. 나폴리 근교에 있는 밭은 채소밭뿐이다. 시장이 서는 날은 놀랄 만큼 많은 채소가 반입되고, 또한 요리사가 버린 못 쓰는 부분을 재배에 열심인 사람들이 채소 성장의 주기를 단축하기 위해 밭으로 도로 가지고 가는 광경은 보기에도 유쾌하다. 채소 소비량이 상상 이상으로 많아서, 꽃양배추, 브로콜리, 아티초크, 양배추, 샐러드, 마늘 등의 줄기와 잎이 나폴리 쓰레기의 대부분을 차지한다. 그래서 이 쓰레기에는 특별한 배려를 하고 있다. 크고 낭창낭창한 바구니 두 개를 나귀 등에 달고 거기에다 가득 쑤셔 넣을 뿐만 아니라, 다시 그 위에다 특별한 기술로 산처럼 쌓아올린다. 어떤 채소밭도 이런 나귀 없이는 해나갈 수 없다. 하인, 사내아이, 때로는 주인 자신도 낮이면 틈나는 대로 몇 번이고 시내로 나간다. 시내는 그들에게는 온종일 풍부한 보고인 곳이다. 이 수집자들이 말이나 나귀의 똥을 얼마나 유심히 찾아다니는지 쉽게 그려볼 수 있을 것이다. 밤이 되면 그들은 마지못해 거리를 떠난다. 한밤중이 지나 마차를 타고 오페라에서 돌아가는 부자들은 날이 채 밝기도 전에 부지런한 사람들이 자기네 말의 발자국을 주의해서 찾고 있다고는 상상도 못 할 것이다. 이런 사람들 몇 명이 공동으로 나귀를 한 마리 구입하고 대지주로부터 채소밭을 빌려 열심히 쉬지 않고 일한다면, 식물의 성장이 끊이지 않는 이 기후 좋은 토지에서는 점차로 발전해 그 영업이 크게 확장된다.

다른 대도시에서와 마찬가지로 나폴리에서도 온갖 소매상인을 보고 있으며 상당히 재미있지만, 거기까지 이야기를 가지고 가면 너무 옆길로 샐 염려가 있다. 그래도 호객 행상에 대해서만은 꼭 여기서 언급해 둘 필요가 있다. 왜냐하면 그들은 민중 가운데서도 가장 낮은 계급에 속해 있기 때문이다. 어디서나 즉석에서 레모네이드를 만들 수 있도록 냉수를 통에 넣고 잔과 레몬을 가지고 다니는 사람이 있다. 이 레모네이드는 최하층 사람들에게도 없어서는 안 될 음료인 것이다. 또 다른 행상인은 여러 가지 과일주가 든 병과 쓰러지지 않게 나무틀이 달린 술잔 등을 쟁반에 올려 가지고 걸어다닌다. 그리고 또 잡다한 빵과 안주, 레몬과 그 밖의 과자류를 바구니에 넣어 가지고 다니는 사람도 있다. 이것을 보면 시민 각자가 매일 나폴리에서 열리는 향락의 잔치를 자기들도 더불어 즐기며, 그 잔치를 한층 더 성대하게 만들려는 것 같다.

이런 종류의 호객 상인이 일하고 있는 한편에서는, 소매상인도 마찬가지로 돌아다니면서 상자 뚜껑 위에다 자질구레한 물건을 아무렇게나 늘어놓든지, 광장 같은 곳에서는 땅에다 직접 잡화를 늘어놓는다. 이런 잡화는 큰 상점에서 팔고 있는 것 같은 온전한 물건이 아니라 정말 고물들이다. 쇠붙이, 피혁, 나사(螺絲), 삼베, 펠트 등의 조각까지도 고물로 다시 시장에 나타나는 통에 팔리지 않는 물건이란 없다. 그리고 많은 하층민이 상인들이나 장인들한테서 심부름이나 잡일을 얻고 있다.

여기서는 한 발짝 밖으로 나가면 참말로 더러운 옷차림의, 거의 누더기를 두른 사람을 만나지 않을 때가 없을 정도인데, 그렇다고 해서 그들이 놀고먹는 사람도 아니며 게으름뱅이도 아니다! 오히려 나는 나폴리에서는 하층사회 속에 근면하게 일하는 사람이 비교적 많이 발견된다는 역설을 주장하고 싶을 정도다. 물론 우리는 이것을 북방인의 근면과 비교할 수는 없다. 북국에서는 그날 그 시간을 위해서만이 아니라, 날씨가 좋은 맑은 날에는 천후가 나쁜 흐린 날을 위해서, 여름철에는 겨울철을 위해서 준비를 해놓아야만 한다. 미리 준비를 하고 채비를 갖추도록 자연이 강제로 시키는 것이다. 주부는 소금 절임으로 훈제를 만드는 등 1년 중의 수요를 충족하도록 부엌일을 해야 하고, 남자는 또한 장작이나 과실을 저장하고 가축에게 사료를 준비하는 일을 등한히 할 수 없다. 그 때문에 가장 즐거운 날도 시간도 빼앗기고, 노동을 위해 바쳐야 한다. 몇 달씩이나 문밖을 나가지 않고 집 안에서 폭풍, 비, 눈, 추위로부터 스스로를 보호해야 하는 것이다. 거기다가 끊임없이 계절이 교체한다. 각자는 자신의 몸을 파멸시키고 싶지 않다면 좋은 가사 관리인이 되지 않을 수 없다. 북국에서는 없어도 괜찮다고 가만있는 것은 전혀 생각할 수 없는바, 다시 말해서 괜찮다는 것은 용서되지 않는다. 괜찮을 수가 없는 것이다. 북방의 자연은 걸핏하면 만사가 끝장인 것처럼 장래를 준비하라고 강요한다. 수천 년 이래로 변하지 않는 자연의 영향은 확실히 모든 점에 있어서 존경할 만한 북방인의 성격을 결정하고 있다. 이에 반해 하늘의 은총이 풍부한 남방 사람들을 우리는 북방인의 견지에서 너무 준엄하게 비판한다. 폰 파우[32] 씨가 『그리스인에 관한 연구』에서 견유학파의 철학자에 대해서 말하고 있는 것이 이 경우 완전히 들어맞는다. 그는 말하기를, 이러한 인간의 빈곤한 상태에 대해 내리는 세인의 판단은 결코 정곡을 뚫은 것이 못 된다. 즉 모든 결핍을 참는다고 하는 그들의 기본 원칙은 모든 것을 주는 기후에 의해서 비호되고 있다. 우리들 눈으로 보면 비참하게 보이는 인간이라도 이

---

32) 코르넬리스 데 파우(Cornelis Franciscus de Pauw, 1739~1799). 네덜란드 암스테르담 태생으로 프로이센 프리드리히 대왕의 궁정 외교관이었다. 괴테가 언급한 책은 1787년 베를린에서 출판되었다.

남방 땅에서는 필요불가결한 욕구들과 부차적인 욕구들까지 충족시킬 수 있을 뿐만 아니라, 나아가 현세를 가장 아름답게 향락하고 있는 것이다. 그러므로 소위 나폴리의 거지는 노르웨이 부왕(副王)의 지위도 아무것도 아닌 양 경멸하고, 러시아 여제가 시베리아 총독의 지위를 준다고 해도 그 명예를 간단히 거절할 것이다.

북방 나라에서는 견유학파의 철학자도 좀처럼 버티지 못했을 테지만, 남방 나라에서는 자연이 그런 생활을 하도록, 말하자면, 유혹한다. 누더기를 걸친 인간이라 해도 남국에서는 아직 알몸은 아니다. 자기 집도 없고 셋집에서도 못 살고, 여름에는 궁전이나 교회의 처마 밑에서, 문지방 위에서, 또는 공공 건물의 회랑에서 밤을 새우고, 날씨가 나쁠 때에는 약간의 돈을 내고 어딘가에 기숙하는 처지의 사람이라도 아직은 추방된 비참한 인간은 아닌 것이다. 그들은 내일의 생활에 대한 걱정은 전혀 하지 않아도 되기 때문에 정말로 빈곤하다고는 말할 수 없다. 어류가 풍부한 바다는(교회의 규정에 의해 해산물은 일주일에 두세 번만 먹게 되어 있지만) 얼마나 많은 식량을 제공하고 있는지, 온갖 종류의 과일과 채소가 사계절 내내 얼마나 풍부하게 생산되는지, 나폴리 일대의 토지가 어째서 '테라 디 라보로(Terra di Lavoro, 노동의 땅이 아니라 수확의 땅이라는 뜻이다.)'라는 이름으로 불리는지, 그리고 이 지방 전체가 왜 '캄파냐 펠리체'[33]라는 명예로운 이름을 수백 년에 걸쳐 보유하고

33) Campagna felice. '행복한 들판'이라는 뜻이다.

있는지 생각한다면, 이곳의 생활이 얼마나 안이한가는 쉽게 이해될 수 있는 일이다.

내가 앞서 감히 말한 그 역설은 나폴리의 상세한 그림을 그리려고 하는 사람에게는 여러 가지 고찰의 계기가 될 것이다. 물론 그것에는 적지 않은 재능과 오랜 시간의 관찰이 필요하겠지만, 대부분의 하층민이 다른 계급의 사람과 비교해서 조금도 나태하지 않다는 것을 깨달을 것이다. 그러나 동시에 그들은 그 분수에 맞게, 단순히 생활하기 위해서가 아니고 향락하기 위해 일하고 있으며, 노동을 하고 있을 때에도 생활을 즐기려 한다는 사실을 인정할 것이다. 이렇게 해서 몇 개의 사항이 명백해진다. 즉 장인은 북국에 비해서 대체적으로 매우 뒤떨어진다는 것, 남국에는 공장이 건설되어 있지 않다는 것, 변호사와 의사를 제외하고는 인구 대비 학식 있는 사람이 적다는 것(유능한 사람은 각자의 방면에서 학문에 힘쓰고 있지만), 그리고 나폴리 화파의 화가 중에는 그 길에 철저히 정진해 대성한 자가 아직 하나도 없다는 것, 성직자는 아무런 일도 하지 않고 안락한 생활을 보내고 있다는 것, 또 상류층 사람들은 그 재산을 오로지 관능적 쾌락과 호의호식, 그리고 노는 데에만 쓰려고 한다는 것 등이다.

이렇게 말하는 것이 지나친 일반화이고, 각 계급의 특색은 정확하게 관찰한 후에야 비로소 명백히 할 수 있다는 것은 나도 잘 알지만, 그렇다 하더라도 대체적으로는 역시 같은 결과를 얻게 되리라고 믿는다.

나폴리 하층민으로 다시 이야기를 돌리자. 그들의 일하는 태도를 보고 있으면 마치 쾌활한 어린애처럼 반은 장난으로 한다는 인상을 받는다. 이 계급 사람들은 대체적으로 두뇌 회전이 빠르고 자유롭고 날카로운 견해를 가지고 있다. 말에는 비유가 많고, 기지 또한 매우 활기 있고 신랄하다고 한다. 고대의 아텔라는 나폴리 인근이었고, 그들이 좋아하던 풀치넬라가 지금도 연극을 계속하고 있는 데서 볼 수 있듯이, 대부분 하층계급 사람들은 지금도 이 기풍을 가지고 있다

플리니우스는 『박물지』 3권 5장에서 캄파니아만 이 상세히 기술할 만한 가치가 있다고 쓰고 있다. "이 지방은 참으로 복많이 받고, 우아하고, 또한 천혜 풍성한 땅이기 때문에 우리는 이 지방에서 자연이 자신의 일을 즐겼던 모양을 알 수 있다. 이 생명이 넘치는 공기, 건강에 좋은 온화한 하늘, 비옥한 들판, 햇빛 따사로운 언덕, 풍성한 숲, 그늘진 임원(林苑), 유용한 삼림, 바람이 잘 통하는 산, 널리 퍼진 곡물, 이토록 무수한 포도 넝쿨과 올리브나무, 훌륭한 양모, 살찐 수소의 목, 많은 호수, 풍부한 관개용 강과 샘, 많은 바다와 항구! 대지는 어디서나 그 품을 상업을 위해 열고, 그 팔을 바다로 뻗쳐 인간을 위해 거들어주고 있다."

"인간의 능력과 그 풍습 및 정력에 관해서, 또한 그들이 얼마나 많은 국민을 언어와 손으로 정복했는가에 대해서는 나는 여기서는 말하지 않겠다."

"매우 자존심이 강한 국민인 그리스인이 이 토지의 일부를 '마그나그라이키아'로 이름 붙인 것은 이 땅에 가장 명예로운 비평을 내린 격이다."

1789년 5월 29일, 나폴리

도처에 즐거운 기분이 넘쳐서 보는 사람 마음에 더없는 기쁨을 준다. 자연이 자신을 장식하고 있는 각양각색의 화려한 꽃과 과일은 인간 자신과 그 도구들을 가능한 한 화려한 색으로 장식하도록 유혹하는 것 같다. 조금이라도 여유가 있는 사람은 누구나 비단 천과 끈으로, 또는 모자에 꽃을 달아 장식한다. 가난한 집의 의자나 장롱도 도금한 바탕 위를 예쁜 꽃으로 장식해 놓았다. 경마차는 빨갛게 칠해져 있고 조각이 있는 부분에는 도금을 입혔고, 매어 놓은 말도 조화나 진홍빛 술 혹은 황동 박으로 장식되어 있다. 머리에 깃털 장식을 한 사람도 많으며, 그중에는 머리 위에 작은 깃발을 꽂고 있는 사람도 있어서 걸을 때마다 여러 가지 움직임에 따라 펄럭인다. 우리는 보통 야한 색채를 좋아하는 것을 보고 야만적이라든가 취미가 나쁘다고 말한다. 경우에 따라서는 확실히 그렇겠지만 이 맑게 갠 푸른 하늘 아래서는 어떠한 것도 결코 지나치게 야할 수가 없다. 왜냐하면 어떠한 것도 태양의 빛과 바다에 비친 반사를 능가할 수 없기 때문이다. 가장 선명한 색깔도 강력한 광선 때문에 지워지고, 나무나 식물의 녹색이든, 황색이나 갈색, 적색을 한 대지든, 모든 색채가 최대한의 힘으로 눈에 작용함으로써, 화려한 색의 꽃이나 의상이라도 전반적인 조화 속에 용해돼 버리는 것이다. 네투노[34]의 여인들이 입고 있는 폭이 넓고 금은으로 장식한 진홍빛의 조끼나 저고리,

---

34) 티레니아 해안의 대표 항구이자 휴양도시다.

지방 특유의 색채가 화려한 의상, 그림이 그려져 있는 배 등은 모두 하늘과 바다와의 광휘 아래에서 조금이라도 눈에 띄려고 경쟁하고 있는 듯이 보인다.

죽은 자를 매장할 때도 살아 있을 때와 같은 식이다. 온통 검은색의 장례 행렬이 느릿느릿 간다고 해서 유쾌한 세상의 조화를 뒤흔드는 일은 없다.

어린아이의 장례식을 볼 기회가 있었다. 금실로 폭 넓게 수를 놓은 커다란 붉은 융단이 넓은 관대(棺臺)를 덮고, 그 위에는 현란하게 조각하고 금은으로 도금한 작은 관이 안치되고 그 안에 흰 수의를 입은 죽은 아이가 장밋빛 리본으로 장식되어 누워 있었다. 관 네 귀퉁이에는 2피트 정도 높이의 천사 넷이 커다란 꽃다발을 잠든 아이 위로 받쳐 들고 있는데, 천사상들은 발목을 철사로 묶어 고정시켜 놓았기 때문에 관대가 움직일 때마다 따라 움직여서 향기로운 꽃향기를 가만히 뿌리고 있는 것같이 보였다. 행렬은 거리를 매우 급하게 지나는데 선두의 신부와 촛불잡이는 뛰는 듯 가기 때문에 천사는 더욱더 흔들리는 것이었다.

어디를 가나 식료품에 둘러싸이지 않은 계절이 없다고 해도 좋을 정도다. 나폴리인은 먹는 것을 좋아할 뿐만 아니라 팔려고 내놓은 물건이 예쁘게 장식되어 있는 것을 좋아한다. 산타루치아 인근에서 어류는 대개 종류별로 깨끗하고 예쁜 바구니에 담겨 있고, 게, 굴, 맛조개 및 작은 조개류는 하나하나 받침대 위에 올려놓고 그 밑에는 푸른 잎을 깔아놓았다. 말린 과일과 풋콩류를 팔고 있는 가게는 참으로 여러 가지로 취향을 살려서 장식해 놓았다. 각양각색의 유자와 레몬이 진열돼 있고 그 사이로 빠져나온 푸른 잎은 보기에도 느낌이 좋다. 하지만 정육점처럼 장식을 많이 한 가게도 없다. 주기적인 채식으로 인해 식욕이 더욱 자극되기 때문에 사람들의 눈은 유난히 육류에 끌리는 것이다.

정육점 앞쪽에 걸어놓은 수소와 송아지, 거세 양에는 비곗살과 함께 옆구리나 넓적다리에다 반드시 금물을 칠해 화려하게 매달아 놓고 있다. 1년 중에는 갖가지 날이 있는데 특히 크리스마스는 잔칫날로 유명하다. 그다음으로 가장 규모가 큰 축일이 코카냐[35]인데, 50만 명의 사람들이 참여한다고 한다. 그때 톨레도나 근방의 여러 거리 및 광장은 가장 식욕을 돋우게끔 장식된다. 채소류를 팔거나 건포도, 멜론, 무화과를 쌓아놓은 소매점은 보는 눈을 아주 즐겁게 해준다. 통로 위를 가로질러 매놓은 꽃 줄에 식료품이 매달려 있기도 하다. 금종이로 싸고 빨간 리본으로 묶은 소시지의 커다란 타래, 궁둥이에다 붉은 깃발을 꽂아놓은 칠면조. 그런 것이 3만 마리나 팔렸다고 하는데, 각자 집에서 기르고 있던 것은 이 계산에 들어 있지 않다. 그 밖에 많은 나귀에 채소류와 거세 닭, 어린 양을 싣고 시내를 지나 시장을 넘어서 몰고 간다. 거기다가 여기저기에 쌓아놓은 계란 더미는 상상할 수도 없는 엄청난 분량이다. 그러고도 이것을 전부 먹어치우는 것만으로는 부족한 모

---

35) Cocagna. 나폴리의 카니발 때 거행되는 행사로, 본래는 국왕이 시녀들에게 고기와 포도주 등을 베풀던 관습에서 유래했으나, 이 전통은 1783년 이래 중단되고 그 비용을 80명의 가난한 신부의 결혼 비용으로 쓰게 되었다.

양으로, 매년 기마순경이 나팔을 불고 시내를 돌면서 광장이나 네거리에서 나폴리 사람이 얼마큼 수소, 송아지, 양, 돼지를 먹었는가를 보고한다. 사람들은 이를 귀 기울여 듣고서는 그것이 막대한 숫자가 되는 것을 한없이 기뻐하고, 각자는 이 향락 속에 자기의 몫도 포함되어 있다는 것을 생각하고 만족을 느끼는 것이다. 밀가루나 우유로 만드는 식품에 관해서는, 독일의 요리사라면 이것을 여러 가지로 조리하는 방법을 알고 있지만, 이 지방 사람은 조리라는 것은 간단히 끝내기를 좋아하고 설비가 갖추어진 부엌도 없기 때문에, 이 식재료를 제조하는 쪽에 두 배나 배려를 하게 된다. 마카로니는 고급 밀가루를 부드럽게 충분히 손질해서 반죽하고 그것을 쪄서 일정한 모양으로 압축한 것인데, 온갖 종류의 마카로니를 어디서든지 싸게 살 수 있다. 대강 물로 데쳐서 치즈 가루를 묻혀 양념한다. 또 거의 모든 대로 모퉁이에는, 특히 축제일에는 기름이 끓어오르는 냄비를 가진 튀김 장수가 가게를 내고 생선 프라이라든가 비스킷을 각자 입맛에 맞게 그 자리에서 만들어 준다. 이것이 또한 대단한 매상이어서 수천 명의 사람들이 점심이나 저녁으로 그 한 조각을 종이에 얹어서 돌아간다.

1787년 5월 30일, 나폴리

밤에 거리를 산책하면서 부두로 가보았다. 달과, 구름 가장자리를 비추는 달빛과, 다시 그 빛이 바다의 파도에 부드럽게 비쳐서 번쩍이는 모습이 한눈에 들어오고, 가까운 곳에 있는 파도의 등성이는 달빛을 받아 한층 더 밝고 선명하게 빛나고 있었다. 하늘의 별, 등대의 불빛, 베수비오산이 뿜는 섬광, 그것이 물에 비치는 반영, 배 위에 뿌려져 있는 수많은 작은 불들, 이렇게 다양한 화제는 아르트 판 데르 네이르[36]에 의해서 해결됐으면 하고 생각했다.

1787년 5월 31일, 목요일, 나폴리

나는 로마의 성체축일[37]을 보고 싶었으며, 특히 그때에는 라파엘로가 도안한 태피스트리[38]를 보아야겠다고 굳게 마음먹고 있었기 때문에, 세상에 다시없는 이 멋진 자연의 절경에 조금도 마음 흔들리는 일 없이 완강하게 출발 준비를 계속했다. 여권 청구도 마치고, 마부는 나에게 착수금을 보내왔다. 이상하게 들리지만 이곳에서는 여행자의 안전을 위해 마부 쪽에서 보증금을 건다. 크니프는 새 숙소로 옮기느라 바빴다. 이번 숙소는 방 크기나 장소나 지난번보다 훨씬 낫다.

이사를 시작하기 전에 크니프는, 처음 가는 집으로 이사하는데 짐이 전혀 없는 것은 아무래도 기분이 언짢고 또한 실례도 될 것 같으니, 침대라도 하나 가지고 가면 다소 사람들의 인정을 얻게 되지 않을까 하고 두세 번 나에게 의논해 왔

---

36) Aert van der Neer, 1603?~1677. 네덜란드 암스테르담 태생의 풍경화가로, 달밤의 광경이나 화재 장면 등 빛의 효과를 나타내는 그림이 유명하다.

37) 예수의 육신(Corpus Christi)을 성체(聖體)로 받드는 가톨릭 제례다. 날짜는 유동적인데, 통상 6월 초다.

38) 예수와 사도들의 이야기를 테마로 한 10장짜리 연작화로, 태피스트리 실물은 오늘날 바티칸 사도의 궁전의 '태피스트리 갤러리(Galleria Degli Arazzi)'에 있다.

다. 오늘 성채 광장에 끝없이 늘어서 있는 벼룩시장을 지날 때, 나는 청동색 칠을 한 철제 침대를 발견했다. 곧 그것을 깎아서 사 가지고 장차 더 안락하고 견고한 침대를 구할 때까지 써달라고 하면서 그에게 선사했다. 언제든지 대기하고 있는 짐꾼이 필요한 널빤지와 함께 새 숙소로 운반해 갔는데, 크니프는 이 물건이 매우 마음에 든 모양으로, 금방이라도 나와 헤어져 숙소로 이사하려고 큰 제도판과 종이, 그 밖의 필요한 것을 사들일 걱정을 하고 있었다. 나는 그와의 약속에 따라, 함께 여행하면서 그린 시칠리아 스케치의 일부를 그에게 나눠주었다.

1787년 6월 1일, 나폴리

루케시니 후작[39]이 이곳에 도착했기 때문에 나의 출발은 이삼일 연기되었으나, 나는 이 사람과 알게 돼서 많은 기쁨을 맛보았다. 세계라고 하는 위대한 식탁에서 항상 더불어 식사를 즐길 수 있는, 훌륭한 정신적 위장을 가진 사람들이 있는데, 내 생각에는 후작도 그 범주에 들어간다. 우리와 같은 되새김질동물은 가끔 지나치게 집어넣는 탓에 반복되는 저작과 소화를 끝내기 전에는 아무것도 입에 넣을 수가 없다. 하지만 이러한 저작과 소화는 우리들에게는 매우 적합해서, 이를 두고 건전한 독일 기질이라고 부른다.

---

39) 지롤라모 루케시니(Girolamo Lucchesini, 1751~1825). 프로이센 왕국의 외교관으로, 프리드리히 대왕 때 처음 대사로 임명되었다.

나는 이제 나폴리를 떠나고 싶다. 아니 떠나야 한다. 지난 4~5일은 자진해서 사람들을 만나는 데 소비했다. 내가 알게 된 사람들은 대개 흥미가 가는 인물들이었고 그들과 소비한 시간에 대해서도 매우 만족하고 있다. 그러나 앞으로 2주를 더 있게 되면 더욱더 내 목적으로부터 멀어질 것이다. 그리고 또 이곳에 있으면 점점 나태해진다. 파에스툼에서 돌아오고서는 포르티치의 보물 외에는 거의 아무것도 보지 않았다. 아직도 여러 가지 물건이 남아 있는데도 그 때문에 일부러 가 볼 생각이 들지 않는다. 하지만 저 박물관은 역시 고대 예술품 수집의 알파이며 오메가다. 이것을 보면 고대 세계가 엄밀한 수공업적 기능에 있어서는 현대에 훨씬 미치지 못한다 하더라도 예술적 정신에 있어서는 현대보다도 우수하다는 것을 잘 알 수 있다.

1787년 6월 1일, 덧붙임

여권을 가지고 온 하인은 나의 출발을 애석해 하면서, 베수비오산에서 분출한 다량의 용암이 바다 쪽으로 흘러가고 있는데 이제 산의 급한 비탈길을 거의 내려왔으니까 이삼일 중에는 해안에 도달할 것이라고 말했다.

그래서 내 입장은 아주 진퇴양난에 빠졌다. 오늘은 나에게 호의를 베풀어주고 격려해 준 사람들을 찾아서 작별 인사를 할 예정이었다. 그러면 내일은 어떻게 될 것인지는 자명한 일이다. 인간이 생활하는 데 있어서 타인과의 교섭은 피할 수는 없지만, 타인이 우리를 이롭게 하고 즐거움을 준다 하더라도 결국 그들은 오히려 우리를 진지한 목적으로부터 옆길로 이탈시키며, 또한 우리 쪽에서도 그들을 이롭게 하는 것도 없다. 이런 생각을 하면 무척 화가 난다.

저녁

나의 작별 인사를 위한 방문은 어느 정도 유쾌하기도 하고 이익도 있었다. 사람들은 지금까지 미루고 있었거나 아직 보여주지 않았던 것을 친절하게 보여주었다. 기사 베누티[40]는 비장의 보물을 보여주었다. 일부 깨지기는 했으나 참으로 훌륭한 오디세우스 상을 지대한 존경심을 가지고 다시 한 번 관찰했다. 작별에 임해서 그는 도자기 공장을 구경시켜 주었다. 여기서 나는 헤라클레스를 가능한 한 깊게 뇌리에 새기고 또한 캄파니아의 항아리를 보고 새삼 경탄의 눈을 크게 떴다.

그는 마음속으로부터 우러나오는 감동과 친근함을 표시하고 작별을 고하면서, 최후에는 자신의 평소 고민을 털어놓고 내가 조금만 더 머물러주기를 부탁했다. 은행가 집에는 식사 때에 도착했는데 그는 좀처럼 나를 놓아주려고 하지 않았다. 만약에 저 용암이 나의 상상력을 자극하지 않았다면 나도 천천히 머물 수 있고 만사가 좋았을 것이다. 돈을 지불하고 짐을 꾸리는 등 여러 가지 일을 마치고 있는 동안에 밤이 되자 나는 서둘러서 부두 쪽으로 나가보았다.

---

40) 로도비코 베누티(Lodovico Venuti, 1745~?). 최초의 헤르쿨라네움 발굴단 감독의 아들이었으며, 카포디몬테에 도자기 공장을 세운 인물이다.

거기 도착하니까 온갖 불빛과 그 반사가 눈에 비치고 바다는 파도가 쳐서 모든 것이 한층 더 흔들려 보였다. 화산이 뿜어내는 불꽃과 함께 휘영청 밝은 만월, 근간에는 휴지하고 있었는데 지금은 작열하면서 엄숙히 흐르고 있는 용암을 보았다. 마차를 타고 더 구경을 갔더라면 좋았겠지만 준비가 귀찮았고 설사 갔다 하더라도 내일 아침에야 도착했을 것이다. 지금 즐기고 있는 이 광경을 성급한 짓을 해서 손상시키고 싶지 않았기 때문에 나는 부두에 앉은 채로 있었다. 그리고 사람들이 우왕좌왕하면서 용암이 어느 쪽으로 흐를 것인가를 두고 여러 가지로 해석하고 이야기하고 논쟁하며 소동을 벌이고 있는데도 나는 점점 졸음이 왔다.

1787년 6월 2일, 토요일, 나폴리

이렇게 해서 나는 이 아름다운 나날을 뛰어난 사람들과 더불어 유쾌하고 유익하게 보냈다고는 하지만, 나의 의도와 반대되기 때문에 마음은 무거웠다고 해도 좋다. 동경에 찬 마음으로 나는 산을 천천히 내려가 바다 쪽으로 길게 뻗치고 있는 연기에 눈을 돌렸는데 그 연기는 용암이 시시각각 흘러가고 있는 길을 나타냈다. 저녁이 와도 나는 자유의 몸이 될 수 없었다. 왕궁에 살고 있는 조반네 공작비를 방문할 약속이 있었기 때문이다. 왕궁에 도착해서 안내를 받아 많은 층계를 올라 긴 복도를 따라서 갔는데, 복도 맨 끝에는 상자, 옷장, 궁중의 의상 등 보기 흉한 물건이 지저분하게 가득 놓여 있었다. 나는 특별히 볼 것도 없이 넓고 천장이 높은 방 안에 있는 아름다운 젊은 부인을 보았다. 그녀는 말하는 품이 매우 정숙하고 품위가 있었다. 이 부인은 독일 태생이기 때문에 독일 문학이 다른 나라 문학보다도 자유롭고 견식이 넓은 인본주의에 도달해 있음을 알고 있었다. 헤르더의 노력과 그와 유사한 것들을 특별하게 평가하고 가르베[41]의 명석한 이해력에는 마음 깊이 공명하고 있었다. 독일의 여성 작가들과도 보조를 맞춰서 그들에게 떨어지지 않으려고 노력하고 있으며, 매력적이고 숙달된 필봉을 마음껏 휘두르게 될 수 있기를 희망하고 있다는 것도 충분히 알아차릴 수 있었다. 또한 그녀는 상류사회의 처녀들에게 영향을 주고 싶어 하고 있었다. 이야기는 끝이 없었다. 어둠이 벌써 밀려오고 있었건만 아무도 촛불을 가져오는 사람은 없었다. 우리는 방 안을 여기저기 걸어다녔는데 그녀는 창가로 가서 덧문을 열었다. 그러니까 평생에 단 한 번밖에는 볼 수 없을 광경이 내 눈에 들어왔다. 만약에 그녀가 나를 놀라게 하려고 고의로 그랬다면 완벽하게 목적을 달성했다고 해야 할 것이다. 우리는 제일 높은 창가에 서 있었고 베수비오산은 바로 정면에 있었다. 해는 벌써 떨어져서, 흘러내리는 용암은 붉은 불꽃을 뿜어 올리고 거기서 연기는 금빛으로 물들기 시작했다. 무섭게 광란하는 산 위 상공에는 꿈쩍도 안 하는 거대한 연기구름이 있어서 분화할 때마다 번개에 찢긴 것처럼 여러 개의 구름 덩어리로 갈라져서, 그 하나하나가 물

41) 크리스티안 가르베(Christian Garve, 1742~1798). 브레슬라우 출신의 후기 계몽주의 철학자로, 당대에는 칸트와 더불어 명성이 높았다.

체처럼 조명되어 보였다. 거기서 바닷가까지는 한줄기 빨간 빛과 작열하는 수증기가 이어져 있다. 그 밖에는 바다도 대지도 암석도 식물도 황혼 속에 확연히 평화스러운 모습으로 이상한 적막 속에서 뚜렷하게 보인다. 이러한 모든 것을 한눈에 담고, 산등성이 뒤에서 떠오른 만월을 이 멋진 그림의 화룡점정으로 바라보기에 이르러서는 경탄을 금치 못했다.

모든 경치를 이 지점에서는 한눈에 잡을 수가 있었다. 개개의 대상을 자세하게 살필 수는 없었다 치더라도 커다란 전체의 인상은 결코 상실되지 않았다. 우리의 대화는 이 광경에 의해서 중단되었으나 그만큼 더 정취 있는 화제로 바뀌어갔다. 우리는 지금 수천 년이 걸려도 해석할 수 없는 하나의 텍스트를 눈앞에 펼치고 있는 것이다. 밤이 깊어감에 따라서 주변은 더욱더 밝아지는 듯했다. 달은 두 번째 태양처럼 비치고 있었다. 연기의 기둥, 연기의 띠와 덩어리는 하나하나 명료하게 달빛에 비쳐 보이고, 그뿐만 아니라 우리의 반무장한 눈에는 시꺼먼 사발 모양의 분화구 위로 작렬해서 내동댕이쳐지는 암괴까지도 식별할 수 있는 것 같았다. 여주인은(나는 그녀를 이렇게 부르고 싶다. 왜냐하면 더 이상 좋은 만찬은 좀처럼 없으니까.) 촛불을 방 반대쪽에 세워놓게 했다. 그러니까 이 아름다운 부인은 달빛을 받아 절묘한 그림의 전경으로서 더욱더 아름다워지는 듯했으며, 또한 그녀의 사랑스러움도 이 남방의 낙원에서 매우 기분 좋은 독일어를 들은 덕인지 더욱 더해 갔다. 내가 시간 가는 것도 잊고 있으니까, 그녀는 나에게 이 회랑이 수도원 식으로 닫히는 시각이 가까워졌기 때문에, 자기 뜻은 정말 아니지만 돌아가셔야겠다고 주의를 주었다. 그래서 멀리 있는 장관에도 가까이에 있는 부인에게도 마음을 남기고 작별했다. 낮 동안의 불가피한 의례적인 거북스러움을 저녁에는 훌륭하게 보상해준 나 자신의 운명을 축복하면서. 나는 문밖으로 나와서 혼잣말을 했다. 저 큰 용암 가까이 갔다 하더라도 보는 것은 역시 예전의 작은 용암의 반복에 불과했을 것이고 또한 이러한 전망, 그리고 나폴리로부터의 이러한 이별은 이와 같은 방법밖에는 없었을 것이라고. 숙소로 돌아가지 않고 이 웅대한 광경을 다른 전경에서 바라보기 위해 나는 부두로 발을 옮겼다. 하지만 다망한 하루를 보낸 피로 탓인지, 아니면 이 최후의 아름다운 정경을 뇌리에서 지우고 싶지 않아 하는 감정 탓인지는 모르겠으나, 나는 발길을 돌려서 모리코니로 돌아왔다. 그런데 숙소에는 새로 이사한 하숙으로부터 저녁 방문을 온 크니프가 기다리고 있었다. 우리는 한 병의 포도주를 나눠 마시면서 서로의 장래에 관해 이야기했다. 나는 만약 크니프의 작품 중 약간을 독일에서 전시할 기회가 있다면, 반드시 저 탁월한 안목의 에른스트 폰 고타 공작에게까지 추천되어 그림 주문을 받게 될 거라고 그에게 약속할 수 있었다.[42)]

이렇게 해서 우리는 마음에서 우러난 기쁨을 느끼며, 장차 서로 협력해 활동해 가리라는 확신을 안고 헤어졌다.

---

42) 괴테가 고타 공작에게 티슈바인을 추천해 그가 로마 유학을 지원받은 일을 상기시키면서 크니프를 격려하고 있다.

1787년 6월 3일, 일요일, 삼위일체 축일, 나폴리

나는 아마 두 번 다시 보는 일이 없으리라고 생각하는 이 비할 데 없는 도시의 무한한 생활 속을 빠져나와 반쯤 혼미한 기분으로 시외를 향해 마차를 달렸다. 하지만 회한도 아픔도 뒤에 남기지 않은 것에 만족을 느꼈다. 나는 저 선량한 크니프를 떠올리고, 멀리 떨어져도 그를 위해서는 가능한 한 진력해 주리라고 마음에 맹세했다.

교외에 있는 제일 바깥쪽 경비선에서 한 세관원이 잠시 나를 세우고 내 얼굴을 호의 있는 눈으로 쳐다본 다음 급히 다시 저쪽으로 뛰어갔다. 그리고 세관원이 마부를 조사하고 있는 사이에 커피숍 문으로부터 블랙커피를 가득 담은 대형 중국제 찻잔을 쟁반에 올려 가지고 크니프가 나타났다. 그는 지극히 진지한 얼굴을 하고 천천히 마차 문으로 다가왔는데 그게 또 마음으로부터의 진지함이기에 그에게 잘 어울리는 것이었다. 나는 놀라는 동시에 눈시울이 뜨거워졌다. 이렇게 세심한 배려는 다시없는 것이다.

그는 말했다. "당신은 저에게 보통 이상의 후의와 친절을 베풀어주시고 또한 일평생 지워지지 않을 격려를 해주셨습니다. 저는 여기에 당신에 대한 사례의 표시로 한 잔의 커피를 드리는 바입니다."

나는 대체로 이런 경우 말을 잘 못하는 성격이지만 매우 간결하게, 나도 그의 직업에 의해서 덕을 보아왔으며 우리의 공동의 보물을 이용하고 손질한다면 그로부터 더 큰 은덕을 입게 될 것이라고 말했다.

우리는 헤어졌다. 우연히 잠시 결합되어 있던 인간의 이별에서는 도저히 볼 수 없는 이별이었다. 우리가 상대방에 대한 서로의 기대를 정직하게 털어놓는다면 아마도 훨씬 많은 감사와 이익을 인생에서 얻을 수 있을 것이다. 그것이 가능해지면 쌍방이 다 만족하고 모든 것의 최초이고 최후인 무한한 친근감이 그에 따른 순수한 선물로 나타나는 것이다.

6월 4~6일, 도중에서

이번은 단독 여행이기 때문에 과거 수개월의 인상을 다시 불러일으킬 만한 시간이 충분히 있다. 매우 즐거운 일이다. 그러나 원고를 살펴보니 빈 곳이 도처에 나온다. 여행은 그것을 직접 체험한 본인에게는 하나의 흐름을 이루고 지나가는 듯이 생각되어 상상 속에서는 끊임없는 연속으로 나타나지만, 이것을 그대로 보고한다는 것은 실제로는 불가능하지 않을까? 이야기하는 사람은 모든 것을 하나하나 늘어놓지 않으면 안 되지만 그걸 듣고 과연 제삼자의 심중에 전체로서 통일된 이미지가 형성될 수 있을까?

그러므로 여러분이 열심히 이탈리아와 시칠리아를 연구하고, 여행기를 읽거나 동판화를 들여다본다고 하는 최근의 편지 속의 말처럼 나를 위안하고 기쁘게 해주는 것은 없었다. 그로 인해 내 편지에 한층 더 흥미를 느낀다는 증언은 나에게는 최상의 위안이다. 자네가 이걸 더 일찍부터 실행했든지 알려주었든지 했더라면 나는 더 열심히 보고를 했을 것이다. 바르텔스나 뮌터 같은 뛰어난 사람들과 여러 나라의 건축가는 나보다 먼저 이탈리아에 와서 외면적인 목적을 공들여 추구했지만, 나는 가장 내면적인 것에만 눈을 돌려왔다. 돌이켜보면, 설사 나의 노력이 불충분하다고 인정하지 않을 수 없더라도, 그래도 가끔 나는 마음을 놓을 수가 있다.

대체로 모든 사람은 다른 인간들의 보충으로 간주되어야 하며, 이러한 태도를 취할 때 인간이 가장 유익하고 사랑받을 수 있다고 한다면, 특히 여행기나 여행자가 그런 점에서 유의미할 것이다. 개인 각자의 성격, 목적, 시류, 우연한 사건에 따른 성공과 실패 등 모든 것은 저마다 다르게 경험된다. 그렇지만 앞서 간 여행자가 있다는 사실만 알게 되어도 나는 그에게 반가움을 느끼고, 또 내가 그와 함께 나중에 올 여행자를 돕게 되기를 기대한다. 그리고 나에게 그 지방을 몸소 찾아가 보는 행운이 주어진다면, 그 미래의 여행자에게 마찬가지로 친밀하게 다가가고 싶은 생각이다.

3부
두 번째 로마 체류기
(1787년 6월~1788년 4월)

그의 시대가 무궁하여 그 권세가 세계를 다스리게 하소서,

그리하여 떠오르는 날과 지는 날을 모두 그 아래에 두소서.*

Longa sit huic aetas dominaeque potentia terrae,

Sitque sub hac oriens occiduusque dies.

* 로마 시인 오비디우스의 『로마의 축제들(Fasti)』(기원전 8년경)에서 인용한 시로, 로물루스가 로마를 건국한 뒤 도시의 번영을 위해 신들에게 올리는 기도의 마지막 구절이다.

6월

서신

1787년 6월 8일, 로마

나는 그저께 무사히 다시 이곳에 도착했고, 어제는 장엄한 성체축일이라서 또 한 번 로마인들에게 휩쓸렸다. 기꺼이 고백하자면 나폴리를 떠나는 것이, 아름다운 도시는 물론이고 산 정상에서 솟구쳐 바다로 흘러내리는 거대한 용암을 뒤로하기가 고통스러웠다. 그 용암에 관해서 그렇게 많이 읽고 이야기를 들었는지라, 어떤 종류인지 가까이에서 자세히 관찰해 개인적 체험으로 만들고 싶었기 때문이다.

그러나 그토록 열렬하던 웅대한 자연경관을 보고 싶은 마음이 오늘은 벌써 정상으로 되돌아왔다. 신앙심 돈독한 축제 군중 가운데 몰취미한 일부가 전체 자연경관에 끼어들어 내적 의의를 깨뜨려서가 아니라, 라파엘로의 태피스트리를 봄으로써 다시금 높은 관찰의 세계로 들어섰기 때문이다. 라파엘로가 도안했던 것이 확실한, 매우 우수한 작품들이 전시되었고, 그의 제자나 동시대 미술가들의 작품도 격에 맞게 전시되어, 어마어마하게 넓은 갤러리들을 채우고 있었다.

6월 16일, 로마

친애하는 여러분에게, 다시 이곳 소식을 전한다. 나는 잘 지내고 있으며, 점점 더 내면으로 깊숙이 들어가 나 자신의 고유한 것과, 내게 생소한 것들을 구분하는 방법을 배우고 있다. 열심히 노력하고 있고, 모든 면을 받아들여 내면으로부터 성장하고 있다. 지난 며칠은 티볼리에 가서 지냈고, 자연경관들 중 하나를 처음으로 구경했다. 폭포들과 폐허, 그리고 경치 전체가 보는 이로 하여금 마음 깊은 곳까지 풍요로움을 느끼게 해주었다.

지난번 우편배달일에는 편지를 쓸 수가 없었다. 티볼리에서는 산책을 하고 더위에 스케치를 하느라 몹시 피곤했다. 나는 하케르트와 야외에서 시간을 보냈다. 그는 자연을 스케치하고, 그림에 형태를 부여하는 데 굉장한 실력을 갖고 있다. 지난 며칠 동안 그에게서 많은 것을 배웠다.

이 이상은 더 얘기하고 싶지 않다. 다시 세속의 일들이 극에 달해 있다. 이 지역에서 일어난 아주 복잡한 사건이 엄청난 파장을 일으키는 중이다.

하케르트는 칭찬하기도 하고 꾸짖기도 하면서, 계속 나를 도와주고 있다. 그는 농담 반, 진담 반으로 나에게 18개월 동안 이탈리아에 머물면서 철저히 연습할 것을 제안했다. 그렇게 하고 나면 그림 그리는 일이 내게 즐거움을 줄 거라고 그는 확언했다. 몇 가지 난관을 헤쳐가기 위해 무엇을 어떻게 공부해야 되는지는 나 자신도 대강 알고 있다. 안 그러면 평생을 엉거주춤하고 있을 것이다.

또 한 가지 이야기가 있다. 이제야 나무들이며, 암벽들, 그리고 로마 자체가 마음에 들기 시작한다. 지금까지는 늘 그저 생소하게만 느껴졌고, 반면에 내가 어린 시절에 보았던 것들과 닮은 구석이 있는 사소한 대상들만이 나를 기쁘게 해주었다. 이젠 이곳이 내 집 같은 기분이 들어야 될 텐데, 그렇지만 태어나서부터 접했던 사물들처럼 그렇게 친밀한 느낌이 들지는 않는다. 이번 기회에 나는 예술과 모방에 관해 여러 가지 생각을 했다.

내가 없는 동안 티슈바인이 포르타 델 포폴로 근교의 수도원에서 다니엘레 다 볼테라가 그린 작품을 한 점 발견했다. 성직자들은 그 그림을 1000스쿠도[43]에 팔려고 했으나, 형편이 넉넉지 않은 티슈바인은 돈을 마련할 방법이 없었다. 그래서 그는 마이어를 통해 앙겔리카한테 그 그림을 구입하자고 제안했다. 그녀는 제안을 받아들여 그 금액을 지불한 다음 그림을 가지고 있다가, 티슈바인과 계약한 대로 나머지 몫으로 절반에 상당하는 금액을 그에게서 받고 그림을 넘겨주었다. 그

---

43) roman scudo. 교황청이 발행한 은화로, 1866년까지 유럽 전역의 교황령에서 사용되었다.

림은 매장(埋葬)을 묘사한 것인데, 많은 인물들이 그려져 있는 뛰어난 작품이다. 마이어가 꼼꼼히 복사해 사본 한 점을 만들었다.

6월 20일, 로마

얼마 전 이곳에서 또다시 훌륭한 미술 작품들을 보았다. 내 정신은 정화되고 확고해지고 있다. 그러나 이번 체류를 내 방식대로 유익하게 하려면 로마에서만 최소한 1년은 더 체류해야 한다. 여러분이 알다시피 나는 다른 사람의 방식대로는 아무것도 할 수가 없다. 만일 지금 떠난다면 내가 어떤 면을 아직 파악하지 못했는지 정도를 겨우 알게 될 테고, 그것으로 족하다면 잠시만 머물러도 될 것이다.

파르네세 궁전의 헤라클레스 상이 실려 갔다. 오랜 세월 후 원래의 다리를 되찾아 맞춘 그 상을 보았다. 이제야 어찌 그토록 오랫동안 포르타가 만든 예전의 다리를 훌륭하다고 생각했었는지 모르겠다고 다들 말한다. 이 상은 이제 완벽한 고전 예술 작품 중 하나가 되었다. 나폴리 왕이 박물관을 지을 계획이다. 그 박물관에는 왕이 소유하고 있는 예술품들, 예컨대 헤라클레스 박물관의 소장품들, 폼페이의 그림들, 카포디몬테의 그림들, 파르네세 궁전 소장품 전부가 함께 진열될 예정이다. 거대하고 근사한 구상이다. 우리 동향인 하케르트가 이 사업의 첫 추진자가 되었다. 파르네세 궁전의 황소 상까지 나폴리로 운반되어 산책로에 진열된다고 한다. 카라치의 벽화를 궁전에서 떼어내 옮길 수만 있다면 분명 그렇게 했을 것이다.

6월 27일 로마

오늘 하케르트와 콜론나 갤러리에 갔다. 니콜라 푸생, 클로드 로랭, 살바토르 로사의 작품들이 걸려 있는 곳이다. 그는 나에게 그림들에 관해 유용한 이야기를 많이 해주었고, 그가 철두철미하게 생각한 바를 설명해 주었다. 그는 몇 작품을 복사했고, 다른 작품들은 정말 기본이 되는 것부터 세밀하게 관찰했다. 내가 처음 이 갤러리를 방문했을 때, 전반적으로 그와 똑같은 생각을 했다는 것이 기뻤다. 그가 해준 이야기들은 내 생각을 변화시킨 것이 아니라, 단지 생각의 범위를 넓혀주거나 확고히 해준 것이다. 우리가 그 자연을 다시 보고, 그 화가들이 발견해서 많든 적든 모방한 것들을 다시 찾아내 읽을 수 있다면, 그 일은 우리의 영혼을 더 크게 해주고, 정화해 주며, 마지막에는 자연과 예술에 관해 최상의 개념을 갖게 줄 것이다. 모든 것이 말과 전통이 아니라 생생한 개념이 될 때까지, 나 또한 앞으로도 쉬지 않으려 한다. 이 작업은 청년 시절부터 나의 욕망이자 동시에 고통스러운 짐이었는데, 나이를 먹어가면서 드는 생각은, 가능한 것만을 성취하고 행동이 가능한 범위 내에서만 움직여야겠다는 것이다. 왜냐하면 그토록 오랫동안, 당연하건 당연하지 않건, 시시포스와 탄탈로스의 운명을 감내해왔기 때문이다.

나에 대한 애정과 믿음을 계속 간직해 주길 소망한다. 이젠 사람들과 잘 지내고 있고, 마음도 열어놓고 건강하게 생활을 만끽하고 있다.

티슈바인은 괜찮은 친구다. 그러나 그가 기쁨과 자유를 누리며 일할 수 있는 상황이 언제 올지 걱정스럽다. 마음씨 좋은 이 사람에 대해서는 참으로 할 이야기가 많다. 내 초상화는 잘 되어가고 있다. 내 모습과 꽤 닮았다. 다른 사람들도 이 착상이 마음에 드는 것 같다. 앙겔리카도 나를 그리고 있는데, 신통치는 못하다. 그녀는 아무리 애를 써도 내 모습과 비슷하게 그림이 그려지지 않아 속상해 하고 있다. 예쁘장한 청년의 모습이긴 하지만 나와는 거리가 멀다.

6월 30일, 로마

성 베드로와 성 바오로 사도 대축일이 드디어 시작되었다. 어제 우리는 대성당 돔에 밝혀진 조명과 산탄젤로 성에서 터지는 불꽃놀이를 구경했다. 조명은 마치 굉장한 동화처럼 장관이어서 우리의 눈을 믿지 못할 정도였다. 옛날과 달리 요즘의 나는 그 사물에 내재하는 것까지는 감지하지 않고 있는 그대로만 보기 때문에 대단한 구경거리가 아니면 그다지 기쁨을 느끼지 못한다. 이번 여행에서 본 장관이 대여섯 가지가 되는데, 이 축제의 불꽃놀이는 최상급에 속한다. 기둥이 즐비한 복도, 성당, 특히 대성당의 돔 같은 아름다운 건축물이 불꽃으로 둘러싸여 윤곽만을 보이다가, 시간이 지나면서 눈부시게 환한 하나의 덩어리가 되는 것이 무엇과도 비교할 수 없는 볼거리다. 이 행사 동안 그 웅대한 건축물이 단지 무대로 쓰인다는 점을 감안하면, 이 비슷한 행사가 세상에 있을 수 있을까 싶다. 하늘은 구름 한 점 없이 환했고, 달이 떠서 등불의 불빛이 쾌적하게 약해졌으나, 맨 나중에 두 번째로 모든 것이

다시 환한 불꽃에 휩싸이자, 달은 그 빛의 위력을 잃고 말았다. 이 불꽃놀이는 장소가 아름다움을 더하게 하기도 하지만, 불꽃 자체만으로도 장소와는 상관없이 장관이다. 오늘 밤 우리는 그 장소와 불꽃놀이를 다시 한 번 구경할 것이다.

위의 글도 이제 지난 이야기가 되었다. 청명한 하늘과 만월 때문에 조명은 은은했고, 그 모든 광경이 동화 속의 그림 같았다. 아름다운 예배당과 돔이 불빛에 휩싸여 보기 드문 장관을 이루었다.

6월 말, 로마

너무나 어려운 배움의 길로 들어섰기에 배움의 과정을 빨리 끝마치지 못할 것 같다. 미술에 관한 나의 지식, 조그만 재능을 여기서 완전히 연마해 숙성시켜야겠다. 그러지 않으면 또다시 어설픈 지식을 가지고 여러분한테 돌아가게 될 것이다. 간절히 바라고, 노력하고, 어린애처럼 한 발짝 한 발짝 새로 시작하고 있다. 이번 달에도 여기에서 거의 모든 일이 잘 진행되었다. 내가 원하던 모든 것이 마치 가만히 앉아 밥상을 받듯이 순조롭게 이루어졌다. 이야기를 하자면 끝이 없을 것이다. 숙소는 편안하고, 집주인도 좋은 사람들이다. 티슈바인이 나폴리로 떠나면 내가 그의 넓고 시원한 아틀리에로 이사할 예정이다. 여러분이 나를 떠올리게 된다면 행복한 사람으로 여겨 주길 바란다. 자주 편지 쓰겠다. 그러면 우리는 언제나처럼 함께일 것이다.

새로운 생각과 아이디어도 많다. 완전히 혼자가 되니 어리던 시절의 사소한 일까지 생각난다. 그러다 보면 그런 일들에 내재한 고귀함과 품위가 나를 다시금 더할 수 없이 높은 곳으로, 또 넓은 곳으로 이끈다. 보는 눈은 믿기 어려울 정도로 숙련되고 있으며, 그림 솜씨도 나쁘지 않다는 소리를 듣고 있다. 세상에 로마는 단 하나뿐이고, 나는 이곳에서 물고기가 물을 만난 듯, 다른 액체 속에서는 가라앉지만 수은 속에서는 맨 위에 뜨는 작은 알갱이처럼 행복하게 지내고 있다. 오로지 단 한 가지, 이 행복을 내가 사랑하는 사람들과 함께 체험할 수 없다는 생각이 나를 우울하게 만든다. 하늘은 이제 완전히 청명해졌고, 로마에는 아침과 저녁나절에만 안개가 조금 끼고 있다. 반면에 지난주에 내가 사흘을 보냈던 알바노, 카스텔로, 프라스카티 세 곳의 산악 지역은 온종일 공기가 청명하고 온화했다. 그곳의 자연은 자세히 관찰할 만하다.

메모

당시의 상황, 인상, 그리고 감정에 적합한 나의 글들을 정리하다 보니, 내가 쓴 편지들이야말로 그때그때 겪은 일들의 고유한 성격을 훗날에 한 어떤 이야기보다도 잘 묘사하고 있다. 이런 이유에서 내 편지들 가운데 일반적으로 흥미 있을 만한 부분들을 발췌하는 작업을 시작했는데, 내 수중에 있는 친구들의 편지들을 읽어보니 나의 의도에 더할 나위 없이 딱 들어

맞는다. 그래서 그런 편지들을 곳곳에 삽입하기로 했다. 로마를 떠나 나폴리에 도착한 티슈바인의 아주 생생한 편지를 여기 소개한다. 이런 편지들이 갖는 장점은 독자를 그 지역과 편지를 쓴 사람이 처한 상황에 금세 몰입하게 만드는 것이다. 특히 티슈바인의 편지는 예술가로서 그의 특성을 잘 묘사해 준다. 그는 일면 꽤나 이상하게 보이기도 하지만, 그러한 성격이 오랫동안 중요한 영향을 끼친 것이 사실이고, 또 그의 업적보다는 그가 바친 노력을 상기할 때 늘 고마운 마음이 든다.

티슈바인이 괴테에게

1787년 7월 10일, 나폴리에서

로마에서 카푸아까지 우리의 여행은 아주 즐겁고 순탄했습니다. 알바노에서 하케르트 씨가 우리와 합류했습니다. 벨레트리에 있는 보르자 추기경 집에서 식사를 하고 그분의 갤러리를 관람했습니다. 재미있는 일은, 지난번 처음으로 관람할 때 제가 어떤 작품들은 그냥 지나쳐버린 것을 이번 기회에 알게 된 것입니다. 우리는 다시 오후 3시에 출발해 폰티노 습지대를 관통했는데, 겨울에 본 것과는 달리 초록색 나무들과 관목들이 넓은 평지에 잔잔한 변화를 주고 있어 마음에 들었습니다. 땅거미가 질 무렵 우리가 늪지대 한복판에 도달했을 때, 마차를 바꿔 타야 했습니다. 마부들이 우리한테 돈을 뜯어내기 위해 온갖 변설을 늘어놓는 동안, 배짱 좋은 수컷 백마 한 마리가 기회다 싶었는지 굴레를 빠져나가 도망쳤습니다. 우리에게 이 장면은 굉장히 재미있는 구경거리였습니다. 그 말은 눈부실 정도로 하얀색의 털에 용모가 빼어난 녀석이었습니다. 매어놓은 고삐를 끊고, 앞발로는 붙들려고 하는 사람한테 발길질을 하고 뒷발질하며 히힝 하고 울어대니 모두 무서워서 비켜섰습니다. 그러자 그놈은 도랑을 뛰어넘어 계속 콧김을 내뿜으며 히힝거리면서 들판을 내달렸습니다. 꼬리와 갈기가 허공중에 높이 나풀거렸습니다. 제 마음대로 뛰는 말의 모습이 어찌나 멋있던지 모든 사람이 "와, 저 근사한 놈! 근사한 놈!" 하고 외쳐댔습니다. 그러자 녀석은 다른 도랑을 따라 뛰더니, 그 도랑을 뛰어넘을 수 있는 좁은 장소를 찾았습니다. 도랑 저편에서 큰 무리를 지어 풀을 뜯고 있는 망아지들과 암말들에게 가려는 것이었습니다. 결국 놈은 도랑을 뛰어넘더니, 조용히 풀을 뜯고 있던 암말들 사이로 뛰어들었습니다. 녀석의 난폭함과 울음소리에 놀라, 모두들 줄을 지어 판판한 들판 위로 도망쳤습니다. 그러나 그놈은 뒤를 쫓아가 자꾸만 암컷에 올라타려고 했습니다.

마침내 암컷 한 마리를 대열에서 끌어냈습니다. 그러자 그 암말은 다른 들판으로 해서, 큰 무리를 짓고 있는 암말들에게로 급히 뛰어갔습니다. 이 암말들은 놀라서 첫 번째 무리를 향해 달리기 시작했습니다. 들판은 이렇게 놀라서 정신없는 말들로 새까만데, 그 하얀 수컷이 그곳에 섞여 뛰었습니다. 말의 무리가 길게 열을 지어, 들판 위를 우왕좌왕 달리니, 바람소리가 대기를 가르고, 육중한 말들이 치닫는 소리에 천지가 진동했습니다. 우리는 오랫동안 재미있게 구경했습니다. 수백 마리의 말들이 한 떼가 되어 들판을 마구 달리는 광경, 어느 때는 한 무리를 지어서, 어느 때는 나뉘어서, 다음엔 모두 각각 뿔뿔이 흩어져서, 다시금 긴 열을 지어 땅 위를 치달리는 것이었습니다.

드디어 밤이 되니, 그 황홀한 구경거리가 어둠에 가려 보이지 않게 되었습니다. 산 저편에서 청명하기 그지없는 달이 떠오르니, 우리가 밝힌 등불이 빛을 잃었습니다. 오랜 시간 동안 그윽한 달빛을 감상하다가 더 이상 잠을 이길 수가 없었습니다. 건강에 좋지 못한 공기가 걱정되기는 했지만 한 시간 넘게 자다가, 말을 바꾸는 테라치나에 도착해서야 겨우 깨어났습니다.

여기서는 마부들이 착하게 굴었습니다. 루케시니 후작이 사뭇 겁을 준 덕분이었습니다. 우리는 최상급 말과 안내자를 제공받았습니다. 높은 낭떠러지와 바다 사이에 난 길이 위험했기 때문입니다. 특히 말들이 겁을 내는 밤에 이 길에서 사고가 여러 번 났다고 합니다. 말을 갈아 매고, 마지막 로마 초소에 여권을 제시하는 동안 저는 높은 암벽과 바다 사이 길에서 산책을 하며 엄청난 장관을 보았습니다. 시커먼 암벽이 달빛을 받아 번뜩이고, 푸른 바다 속으로까지 찬란하게 반짝이는 달빛의 기둥이 드리워졌으며, 해변에 출렁이는 파도가 달빛을 반사해 반짝거렸습니다.

저기 산꼭대기 위에 가이세리크의 성이 폐허가 되어 어둠이 내리기 직전의 푸른빛 속에 서 있었습니다. 지나간 과거지

사가 생각났고, 저는 불행했던 콘라딘이 탈출을 간절히 원했던 것을 감지할 수 있었습니다. 또한 이곳에서 두려워했던 키케로와 마리우스의 심정을 헤아릴 수 있었습니다.

바닷가에 비치는 달빛을 받으며, 굴러 떨어진 거대한 바윗돌 사이를 가는데 산길이 아름다웠습니다. 올리브나무, 야자수, 폰디 근교의 잣나무들이 무리를 지어 있는 것이 또렷이 보였습니다. 그러나 아름다운 레몬나무 숲을 볼 수 없어 유감이었습니다. 레몬나무가 가장 예쁠 때는 황금색 열매들이 햇빛을 받아 반짝일 때지요. 산을 넘으니 올리브나무와 캐롭나무가 수없이 서 있습니다. 벌써 날이 밝아오고, 우리는 고대 도시의 폐허에 도착했습니다. 묘비들의 잔해가 많았습니다. 그중에서 가장 큰 묘석은 키케로의 것인데, 그가 살해된 바로 그 장소에 세워져 있었습니다. 몇 시간 후 우리는 몰라 디 가에타 만에 도착해서 반가웠습니다. 벌써 어부들이 잡은 생선을 싣고 귀향하고 있어서, 해변은 몹시 활기에 넘쳤습니다. 어떤 사람들은 생선과 해산물을 바구니에 담아 실어 나르는가 하면, 다른 사람들은 다음 번 출어를 위해 그물을 손보고 있었습니다. 그곳에서 가릴리아노를 향해 떠났습니다. 베누티 기사[44]가 묻힌 곳입니다. 여기서 하케르트 씨는 카세르타로 급히 가야 했기에 우리와 헤어졌습니다. 우리는 길에서 아래쪽 바닷가로 걸어 내려갔습니다. 우리를 위해 아침 식사가 차려졌는

---

44) 리돌피노 베누티(Ridolfino Venuti, 1705~1763). 토스카나 태생의 고고학자로, 120쪽 로도비코 베누티의 삼촌이다.

데, 점심때가 다 되어 있었습니다. 이곳에는 고대 물품들이 발굴되어 보관되어 있는데, 민망할 정도로 파손된 상태였습니다. 볼만한 것들 중에 입상의 다리 하나가 있었는데, 벨베데레의 아폴론 상과 가히 견줄 만했습니다. 그 다리 외에 나머지 부분을 찾아낸다면 행운이겠지요.

우리는 피곤해서 잠시 수면을 취하려고 누웠습니다. 한잠 자고 깨어나니 유쾌한 가족이 기다리고 있었습니다. 이 동네에 사는 사람들인데, 우리한테 점심 식사를 대접하기 위해 온 분들이었습니다. 물론 우리와 헤어진 하케르트 씨의 고마운 배려였지요. 이렇게 해서 식탁이 새로 차려졌습니다. 그러나 저는 먹을 수도 없고, 좋은 사람들이었지만 같이 앉아 있을 수도 없어서, 바닷가 돌들 사이를 산보했습니다. 기이한 돌들이 많았는데, 특히 해충들이 구멍을 낸 돌들 중에 어떤 것은 꼭 해면 같았습니다.

여기서 재미있는 일을 목격했습니다. 한 목동이 해변으로 염소를 몰고 왔습니다. 염소들이 물속으로 들어가 몸을 식혔습니다. 그러는 가운데 돼지를 모는 목동이 합류했습니다. 염소 떼와 돼지 떼들이 파도를 타며 더위를 식히는 동안, 두 목동은 그늘에 앉아 음악을 연주했습니다. 돼지 목동은 플루트를 불고, 염소 목동은 백파이프를 연주하는 것이었습니다. 어른만 한 체구의 소년이 발가벗은 채로 말을 타고 나타났습니다. 물속으로 자꾸 깊이 들어가니 말이 그를 태운 채 헤엄을 쳤습니다. 해변 쪽으로 가까이 왔을 때는 그의 전신이 보이다가 갑자기 되돌아서 바다로 들어가니 헤엄치는 말의 머리와 그의 어깨만 드러났습니다. 볼만한 광경이었습니다.

우리는 오후 3시에 출발했습니다. 카푸아를 지나 3마일쯤 달렸을 땐 이미 밤이 된 지 한 시간이 지난 후였습니다. 이때 우리 마차의 뒷바퀴가 부서졌습니다. 다른 바퀴를 바꿔 끼우는 데 서너 시간이 걸렸습니다. 어쨌든 그러고 나서 또다시 3~4마일을 달렸는데, 이번엔 마차 축이 부러졌습니다. 모두에게 몹시 짜증스러운 사고였습니다. 나폴리가 바로 코앞인데도 친구들을 만날 수가 없으니 말입니다. 자정이 지나고 몇 시간 후 우리는 드디어 나폴리에 도착했는데, 그때에도 거리엔 사람들이 많았습니다. 다른 도시에선 자정 무렵엔 사람들 보기가 힘든데 말입니다.

여기에서 우리의 친구들을 모두 만났습니다. 다들 건강하게 잘 지내고 있고, 당신도 무고하다니 모두들 기뻐했습니다. 저는 하케르트 씨의 집에 묵고 있습니다. 그제는 해밀턴 남작과 함께 포실리포에 있는 그의 별장에 갔습니다. 거기서는 그야말로 지상에서 볼 수 있는 가장 희한한 장면을 보았답니다. 식사가 끝난 후 12명의 청년들이 바다에서 수영을 했는데, 보기가 참 좋았습니다. 그들이 그룹을 지어 마치 공연을 하듯 수영하던 장면이라니! 해밀턴 남작은 매일 오후 이 구경거리를 보기 위해 그들에게 보수를 지불합니다. 그분은 제 마음에 꼭 드는 사람입니다. 여기 집에서는 물론, 바다에 배를 타고 놀러 나가서도 저는 그분과 많은 이야기를 한답니다. 그분에 관해 많은 것을 알게 되어 무척 흡족합니다. 앞으로도 그분과 계속 긍정적인 일을 체험했으면 좋겠습니다. 여기에 사는 당신의 다른 친구들 이름을 보내주십시오. 그러면 그들한테 안부도 전하고, 안면을 익히도록 하겠습니다. 이곳 소식을 곧 더 많이 전해 드릴게요. 친구들 모두한테, 특히 앙겔리카 부인과 라이펜슈타인 씨에게 제 안부 전해 주십시오.

추신: 나폴리가 로마보다 훨씬 더운 것 같습니다. 차이점은 여기 공기가 더 좋고, 끊임없이 시원한 바람이 분다는 것입니다. 그러나 태양은 훨씬 강합니다. 처음 며칠간은 거의 죽을 뻔했습니다. 냉수와 눈을 녹인 물로만 지냈습니다.

얼마 후, 날짜 미상

어제는 당신이 나폴리에 계셨더라면 좋았겠다고 생각했습니다. 오로지 식료품을 사기 위해 모여든 이런 왁자지껄한 군중을 여태껏 본 적이 없습니다. 그리고 그렇게 많은 식료품이 한군데 모인 곳도 처음 봤습니다. 큰 도로와 톨레도 거리는 온갖 종류의 식품으로 덮여 있을 정도였습니다. 생각해 보면 이곳 사람들은 축복받은 지역에서 살고 있습니다. 1년 내내 매일같이 과일이 열리니 말입니다. 오늘도 50만이나 되는 사람들이 성찬을, 그것도 나폴리 방식으로 즐기고 있다고 생각해 보십시오. 저는 어제와 오늘 흥청거리는 식탁에 자리를 같이 했습니다. 죄가 될 정도로 먹고도 음식이 남아돌아가니 저는 놀라지 않을 수 없었습니다. 크니프도 동석했는데, 맛있는 음식이라고는 죄다 먹어치워서, 배가 터져버리기라도 하면 어떻게 하나 걱정이 되었습니다. 그러나 그는 개의치 않았습니다. 그가 선상에서, 그리고 시칠리아 섬에서 느낀 식욕에 관해서 자주 이야기했습니다. 당신이 그 귀한 돈을 치르고서도 한편으로는 뱃멀미 때문에, 한편으로는 결심한 바 때문에, 굶다시피 단식했던 것과는 대조적인 이야기였습니다. 어제 장 본 것들은 오늘 이미 다 먹어치워졌습니다. 내일도 어제처럼 거리가 다시 그득할 거라고 합니다. 톨레도 거리는 과잉의 풍요함을 보여주는 극장과 같습니다. 작은 상점들은 식료품으로 장식되어 있는데, 식료품을 주렁주렁 엮은 줄들이 길 밖으로 매달려 있습니다. 부분적으로 금물이 칠해진 작은 소시지들은 빨간 리본을 달고 있습니다. 영계들은 모두 항문에 빨간 기가 꽂혀 있는데, 어제 3만 마리가 팔렸다고 합니다. 사람들이 집에서 사육하는 숫자까지 더해 봐야겠지요. 거세한 수탉을 실은, 작은 오렌지를 운반하는 당나귀 숫자, 금색 과일들을 포장된 도로에 쏟아서 쌓아올린 커다란 무더기들이 우리를 경악케 했습니다. 그러나 그중 가장 아름다운 것은 푸른 청과물 상점들과, 알이 작은 포도, 무화과, 참외를 파는 과일 상점들입니다. 모든 물건이 어찌나 예쁘게 진열되어 있는지 보는 이의 눈과 마음을 즐겁게 합니다. 나폴리는 신이 온갖 감각을 위해 자주 축복을 주는 도시입니다.

며칠 후, 날짜 미상

이곳에 감금된 튀르크인들을 묘사한 소묘 한 점을 여기에 동봉합니다. 처음 소문에 의하면 헤라클레스가 그들을 포획했다고 했는데, 사실은 산호 채취자들을 실어 나르는 배였습니다. 튀르크인들이 기독교인들의 배를 보고 탈취하려 했지만 그것은 그들의 계산 착오였습니다. 기독교인들이 더 강했는지라, 오히려 튀르크인들이 잡혀서 이곳으로 끌려왔습니다. 기독교인들의 배에는 30명이, 튀르크인 쪽에는 24명이 있었는데, 격전 끝에 튀르크인 중 6명이 전사하고 한 명이 부상당했습니다. 성모마리아의 가호를 받은 것이겠지요.

선장은 많은 돈과 상품, 실크 제품들과 커피, 그리고 젊은 무어 여자 소유였던 값진 패물 등 굉장한 전리품을 얻었습니다. 수천 명의 사람들이 포로들을, 특히 무어 여인을 보기 위해 카누를 타고 줄지어 가는 모습은 기이했습니다. 많은 사람들이 포로를 사겠다고 거액을 제안했지만, 선장은 팔지 않겠다고 합니다.

저도 매일 그곳으로 갔는데, 하루는 해밀턴 남작과 하트 양을 만났습니다. 그녀는 감정이 몹시 고조되어 울고 있었습니다. 그것을 본 무어 여인도 울기 시작했습니다. 하트 양이 그녀를 사려고 했으나 선장은 절대로 내놓지 않았습니다. 이젠 그들 모두가 이곳을 떠나고 없습니다. 그 밖의 이야기는 제 소묘가 말해 주고 있습니다.

추서

교황의 태피스트리

산 정상에서부터 거의 바다까지 흘러내리는 용암을 보지 않고 가기로 결정하는 것은 몹시 어려웠으나, 내가 세운 목표

대로 태피스트리를 보게 됨으로써 톡톡히 보상받았다. 그 태피스트리는 성체축일에 전시되었으며, 라파엘로와 그의 제자들, 그의 동시대인들을 더없이 잘 떠올리게 해주었다. 네덜란드에서는 오티스라고 하는 베틀을 세워놓고 태피스트리를 짜는 기술이 고도로 발달했다. 태피스트리 제조가 점차 어떻게 발전되었는지 나는 모른다. 12세기까지 개개의 형상을 수놓거나, 아니면 그 비슷한 방식으로 만든 다음, 특수한 중간 매체를 이용해 짜 맞추었으리라. 그와 유사한 것을 옛 성당의 사제석에서 볼 수 있다. 그 작업은 아주 작은 색유리 조각들로 그림을 만드는 스테인드글라스 제작 과정과 비슷하다. 태피스트리를 만드는 데는 바늘과 실이 땜납과 주석 막대를 대신한다. 예술과 기술의 시초가 이런 식이었다. 이와 똑같은 방식으로 만든 값진 중국 태피스트리를 본 적이 있다.

16세기 초 상업이 성행하고 화려했던 네덜란드에서 아마도 동양의 선례에서 얻은 아이디어로 이 정교한 기술을 최고의 경지로 끌어올렸을 것이다. 이 기술은 거꾸로 동방으로 유입되었을 것이고, 비록 완벽하지 못하고 비잔틴풍으로 변형된 문양과 그림대로 만든 것이었겠지만 로마에 잘 알려졌을 것이다. 위대한 교황 레오 10세는 특히 미학적인 측면에서 자유정신의 소유자였는데, 벽에 그려진 그림을 감상하고 난 다음 자기 주변 태피스트리에서 그와 비슷한 큰 그림을 보고 싶어 했다. 라파엘로가 그의 청탁을 받아 견본용 그림을 완성했다. 예수와 그의 사도들을 주제로 한 이 작품들은 다행히 대가의 사후에도 그런 천재들이 남긴 업적을 소개해 주고 있다.

성체축일에야 우리는 태피스트리들의 진정한 용도를 알게 되었다. 그것들은 여기 주랑과 열린 공간들을 화려한 홀과 산책 공간으로 만들어주었다. 또한 뛰어난 천재들의 재능을 우리에게 확실히 보여주었고, 예술과 공예가 서로 만나서 최고의 완성품을 탄생시킨 최상의 실례였다.

라파엘로의 도안은 현재까지 영국에 보존되어 있으며 아직도 온 세계 사람들에게 찬탄의 대상으로 남아 있다. 몇 작품들은 대가 자신이 혼자 완성한 것이고, 다른 작품들은 그의 스케치와 지시에 따라, 또 다른 작품들은 그가 죽은 다음에 다른 예술가들이 마무리했다고 한다. 모든 것이 위대한 예술의 사명을 뚜렷이 증명해 주고 있다. 각국의 미술가들이 그들의 정신을 고양하고, 그들의 능력을 향상하기 위해 이곳에 구름처럼 밀려들었다.

이것을 계기로, 라파엘로의 초기 작품들을 높이 평가하고 애호했던, 그리고 당시 그런 경향을 희미하게나마 자기 작품에 남긴 독일 화가들의 경향에 관해 생각해 본다.

재능이 풍부하지만 아직은 여물지 않은, 부드럽고 우아하며 자연스러운 상태에 있는 젊은이를 보면 사람들은 그의 예술에 더욱 친근감을 느낀다. 자신을 감히 그와 비교할 수는 없지만, 내심으론 그와 경쟁하고 싶고, 그가 이룩한 것을 자신도 이루고 싶어 한다.

이미 완성된 인물에 대해서는 우리 마음이 그렇게 편치 않다. 왜냐하면 뚜렷이 타고난 재능이라도 그로부터 최상의 성취를 이뤄내기까지 감내해 왔을 끔찍한 과정을 짐작하게 되기 때문이다. 그러니 좌절하지 말고 우리 자신에게로 되돌아가 노력하는 사람, 발전되어 가는 사람과 스스로를 비교해야만 한다.

독일의 화가들은 어찌하여 덜 성숙하고 불완전한 화가를 존경하고 애호하고 또 친근하게 느끼는가. 그것은 자신도 그 옆에 나란히 설 수가 있으며, 그의 업적을 자신도 이룰 수 있으리라는 희망을 감히 가져 볼 수 있기 때문이다. 설령 수백 년이 걸릴 업적이라 할지라도.

다시 라파엘로의 도안으로 되돌아가자. 그 도안들은 모두 남성적이다. 도의적인 진지함, 예감에 찬 위대함이 전체를 지배하고 있다. 군데군데 신비스러운 곳이 있긴 하지만 구세주의 작별, 그리고 그가 사도들에게 남긴 이적(異蹟)을 다루고 있는데, 성경을 정독하여 아는 사람이라면 오해의 여지가 없다. 무엇보다도 아나니아가 저지른 수치스러운 짓과 그가 받은 벌을 상상해 보자.[45] 그런 다음, 라파엘로의 세밀한 스케치를 도안으로 하여 제작한 마르칸토니오의 작은 동판화와, 같은 원본을 그대로 본뜬 도리니의 동판화를 비교해 봄직하다.

두 동판화의 구도는 별로 다를 것이 없다. 본질적으로 가장 중요한 이야기가 완벽한 다양성을 띠고 있는데, 위대한 상상력이 이를 극히 명료하게 표현하고 있다.

---

45) 아나니아와 그의 아내 삽비라는 자기 소유물을 팔아 마련한 돈을 교회에 헌금으로 바치면서 얼마간의 금액을 떼어 숨겼는데, 사도 베드로에게는 전액을 바쳤다고 거짓말을 한다. 이 때문에 부부는 하느님을 속인 죄로 죽음을 맞는다. 「사도행전」 5장 3~11절 참조.

사도들은 개인의 재산을 공동의 소유물로 바치기를 바란다. 다시 말해서 신앙심이 돈독한 공물을 기대하고 있다. 한편에는 공물을 가지고 오는 믿음이 깊은 사람들, 다른 한편엔 공물을 받는 가난한 사람들, 그리고 중앙에는 공물을 가로채어 처참하게 벌을 받는 자가 나온다. 이러한 배치는 주는 사람을 중심으로 시작된다. 묘사의 필연성에서 볼 때 그 배치는 눈에 안 띄는 것도 아니고, 그렇다고 강조한 것도 아니다. 마치 인체를 불가피하게 대칭으로 나누었을 때 다양한 동작을 부여해야만 강렬한 인상을 주는 원리와 같다.

이 예술 작품을 관찰하고 있노라면 논평이 끝이 없겠으나, 여기서는 이 그림의 가장 중요한 업적에 관해서만 언급하기로 하자. 옷가지를 싸 가지고 다가오는 두 남자는 아나니아의 머슴들일 수밖에 없다. 그러나 이 그림에서 옷가지 중 일부를 남겨놓고, 공동의 소유물을 횡령했다는 것을 어떻게 알아볼 수 있을까? 여기 젊고 예쁜 여자가 우리의 눈길을 끈다. 유쾌한 표정으로 돈을 오른손에서 왼손으로 옮기며 세고 있다. 우리는 즉시 '오른손이 하는 일을 왼손이 모르게 하라.'라는 고결한 말을 상기한다. 이제 이 여인이 삽비라임이 분명하다. 사도에게 바쳐야 하는 돈 중에서 얼마를 남겨 가지려고 세고 있다. 그녀의 유쾌하면서도 사악한 표정이 이를 암시해 준다. 곰곰이 생각하면 이 착상은 놀랍고도 무섭다. 우리 앞에 그 남편은 벌써 벌을 받아 거꾸러져 땅에서 처참하게 몸부림친다. 앞에서 일어나는 일을 모른 채, 약간 뒤쪽에 있는 그의 부인은 보나 마나 사악한 생각에 빠져 신성을 제멋대로 무시하며,

어떤 운명이 자신을 기다리는지 전혀 모르고 있다. 아무튼 이 그림은 우리로 하여금 끊임없이 의문을 갖게 하며, 그에 대한 명확한 답을 많이 찾을수록 더욱더 경탄스러운 작품이다. 라파엘로의 커다란 소묘를 복사한 마르칸토니오의 동판화, 그리고 역시 라파엘로의 도안을 복사한 도리니의 좀 더 큰 동판화를 서로 비교해 보면, 우리는 심오한 관찰의 경지로 들어선다. 마르칸토니오의 작품보다 나중에 제작된 후자의 경우는, 같은 구상이지만 변화와 긴장감의 고조라는 면에서 과연 천재적인 지혜를 발휘했다. 기꺼이 고백하자면 이런 공부는 인생을 오래 살면서 얻는 최상의 기쁨들 중 하나다.

7월

서신

1787년 7월 5일, 로마

현재 내 삶은 완전히 젊은 시절에 꿈꾸었던 그대로다. 이 꿈이 내가 만끽하라고 정해진 것인지, 아니면 한참 후에 이 역시 다른 일들처럼 제멋대로 생각한 것임을 깨닫게 될지는 두고 볼 일이다. 티슈바인은 떠났고, 짐이 빠진 그의 아틀리에는 깨끗이 청소가 되어서, 이제야 내가 그곳에 기거하고 싶은 마음이 든다. 요즈음 들어 쾌적한 집이 필수적이다. 더위가 극성이다. 아침이면 해가 떠오를 때쯤 일어나 탄산수가 나오는 아쿠아 아체토사 샘으로 간다. 내가 사는 성문에서 약 1시간 걸린다. 거기서 물을 마시는데, 슈발바흐 지방의 물맛이 약간 난다. 지금 같은 기후에 상당히 효과가 좋은 물이다. 8시경 다시 집에 돌아와, 기분만 나빠지지 않는다면 열심히 일한다. 나는 아주 잘 있다. 흐르는 것이라곤 더위가 모두 증발시켜 버리고,

몸속에 짠 것이라고는 모두 피부 밖으로 짜낸다. 그래서 환부는 갈라지거나 옥죄지 않고 가렵다. 그림 그리는 데 취향과 기량을 계속 길러나가고 있다. 건축에 대해서도 더욱 진지하게 공부하고 있다. 모든 것이 나에게 놀랍도록 쉬워진다.(이건 생각이 그렇다는 말이다. 연습의 경지를 넘어서려면 한평생이 걸릴 것이다.) 가장 좋은 일은, 나에게는 독단이나 자만심이 없었고, 여기 왔을 때 아무것도 기대하지 않았다는 것이다. 매사가 나에게 말이나 개념으로만 남아 있지 않도록 애쓰고 있다. 아름다운 것, 위대한 것, 경외심을 일으키는 것들을 내 눈으로 직접 보고 인식하려고 한다. 이는 모방 없이는 불가능하다. 이제 나는 석고 두상 앞에 앉아야 한다.(화가들이 옳은 방식을 넌지시 가르쳐주고, 나는 이것들을 머릿속에 잘 간직하려고 애쓴다.) 이번 주 초에 이곳저곳에서 식사 초대를 받았는데 거절할 수가 없었다. 지금도 여기저기서 초대를 한다. 나는 사양하고 조용히 지내고 있다. 모리츠, 같은 집에 유숙하고 있는 독일인 몇 명, 활달한 스위스인 한 명, 이들이 내가 일상적으로 만나는 인물들이다. 앙겔리카와 라이펜슈타인 궁정고문관한테도 들른다. 어디서나 사려 깊은 태도를 유지하고, 아무한테도 속마음을 털어놓지 않는다. 루케시니 후작이 다시 이곳에 왔는데, 세상 안 가본 데가 없는 사람인지라, 그를 보고 있으면 온 세상의 모습이 보이는 것 같은 생각이 든다. 내가 대단한 착각을 하고 있는 것이 아니라면, 그는 자신의 역량을 옳게 발휘할 줄 아는 인물이다. 다음 편지엔 내가 조만간 사귀게 되기를 바라는 서너 사람들에 관해 이야기하겠다.

『에그몬트』를 집필 중인데, 잘 진행되었으면 좋겠다. 이 작품을 쓸 때 적어도 몇 가지 징후가 있었는데, 내 예측이 벗어난 적이 없었다. 수차례나 작품을 완성하려 할 때마다 번번이 방해를 받았는데, 이제 로마에서 완성하려니 기분이 좀 이상하다. 1막은 정서(淨書)가 끝나 완성되었다. 모든 장면들이 더 이상 손댈 필요가 없다.

예술 전반에 관해 기회가 되는 대로 사색을 많이 하고 있고, 『빌헬름 마이스터』의 분량도 많이 불어났다. 그러나 이제 옛 작품들은 미뤄둬야겠다. 나도 어지간히 나이가 들었고, 계속 작업을 할 생각이라면 시간을 허비해서는 안 될 것이다. 자네도 짐작하겠지만, 내 머릿속은 수백 가지 새로운 착상으로 가득하다. 중요한 것은 생각이 아니라, 작업한다는 사실이다. 대상을 표현하는 데 있어서, 이러저러하게 확정하는 것은 까다로운 일이다. 예술에 관해 많은 이야기를 하고 싶지만 대상이 되는 작품 없이 무슨 이야기를 할 수 있겠나? 내가 바라는 것은, 몇 가지 사사로운 일들을 초월하는 것이고, 그것이 바로 내가 여기서 지내기로 작정한 이유다. 이곳에서 지내는 시간은 좋기도 하고 이상하기도 하지만, 그 때문에 애정 어린 박수를 보내주니 이 시간을 만끽하고 있다.

그럼 이쯤에서 편지를 끝내야겠다. 한 페이지가 공백으로 남아 마음에 들진 않지만. 오늘 낮에 더위가 심했고, 저녁 무렵 잠이 들었다.

7월 9일, 로마

앞으로는 일주일 내내 편지를 쓸 작정이다. 그래야 더위나 예기치 않은 일로 방해를 받아 여러분한테 쓸 만한 생각을 전달하지 못하게 되는 상황을 피할 수 있을 듯하다.

어제 나는 많은 것을 보고 또 보았다. 예배당을 거의 열두 곳쯤 들렀는데, 가는 곳마다 훌륭하기 이를 데 없는 제단화들이 있었다.

그러고 나서 앙겔리카와 같이 영국인 무어 씨를 방문했다. 그는 풍경화가인데, 작품들은 대부분 착상이 뛰어나다. 노아의 홍수를 그린 작품이 독특하다. 같은 소재를 사용한 다른 작품들이 망망대해를 표현하고 있지만 높이 치솟은 파도를 보여주지 않는 데 반해, 그의 그림은 높은 산에 위치한 분지와, 흘러넘치는 바닷물이 드디어는 이 분지 안으로 밀어닥치는 광경을 생생하게 담고 있다. 바위의 형상을 보면, 수위가 산 정상까지 올라갔고 뒤쪽이 비스듬히 막혀 있는 데다가, 암벽들이 깎아지른 듯해서 공포감을 주는 효과가 그만이다. 온통 회색인 그림은 소용돌이치는 시커먼 물과 주룩주룩 쏟아지는 비가 절실한 상관관계를 보여주고, 물이 쏟아져 바위에서 뚝뚝 떨어지는 것이 마치 엄청난 물줄기가 전체 원소들까지 분해해 버릴 듯한 인상을 준다. 태양은 흡사 흐릿한 달처럼 빗줄기 사이로 내다볼 뿐 아무것도 밝혀주지 못한다. 아무튼 밤은 아니다. 전경의 중앙에는 판판한 바위 하나가 고립되어 있는데, 그 위에 몸을 피한 몇 사람을 홍수가 밀려들어 휩쓸어 가려는 찰나다. 아, 모든 것이 믿을 수 없을 정도로 심사숙고 끝에 표현되어 있었다. 이 그림은 대작이다. 길이가 7~8피트, 높이는 5~6피트 정도 된다. 다른 그림들에 관해서는, 예를 들어 아름답기 그지없는 아침이나 빼어난 밤 풍경을 그린 그림에 관해서는 아무 이야기도 않겠다.

아라 코엘리에서 프란치스코회 소속 성자 두 분의 시복시성(諡福諡聖)식이 꼬박 사흘 동안 열렸다. 성당의 장식, 음악, 밤의 조명과 불꽃놀이가 수많은 군중을 끌어들였다. 그곳에서 가까운 캄피돌리오 성에 조명이 설치되었다. 불꽃놀이가 캄피돌리오 성 안에서 벌어졌다. 이 모든 것이 두루 볼만했다. 비록 성 베드로 축제의 후렴에 불과한 셈이었지만. 로마 여인들은 이 제전에 남자 친구들 아니면 남편을 동행했는데, 밤이면 하얀 의상에 검정 벨트를 매고 다닌다. 모두 예쁘고 얌전했다. 코르소 거리에 이젠 밤이면 산책하는 사람들과 바람을 쐬러 마차를 타고 나온 사람들이 많아졌다. 낮에 외출들을 안 하기 때문이다. 더위는 견딜 만해졌고, 요 며칠은 줄곧 시원한 미풍이 불고 있다. 나는 시원한 아틀리에에서 조용하고도 만족스럽게 지내고 있다.

열심히 집필 중이다. 『에그몬트』가 많이 진척되었다. 내가 12년 전에 써놓은 장면들이 지금 이 순간, 브뤼셀에서 현실로 이루어지고 있다니 기분이 정말 묘하다. 이제 사람들은 몇몇 문장을 아마도 시사적인 풍자로 해석할 것이다.

7월 16일, 로마

이미 밤이 깊었는데도 그렇게 느껴지지 않는다. 노래를 부르기도 하고, 치터[46]와 바이올린을 번갈아 연주하며 오락가락하는 사람이 거리에 한가득이기 때문이다. 밤엔 서늘해서 상쾌하고 낮엔 견딜 만하게 덥다.

어제는 앙겔리카와 함께 프시케 벽화가 있는 빌라 파르네시나에 갔다. 내 방에서 여러분과 함께 이 벽화의 채색 복사화를 얼마나 자주 기회 될 때마다 감상했던가! 각각의 사본을 통해 벽화를 샅샅이 알고 있는지라, 눈에 확 띄었다. 홀이라기보다 차라리 미술관에 가까운 그 방은 장식의 관점에서 내가 아는 가장 아름다운 공간이며, 손상되었다 복원된 부분들도 많다.

오늘은 아우구스투스 황제의 묘에서 소몰이 경기가 있었다. 거대하고, 가운데는 비었고, 위쪽은 뚫린 완벽한 원형의 이 건물은 이제는 일종의 원형경기장처럼, 황소몰이 경기장으로 개조되어 있다. 4000~5000명의 관객을 수용할 수 있을 것 같다. 경기 자체는 그다지 재미가 없었다.

7월 17일, 화요일 저녁에는 고대 조각 복원가 알바치니 씨 집에서 토르소를 구경했다. 나폴리로 옮겨갈 파르네세의 유품들 중에서 발견했다고 한다. 앉아 있는 아폴론의 토르소인데, 그 아름다움은 비할 데가 없다. 현존하는 고대의 유물들 가운데 최상품에 속할 것이다.

---

46) 평평한 공명판에 30~40개의 현을 매 튕기는 악기로, 고대 그리스에서 사용되었던 키타라에서 유래했다.

프리스 백작 집에서 식사를 했다. 그와 함께 여행 중인 카스티 신부가 자신의 단편소설 가운데 하나인 「프라하의 대주교」를 낭독했다. 최상급은 아니었으나 8행시체로 쓰인 매우 아름다운 작품이었다. 나는 진즉에 그의 작품 「베네치아의 테오도어 왕」을 읽고 마음에 들었던지라, 그를 높이 평가하고 있었다. 그는 최근에 「코르시카의 테오도어 왕」을 썼는데, 그 중에서 1막을 읽어보았다. 아주 좋은 작품이다.

프리스 백작은 많은 작품들을 사들이는데, 그 가운데 안드레아 델 사르토의 마돈나 그림을 600체키노[47]에 샀다. 지난 3월에 앙겔리카가 그 그림을 450체키노에 사려 했다. 그녀의 인색한 남편이 이의를 제기하지만 않았더라면, 그 금액에 살 수 있었을 것이다. 지금은 두 사람 다 후회하고 있다. 정말 믿을 수 없을 만큼 아름다운 그림이다. 직접 보지 않고서는 상상할 수 없을 정도로.

이런 식으로 오래된 것, 남아 있는 것에 나날이 새로움이 첨가되어 매우 재미있다. 내 안목도 높아지고 있어서, 시일이 지나면 전문가가 될지도 모르겠다.

티슈바인은 나폴리에 더위가 기승을 부려 죽겠다고 하소연하는 편지를 보냈다. 여기도 마찬가지다. 화요일엔 어찌나 더웠던지, 에스파냐나 포르투갈에 있는 외국인들도 겪지 않을 무더위였다.

『에그몬트』는 4막까지 진척이 되었다. 여러분도 기뻐해 주기

---

47) 베네치아 은화다.

바란다. 3주 안에 탈고할 것 같다. 즉시 헤르더에게 송부하겠다. 소묘와 색칠도 열심히 하고 있다. 집 밖으로 나가 산책로를 잠깐 걷기만 해도 최상의 소재들과 마주치지 않을 수 없다.

7월 20일, 로마

평생 나를 따라다니며 괴롭힌 커다란 결함 두 가지를 요즘에야 찾아냈다. 첫째는 내가 계획했거나 해야만 하는 일을 가능하게 해주는 작업 방법을 전혀 배우려 들지 않았다는 점이다. 그러한 까닭에 타고난 재주가 많았음에도 이룬 일이 별로 없다. 정신력으로 억지를 부렸기 때문에 행운이 따를 때는 성공했지만, 우연에 따라 실패도 했다. 아니면 어떤 일을 심사숙고하여 잘하려고 작정하면 겁이 나서 완성시킬 수가 없었다. 이와 비슷한 둘째 결함은 내가 일이나 사업에 요구되는 만큼의 시간을 기꺼이 투자한 적이 한 번도 없었다는 점이다. 많은 것을 단시간에 생각하고 연결하는 재주가 있기 때문에, 한 걸음씩 일하는 것이 지루하고 견딜 수 없었다. 지금이야말로 나의 단점을 개선할 최적기인 것 같다. 예술의 나라에 와 있으니, 이 분야를 정말 깊이 있게 공부해 보아야겠다. 그러면 나머지 우리 인생에 안식과 기쁨이 깃들고, 다른 일을 또 시작할 수 있을 것이다.

로마는 그런 목적에 적합한 도시다. 온갖 종류의 사물들뿐아니라, 별의별 인간들이 있다. 그들은 진지하게 올바른 길을 가는 사람들인데, 그들과 대화를 나누면서 마음 편히 그리고 조속히 발전할 수 있다. 다행히 나는 다른 사람들한테서 배우고 받아들이기 시작하고 있다.

이렇게 해서 나는 몸과 마음이 그 어느 때보다 평안하다. 여러분이 그걸 내 작품들에서 보게 된다면 내가 떠나온 것을 칭찬하게 될 것이다. 내가 행하고 생각하는 것, 그것이 나와 여러분을 연결하고 있다. 참, 나는 당연히 대부분 혼자 지내고 있으며, 대화를 나눌 때는 표현을 자세히 해야 한다. 그런데도 이곳에선 다른 곳보다 훨씬 쉬운 편이다. 어느 누구와도 뭔가 흥미 있는 대화를 나눌 수 있기 때문이다.

멩스는 벨베데레의 아폴론 상에 관해 언급하면서, 어떤 조각상이 육체의 진리를 훌륭한 양식으로 표현해 내고 있다면 바로 그것이 인간이 생각할 수 있는 범위 내에서 가장 훌륭한 작품이라고 말했다. 예의 그 토르소, 앞서 얘기한 아폴론이나 바쿠스의 토르소를 보면 그의 소망과 예언이 성취된 것 같다. 내 안목은 그렇게 미세한 소재를 분간할 만큼 원숙한 경지에 이르지는 못했다. 그러나 나 자신도 이제껏 본 유물 가운데 가장 아름다운 작품이라는 생각이 굳어지고 있다. 유감스럽게도 토르소 자체뿐만 아니라, 표면 역시 여러 곳이 비에 마멸되어 있다. 지붕 물받이 바로 아래 세워 두었던 것이 분명하다.

7월 22일, 일요일

앙겔리카 부부 집에서 식사를 했다. 일요일마다 그 집의 손님이 된 지 꽤 되었다. 식사 전 우리는 바르베리니 궁전에 가서, 레오나르도 다빈치의 뛰어난 작품과 라파엘로가 손수 그린 그의 애인 그림을 보았다. 앙겔리카와 그림을 감상하면 마음이 편하다. 그녀의 안목이 매우 높고, 기술적인 면에서 해박한 지식을 갖고 있기 때문이다. 그녀는 아름다운 것, 진실한 것, 섬세한 것에 대해 민감하고 동시에 놀랍게 겸손하다.

오후에는 아쟁쿠르 기사를 방문했다. 그는 프랑스 사람인데, 예술의 소멸과 부흥에 관한 역사책을 쓰는 데에 시간과 돈을 투자하고 있다. 그의 수집품들은 참으로 흥미롭다. 날씨가 흐리고 어두운 계절에도 그는 항상 바지런했다는 점을 알 수 있다. 그의 책이 출판되면 굉장한 주목을 끌 것이다.

요즘 시도해 보는 일이 있는데, 그로써 배우는 바가 많다. 내가 풍경을 상상해서 스케치하면 재주 많은 화가인 디스가 내가 보는 앞에서 색칠을 한다. 이 과정을 통해 내 눈과 정신은 색채와 조화에 차츰 익숙해지고 있다. 아무튼 매사가 잘 진행되고 있다. 문제는, 늘 그래 왔듯이 내가 하는 일이 너무 많다는 것이다. 내 눈은 확실히 틀이 잡혀가고, 형태와 비례를 보다 잘 파악하게 되었다. 그와 더불어 예전의 내 태도와 전체에 대한 느낌이 생생히 되살아나서, 이 모두가 나에게는 말할 수 없이 커다란 즐거움이다. 이제 만사가 연습에 달렸다.

7월 23일, 월요일

저녁엔 트라야누스 기념원주[48]에 올라가 기막힌 전경을 즐

---

48) 로마제국의 13대 황제 트라야누스(Marcus Ulpius Trajanus, 53~117)의 승전을 치하하기 위해 로마 원로원과 시민들이 세워준 도리스식 공로 기념탑이다.

겼다. 그 꼭대기에서 내려다보니 해가 저무는 가운데, 콜로세움 전체가 두드러지게 모습을 나타내고, 캄피돌리오 언덕이 손에 닿을 듯하고, 그 뒤로 팔라티노 언덕이 있고, 시가지가 잇달아 연결되어 있었다. 저녁 늦게야 시가지를 지나 천천히 걸어서 돌아왔다. 몬테카발로 광장엔 오벨리스크가 있는데, 볼만한 장소다.

7월 24일, 화요일

빌라 파트리치에 다녀왔다. 그곳에서 해 지는 광경을 구경하고, 신선한 공기도 마시고, 이 위대한 도시의 모습으로 정신을 충만케 하고, 길게 늘어선 도시의 지평선을 보면서 시야를 넓히고, 군데군데 꼼꼼히 보기도 하고, 아름답고도 다양한 대상물들을 더 많이 알게 되었다. 이날 밤 나는 안토니우스 기념원주가 있는 광장과 달빛을 받아 환한 키지 궁전을 보았다. 하얗게 빛나는 주춧돌을 딛고 서 있는 기둥은 세월에 의해 검게 퇴색되어 밤하늘이 오히려 더 밝게 보였다. 그런 산책길에서 보게 되는 대상물은 그 밖에도 수없이 많을 뿐 아니라, 모두가 아름답다. 그러나 그중 극히 소수만이라도 자기 것으로 만들려면 많은 시간이 필요하다. 한 사람의 일생, 아니 여러 사람의 일생을 합쳐 단계적으로 서로 배운다면 가능할지도.

7월 25일, 수요일

프리스 백작과 함께 피옴비노 제후의 보석 수집품을 보러 다녀왔다.

7월 27일, 금요일

노소를 막론하고 모든 화가가 내 작은 재능을 넓혀주려고 돕고 있다. 원근법과 건축 드로잉, 풍경화 구도 잡기는 많이 늘었다. 살아 있는 대상을 그리는 일은 아직도 미숙해서 큰 난관이지만, 진지함과 부지런함으로 발전할 수 있을 것 같다.

지난 주말에 내가 주최한 음악회에 관해 앞서 언급을 했는지 모르겠다. 이곳에서 나에게 많은 즐거움을 주었던 사람들을 초대했고, 희극 오페라 가수들을 데려다 최근의 간주곡들 가운데 최상의 작품들을 부르게 했다. 모두 즐거워하며 만족했다.

이제 내 아틀리에는 깨끗하게 정돈되고 청소되었다. 이 무더위에도 편안하게 지낼 수 있는 장소다. 흐린 날, 비오는 날, 천둥 치던 날이 지나고 요즈음은 별로 덥지 않은 화창한 날씨가 이어졌다.

1787년 7월 29일, 일요일

앙겔리카와 론다니니 궁전에 갔다. 내가 로마에 온 지 얼마 안 됐을 때 보낸 편지에 언급한 메두사를 기억하리라 생각한다. 그때도 매우 마음에 들었는데 이젠 최상의 즐거움이 되었다. 이런 작품이 세상에 있다는 사실, 또 이런 작품을 만들 수 있다는 것을 생각만 해도 내 마음은 말할 수 없이 흡족해진다. 그런 작품에 관해 이야기하면서 어떤 한 부분만 언급한다는 것 자체가 공허한 바람 조각에 지나지 않는다. 예술 작품은 보라고 있는 것이지, 그것에 관해 말하라고 있지 않다. 작품을 앞에 두고 이야기한다면 모를까. 과거에 내가 예술 작품에 대해 늘어놓았던 너절한 이야기들이 부끄럽기 짝이 없다. 이 메두사를 본뜬 좋은 석고 사본을 구할 수 있다면 갖고 가고 싶은데, 새로 만들어야 한단다. 여기에서 살 수 있는 작품이 몇 개 있으나 마음에 들지 않는다. 그것들을 보면, 원본을 상상하게 되기는커녕, 오히려 그 의의를 손상하고 있기 때문이다. 특히 입이 형언할 수 없이 대단해서, 섣불리 흉내 내지를 못한다.

7월 30일, 월요일

종일 집에서 열심히 일했다. 『에그몬트』가 완성되어 가고 있다. 4막도 거의 끝났다. 정서가 끝나면 우편마차로 보내겠다. 여러분이 이 작품을 읽고 박수를 보내준다면 더없이 기쁠 것이다. 이 작품을 쓰고 있노라니 정말 다시 젊어진 기분이다. 독자들한테 참신한 인상을 주고 싶다. 저녁엔 집 뒤 정원에서 열린 무도회에 우리도 초대되었다. 지금은 춤추는 계절이 아닌데도, 사람들은 개의치 않고 몹시 즐거워했다. 이탈리아 아가씨들은 고유한 특색이 있다. 10년 전만 해도 몇몇 아가씨들한테 마음이 끌렸겠지만 이젠 그런 기운이 메말랐다. 아무튼 이 작은 축제엔 그다지 관심이 없어 끝까지 보지 않았다. 달 밝은 밤이 참으로 아름답다. 안개를 헤치고 떠오른 노랗고 따뜻한 달의 모습이 마치 '영국의 태양' 같다. 달이 떠오르고 난 후의 밤은 맑고 온화하다. 서늘한 바람 한 점, 만물이 소생하기 시작한다. 새벽녘까지 길에는 노래하고 악기를 연주하는 사람들이 나와 있다. 어떤 때 듣는 이중창은 아주 잘 불러서 오페라나 음악회에서 들리는 것보다 낫다.

7월 31일, 화요일

달밤의 풍경을 몇 점 그렸고, 그 밖에도 이것저것 그렸다. 저녁엔 동향인과 산책을 하면서 미켈란젤로와 라파엘로 중에서 누가 더 우월한지에 관해 논쟁을 벌였다. 나는 전자가 낫다 했고 그는 후자 편이었는데, 우리는 결국 레오나르도 다빈치를 함께 칭송했다. 이 모든 이름들이 오로지 이름으로서만 존재하지 않고, 이 뛰어난 인물들이 지닌 가치가 생생한 개념으로 차츰 완벽해지고 있으니, 나는 정말 행복하다.

밤에는 희극 오페라를 보았다. 「걱정 많은 극장장」[49]이라는 새로운 간주곡이 아주 뛰어났다. 연극 구경하기엔 여전히 더운 날씨지만, 공연은 며칠 더 계속될 것이다. 시인이 자작시를 읽고, 한편에선 매니저와 프리마돈나가 그에게 박수를 보내고, 또 다른 한편에서는 작곡가와 세콘다돈나가 그를 힐난하다가, 마지막엔 두 그룹이 싸움을 벌이게 되는 5부 합창이 아주 재미있다. 카스트라토[50]들이 여장을 했는데, 그들의 연기가 갈수록 좋아져서 마음에 들었다. 이 작은 극단은 여름 한철을 위해 그럭저럭 결성되었는데, 나름대로 아주 괜찮다.

---

49) 도메니코 치마로사(Domenico Cimarosa, 1749~1801)의 단막 오페라로, 1786년 나폴리에서 초연되었다.

50) 변성기 전에 고환을 제거해, 성인이 된 뒤 고음역대를 소화하는 남자 가수다.

연기가 몹시 자연스럽고 재미도 있다. 이 무더위와 싸우는 배우들이 안쓰럽다.

보고

여기 소개하려고 하는 글들을 준비하다 보니, 몇 가지는 지난번에 출판된 책[51]에서 인용하는 게 좋을 듯하다. 그리고 그 동안에 관심 밖의 일이 되고 말았는지 모르지만, 일이 진행되는 과정을 여기에 약간 삽입하여, 내게 몹시 중요한 주제를 자연과학 애호가들에게 다시 한 번 소개할 필요가 있을 것 같다.

1787년 4월 17일, 화요일, 팔레르모

진정한 불행은, 여러 유령들에게 쫓기고 유혹당하는 것이다. 오늘 아침 나는 조용히 시적 상상력을 계속 진행시키리라 굳게 결심하고 혼자서 공원으로 갔다. 그러나 시작도 하기 전에, 요즈음 나 몰래 나타난 다른 유령에 사로잡히고 말았다. 지금까지 통이나 화분 안에서만, 그것도 한 해의 대부분은 유리창 너머로만 보아오던 온갖 식물이 여기서는 기쁜 듯 싱싱하게 자유로운 하늘 아래 서 있고 그 사명을 남김없이 다하고 있기 때문에, 더욱더 명료하게 우리 눈에 보인다. 이렇게 여러 가지 새로운, 또 새롭게 만들어진 모습을 눈앞에 보면 이 일

---

51) 1816년에 출판된 『이탈리아 기행』 1권을 가리킨다.

균 속에서 원식물을 발견할 수 있지 않을까 하는 예전부터의 생각이 다시 내 마음속에 살아난 것이다. 그런 식물은 반드시 있을 것이다! 만약 식물이 모두 하나의 기준에 따라 형성되어 있는 것이 아니라고 한다면, 이런저런 형상을 하고 있는 식물이 같은 종이라는 것을 어떤 근거에 의해 인식할 수 있단 말인가!

나는 여러 가지 다른 형상이 어떤 점에 의해서 구별되는가를 규명하려고 노력했다. 그러나 다른 점보다는 오히려 닮은 점이 많다는 사실을 발견하게 되었다. 이 사실은 나의 식물학상의 술어를 사용한다면 설명은 되지만, 아무런 결말이 나지 않았다. 그 때문에 나의 사고는 조금도 나아가지 못하고 도리어 불안하게 되고 말았다. 나의 훌륭한 시적 계획은 방해받았고, 알키노오스의 정원은 사라져버렸으며, 그 대신 세계의 정원이 눈앞에 펼쳐졌던 것이다. 우리들 현대인은 왜 이리 마음이 산란하고, 도달할 수도 실행할 수도 없는 요구에 자극받는 것일까!

1787년 5월 17일, 나폴리

또한 나는 자네에게 털어놓지 않으면 안 되는 것이 있는데, 식물의 번식과 조직의 비밀이 나에게는 상당히 확실하게 판명되었다는 점이다. 그것은 생각지도 못할 정도로 간단하다. 이탈리아의 하늘 아래서는 참으로 재미있는 관찰을 할 수 있다. 나는 맹아(萌芽) 발생의 핵심을 발견했다. 지극히 명백하고, 아무런 의심을 할 여지도 없다. 그 밖의 문제들도 이미 전체적으로는 파악했으며, 다만 두세 가지 점만 좀 더 명료해지면 되는 것이다. 원식물은 지상에서 가장 경이로운 피조물이니, 이를 발견한 나를 자연이 시샘할 만하다. 이 모델과 해결 방법으로 우리는 식물을 무한히 발견할 수 있으며, 그것은 수미일관될 수밖에 없다. 즉 설령 그런 식물이 존재하지 않는다 하더라도 존재할 수 있는 것이며, 회화나 문학의 영상이나 가상과는, 달리 내적 법칙과 필연성을 가진다. 같은 법칙은 다른 모든 생물에도 적용될 수 있을 것이다.

이쯤에서 그만하기로 하고, 더 많은 이해를 돕기 위해 짧게 몇 마디 언급한다. 내가 생각하는 문제의 해결점은 우리가 잎이라고 부르는 식물의 기관 속에 변화무쌍하게 변신하는 능력이 감추어져 있다는 것이다. 그것은 모든 형태에 잠재해 있다가 우리 눈앞에 나타날 수 있다. 식물은 퇴보를 하건 진보를 하건, 결국은 잎에 불과하다. 장래의 씨앗과 떨어질 수 없게 하나가 되어 있어서, 둘 중 하나만 떼어서 생각하면 안 된다. 이런 생각을 이해하고, 감수하고, 자연 속에서 찾아내는 일이 우리를 너무나 달콤한 상태로 몰입시킬 것이다.

방해받은 자연 관찰

내용이 충실한 사상이 무엇인지 몸소 체험한 사람은 다음과 같은 사실에 동의할 것이다. 그 생각을 자신이 해낸 것이든, 다른 사람에게서 들은 것이든 간에, 그런 사상은 우리 정신을 활발하게 자극하고, 우리 마음도 황홀하게 해준다. 전체를 보면 무엇이 그다음에 진전될지, 그 진전이 어떤 방향으로 계속 진행될지 예감할 수 있기 때문이다. 이런 것을 알고 있는 사람이라면, 열정에 불타오르며 그런 인식에 완전히 몰입하는 정도는 아닐지라도, 여생을 이 일에 바쳐야겠다는 나의 생각을 이해할 것이다.

위와 같은 생각에 흠뻑 빠져 있었으나, 로마로 돌아온 후에는 어떠한 규칙적인 연구에 몰입할 수 없었다. 문학과 미술 그리고 고대사, 이들 모든 분야가 나의 집중력을 거의 모조리 요구했기 때문이다. 그래서 나는 평생을 하루같이 힘들고 바쁘게 지냈다. 내가 매일 산책하는 도중에나 마차로 바람을 쐬러 나갔을 때도 어떤 정원에서 내 주의를 끈 식물을 채취한다고 이야기한다면, 전문가들은 나더러 순진하다고 할 것이다. 종자의 싹이 트기 시작할 때, 그들 중 어떤 것들이 햇빛을 보게 되는지 관찰하는 일은 내게 특별히 중요했다. 그래서 성장하면서 울퉁불퉁한 형태를 이루는 오푼티아 선인장이 싹트는 것을 주의 깊게 보았다. 아주 재미있는 사실은, 그게 쌍떡잎식물의 특성대로 두 개의 연한 잎으로 돋아나다가, 점점 자라면서 울퉁불퉁한 형상을 이루는 것이었다.

씨방에서도 특이한 점을 보았다. 아칸서스 몰리스[52]의 씨방 몇 개를 집에 가지고 와 뚜껑이 없는 상자에 넣어두었다. 그런데 어느 날 밤, 팍 하는 소리가 나더니 연이어서 조그만

---

52) Acanthus mollis. 쥐꼬리망초과에 속하는 지중해 원산의 여러해살이풀이다.

뭔가가 천장과 벽으로 튀는 것이었다. 처음에 나는 무슨 영문인지를 몰랐는데, 나중에 보니 봉오리 하나가 터져서 씨앗들이 여기저기로 흩어진 것이었다. 방 안의 건조한 공기가 며칠 만에 그렇게 터지는 수준까지 씨앗의 성숙도를 끌어올렸다.

많은 씨앗들을 이런 방법으로 관찰했는데, 그중 몇 가지를 언급해야겠다. 기간이 길건 짧건 나의 로마 체류를 기념하기 위해 심어놓았던 몇 그루의 나무가 역사의 도시 로마에서 계속 자라고 있기 때문이다. 잣 열매는 아주 이상한 방법으로 싹텄다. 그것들은 마치 새 알이 껍데기에 싸여 있는 듯한 모양으로 올라오더니, 얼마 안 있어 껍질을 벗어던지고 녹색 침엽수들이 둥그렇게 자라나 장래에 무엇이 될 건지 그 시초를 보여주었다.

지금까지 내가 든 예는 씨앗에 의한 종자 번식이었는데, 꺾꽂이 싹에 의한 번식에도 똑같은 관심을 가졌었다. 그건 궁정 고문관 라이펜슈타인 덕이었는데, 그는 산책할 때마다 여기저기서 나뭇가지를 꺾었다. 그러면서 극구 주장하기를, 꺾은 가지를 땅에 심으면 무엇이든 곧 성장을 계속한다는 것이었다. 결정적인 증거로 그는 자신의 정원에다 꺾꽂이해서 새끼치기한 식물들을 보여주었다. 그러한 번식 방법이 오늘날 식물학적 원예에서 얼마나 중요하고 널리 활용되고 있는가. 그가 살아서 이것을 보았더라면 하는 생각이 든다.

유독 눈에 띄는 것은 관목처럼 높이 자라는 카네이션이었다. 이 식물의 엄청난 생명력과 번식력은 잘 알려져 있다. 가지마다 촘촘히 눈이 돋아 있고, 마디마다 새 마디가 원추형으로 촘촘히 나 있다. 이 현상은 시간이 흐를수록 더욱 고조되어 신기하게 촘촘히 돋아난 눈이 자랄 수 있는 만큼 무성해진다. 그래서 활짝 핀 꽃은 다시금 중심부에서 네 송이의 꽃을 피워 낸다.

이 경이로운 식물을 보존할 방법이 없었기에 나는 정확히 소묘하기로 했다. 그럴 때마다 변형의 기본 개념을 많이 이해하게 되었다. 여러 가지 할 일이 많으니 집중할 수가 없었고, 로마에서 체류 기간이 끝나가고 있으니 점점 마음이 무거워지고 부담스러워졌다.

나는 상당히 오랫동안 상류층 사교계와 접촉을 피해 아주 조용히 지냈는데, 결국 실수를 범하고야 말았다. 같은 집에 사는 사람들과 새롭고 기이한 사건을 찾는 사람들의 관심이 우리에게 쏠리게 된 것이다. 사건의 전말은 다음과 같다. 앙겔리카는 그때까지 극장에 간 적이 없었는데, 우리는 이유가 무엇인지 묻질 않았다. 하지만 우리는 열렬한 무대예술 애호가였으므로 그녀 앞에서 가수들의 우아함, 노련함에 대해서뿐만 아니라, 치마로사가 작곡한 음악의 효과에 관해서 입에 침이 마르도록 칭송했었다. 그리고 그녀도 이 즐거움을 같이 나누기를 진심으로 원했다. 그런 이유에서 다음과 같은 일이 연이어 벌어졌다. 젊은 사람들, 그중에서도 특히 부리[53]는 가수

53) 프리드리히 부리(Friedrich Bury, 1763~1823), 일명 프리츠(Firtz). 하나우 태생의 화가로, 1783년부터 로마에 체류하며 미술 공부를 했다.

나 음악계 사람들과 친분이 두터웠는데, 이들로 하여금 즐거운 분위기를 만들도록 주선했다. 우리는 그들의 열렬한 팬이어서 열광적으로 박수를 쳤다. 그래서 그들은 기회가 닿는 대로 우리 집에서 음악을 연주하고 노래를 부르기를 원했다. 이 계획에 대해 가끔 제안과 이야기가 있었으나 연기되곤 했는데, 드디어는 젊은이들의 희망에 따라 즐거운 현실이 되었다. 악장 크란츠는 숙련된 바이올리니스트로서 바이마르 공화국에서 일하고 있는데, 이탈리아에서 연수차 휴가를 보내고 있었다. 그가 뜻하지 않게 이곳에 도착한다는 소식이 마지막으로 결정하는 데 박차를 가했다. 그의 재능이 우리 음악 애호가들의 마음을 사로잡은 것이었다. 이때 우리는 앙겔리카와 그녀의 남편, 라이펜슈타인 궁정고문관, 젠킨스 씨, 볼파토 씨 외에 우리가 평소 신세진 사람들을 모두 파티에 초대하자는 의견이었다. 유대인들과 도배장이들이 홀을 장식했고, 이웃 커피숍 주인이 음료를 맡았다. 이렇게 해서 아주 기분 좋은 여름날 밤에 멋진 음악회가 열렸고, 밖으로 열린 창문 아래엔 많은 사람들이 모여들었다. 다들 마치 극장에 있는 것처럼 노래가 끝나면 열렬하게 박수를 쳤다.

음악 애호가들로 구성된 오케스트라를 태운 커다란 마차는 정말 볼만했다. 그들은 밤거리를 즐거운 마음으로 마차를 몰고 돌아다니던 사람들이었는데, 우리 창 아래에 정차했다. 위쪽에서 들리는 음악에 열띤 박수를 보낸 다음, 우렁찬 바리톤 한 명이 아주 인기 있는 아리아를 온갖 악기 반주에 맞춰 불렀다. 우리가 군데군데 연주하던 오페라에 나오는 아리아였다. 우리도 열띤 박수로 답했고 군중도 함께 박수를 보냈다. 그런 식으로 재미있는 밤을 여러 번 경험했지만, 이렇게 우연히 성공적으로 참가한 멋진 밤은 처음이었다고 모두들 강조했다.

넓긴 하지만 조용했던 우리 숙소는 졸지에 코르소 거리의 주목을 받게 되었다. 부유한 귀족이 이사 왔을 거라는 소문이 났으나, 알려진 인사 가운데 그런 사람은 찾을 수가 없었다. 물론 우리 경우야 예술가들끼리 마음이 맞아 적은 비용으로 치른 일이었지만 그런 파티는 통상 현금으로 지불되었고, 꽤 큰 지출을 요하기 마련이다. 우리는 예전처럼 조용히 지냈으나 부유한 귀족 출신이라는 편견을 더 이상 떨칠 수가 없었다.

프리스 백작이 도착해 활기 있는 모임을 갖는 계기가 되었다. 카스티 신부와 함께 왔는데, 신부는 당시 아직 출판되지 않은 재미있는 단편소설들을 낭독해 커다란 즐거움을 안겨주었다. 그의 쾌활한 낭독은 재치 있고, 천재적인 장면 묘사에 완벽한 생동감을 부여한다는 느낌이었다. 우리가 한 가지 유감스럽게 생각하는 점은, 그렇게 착하고 부유한 미술 애호가인 백작이 가끔 믿을 만하지 않은 사람들과 거래를 한다는 것이었다. 위조 석조상을 구입한 것에 대해 많은 이야기가 있었고 모두들 분개했다. 그런 반면에, 그는 아름다운 입상을 구입해서 무척 흡족해했다. 어떤 사람들은 그 입상을 파리스라 하고, 다른 사람들은 미트라스를 형상화한 것이라고 했다.[54] 지금 파리스와 짝을 이루는 나머지 조각상이 비오 클레멘티노 박물관에 있는데, 두 작품 모두 어떤 모래 채취장에서 발견되었다. 그 작품을 노리는 것이 미술품 중개상들만은 아니었기에 그는 몇 가지 모험을 치러야 했다. 게다가 그 더운 날에 자신의 몸을 보호하는 법을 전혀 몰랐기 때문에 병을 얻게 되었고, 그로 인해 마지막 체류일에 기분이 언짢았다. 그의 후의에 덕을 많이 본 내 마음도 편치 않았다. 그와 동행한 덕분에 피옴비노 제후의 훌륭한 보석조각 수집품을 구경할 수 있는 기회가 있었다.

프리스 백작 집에는 미술품 상인들 외에, 수도사 차림을 하고 이곳을 배회하는 일종의 문인들도 있었다. 그들과는 기분 좋은 대화를 나눌 수 없었다. 누군가 민족문학에 관해 막 얘기를 시작하여 이러저러한 점을 설명하려고 하면, 난데없이 이런 질문을 들어야 했다. 아리오스토와 타소 둘 중 어떤 시인이 더 위대하다고 생각하는지? 그래서 그는 이렇게 대답했다. 그토록 훌륭한 시인 두 사람을 같은 나라에 태어나게 해 준 신 또는 자연에 감사해야 하며, 두 시인 모두가 우리에게 시간과 상황, 입장과 감정에 따라 극치의 순간을 맛보게 해준다고. 우리는 그 답변을 듣고 안심하는 한편 매료되었는데, 아무도 이렇게 사리에 맞는 말을 인정해 주지 않았다. 사람들의 인정을 받은 사람은 더욱 치켜세워지고, 상대편은 반대로 깊

---

54) 파리스는 그리스 신화에서 대단한 미남으로 묘사되는 트로이의 왕자고, 고대 아리아(인도, 이란)에서 빛(진리)의 신이었던 미트라스는 1~4세기 로마제국에서 널리 숭배되었다.

이 추락하는 꼴이 되었다. 처음 몇 번 나는 추락당하는 사람을 변호하기로 작정하고, 그의 정당한 논조가 인정받게 하려 했다. 그러나 아무 효과도 얻지 못했다. 사람들은 패를 갈라 자기 고집만 세웠다. 똑같은 일이 항상 반복되고, 그런 주제를 가지고 변증법적으로 논쟁을 한다는 것 자체가 진지하지 못한 태도인지라 대화를 피했다. 특히 말하는 사람들이 대상에 관해 진정한 관심도 없으면서 그저 떠들어대고 주장하니, 그게 모두 말장난에 불과하다는 사실을 알았기 때문이다.

단테가 화제에 올랐을 때는 훨씬 더 불쾌한 일이 일어났다. 사회적 지위도 있고, 지성도 갖춘 한 젊은이가 예의 탁월한 시인에 대해 진정한 관심을 가지고 있었으나, 내가 보내는 찬사와 동의는 탐탁하게 받아들이지 않았다. 그는 이탈리아인들도 단테를 모두 이해할 수 없기 때문에 외국인들은 모두 그렇게 위대한 정신의 소유자를 이해하려는 것을 단념해야 한다고 거리낌 없이 주장했다. 찬반 토론이 오갔으나, 결국 나는 심사가 뒤틀려 나야말로 그의 말에 동의하는데 적당한 사람임을 고백해야만 하겠다며 나섰다. 왜냐하면 단테의 시를 어떻게 이해해야 할지 지금까지 모르고 있기 때문에, 「지옥편」은 혐오스럽고, 「연옥편」은 의미가 분명치 않고, 「천국편」은 지루하게 느껴진다고 했다. 그는 나의 말에 크게 만족해서 자신의 주장을 뒷받침하는 논리를 폈다. 나의 발언이야말로 외국인은 단테 시의 깊이와 탁월함을 이해할 수 없다는 말을 증명한다는 것이다. 헤어질 때 우리는 둘도 없는 친구가 되어 있었다. 그는 자신이 오랫동안 심사숙고해서 마침내 의미를 깨우치게 된 몇 몇 어려운 부분을 내게 알려주고 설명해 주겠다는 약속까지 했다.

유감스럽게도 미술가나 예술 애호가들과의 대화는 고무적이지 못했다. 우리는 상대방의 과실을 자신한테서도 발견하게 되니 결국 용서할 수밖에 없었다. 더 훌륭하다고 하는 예술가가 어느 땐 라파엘로였다가, 어느 때는 미켈란젤로가 되었다. 이로 인해 인간은 매우 제약된 존재에 불과하다는 결론을 이끌어낼 수 있다. 우리가 설령 위대한 것에 우리의 정신을 개방한다 할지라도, 다양한 형태의 여러 가지 위대함을 골고루 똑같이 인정하고 찬양할 능력을 절대로 갖출 수 없기 때문이다.

티슈바인이 없어서 그의 영향력을 아쉬워했으나, 그가 보내준 생동감 넘치는 편지는 우리에게 위안이 되었다. 재치 있게 묘사한 기이한 사건들과 뛰어난 견해는 물론이고, 소묘와 스케치를 통해 나폴리에서 그를 유명하게 만든 그림 한 점에 관해 상세한 것을 알게 되었다. 오레스테스의 반신상이 그려진 그림인데, 신전 제단에 있던 이피게네이아가 그를 알아보자 지금까지 그를 추격하던 복수의 여신들이 물러나는 장면이었다.[55] 이피게네이아의 모델은 레이디 해밀턴이었는데, 그녀는 당시에 빼어난 아름다움과 명망으로 칭송이 자자했다. 복수의 여신들 가운데 한 여신이 그녀와 흡사하게 품위 있게 그려져

55) 여기서는 괴테의 희곡 속 등장인물이 아닌 그리스 신화의 인물을 지칭하므로, 각각 이피게네이아와 오레스테스로 표기한다.

서, 마치 그녀가 모든 여걸, 뮤즈, 반신반인의 전형인 듯했다. 이러한 그림을 그려낼 수 있는 화가는 해밀턴 경의 중요한 사교 모임에서 좋은 대접을 받았다.

8월

서신

1787년 8월 1일

더위 때문에 하루 종일 가만히 작업에만 몰두했다. 이런 무더위가 나에게 큰 기쁨인 이유는, 독일에 있는 여러분도 여름다운 날씨를 즐길 것이 확실하기 때문이다. 여기서 건초를 보면 기분이 참 좋다. 이즈음엔 전혀 비가 오지 않아, 경작지가 있다면 마음껏 경작할 수가 있다.

저녁 무렵엔 테베레강의 조그만 수영장에서 수영했는데, 설계도 잘되었고 안전한 건물이었다. 그러고 나서 신선한 공기를 만끽하면서 달빛 아래 트리니타 데이 몬티에서 산책했다. 이곳의 달빛은 우리가 상상하면서 만들어낸 것 같은 달빛이다.

『에그몬트』 4막이 끝났다. 다음 편지에 이 작품이 탈고되었다고 알릴 수 있기를 바란다.

8월 11일

나는 다음 부활절까지 이탈리아에 머무를 생각이다. 식견을 넓히는 과정을 지금 중단할 수는 없고, 내가 잘 견뎌내면 분명히 더 큰 발전을 할 것이므로, 친구들과 함께 기쁨을 나눌 수 있을 것이다. 여러분께 계속 편지를 쓰겠다. 작품들도 계속해서 보낼 것이므로, 부재중이지만 여러분이 나를 살아 있는 사람으로 상상할 수 있을 것이다. 유감스럽게도 번번이 나를 죽은 사람인 양 생각했다니까 하는 말이다.

『에그몬트』는 완성되었으니, 이달 말쯤 부칠 수 있겠다. 그렇게 하고 나서 마음 졸이며 여러분의 평을 기다릴 것이다.

매일 예외 없이 회화에 관한 지식을 넓히고 그림 그리는 연습을 하고 있다. 마개 없는 빈 병을 물속에 넣으면 그 병 안에 물이 쉽게 차듯, 이곳에서는 받아들일 마음의 준비만 되어 있으면 금방 배울 수 있다. 어디를 가더라도 예술이라는 요소와 대면하게 되기 때문이다.

여러분이 즐기고 있는 근사한 여름을 나는 이곳에서 예측했다. 이곳 하늘도 똑같이 청명하고, 한낮에는 무척 덥다. 내가 쓰는 큰 방은 서늘해서 견딜 만하지만. 9월과 10월에는 시골에서 지내면서 자연을 스케치할 생각이다. 다시 나폴리에 가서 하케르트에게 배울까 싶기도 하다. 그때 2주 동안 시골에서 함께 지내면서 그에게 배운 것이 몇 년 동안 혼자 정진한 것보다 훨씬 많았다. 작은 소묘들이 10점 정도 있지만, 하나도 보내지 않고 갖고 있겠다. 그러다 어느 날 갑자기 더 훌륭한 작품을 보낼 것이다.

이번 주는 조용하고 근면하게 보냈다. 특히 원근법에 관해 많은 것을 배웠다. 만하임 미술대학장의 아들 페어샤펠트가 이 방면의 이론에 정통한 사람인데, 그가 알고 있는 것을 나에게 가르쳐주기로 했다. 달빛을 묘사해 채색했다. 그 밖에도 아이디어가 몇 가지 있으나, 말하기엔 너무 엉뚱한 것 같다.

1787년 8월 11일, 로마

여공작님께[56] 긴 편지를 썼는데, 이탈리아 여행을 1년 연기하시라고 충고했다. 10월에 떠나신다면 아름다운 계절로 바뀌는 때에 도착하게 되겠지만, 만일 날씨가 나빠지면 아주 고약할 것이다. 나의 이런저런 충고를 따르신다면, 그리고 운이 따른다면, 기쁨을 느끼게 되실 것이다. 진심으로 좋은 여행이 되기를 바라고 있다.

나는 물론이고 다른 사람들 걱정도 할 필요가 없다. 우리는 모두 조용히 미래를 기다리고 있다. 아무도 자신을 바꿀 수 없으며, 자신의 운명을 회피할 수 없다. 이 편지를 읽으면 내 계획을 짐작할 수 있을 것이다. 찬성해 주었으면 좋겠다. 더 이상은 되풀이해 말하지 않겠다.

자주 편지 쓰겠다. 그리고 겨울 내내 마음속에서 항상 여러분과 함께 있겠다. 『타소』는 새해나 되어야 완성될 듯하다. 『파우스트』는 표지만 보아도 마치 전령처럼 내가 곧 도착한다는 소식을 알려줄 것이다. 그러면 나는 중요한 시기를 보냈고,

56) 아우구스트 대공의 모친인 안나 아말리아 여공작을 말한다.

깨끗이 마감한 것이 되고, 필요한 곳에서 일을 다시 시작할 수 있을 것이다. 내 마음은 평온하고, 1년 전과 비교하면 무척 달라졌다.

내게 사랑스럽고 가치 있는 모든 것들이 풍요롭게 넘치고 있다. 요 몇 달간 비로소 여기 있는 시간을 만끽했다. 이제 모든 일들이 하나하나 분명해지고 있기 때문이다. 예술은 나에게 제2의 자연이 되고 있다. 이 예술은 제우스의 머리에서 태어난 아테나처럼, 위대한 인간들의 머리에서 창조되기 때문이다. 여러분은 나중에 몇 날 며칠 혹은 몇 년간 이에 대한 내 이야기를 들어야 할 것이다.

여러분이 있는 그곳에 화창한 9월이 찾아오기 바란다. 우리 모두의 생일이 겹치는 8월 말에는 여러분의 생각을 더 많이 하겠다. 더위가 수그러지면 시골로 가서 그림을 그릴 생각이다. 그때까지는 실내에서 할 수 있는 일을 하고 있는데, 자주 휴식을 취해야 한다. 특히 저녁엔 감기를 조심해야 한다.

1787년 8월 18일, 로마

이번 주에는 북국인다운 나의 근면성을 좀 느긋하게 풀어놓을 수밖에 없었다. 주초 며칠은 엄청나게 더워서 원하는 만큼 많은 일을 못 했다. 그러나 이틀 전부터 선선한 북풍이 불어 대기가 상쾌하다. 9월과 10월은 두 달 모두 아주 좋은 날씨가 될 것 같다.

어제는 일출 전에 아쿠아 아체토사에 갔다. 그 청명함, 다양함, 향기로운 투명함, 아름다운 단풍이 이루는 풍경, 특히 원경을 보고 있으면 마냥 행복해진다.

모리츠는 이제 고미술을 연구하고 있다. 그는 고미술을 젊은이에게는 물론이고 생각하며 사는 모든 사람에게 유용하게끔 인간화해서, 책과 학교에서 배우는 죽은 지식을 새롭게 할 것이다. 그는 사물을 보는 방법을 다행히 잘 알고 있다. 내가 그에게 바라는 바는 철두철미하게 사유할 수 있는 시간을 갖는 것이다. 우리는 저녁에 산책을 하면서 낮에 읽었던 책과 자신의 생각에 관해 이야기를 나눈다. 이렇게 해서 나는 일 때문에 소홀히 하느라 뒤늦게야 애써 만회해야 할 공백을 메우고 있다. 그동안 나는 건물, 거리, 동네, 기념 조각 들을 구경한다. 밤에 집에 오면, 특별하게 눈에 띄었던 장면을 잡담하면서 종이에 그려보곤 한다. 어젯밤에 그린 스케치를 여기 동봉한다. 캄피돌리오 언덕을 뒤쪽에서 올라가면 대충 이렇게 보인다.

일요일에는 마음씨 좋은 앙겔리카와 함께 알도브란디니 공자가 소장한 그림을 보러 갔는데, 그 가운데 레오나르도 다빈치의 작품 한 점은 정말 훌륭했다. 앙겔리카는 재능이 뛰어나고 재산은 매일 불어나는데도 행복하지 못하다. 그녀는 팔기 위해 그림 그리는 일에 지쳤다. 그런데도 그녀의 늙은 남편은 손쉬운 일을 해서 그렇게 벌기 어려운 돈이 들어온다고 좋아한다. 그녀는 이제 자신의 즐거움을 위해, 마음의 여유를 가지고 신중히 연구해 가며 작업하고 싶어 한다. 그들은 자식도 없고, 불어나는 이자도 다 못 쓰고 있는데, 부인이 매일 적당히 작업을 해서 돈을 더 벌어들이고 있다. 하지만 이것은 그녀가 바라는 생활이 아니고, 앞으로도 그럴 것이다. 우리가 함께 있을 때마다 그녀는 나에게 매우 솔직하게 이야기하고, 나도 그녀에게 내 의견을 말하고 조언도 해주고, 또 그녀에게 용기도 북돋아주고 있다. 충분히 소유하고 있으면서도 그것을 사용할 줄도 즐길 줄도 모르는 사람들이 있으니, 부족함과 불행에 관해 이야기하는 것이 당연하다. 그녀는 대단하고 또한 여성으로서도 엄청난 재능이 있다. 우리는 그녀가 하지 않는 일이 아니라, 하는 일을 보고 평가해야 한다. 부족한 점만 따지고 든다면 대체 얼마나 많은 예술가들의 작품이 좋은 평가를 받겠는가.

사랑하는 여러분. 로마와 로마적인 것의 본질, 예술과 예술가들이 나에게 점점 더 친숙해지고 있다. 나는 그 상호관계를 꿰뚫어볼 수 있으며, 내가 직접 체험하고 이곳저곳을 돌아보니 그 관계가 피부에 와닿고 자연스럽게 느껴진다. 피상적인 방문으로 얻는 인상은 진실한 것이 아니다. 이런 허상 때문에 나도 이곳에서 정적과 규칙적인 생활을 버리고, 바깥세상으로 끌려 나가기도 한다. 그러나 가능한 한 스스로를 지키고 있다. 약속하고 연기하고 회피하고 다시 약속하고, 이탈리아 사람들과는 이탈리아인처럼 어울린다. 국무원장인 본콤파니 추기경이 다른 사람을 통해 나를 초대했으나, 나는 9월 중순쯤에 시골로 갈 때까지 피할 생각이다. 상류계급의 신사 숙녀 들을 마치 고약한 질병인 양 피하고 있다. 그들이 마차를 타고 지나가는 것만 보아도 고통스러울 정도다.

1787년 8월 23일, 로마

여러분이 보내준 애정 어린 편지를 그저께 바티칸에 가기 직전에 받았다. 가는 도중에 읽고, 시스티나 예배당에서도 읽었다. 아무튼 관람을 하다가 잠깐씩 쉴 때마다 펼쳐보았다. 여러분이 나와 함께 있었더라면 하는 생각이 말로 표현할 수 없을 정도로 간절했다. 인간이 이룩할 수 있는 경지가 어떤 것인지 여러분이 보고 알았으면 하는 마음에서다. 시스티나 예배당을 보지 않고서는, 한 명의 인간이 해낼 수 있는 게 무엇인지 상상할 수가 없기 때문이다. 위대하고 훌륭한 사람들에 관해서 우리는 이야기도 듣고 책을 읽어서 알고 있다. 여기 그 모든 것이 우리의 머리 위와 눈앞에서 살아 숨 쉬고 있다. 나는 여러분과 많은 이야기를 나누었고, 이 모든 것이 기록되었다고 생각했건만, 나에 관한 이야기를 듣고 싶다니! 할 얘기가 얼마나 많은지! 나는 진정으로 새로 태어나, 새롭게 개조되고 충만해졌다. 나의 모든 힘이 응집된 기분이고, 아직 더 행할 수 있기를 바라고 있다. 근간엔 경치와 건축물에 관해 진지하게 생각해 봤고, 몇 가지 시도도 해봤다. 이제 이 일이 어떤 방향으로 얼마나 진전이 가능한지 보고 있는 중이다.

이제 드디어 우리가 알고 있는 것들의 알파와 오메가, 즉 인체에 들어갔다. 그러므로 나는 이렇게 말하련다. "주여, 저에게 복을 주시지 않으면 보내드리지 않겠나이다."[57] 소묘가 더이상 진전되지 않아서 점토 상을 해보기로 했는데, 조금은 진전

57) 「창세기」 32장 26절.

이 있는 듯하다. 적어도 한 가지 생각에 도달했는데, 이로 인해 많은 것들이 쉬워졌다. 그것을 상세히 설명하기엔 너무 장황할 듯하다. 또 이야기보다는 행하는 것이 낫다. 결과적으로 보면, 내가 자연 연구와 비교해부학을 꾸준하고 꼼꼼하게 지속해온 것이 이제 자연과 고대 미술품을 관찰하는 데 있어 하나하나 찾아내기 어려운 것들을 전체적으로 볼 수 있게 해주고 있다. 화가들은 그것을 세부적으로 찾아내기도 힘들고, 설령 어느 땐가 찾아낸다 할지라도 자신만을 위한 것이지 다른 사람에게 전달할 수 없다.

소위 예언가[58]에 대한 분노 때문에 구석에 처박아두었던 나의 인상학적인 작품들을 모두 다시 끄집어냈다. 그것들은 이제 나에게 정말로 과거지사에 불과한 것 같다. 헤라클레스 두상을 시작했다. 이것이 성공하면 계속해 볼 생각이다.

나는 현세와 온갖 세상사에서 멀어져 있기에, 신문을 읽고 있으면 참으로 기분이 묘해진다. 세상일은 흘러가 버리는 것이기에 나는 영속적인 일에만 전념하고 싶다. 그리고 스피노자의 가르침대로 먼저 내 정신에 영원성을 부여하고 싶다.

워슬리 경[59]은 그리스, 이집트 등을 여행한 인물인데, 어

---

58) 취리히 출신의 신학자이자 문필가, 인상학자인 요한 카스파르 라바터(Johann Kaspar Lavater, 1741~1801)를 가리킨다. 한때 괴테와 절친했으나, 라바터의 종교 강요로 둘 사이가 멀어졌다.

59) 리처드 워슬리 경(Sir. Richard Worsley, 7th Baronet, 1751~1805). 영국의 정치가이자 외교관. 1769년 옥스퍼드를 졸업하고 2년 동안 그랜드투어를 했으며, 1784년부터 1788년까지 에스파냐, 포르투갈, 프랑스, 로마를 여행했다.

제 그의 집에서 많은 그림들을 보았다. 가장 크게 나의 관심을 끈 것은 피디아스가 제작한 릴리프(아테네 근교에 있는 아테나 신전의 기둥 장식)를 소묘한 것들이었다. 단순한 형태를 띠고 있는 몇 안 되는 장식들이지만 아름다움의 극치를 보여준다. 그것 말고 다른 소묘 대상들은 그다지 인상적이지 못했다. 밋밋한 풍경보다는 건축물들이 좋았다.

오늘은 이만 줄이겠다. 내 흉상이 만들어지고 있는데, 이번 주엔 사흘 오전을 모델을 서느라고 보냈다.

1787년 8월 28일

요 며칠 좋은 일들이 꽤나 많았다. 오늘을 축하하기 위해서 자네가 보낸, 신에 관한 고귀한 생각을 담은 소책자[60]를 받았다. 수많은 기만과 오류로 넘쳐나는 이 바벨의 세상에서 그렇듯 순수하고 아름다운 생각들을 읽어내다니, 위안도 되고 새로운 기운도 생긴다. 그러한 신념과 사고방식이 확산될 수 있고, 널리 퍼져도 되는 시기가 왔다는 생각을 했다. 혼자 있을 때 그 책을 여러 번 읽어 마음에 새겨두겠다. 훗날 대화하는 데 도움이 될 수 있는 메모도 하겠다.

요즈음 나는 예술을 관찰하는 데 자꾸만 범위를 넓혀, 급기야는 매듭지어야 하는 일의 총체를 간과하고 있다. 생각으로 매듭짓는다고 해도, 행동으로 옮겨진 건 아닌데 어쩌면 다

60) 신 존재의 증명과 인식 문제를 다룬 헤르더의 책 『신. 몇 가지 담론』(1787)을 말한다.

른 기회가 있어서 더 손쉽게 잘할 수 있을지도 모르겠다. 그렇게 하려면 재능과 재치가 필요할 것이다.

로마 아카데미 드 프랑스[61]에서 전시한 작품 중에 흥미로운 것들이 있었다. 신들에게 행복한 최후를 달라고 기원하는 핀다로스가 사랑하는 소년의 팔에 쓰러져 죽는 그림은 상당한 가치가 있다. 어떤 건축가는 아주 좋은 착상을 작품화했다. 그는 현재의 로마를 한 각도에서 소묘했는데, 시가지의 윤곽이 선명하다. 다른 종이에는 옛 로마시를 마치 같은 장소에서 본 것처럼 그렸다. 옛날 기념비들이 서 있던 곳엔 아직 여러 곳에 그 형태가 폐허로 남아 있다. 그는 새로운 건물들을 제거하고 옛 건물들을 재현해 놓아서 마치 디오클레티아누스[62] 시대의 전경을 보는 것 같았다. 연구적 측면에서뿐만 아니라 그림의 취향과 채색 모두 훌륭했다.

내가 할 수 있는 일은 모두 하고 있으며, 지닐 수 있는 한도 내의 모든 지식과 재능을 쌓아가고 있다. 이런 식으로 참된 것만을 지니고 돌아가려고 한다.

트리펠이 내 흉상을 제작하고 있다는 얘기를 자네에게 했던가? 발데크 공자가 주문한 것이다. 대충 완성되었는데, 형식면에서도 우수하고 전체적으로 괜찮다. 모형이 완성되면, 그것으로 석고본을 뜨고, 그다음엔 곧바로 대리석 상에 착수할 것

61) 프랑스 왕 루이 14세가 1666년 로마의 프랑스인 유학생들을 위해 세운 예술학교다.

62) 가이우스 아우렐리우스 발레리우스 디오클레티아누스(Gaius Aurelius Valerius Diocletianus, 245~316, 재위 284~305). 3세기 로마 황제다.

이다. 그는 이 대리석 상을 실물 크기로 제작할 계획이다. 대리석은 다른 재료로는 불가능한 것을 완성할 수 있다.

앙겔리카가 요즈음 그리고 있는 그림은 좋은 작품이 될 것 같다. 그라쿠스의 어머니가 보석을 자랑하는 어떤 여자 친구에게, 최상의 보석인 자신의 아이들을 가리켜 보이는 그림이다. 구도가 매우 자연스럽고 훌륭하다.

수확하기 위해 씨를 뿌린다는 건 얼마나 좋은 일인지! 오늘이 내 생일이라는 것을 여기서는 아무한테도 이야기하지 않았다. 아침에 잠자리에서 일어나면서 고향에서 축하하는 우편물이 오지 않을까 하고 생각했다. 그런데 여러분의 소포가 도착해 형언할 수 없이 기뻤다. 곧 일어나 앉아 소포에 동봉한 편지를 읽자마자 이렇게 진심으로 감사의 답신을 적고 있다.

지금 여러분과 함께라면 좋겠다. 그러면 몇 가지 시사적인 일들에 관해 자세한 대화를 나눌 수 있을 텐데. 분명 그럴 때가 올 것이다. 이제 우리가 다시 만날 날을 헤아릴 수 있게 된 것만으로도 나는 정말 감사하다. 자연과 예술의 들판을 마음껏 거닐고 나서, 이곳에서부터 기쁜 마음으로 여러분에게 돌아갈 것이다.

오늘 자네의 편지를 받고 다시 한 번 곰곰이 생각했다. 그리고 나의 미술 공부나 저작 활동 등 모든 것이 아직 시간을 필요로 한다는 사실을 확인했다. 미술 분야에서는 모든 것을 확실한 지식으로 만들어야 한다. 전통이나 개념에 매달려 있으면 안 된다. 이를 위해 로마보다 더 적합한 곳이 없을 것이기에, 남은 반년을 최선을 다할 것이다. 나의 사소한 일거리들을

(내 일이라는 것이 한없이 작아 보인다.) 적어도 집중력과 즐거운 마음을 갖고 완수해야겠다.

그러고 나면 모든 것이 나를 조국으로 불러들일 것이다. 또 다시 내가 고립된 채 사적인 생활을 하게 된다손 치더라도, 깊이 생각하고 정리할 일이 너무 많기 때문에 10년 정도는 심심할 시간이 없을 것이다.

박물학 분야에서 나는 자네가 예기치 못한 것들을 가지고 갈 것이다. 나는 내가 유기체의 생성 및 발달이 어떻게 이루어졌는가 하는 문제의 핵심에 거의 접근했다고 생각한다. 자네는 발출(發出)이 아닌 발현(發顯)을 즐거운 마음으로 보게 될 것이다.[63] 그리고 자네는 과거에나 현재 누가 나와 같은 점을 발견하고 생각했는지, 같은 측면에서 관찰했는지 아니면 조금 다른 입장이었는지를 알려주어야 한다.

보고

올겨울은 로마에서 지내야겠다고 이달 초에 결심을 굳혔다.

---

63) 헤르더는 『신. 몇 가지 담론』에서 라이프니츠의 발출설(Fulguration)을 논박했는데, 이를 염두에 둔 표현이다. 라이프니츠는 자연과 세계의 모든 것은 모나드(신, 單子)에 의해 예정되어 있으며, 예기치 않은 '돌발적 출현' 또한 모나드에 이미 내재한 것이라고 주장했다. 괴테는 자신의 원식물 개념이 라이프니츠의 모나드론과 비슷해 보일 수 있음을 의식해서, 그 차이를 강조하기 위해 발현(Manifestation)이라는 단어를 썼다.

지금 떠나기엔 아직 미숙한 상태라는 것, 다른 곳에선 내 작품들을 마무리 짓기 위한 공간도 시간도 없을 것이라는 느낌과 깨달음이 드디어 결정을 내리도록 만들었다. 이 결심을 고향에 전하고 나니, 이 시점부터 새로운 시대가 시작된다.

더위가 점점 기승을 부리자, 발 빠르게 행동하는 데 제약을 받게 되었다. 그래서 우리는 조용하고 시원한 곳에서 시간을 유용하게 보낼 수 있는 쾌적한 장소를 찾아보았다. 시스티나 예배당이 아주 적격이었다. 바로 이 무렵에 미켈란젤로가 새삼스럽게 예술가들의 존경을 받고 있었다. 여타의 위대한 특징은 물론 그의 채색 또한 다른 화가가 따를 수 없다는 것이었다. 미켈란젤로와 라파엘로 중에 누가 더 천재인가에 대해 논쟁하는 것이 유행이었다. 라파엘로의 「그리스도의 변용」은 신랄한 비난을 받았으나, 「논쟁」은 그의 작품 가운데 가장 훌륭하다고 언급되었다.[64] 이 작품은 고대의 양식을 선호하는 후기 경향을 앞서 보여주고 있는데, 조용한 관람자에게는 그것이 아직 재능이 충분히 개발되지 못한 것으로 보일 뿐이기에 결코 친숙해질 수 없었다.

위대한 천재를 이해하기란 어려운 일이다. 두 사람을 동시에 이해하기란 더더욱 그러하다. 사람들은 편을 가름으로써 작업을 쉽게 해결하려고 한다. 이런 이유로 미술가와 작가들에 대한 평가가 항상 변하기 마련이고, 이 사람 혹은 저 사람

---

64) 라파엘로가 바티칸 사도의 궁전 벽화를 처음으로 의뢰받아 1509~1510년에 그린 「성찬에 대한 논쟁」과 1520년에 완성된 라파엘로의 마지막 작품 「그리스도의 변용」을 비교하고 있다.

이 어떤 시기를 완전히 지배하게 되는 논쟁이 나를 당혹스럽게 할 수는 없었다. 나는 그런 논쟁에 휩쓸리지 않고, 내가 직접 관찰함으로써 가치와 품격을 전심전력으로 찾으려 하기 때문이다. 이 위대한 피렌체 화파를 선호하는 경향은 화가들로부터 시작해 예술 애호가들한테 전달되었다. 당시 부리와 립스[65]가 프리스 백작의 요청으로 시스티나 예배당의 수채화를 복사하고 있었다. 성당 관리인은 상당히 많은 돈을 받고 우리를 제단 옆으로 난 후문을 통해 들여보내 주었다. 우리는 있고 싶은 만큼 성당 안에 머무를 수 있었다. 먹을 것도 부족하지 않았다. 한번은 내가 한낮의 찌는 듯한 더위 때문에 지쳐서 교황의 의자에 앉아 낮잠을 잤던 일이 생각난다.

사다리를 타고, 제단화의 아래쪽 두상들과 인물들을 면밀히 복사하는 일이 끝났다. 처음엔 검정색 천에 흰 백묵으로, 다음엔 커다란 종이에 스케치 연필로 꼼꼼히 투사해 냈다. 더 옛날 사람들을 돌아보면 레오나르도 다빈치 역시 마찬가지로 유명하다. 그의 작품 「바리새인들과 함께 있는 예수」가 걸작이라고들 하는데, 나는 앙겔리카와 함께 이 그림을 알도브란디니 갤러리에서 보았다. 그녀가 일요일 정오쯤 자신의 남편과 라이펜슈타인 궁정고문관과 함께 마차로 나를 데리러 왔다. 푹푹 찌는 삼복더위에도 우리는 모두 느긋이 어딘가의 전시실

65) 요한 하인리히 립스(Johann Heinrich Libs, 1758~1817). 취리히 출신의 화가이자 동판화가로, 1789년까지 로마에서 유학한 후, 괴테의 초청으로 바이마르 자유회화학교 교수가 되었으나, 이후 괴테와의 불화로 1794년에 취리히로 돌아갔다.

에 가서, 두어 시간 관람한 다음 훌륭한 점심 식사가 차려져 있는 그녀의 집으로 돌아가는 것이 통례처럼 되어 있었다. 이 세 사람은 각각 나름대로 이론적 실제적 미학적 기술적인 면에서 지식을 겸비한 사람들인지라, 유명한 예술 작품 앞에서 그들과 이야기를 나누면 배우는 것이 한두 가지가 아니었다.

그리스에서 돌아온 워슬리 준남작은 가져온 그림들을 우리에게 보여주는 친절을 베풀었다. 특히 피디아스의 아크로폴리스의 전면 장식을 복사한 그림들은 잊을 수 없는 인상을 나에게 결정적으로 남겼다. 내가 미켈란젤로의 역동적인 인물들을 보는 것이 계기가 되어, 전보다 인체에 대해 더 많은 관심을 가지고 관찰하게 되었기 때문이었다.

로마 아카데미 드 프랑스의 전시회는 이달 말에 활기찬 미술계에 또 하나의 중요한 시점을 마련했다. 다비드의 작품 「호라티우스」에서는 프랑스 화가들의 우수성이 드러나게 되었다. 티슈바인은 이 작품에 자극받아 실물 크기의 헥토르 상을 그리기 시작했다. 헥토르가 헬레네 앞에서 파리스 왕자를 질책하는 장면이다. 프랑스 화가들의 명성을 높이는 화가로는 드루에, 가녜로, 데마레, 고피에, 생투르 등이 있고, 푸생풍의 풍경화가인 보케도 좋은 평을 받고 있다.

모리츠는 그동안 고대 신화에 열을 올리고 있었다. 그가 로마에 온 이유는 예전의 방법으로 여행기를 써서 여행비용을 마련하기 위해서였다. 어떤 출판업자가 그에게 고료를 선불로 주었다. 그가 로마에 체류하자마자 곧 깨달은바, 쉽고 하찮은 일기를 쓰는 것도 쉽지 않았다. 매일 대화를 나누고 그렇게 많은 수의 중요한 예술품들을 보면서, 그는 완전히 인간적인 측면에서 고대 신화를 집필하기로 작정했다. 그리고 그 교훈적인 이야기를 석판화를 곁들여 출판하기로 했다. 그는 일에 열중했고, 우리도 그 일에 도움을 줄 수 있는 대화를 많이 나누었다.

내 흉상을 만들고 있는 조각가 트리펠과 이야기를 나누면서 우리의 관점이 일치한다는 것을 발견했다. 매우 유익하고 위대한 내용이었다. 내 흉상은 발데크 공자가 주문했고 대리석으로 제작될 예정이다. 인체를 배우고, 인체의 비율이 균형과 상이한 성격을 표현하는 데 얼마나 중요한지를 배운 좋은 기회였다. 게다가 주스티니아니 궁전에 소장되어 지금까지 주목받지 못했던 아폴론 두상을 발견한 장본인이 바로 트리펠이라, 그 대화는 갑절로 흥미진진했다. 그는 그 두상이 최고 작품들 중 하나라 평했으며, 그걸 사고 싶어 했으나 매입하지 못했다. 이 고대 유품은 그다음부터 유명해졌고, 후에 포르탈레 기사가 구입해 뇌샤텔로 가져갔다.

용기를 내어 바다로 나간 사람이 바람과 날씨에 따라 때로는 이쪽으로, 때로는 저쪽으로 뱃길을 잡듯, 내 경우도 마찬가지였다. 페어샤펠트가 원근법 강좌를 열어 저녁마다 상당히 많은 참석자들이 그의 이론을 주의 깊게 듣고 즉석에서 연습했다. 그 강좌가 특히 좋았던 것은 너무 지나치지 않게 아주 적당히 가르쳐준다는 점이었다.

이런 조용함 속에서 정적인 일로 분주한 나를 자꾸 사람들은 끌어내려 했다. 마치 작은 마을에서 보통 하루 일어난 일에 대한 이야기를 주고받는 것처럼, 예의 그 연주회가 로마 시내에서 화제가 되었다. 사람들의 관심이 나와 나의 저작 활동에 쏠렸다. 나는 『이피게니에』와 여타 작품들을 친구들 앞에서 낭송했는데, 이 낭송 또한 화제가 되었다. 본콤파니 추기경이 나를 만나자고 했으나, 나는 조용히 지내기로 한 결심을 바꾸지 않았다. 라이펜슈타인 궁정고문관이, 자신의 초대에도 내가 응하지 않았는데 어느 누가 내 마음을 움직일 수 있겠느냐는 완강한 발언을 해서 내 조용한 은거 생활을 고집하기가 쉬워졌다. 이 발언이 내게 몹시 유용했기 때문에, 나는 그의 사회적 지위를 이용해 내가 선택한 정말 조용한 은거 생활을 계속할 수 있었다.

9월

서신

1787년 9월 1일

오늘 『에그몬트』가 완성되었음을 알려드린다. 나는 그동안 이 작품을 군데군데 손질했다. 원고는 취리히로 먼저 보냈는데, 카이저[66]에게 간주곡과 그 밖에 음악이 필요한 부분의 작곡을 맡기고 싶기 때문이다. 그런 다음에 여러분도 즐겁게 감상해주시기 바란다.

미술 공부는 큰 발전을 이루었다. 나의 원칙은 어디에서나 맞아떨어져, 모든 것을 이해할 수 있다. 화가들이 일일이 애를 써서 찾아 모아야 하는 그 모든 것이 이제 내 앞에 완전히 펼쳐져 있다. 내가 모르고 있는 것이 얼마나 되는지를 스스로

---

66) 필리프 크리스토프 카이저(Philipp Christoph Kayser, 1755~1823). 프랑크푸르트 태생의 피아니스트이자 작곡가, 음악 교사로, 어릴 때부터 괴테와 가까웠다.

알고 있으며, 모든 것을 알고 이해할 수 있는 길이 열려 있다.

헤르더의 신학이 모리츠의 마음에 들었다고 한다. 그것이 그의 인생에 중요한 기점이 되어, 그의 감정이 그쪽으로 쏠려 있다. 그는 나와 교제함으로써 마음의 준비가 되었는지라, 마치 마른 장작에 불이 붙듯 그 사상에 빠졌다.

9월 3일, 로마

오늘은 내가 카를스바트를 떠난 지 1년째 되는 날이다. 굉장한 한 해였다! 이날은 나에게 특별히 의미 있는 날이다. 대공의 생일이자 내 삶의 재탄생일인 것이다. 1년을 어찌나 유용하게 보냈는지, 아직은 나 스스로한테나 다른 사람한테 길게 나열하듯 이야기할 수가 없다. 내가 여러분과 함께 이 모든 시간을 총체적으로 이야기할 수 있는 때가 오길 바란다.

이제야 내 연구가 이곳에서 본격적으로 시작되었다. 만일 내가 예전에 이곳을 떠났다면, 나는 정말로 로마를 보았다고 할 수 없었을 것이다. 여기에서 보고 배울 것들이 얼마나 많은지 보통 사람들은 생각할 수도 없을 정도다. 여기가 아닌 다른 데서는 이런 것을 상상할 수도 없다.

나는 또다시 이집트 미술을 접하고 있다. 요 며칠간 저 거대한 오벨리스크를 몇 번 보러 갔는데, 손상된 채로 정원의 쓰레기와 진창 사이에 있다. 아우구스투스 황제를 기리기 위해 로마에 세워진 세누스레트의 오벨리스크였는데, 한때는 그것이 캄푸스 마르티우스에 그려져 있던 거대한 해시계의 바늘 구실을 하기도 했다. 많은 기념물들 가운데 가장 오래되고 훌륭한 유적이 훼손되어, 몇몇 부분은 알아보기조차 힘들 정도가 되었다. 어쨌든 아직 그곳에 남아 있고, 파괴되지 않은 부분들은 마치 어제 만들어놓은 것같이 생명력이 있고 나름대로 무척 아름답다. 최근에 나는 스핑크스 두상 하나, 그리고 몇 개의 다른 스핑크스, 인간, 새들의 두상을 본뜬 석고상 제작을 주문했다. 우리는 이 귀중한 작품들을 소유해야 한다. 이집트 상형문자를 더 이상 해독하지 못하게 될 것을 대비해서, 교황이 그 오벨리스크를 재건하려 한다는 이야기를 들었다. 그래서 나는 최상의 작품들도 모형을 뜨고 싶다. 이 작품들을 살아 있는 지식으로 소화 흡수하기 위해 점토로 만들어 보고 있다.

9월 5일

나에게는 축제의 날이 될 이 아침에 편지를 쓰고 있다. 『에그몬트』를 오늘 완전히 끝마쳤기 때문이다. 제목과 등장인물을 써 넣었고, 비워두었던 몇 군데 공백도 메웠다. 나는 지금 여러분이 이 원고를 받아 읽게 될 날을 생각하면서 기뻐하고 있다. 그림 몇 장도 동봉한다.

9월 6일

여러분한테 많은 이야기를 써 보내고, 또 지난번 편지에 이어 여러 가지 소식을 전하려고 했는데, 그만 중단해야 될 일이 생겼다. 게다가 내일은 프라스카티로 떠난다. 이 편지는 토요일에 발송될 것이기에, 여기에 작별 인사로 몇 마디 쓰겠다.

내가 이곳에서 맑은 날씨를 즐기듯, 지금쯤 여러분도 그곳에서도 좋은 날씨를 즐기고 있으리라 믿는다. 나는 항상 새로운 생각을 하고 있다. 주위에 천만 가지 볼 것들이 있으니, 그 대상들이 나에게 때에 따라 이런저런 착상을 준다. 많은 길이 있으나, 모든 것은 하나로 집약된다. 그렇다. 내가 할 수 있는 말은, 내 능력과 나를 인도해 온 빛이 이제야 보인다는 것이다. 자기의 상황을 현실적으로 파악하기 위해서 우리는 어느 정도 나이를 먹어야 하나 보다. 그러니까 마흔 살이 되어야 현명해지는 것은 슈바벤 사람들만이 아니라는 뜻이다.

헤르더가 아프다는 소식을 듣고 걱정하고 있다. 곧 좋은 소식이 들려오길 바란다.

나는 언제나 심신이 평안하다. 근본적으로 치유되었다고 믿을 수 있을 정도다. 매사가 순조롭고, 어느 때는 젊은 시절의 기운을 느끼기도 한다. 『에그몬트』를 이 편지와 함께 발송하겠다. 그러나 이 편지를 우편마차로 부칠 예정인지라 늦게 도착할 것이다. 여러분이 이 작품에 관해 뭐라고 말할지 몹시 궁금하다.

아마 곧장 인쇄에 들어가는 것이 좋을 것 같다. 이 작품이 독자들에게 참신한 인상을 주었으면 좋겠다. 전집에 누락되는 작품이 없도록 여러분이 일처리를 잘해 주시길.

예의 『신』이 나에게 최상의 말동무가 되어주고 있다. 모리츠는 그 이론을 통해 자신을 정립했단다. 무언가 부족하여 허물어져버릴 듯했는데, 이제 비로소 그는 자신의 사상을 완성했다. 그가 쓰는 책은 잘될 것이다. 그는 자연에 관계되는 일에 박차를 가하라고 나를 북돋워주었다. 특히 식물학에 있어서 나는 "하나인 동시에 전부"[67]인 경지에 이르렀는데, 이제는 경이롭기까지 하다. 어떤 범위까지 적용될지 나 자신도 아직 모르겠다.

미술의 부흥 이래 여러 예술가와 지식인들이 그것을 조각내어 찾고 연구하지만, 미술 작품을 설명하고 한눈에 파악하는 원칙적 이론에는 통일성이 없다. 나는 나 자신의 원론을 적용시킬 때마다 매번 옳다고 생각한다. 내가 그런 결정적 열쇠를 가지고 있다고 말하지 않고서도 미술가들과 부분적인 것에 관해 이야기를 나눌 수 있다. 그러면서 그들이 얼마나 발전했는지, 어떤 능력이 있는지, 무엇이 부족한지 꿰뚫어볼 수 있다. 나는 문을 활짝 열고 문지방에 서 있다. 거기에 서서 신전의 내부를 둘러볼 수 있는데 그 자리를 다시 떠나야 하는 사실이 유감이다. 옛날 예술가들은 호메로스처럼 분명히 자연에 관해 대단한 지식을 가지고 있었다. 뿐만 아니라 그들은 무엇이 표현될 수 있고 또한 무엇이 표현되어야 하는가를 확실하게 파악했다. 불행히도 일급 예술 작품은 그 숫자가 적다. 어쨌든 만일 우리가 그런 작품을 보게 된다면, 우리가 바라는 것은 이를 올바르게 인식한 다음, 편안한 마음으로 떠나는 것이다. 이런 고귀한 예술품들은 인간이 참된 자연의 법칙에 따라 이룩한 최상의 자연 창조물이다. 우연적인 것, 내실 없는

---

67) 그리스 철학자 크세노파네스(Xenophanes of Colophon, 기원전 560?~기원전 470?)가 주장한 일원론적 신관(神觀)이다.

것들은 모두 붕괴된다. 거기에는 필연성이 있고, 또한 신이 내재되어 있다.

며칠 후 재능 있는 건축가의 작품들을 보기로 했다. 그는 팔미라까지 가서 대단한 감식안과 취향을 가지고 대상을 그렸다. 이에 관한 이야기를 곧 전해 드리겠다. 이 중요한 폐허에 관한 여러분의 생각을 듣고 싶다.

내가 행복하니, 여러분도 기뻐해 주시길. 그렇다. 이렇게 행복했던 적은 없었다. 엄청나게 고요하고 순수한 가운데 타고난 대로 정열을 바쳐 일할 수 있다는 것, 끊임없이 즐거운 일에서 지속적으로 유익한 과업을 이뤄낼 수 있으라는 것, 이는 결코 대수로운 것이 아니다. 사랑하는 여러분에게 내가 누리는 기쁨과 느낌을 조금이라도 전달할 수 있기를 바란다.

정계에 감도는 어두운 구름이 걷히기 바란다.[68] 우리 시대의 전쟁은 지속되는 동안엔 많은 사람들을 불행하게 하고, 또 끝나더라도 행복해할 사람은 아무도 없다.

9월 12일

사랑하는 친구들이여, 나는 여전히 노력하면서 사는 사람이다. 요 며칠은 즐기는 것은 제쳐두고 일에 몰두했다. 이번 주도 끝나가니 여러분께 소식을 전해야겠다.

내가 없는 해에 벨베데레 궁전의 알로에가 꽃을 피웠다니 아쉽다. 내가 시칠리아에 너무 일찍 도착해서 이곳에는 오로

68) 프로이센과 폴란드의 전쟁 위기를 가리킨다.

지 한 그루만 꽃을 피우고 있다. 그나마 별로 크지도 않고 너무나 높은 곳에 피어서 사람들이 가까이 갈 수가 없다. 인도산 식물들은 이 지방에서도 별로 잘 자라지 못한다.

그 영국인의 묘사는 내 마음에 들지 않았다. 영국에서는 성직자들이 매우 신중해야 하고, 그만큼 평신도들한테도 엄격하다. 개방적인 영국인이라도 도덕적인 글을 쓰는 데는 몹시 제한을 받고 있다.

꼬리 달린 인간들은 내게 놀랍지 않다. 묘사한 바로 보건대, 극히 자연스러운 것 같다. 매일 우리 눈앞에서 그보다 더 놀라운 일들이 일어나지만, 그것이 우리와 직접적 관계가 없기 때문에 주의하지 않을 뿐이다.

다른 많은 사람들처럼 B씨도 평생 동안 신에 대한 진실한 경외심이 없다가 늙어서야 경건해졌다니 그 역시 좋은 일인 것 같다. 그런 부류의 사람들과 마음이 맞지 않는다고 할지라도 말이다.

라이펜슈타인 궁정고문관과 프라스카티에서 며칠 묵었다. 일요일에 앙겔리카가 우리를 데리러 왔다. 그곳은 낙원이다.

「에르빈과 엘미레」를 이미 절반 정도 고쳐 썼다. 좀 더 흥미와 생동감을 불어넣으려 애썼고, 진부한 대화는 완전히 삭제해 버렸다. 이전 것은 학생의 습작, 아니 졸작이다. 물론 이 작품의 핵심인 아름다운 노래는 모두 그대로 두었다.

미술과 관계된 일도 돌진하듯이 진전되고 있다.

내 흉상은 아주 성공적이다. 모두가 만족하고 있다. 그 양식은 확실히 아름답고 품위가 있다. 이 흉상으로 인해 나의 외모가 아름답고 품위 있어 보이듯이 후세에 전해지리라 생각하니 나쁘지 않다. 이 흉상은 곧 대리석에다 실물 크기로 제작될 것이다. 운송이 아주 까다롭다. 그렇지 않았다면 석고로 떠서 하나 보냈을 텐데. 언젠가 배편을 이용할까 싶기도 하다. 마지막 짐을 싸다 보면 상자를 여러 개 꾸려야 되겠다.

아이들에게 전해주라고 크란츠 편에 상자를 하나 보냈는데, 아직도 도착하지 않았을까?

발레 극장은 두 번이나 비참한 실패작을 낸 후, 최근엔 또 다시 상당히 우아한 오페레타를 공연하고 있다. 사람들이 재미있게 연주를 해서 모든 것이 조화를 이루었다. 이제 곧 지방 순회공연을 떠날 것이다. 몇 번 비가 오더니 날씨가 서늘해졌고, 주변의 자연은 다시 초록색이 되었다.

여러분이 에트나 화산 폭발[69]에 관해 신문에서 읽지 않았다면 곧 보도될 것이다.

9월 15일

요 며칠 트렝크[70]의 자서전을 읽었다. 아주 흥미진진하고, 많은 생각을 하게 만드는 책이다.

내일 어떤 특이한 여행자와 만나기로 했는데, 그에 관해서

---

69) 1787년 7월 18일에 발생했다.

70) 프리드리히 프라이헤어 폰 데어 트렝크(Friedrich Freiherr von der Trenck, 1726~1794). 프로이센의 장교였으나, 스파이 혐의로 수감되었다 탈옥했다. 1787년 자서전 『기묘한 인생 이야기』를 출판해 당시에 세간의 큰 관심을 끌었다.

는 다음 편지에 이야기하겠다.

내가 여기 있는 것에 대해서 여러분도 같이 기뻐해 주었으면 한다. 로마는 이제 내 집처럼 친숙해졌다. 나를 긴장시키는 것은 거의 없어졌다. 눈에 보이는 대상물들이 나를 차츰 고양시켜준다. 나는 점점 더 순수하게 향유하고 더 많은 지식을 습득하고 있다. 행운이 계속해서 나아가도록 도와줄 것이다.

여기 편지 한 장을 정서해서 동봉하니, 친구들한테 전해주기 바란다. 로마는 무수히 많은 것들이 모여드는 중심지이기 때문에 이곳에 체류하는 것은 매우 흥미롭다. 카사[71]의 작품들은 기가 막히게 아름답다. 여러분에게 알려주기 위해서 몇 가지를 머릿속에 훔쳐두었다.

나는 언제나 근면하다. 내 원칙이 맞는지 알아보기 위해 조그만 석고상을 소묘했다. 그런데 완전무결하게 맞아떨어져서, 제작이 놀랍게도 쉬웠다. 내가 만들었다는 것을 사람들이 믿지 못할 정도였다. 그건 아무 문제도 아니다. 내가 얼마만큼 발전할지는 두고 볼 일인 것 같다.

월요일엔 다시 프라스카티로 간다. 일주일 후에 편지를 발송하도록 신경을 쓰겠다. 그렇게 하고 나선 알바노로 갈 것 같다. 그곳에서 열심히 자연을 사생할 생각이다. 나는 전심전력을 다해 무언가 창출해 내려 하고 있다. 내 감수성을 발전시키

---

71) 루이프랑수아 카사(Louis-Francois Cassas, 1756~1827)를 말한다. 프랑스 태생의 화가로, 1784년부터 1787년까지 콘스탄티노플에 체류하며 이집트, 팔미라, 예루살렘, 팔레스타인 등을 여행하고 근동의 유적지들을 풍경화로 남겼다.

는 일이 목적이다. 청년 시절부터 앓고 있는 이 병이 이젠 치유되도록 신에게 맡기겠다.

9월 22일

어제는 성 프란치스코의 성혈을 싣고 행진하는 행사가 있었다. 이 종파의 성직자들이 열을 지어 행진하는 동안, 나는 그들의 머리 모양과 얼굴을 관찰했다.

고대 보석조각의 모사품을 구입했다. 200점인데 모두 최상급이다. 고대의 수공품 가운데 가장 아름다운 것들이고, 일부는 착상이 뛰어나 골랐다. 로마에서 가지고 갈 물건 중에서 이보다 값진 것은 없을 것 같다. 이 모사품들은 아름답고 정교하기가 비할 데가 없다.

배를 타고 귀향할 때 가지고 갈 좋은 물건들은 많이 있다. 그러나 그 무엇보다 귀중한 것은 내게 애정과 우정을 베풀어 준 행운을 만끽할 수 있는, 기쁜 마음일 것이다. 조심할 것은 다만 하나, 능력이 안 되는데 시도했다가 기운만 빠지고 아무런 결실을 맺지 못할 일이라면 애초에 시작하지 말아야 한다.

9월 22일

사랑하는 친구들에게 이번 우편에 또 한 장의 편지를 급히 추가한다. 오늘은 내게 아주 특별한 날이었다. 많은 친구들, 그리고 여공작님의 편지를 받았고, 내 생일 축하 모임에 대한 소식과, 드디어 출간된 내 작품들을 받았다. 반평생의 총체라 할 수 있는 이 아담한 네 권의 전집을 로마에서 받으니 정말 감격스럽기 그지없다. 내가 할 수 있는 말은 이런 것뿐이다. 이 책에 들어 있는 단어 하나하나는 내가 직접 체험하고 느끼고 즐기고 괴로워하고 생각했던 것이다. 이제 보니 모든 것들이 더욱 생생하게 느껴진다. 앞으로 출간될 네 권이 이보다 못하지 않을까 걱정이다. 그렇게 되지 않기를 바란다. 여러분이 이 책을 위해 도와준 모든 일에 감사드리며, 함께 기뻐해 주시리라 믿는다. 속간될 책에도 여러분의 우정 어린 배려가 있기를 부탁드린다.

여러분은 내가 '지방'이라고 했다고 비난을 하시는데, 고백하자면 그 표현은 일종의 비유일 뿐이다.[72] 어쨌든 누구나 로마에 있다 보면 모든 것을 거창하게만 생각하는데, 그 좋은 본보기인 셈이다. 정말 나도 로마인이 다 됐다. 무릇 로마인들은 큰 것만 알고 또 큰 것만 얘기한다고 비난을 받고 있으니 말이다.

나는 늘 그러듯 부지런히 지내고 있다. 요즈음에는 인체 연구에 모든 힘을 쏟고 있다. 예술의 길은 얼마나 멀고도 긴지, 세계는 얼마나 무한한지 모르겠다. 비록 우리는 유한한 것에만 집착하고 있긴 하지만.

25일 화요일에 프라스카티로 가서 열심히 노력하고 작업할 생각이다. 잘 풀려가고 있으니, 한 번만이라도 성공적인 그림을 그렸으면 좋겠다.

---

72) 괴테가 아우구스트 대공에게 별도로 보낸 1787년 8월 11일자 서신에서 바이마르와 아이제나흐를 "공작님의 지방"이라고 칭했다.

대도시, 다시 말해서 넓은 지역에서는 매우 가난하고 신분이 비천한 사람이라도 자의식을 가지고 있는 반면, 작은 지방에서는 아주 고상하고 돈 많은 사람도 자신을 느끼지 못하고 역량을 제대로 발휘하지 못한다는 사실이 내 주의를 끌었다.

1787년 9월 28일, 프라스카티

나는 이곳에서 무척 행복하다. 아침부터 밤까지 스케치하기, 그림 그리기, 색칠하기, 붙이기를 하고 있다. 수공과 미술을 완전히 전문적으로 익히는 중이다. 집주인인 라이펜슈타인 궁정고문관이 말동무가 되어준다. 우리는 즐겁고 재미있게 지내고 있다. 밤이면 달빛 아래 별장들을 방문하기도 하고, 심지어는 어둠 속에서도 기발한 소재를 찾아낸다. 그리고 확실히 파악해내고 싶은 대상이 있으면 끝까지 추적한다. 우리가 찾아낸 몇 가지 모티프들은 내가 꼭 한번 그려보고 싶은 것들이었다. 이제 바라는 것은 완전함의 시기가 도래하기를 기다리는 것이다. 멀리 보는 사람에게 완전함은 엄청나게 멀기만 하다.

우리는 어제 알바노에 다녀왔다. 이번 여행길에서도 날아가는 새를 많이 사냥했다. 모든 것이 충만한 이곳에선 누구나 자신을 위해 유익한 일을 할 수 있다. 모든 것을 내 것으로 소화하고 싶은 욕망이 몹시 강렬하다. 내 영혼이 더 많은 대상을 파악하는 만큼 내 취향도 순화되고 있는 듯하다. 이 모든 말 대신 뭔가 좋은 작품을 한번 보낼 수 있다면 얼마나 좋을까. 여러분한테 몇 가지 작은 선물을 동향인 편에 보낸다.

아마도 로마에서 카이저를 만날 좋은 기회가 있을 것 같다. 그러면 나를 둘러싼 예술들에 음악도 합류해 동등한 자리를 잡게 되겠지만, 동시에 이 예술들은 내가 친구들을 만나지 못하게 막을 것이다. 내가 얼마나 자주 외로움을 느끼는지, 여러분과 함께 있기를 얼마나 갈망하는지, 이루 다 표현할 수 없을 정도다. 나는 정말 근본적으로 도취된 상태에서 살고 있기 때문에 더 이상을 생각할 수도 없고 생각하지도 않을 것이다.

모리츠와는 아주 유익한 시간을 보내고 있다. 나의 식물체계 이론을 그에게 설명해 주고 있다. 매번 우리가 얼마나 진보했는지 그가 있는 자리에서 기록한다. 이런 방식으로 생각을 조금이나마 종이 위에 옮겨놓을 수 있다. 이런 유의 생각 가운데 제아무리 추상적인 것일지라도, 옳은 방법으로 설명되고 또 듣는 이의 마음만 준비되어 있으면 이해하는 데 문제가 없다는 사실을 내 새로운 제자를 통해 터득했다. 그는 이 일에 큰 즐거움을 느끼고 있으며, 언제나 스스로 해답을 찾으며 진보하고 있다. 그러나 어떤 경우일지라도 생각을 글로 쓴다는 일은 어렵고, 또 설령 모든 것이 아주 자세하고 치밀하게 기록되었다고 해도 간단히 읽어서 이해하기란 불가능하다.

이렇게 나는 행복하게 살고 있다. 내가 우리 아버지 집에 있기 때문이다.[73] 나에게 호의를 베풀어주는 분들, 직간접적으로 나를 도와주는 분들, 나를 후원하고 보조해 주시는 모든 분들께 안부 전해 주시기를.

---

73) 「누가복음」 2장 49절을 변형했다.

보고

9월 3일은 이중 삼중으로 축하해야 할 만큼 나에게는 각별한 날이었다. 충성심에 대해 여러 가지의 선행으로 보상해 주실 줄 아는 우리 대공님의 생신이었고, 내가 카를스바트에서 도망치듯 떠나온 지 꼬박 1년이 되는 날이기도 했다. 그런데도 이렇게 중요한 체험과 완전히 낯선 상황이 내게 어떤 영향을 끼쳤고 무엇을 가져다주었는지 아직 되돌아볼 수 없었다. 많은 일을 곰곰이 생각할 여유가 없었기 때문이다.

로마가 예술 활동의 중심지로 인정받는 것은 나름대로 훌륭한 장점을 지니고 있기 때문이다. 교양 있는 여행자들이 들르게 되면, 이들이 보낸 체류 기간이 길거나 짧거나 상관없이 이곳에 많은 빚을 지게 된다. 그들은 계속해서 여행하고 활동하고 수집해서 시야를 넓혀 집에 돌아가 사 들고 간 물건들을 진열하고, 그들로부터 멀리 떨어져 있는 교사에게 감사하는 마음으로 기념물들을 나열하는 것을 명예롭고 기쁜 일로 생각하게 된다.

프랑스 건축가인 카사가 동방을 여행하고 돌아왔다. 그는 아주 중요한 고대 기념 건축물들, 특히 아직 알려지지 않은 기념 건축물들을 측량했고 그 주변 지역도 그림으로 그렸다. 오래되어 파손되고 파괴된 상태를 그림으로 재현했는데, 치밀하고 기품 있는 작품들이었다. 그 가운데 일부는 펜으로 스케치하거나 생동감 있게 수채화 물감으로 채색된 것이었다.

1. 시가지 일부와 소피아 사원을 배경으로 하여 바다 쪽에서 바라본 콘스탄티노플의 궁전을 그린 그림. 유럽의 가장 아름다운 산꼭대기에 왕궁이 아주 재미있게 지어져 있다. 커다란 나무들이 대개 큰 무리를 지어 뒤쪽에 서 있고, 그 밑에 보이는 것은 큰 성벽과 궁전이 아니라 조그만 집, 칸막이, 좁은 길, 정자와 펼쳐놓은 태피스트리들이다. 매우 가정적인 분위기에 자그마하고 다정하게 모든 요소들이 뒤섞여 있었다. 이 스케치는 채색이 되어 아기자기한 효과를 자아낸다. 아름다운 바다가 아무도 거닐지 않는 빼곡한 해안을 파도로 씻어내고 있었다. 그 너머에서 아시아가 시작되고, 다르다넬스로 통하는 해협을 볼 수 있다. 이 그림의 크기는 가로 7피트, 세로 3피트다.

2. 같은 크기의 팔미라 폐허의 전경. 카사가 폐허 더미에서 찾아내 꿰어 맞춘 그 도시의 평면도를 먼저 보여주었다. 열주(列柱)들이 이탈리아 측정법으로 1마일 정도 성문에서부터 시가지를 관통해 태양 신전까지 서 있다. 일직선이 아니라 중간 부분에서 완만한 곡선을 이루고 있다. 이 열주는 네 줄이고, 각 기둥의 높이는 직경의 10배다. 기둥의 위가 덮여 있는지는 알 수 없다. 카사는 태피스트리를 천장처럼 덮었을 것으로 추정하고 있었다. 다른 큰 그림에는 열주의 일부가 전면에 똑바로 서 있다. 대상(隊商)이 막 가로질러 지나가고 있는 정경이 보기 좋다. 뒤쪽에는 태양 신전이 있고, 오른쪽에는 대평원이 펼쳐져 있는데, 오스만튀르크의 정예부대 군인 몇몇이 말을 타고 쏜살같이 달리고 있다. 이 그림에서 가장 인상적인 것은

바다의 수평선처럼 그림을 마무리 짓고 있는 하나의 청색 선이다. 카사는 우리에게 다음과 같이 설명해 주었다. 바다가 마치 완전히 수평선을 이루는 것처럼 사막의 지평선도 먼 곳에서 보면 푸른색으로 보여야 하고, 자연을 관찰할 때 우리 눈이 착각을 일으키는 것과 마찬가지로, 우리가 처음에 그림을 볼 때도 착각을 일으킨다고 했다. 그래서 그림에도 속고 있는 것이라고. 왜냐하면 우리는 팔미라가 바다에서 멀리 떨어져 있다는 사실을 잘 알고 있기 때문이라고 설명했다.

3. 팔미라의 무덤들.

4. 바알베크의 태양 신전 복원도. 현존하는 폐허로 된 풍경.

5. 예루살렘의 모스크. 솔로몬 신전 자리에 세운 것임.

6. 페니키아의 어떤 작은 신전의 폐허.

7. 레바논 산기슭에 있는 지방. 아늑하기 그지없다. 어린잣나무 숲, 호수, 그 옆에 수양버들, 그 밑에 무덤들, 멀리 보이는 산.

8. 튀르크인의 무덤들. 묘석마다 죽은 사람의 머리 장식이 걸려 있다. 튀르크인들은 머리 장식으로 서로를 구분하기 때문에 매장된 사람의 신분을 금방 알아볼 수 있다. 처녀들의 무덤엔 매우 정성 들여 가꾼 꽃나무들이 있다.

9. 거대한 스핑크스 머리와 이집트의 피라미드. 카사의 설명에 따르면, 그 스핑크스 머리는 석회암 벽을 깎아서 만든 것이라고 한다. 그런데 균열이 생기고 형태가 망가졌기 때문에, 사람들이 그 거대한 상에 석회를 입히고 색을 칠한 것을 머리 장식의 주름에서 뚜렷이 볼 수 있다고 했다. 한쪽 얼굴의 크기는 약 10피트였다. 카사는 아랫입술 밑을 편안하게 걸어다

닐 수 있었다고 한다.

10. 두서너 개의 기록에 따라, 어떤 동기와 추측을 통해 복원된 피라미드 하나. 사방에 돌출한 큰 방들이 있고, 그 옆엔 오벨리스크가 서 있다. 큰 방들이 끝나는 곳엔 스핑크스가 있는 길이 나 있다. 이는 북부 이집트에서 아직 볼 수 있다. 이 그림은 내 평생 본 건축 구상 중 가장 엄청난 것이었다. 더 이상의 발전이 가능하다고 생각하지 않는다.

저녁 때 우리 모두는 이 아름다운 작품들을 유유자적한 마음으로 감상한 후, 팔라티노 언덕에 있는 정원으로 갔다. 폐허가 된 황제의 궁전들 사이의 공간을 예쁘게 가꾼 정원이다. 사람들이 모일 수 있는 툭 트인 장소에 근사한 나무들이 있는데, 그곳에서 빙 둘러보면, 장식이 된 기둥머리들, 세로줄 홈이 파인 매끄러운 기둥들, 깨진 릴리프 조각 등은 물론 그 밖에도 멀리까지 보였다. 흔히 그렇듯 야외에서 유쾌한 모임을 가질 수 있도록 그곳에도 탁자며 의자, 벤치가 마련되어 있었다. 그곳에서 우리는 황홀한 시간을 마음껏 즐겼다. 조금 전에 보고 교양을 높인 눈으로 그렇듯 다양한 광경을 일몰 시간에 둘러보았을 때, 우리 모두는 노을의 풍경이 예전에 보았던 그림들에 비해 조금도 손색이 없다는 데 의견을 모았다. 카사가 그의 취향대로 그려서 채색한다면 어떤 풍경이라도 감탄을 자아내리라. 이렇게 예술적인 작품들을 봄으로써 우리의 안목을 차츰 높이면 우리가 자연을 볼 때에도 감수성이 풍부해져, 우리 앞에 펼쳐진 아름다움에 마음이 더 활짝 열릴 것이다.

그러나 바로 다음 날 우스꽝스러운 일이 우리를 기다리고 있었다. 그 화가한테서 위대함과 무한함을 보았던 것이 우리로 하여금 비천하고 저속한 구석으로 가게끔 한 것 같다. 어제의 웅장한 이집트의 기념물들은 우리에게 예의 그 거대한 오벨리스크를 상기시켰다. 아우구스투스 황제가 캄푸스 마르티우스에 세운 것으로 해시계의 바늘 역할을 했었으나, 지금은 조각조각 부서져 더러운 구석에 판자 조각으로 엮어놓은 울타리로 둘러싸여, 뛰어난 건축가가 다시 복원해 주기를 기다리고 있었다.(덧붙이자면, 오늘날 이 오벨리스크는 몬테시토리오 광장에 다시 세워져 로마 시대처럼 해시계의 바늘 역할을 하고 있다.) 그것은 이집트의 순수 화강암을 깎아 만들었으며, 이미 널리 알려진 양식이기는 하지만 섬세하고 순박한 형상들이 도처에 촘촘하게 새겨져 있었다. 옛날에는 하늘에 우뚝 치솟아 사람의 눈이 아니라 오로지 광선만이 도달할 수 있었던 오벨리스크의 첨두(尖頭)에 올라서서 보니, 그곳에는 스핑크스가 하나하나 지극히 정교하게 각인되어 있었다. 신기했다. 예술에게 신을 찬양하는 목적이 주어질 때, 인간의 눈에 어떤 효과를 주는지는 고려되지 않는다는 사실의 좋은 본보기였다. 옛날에는 구름층을 향해 치솟게 만들어졌던 이 신성한 상들을 우리가 눈높이에서 편안하게 볼 수 있도록, 모형을 떠서 만들라고 주문했다.

이런 불쾌한 장소에서 지고의 가치를 지닌 예술품을 보고 있자니, 우리는 로마를 무질서한 곳이라고 여기지 않을 수 없었다. 로마 특유의 뒤섞임이지만, 바로 이러한 의미에서 이 도시의 지역성은 역시 엄청난 장점들을 가지고 있기 때문이다. 이곳에서 우연이 만들어낸 것은 아무것도 없다. 우연은 단지 파괴되었을 뿐이다. 지금까지 존속하는 것들은 모두 감탄을 자아내고, 파괴된 것들은 모두 경외심을 불러일으키고, 폐허의 무형태는 지극히 오래전의 규칙성을 암시해 준다. 이 규칙성에 따라 다시 새로운 예배당이며 궁전들이 훌륭한 형태로 건축되었다.

주문한 주조물이 곧 완성되었다. 이것을 보니 보석조각을 모사해 모은 크리스티안 덴의 엄청난 수집품이 생각났다. 모사품의 전부 혹은 일부를 살 수 있었는데, 그중 이집트 작품들이 있었다. 한 가지 일에서 다른 일이 연이어 발생하듯, 나는 그 수집품 가운데 최상의 작품들을 골라 소유주한테 복사해 달라고 주문했다. 그런 복제품들은 몹시 값진 것으로, 재력의 한계가 있는 애호가들이 이것을 기반으로 하여 장차 큰 이익을 보기도 한다.

괴센 출판사에서 출간한 내 전집 중 첫 번째 네 권이 도착했다. 이 호화본은 즉시 앙겔리카의 손으로 들어갔고, 그녀는 자신의 모국어를 새삼스럽게 칭찬할 이유가 생겼다고 말했다.

그러나 과거의 활동에 비추어 볼 때 나는 마구 떠오르는 생각들에 몰두해선 안 되었다. 내가 선택한 길이 나를 얼마나 멀리 이끌어갈지도 몰랐고, 과거의 노력이 얼마나 성과를 거두었는지, 그리고 나의 동경과 변화가 노력한 만큼의 수고를 보상해 줄 정도로 성공적일지, 이 모든 것을 통찰할 수가 없었다.

정말로 되돌아보고 생각할 시간이나 여유가 없었다. 유기적인 자연, 자연의 형성과 변형에 관한 내 착상은 정지 상태를 허용하지 않았다. 골똘히 생각하는 가운데 한 가지 결론에서 다음 결론이 나오기 때문에 내 이론을 발전시키기 위해 매일, 매 시간 어떤 방법으로든 내 생각을 이야기할 필요성을 느꼈다. 나는 이런 이야기 상대자로 모리츠를 택했고, 그에게 식물의 변형에 대해서 내 역량이 미치는 한도 내에서 많은 강의를 했다. 그는 마치 빈 항아리처럼 배워서 자신의 것으로 소화할 수 있는 대상을 항상 목마르게 찾고 있는 것 같았으며, 내가 강의하는 도중에 자신의 생각을 말해 주어서 최소한 내게 강의를 계속할 용기를 북돋아주었다.

이즈음 우리는 특이한 책을 읽게 되었다. 도움이 될지는 모르는 일이지만, 중요한 생각을 자극한다는 의미에서 읽었다. 그것은 짧은 제목을 달고 있는 헤르더의 저서로서 신과 신적인 것들에 관해 여러 가지 상이한 견해들을 대화체로 서술하고 있는 책이다. 책을 읽으니 이 뛰어난 친구와 앞의 문제에 관해 자주 이야기하던 당시로 돌아간 기분이 들었다. 어쨌든 지극히 경건한 시각에서 쓰인 이 책은 우리로 하여금 특별한 성자의 축제를 존경하는 마음에서 지켜보게 하는 동기가 되었다.

9월 21일 성 프란치스코를 기념하는 행사가 있었다. 수도사들과 신자들이 긴 열을 지어 그의 피를 모시고 시가지를 도는 종교 행렬이었다. 많은 수도사들이 내 앞을 지나가는데, 그들의 복장이 간소했기 때문에 나의 시선은 그들의 두상에 집중되었다. 원래 머리카락과 수염이 남성을 제각기 다르게 보이게 한다는 생각이 들었다. 처음엔 주의 깊게, 다음엔 놀라움을 가지고 내 앞을 지나가는 행렬을 지켜보았다. 머리카락과 수염이 마치 그림틀처럼 얼굴을 에워싸고 있어서 주위의 수염 없는 군중 속에서 유별나게 눈에 띄는 것이 사뭇 재미있었다. 이런 얼굴들이 그림으로 묘사된다면, 딱히 뭐라 말할 수는 없지만, 보는 이의 마음을 사로잡을 것이라고 생각했다.

궁정고문관 라이펜슈타인은 다른 곳에서 온 사람들을 안내하고 즐겁게 해주는 자신의 직무를 속속들이 잘 알고 있었다. 그렇기 때문에 그는 직무를 수행하면서 곧 다음과 같은 사실을 알게 되었다. 관광과 휴식을 목적으로 로마에 온 사람들은 타지인인지라 집에서처럼 한가하게 시간을 때우는 일을 할 수 없기 때문에, 오히려 끔찍한 권태감에 시달릴 수도 있다는 것이다. 그는 실제적인 인간사에 능통한 사람이어서, 단순한 관광이 무척 피곤한 일이고 친구들이 스스로 어떤 소일거리를 찾아 심심하지 않게 해주는 것이 얼마나 중요한지도 잘 알고 있었다. 이런 손님들한테 제공하는 소일거리로 두 가지가 있었다. 그것은 밀랍화 그리기와 돌과 보석조각 모사품 제작이었다. 그즈음 밀랍 비누를 착색제로 사용하는 방식이 다시 성행했다. 그 방면에 있어서 미술계의 주된 관심사는 미술가가 어떤 방법으로 제작하느냐 하는 것이었기 때문에, 새로운 방식으로 다음과 같은 것이 있었다. 종래의 방법을 취하되, 예전과 같은 형식으로 제작할 마음이 없을 경우에 새로운 방법을 시도해 참신한 관심과 생동감 있는 동기를 부여하는 것이다.

'라파엘로 로지아'의 온갖 장식을 포함한 건축물 전체를 상트페테르부르크에 그대로 재현하겠다는 대담한 계획은 카타리나 여제를 위한 것이었는데, 이는 위에 언급한 새로운 기술의 덕을 많이 보았다. 이러한 기술이 혁신되지 않았더라면 불가능했을지도 모르겠다. 실물과 똑같이 실내 바닥, 벽, 기둥, 기둥받침, 기둥 상부, 천장과 벽 사이의 장식들을 견고한 밤나무의 매우 단단한 통나무와 널빤지들로 만들어 아마포로 씌운 다음, 그 위에 본뜬 밀랍화를 입혔다. 라이펜슈타인의 지휘 아래, 특히 운터베르거가 수년간에 걸쳐 꼼꼼하게 제작한 이 작품은 내가 도착했을 때 이미 발송되었기 때문에 이 거대한 제작물 가운데 남아 있는 것을 보고 상상할 수밖에 없었다.

그런 모형 때문에 밀랍화는 매우 각광을 받게 되었다. 외국인 가운데 조금만 재주가 있으면 그 일을 배울 수가 있고, 색깔을 만드는 화구도 저렴한 값으로 구입할 수 있었다. 비누는 각자가 직접 끓였다. 언제나 뭔가 할 일이 잡다하게 많아서, 조금이라도 한가한 시간이 나면 소일거리가 충분했다. 중급 정도 수준의 미술가들이 교사나 과외선생으로 채용되었다. 로마식 밀랍화를 직접 제작하고 포장해서 기분 좋게 귀국하는 외국인들을 몇 사람 본 적이 있었다.

다른 소일거리, 즉 돌이나 보석조각 모사품 만들기는 남자들한테 적합했다. 라이펜슈타인의 집에 있는 크고 오래된 부엌은 우리의 작업에 적합한 장소였다. 이 일을 하는 데 필요 이상으로 여유 공간이 충분했다. 불에 녹지 않는 고형 물질은 아주 고운 가루로 빻아 체에 걸러서 반죽을 한 다음, 돌이나 보석조각을 본틀에 찍어서 조심스럽게 말린다. 그런 다음 쇠로 된 링을 채워 불 속에 집어넣는다. 그리고 녹인 유리를 그 위에 부어 굳히면 작은 예술품이 완성되어서, 자기 손으로 직접 만든 사람은 누구나 기쁨을 맛보게 된다.

라이펜슈타인 궁정고문관은 자진해서 나를 가르치는 데 열심이었지만, 이런 종류의 일을 계속한다는 것이 내겐 적합지 않다는 사실을 알아차렸다. 뿐만 아니라, 그는 나의 근본적 관심이 자연 대상과 예술 작품을 모방함으로써 안목과 기량을 가능한 높은 수준으로 끌어올리는 데 있다는 것을 알게 되었다. 찌는 듯한 더위가 채 물러가기 전에 그는 나를 위시해 두서너 명의 미술가들을 프라스카티로 데려갔다. 잘 꾸며진 그곳 사택에는 손님방과 필요한 것들이 갖추어져 있었다. 낮에는 야외에서, 저녁이면 단풍나무로 만든 커다란 탁자 주위에 모두들 모였다. 게오르크 슈츠[74]는 프랑크푸르트 사람인데, 솜씨는 있지만 탁월한 재능은 없는 편이었고, 미술 작업에 매진하기보다 점잖고 유쾌한 친목에 더 열중하고 있었기 때문에 로마인들은 그를 남작이라고 불렀다. 그는 나와 산책을 하면서 내게 여러 가지 도움을 주었다. 이곳은 수백 년 동안 최상의 건축술이 지배했으며 지금까지 남아 있는 거대한 건물들은 뛰어난 인간들의 예술 정신을 구현했다는 점을 고려하면, 수많은 건물이 수평과 수직선으로 단절되기도 하고 또는

74) 요한 게오르크 슈츠(Jahann Georg Schutz, 1755~1815). 프랑크푸르트의 화가 집안에서 태어났으며, 뒤셀도르프 미술아카데미에서 공부했다. 1784년부터 1790년까지 로마에 체류했다.

장식되어 온갖 조명을 받기도 하는 것을 볼 때 우리의 정신과 눈이 황홀경에 빠지는 것은 자명한 일이다. 그건 마치 소리 없는 음악을 눈으로 보는 것과 같고, 우리 내부에 존재하는 사소하고 편협한 생각과 고통스러운 모든 것을 정화해 준다. 특히 풍요로운 원경은 모든 상상을 초월한다. 이야기하는 것, 어쩌면 쓸데없이 규정하는 것, 이 모든 것들은 뒷전으로 물러나고 거대한 빛과 그림자의 무리가 엄청나게 우아하고 대칭적 조화를 이룬 어마어마한 덩어리로 보인다. 저녁이면 그것에 관하여 유익한 대화는 물론이고 우스운 이야기도 빠지지 않았다.

젊은 예술가들이 활달한 라이펜슈타인의 성격을 약점이라고 했으나, 그를 알아주는 의미에서 조용하게나마 그를 놀리는 농담을 했다는 것을 숨길 필요는 없겠다. 어느 날 밤 예술에 관한 대화를 나누던 중, 무궁무진한 화제의 원천이 되는 벨베데레의 아폴론 이야기가 다시 나왔다. 뛰어난 두상에 비해 두 귀가 그다지 특별하지 않다는 견해가 나오자 우리는 자연스럽게 이 부위의 품위와 아름다움을 다루었다가, 다시 실제로 아름다운 귀를 발견해 예술적으로 형상화시키는 데 따른 어려움에 대해 이야기했다. 이때 슈츠의 귀가 예쁘다고 소문났던지라, 내가 아주 잘생긴 그의 오른쪽 귀를 꼼꼼히 스케치하기 위해 램프 옆에 앉아달라고 부탁했다. 이래서 그는 라이펜슈타인의 맞은편에 앉아서 그에게서 시선을 돌릴 수 없고 돌려서도 안 되는 부동자세로 모델이 되었다. 라이펜슈타인은 예의 정평이 난 강연을 시작했다. 요컨대 우리는 처음부터 바로 최고의 작품으로 강연을 시작해선 안 되고, 파르세네 궁전에 소장된 전시품 가운데 카라치 유파에서 시작해 라파엘로로 옮겨간 다음, 마지막으로 벨베데레의 아폴론에 도달해야 했다. 우리는 그의 설명을 외울 수 있을 정도로 자주 들어서 더 이상의 이야기는 들을 필요가 없을 정도였다.

마음 좋은 슈츠는 배 속에서 발작적으로 터져나오는 웃음을 겨우 참고 있었는데, 내가 조용한 자세를 잡고 있는 그를 보면서 그리는 시간이 길어질수록 그의 고통은 커지기만 했다. 이리하여 교사이자 자선가 노릇을 하는 라이펜슈타인은 독특하지만 부당한 상황 때문에 감사도 받지 못하고 놀림의 대상이 될 수밖에 없었다.

우리는 알도브란디니 공자의 별장에서 밖으로 보이는, 역시나 예상대로 기가 막힌 전망을 감상했다. 때마침 이 지방에 와 있던 공자가 친절하게도 자신의 집에 기거하는 성직자와 속인 모두에다 우리까지 초대해 호화로운 식사를 대접했다. 아름다운 언덕과 평지를 한눈에 내려다 볼 수 있게 성을 지었다는 생각이 든다. 별장에 관해 많은 이야기가 있었으나, 이곳에서 사방을 둘러보면 어떤 집이라도 이보다 나은 자리를 잡기 어렵다는 것을 확신하게 된다.

여기서 나는 한 가지 사실과 그것의 진지한 의미를 꼭 피력하고 싶다. 그것은 이미 기술한 것에 빛을 주고, 앞으로 기술할 것에도 빛을 확산시켜 준다. 자기수양을 하는 많은 사람들이 이로 인해 자신을 점검해 보는 기회를 갖게 될 것이다.

활기차게 정진하는 사람들은 향락하는 것으로 만족하지 않기 때문에 새로운 지식을 갈구한다. 이러한 욕망은 사람들을 활동적으로 만들고, 결과가 어떠하건 간에 자신이 직접 만들어낸 것을 제외하고는 아무것도 어떠하다고 판단할 수 없다고 생각하게 된다. 그러나 인간은 이 문제를 명확하게 이해하지 못한다. 그렇기 때문에 그릇된 노력을 하게 되고, 그 의도가 성실하고 순수하면 할수록 우리를 더욱 불안하게 만든다. 이 기간에 회의와 억측이 나를 사로잡기 시작하여, 쾌적한 상태에 있는 나를 불안하게 했다. 그렇게 느낀 이유는 내가 여기에 체류하는 원래의 의도와 희망사항이 이루어지는 것이 쉽지 않으리라는 생각 때문이었다.

어쨌든 우리는 며칠을 재미있게 보내고 로마로 다시 돌아왔다. 몹시 우아한 신작 오페라가 사람들로 꽉 찬 밝은 홀에서 공연되었는데, 우리가 아쉬워한 자유로운 하늘을 보상해 줄 만큼 좋았다. 아래층 맨 앞줄 중 하나는 독일 예술가들 좌석이었는데 언제나처럼 입추의 여지가 없었다. 마치 현재와 과거의 향락에 대한 빚을 갚으려는 듯이 이번에도 박수갈채와 환호성이 대단했다. 그렇다. 우리는 처음엔 낮게, 다음엔 강하게, 마지막엔 명령조로 쉿쉿 소리를 내서, 인기 있는 아리아나 그 밖에 마음에 드는 전주곡을 연주하는 부분에서 큰 소리로 잡담하는 청중을 조용하게 만드는 데 성공했다. 무대 위의 우리 친구들은 보답하는 뜻으로 볼만한 장면에서는 우리 쪽을 보고 연주를 해주었다.

10월

서신

1787년 10월 2일, 프라스카티

여러분이 이번 우편배달일에 편지를 받을 수 있도록 짧게 써야겠다. 원래 할 얘기가 많았지만, 막상 또 그렇게 많은 것 같지도 않다. 나는 계속 그림을 그리고 있으며, 말은 안 해도 친구들이 무척 그립다. 요 며칠 다시 집 생각이 자주 났다. 잘 지내고는 있지만 내가 가장 사랑하는 것은 없다고 느끼기 때문이다.

내가 처한 상황은 정말 예외적이다. 그래도 스스로를 가다듬어 날마다 유용하게 보내고, 올겨울 내내 작업을 해야겠다.

지난 1년 동안 완전히 낯선 사람들과 함께 살았던 것이 매우 유익하기도 했지만, 또한 얼마나 어려웠는지 여러분은 모를 것이다. 특히 티슈바인은 (우리끼리 이야기지만) 내가 마음속으로 바랐던 그런 사람은 아니었다. 그는 정말로 좋은 사람이지만, 그의 편지에서처럼 그렇게 순수하고 자연스럽고 개방적이지는 않다. 그에게 불리하지 않으려면 나는 그의 성격을 구두로만 묘사해야 한다. 하지만 그런 묘사가 무슨 소용이 있을까? 한 인간의 인생이 곧 그의 성격이다. 지금 나는 즐거운 마음으로 카이저를 기다리고 있다. 불쾌한 일이 그와 나 사이에 끼어들지 않도록 하늘이 도와주시길!

나에게 여전히 가장 중요한 일은 그림 솜씨가 확실한 단계에 도달하는 것이다. 손놀림이 편해지고, 다시는 잊어버리지 않고, 또 안타깝게도 내 인생의 가장 좋은 시기에 그랬던 것처럼 오랫동안 정체되어 있지 않을 정도의 수준에 이르고 싶다. 하지만 자기변명을 하지 않을 수 없다. 예컨대 그리기 위해서 그린다는 것은, 말하기 위해 말하는 것과 같다. 내가 표현하고 싶은 것이 없다면, 또 나를 자극하는 것도 없고 그릴 가치 있는 대상을 애써 찾아내야 한다거나 아무리 찾아도 없다면, 대체 어디서 모방의 욕망이 생기겠는가? 그러나 이 지방에서는 미술가가 될 수밖에 없다. 모든 것이 압력을 가하면서 무언가를 그리고 싶다는 욕망이 가득 차도록 강요당하게 된다. 나의 소질과 그간에 얻은 지식에 의하면, 내가 여기에서 몇 년 내에 매우 큰 발전을 이루리라는 것을 확신한다.

여러분은 나 자신에 관한 이야기를 듣고 싶다고 했는데, 이제 내 생활이 어떠한지 아셨을 것이다. 우리가 다시 모이면 많은 이야기를 하겠다. 나 자신과 다른 사람들에 관해, 또 세계와 역사에 관해 깊이 사색할 기회를 가졌다. 그것들 가운데 새로운 생각은 아닐지라도 여러 가지 좋은 생각들을 내 방식대로 이야기해 드리겠다. 결국 이 모든 것이 『빌헬름 마이스터의 수업 시대』에 기록되어 마무리될 것이다.

모리츠는 언제나처럼 내가 가장 기꺼워하는 대화 상대다. 예나 지금이나 그와 교우하면서 내가 가장 염려하는 점은, 그가 나와 어울림으로써 똑똑해지길 원하지, 더 올바르거나 선해지거나 행복해지기를 바라지 않는다는 사실이다. 이것이 내가 그에게 마음을 완전히 터놓지 못하는 이유다.

일반적인 의미에서 여러 사람과 지내는 것은 나에게 매우 좋은 일이다. 나는 개개인의 기질과 행동 방식을 관찰한다. 어떤 사람은 자기 역할을 다하는데, 다른 사람은 그러지 못한다. 전자는 발전하는데, 후자는 어려움을 겪는다. 어떤 이는 수집하고, 다른 이는 흩뜨려버린다. 모든 것을 만족하여 받아들이는 사람도 있는 반면, 만족스러운 것이 한 가지도 없는 사람이 있다. 어떤 이는 재능이 있는데 연습을 게을리하고, 다른 이는 재능은 없지만 열심이다. 나는 이 모든 것을 지켜보고 있으며, 나 자신도 그 안에 포함되어 있다. 이것이 나에게 기쁨을 주고, 또 그 사람들에 대해 내가 책임질 일이 전혀 없기 때문에 나쁘지 않은 재치를 얻기도 한다. 각자가 자기 방식대로 행동하면서 총체적 인간이 되었노라 주장한다면, 그때는 멀어지거나 미쳐버리는 것밖에 도리가 없다는 것이 내 주장이다.

10월 5일, 알바노

이 편지를 내일 로마로 떠날 우편마차에 맞추도록 하겠다. 여기에 내가 하고 싶은 이야기 가운데 1000분의 1이나마 적을 수 있을지 모르겠다.

어제 내가 막 프라스카티를 떠나려는 참에 여러분의 편지를 받았다. '흩어지지' 않고 잘 모은 『잡문집』과 『이념』, 네 권의 가죽 장정본이 이번 별장 체류 동안 보물이 되어줄 것이다.[75]

「페르세폴리스」를 어젯밤에 읽고 몹시 기뻤다. 그러한 양식과 예술품이 이곳에 유입되지 않았기 때문에 그에 관해 내가 덧붙일 말은 없다. 인용된 책들이 어떤 도서관에 있는지 찾아보겠다. 다시 한 번 여러분께 고맙다. 바라건대, 여러분도 정진하고 또 정진하시길. 여러분의 빛으로 세상을 밝히는 것은 여러분의 의무다. 『이념』과 시편들은 아직 손대지 못했다.[76] 전집도 진척되고 있으니, 나 또한 성실하게 정진하겠다. 마지막 권에 들어갈 동판화 넉 장은 이곳에서 제작될 것이다.[77]

예의 그 사람들[78]과 우리 관계는 서로 호의로 맺어진 휴전

---

75) 편지와 함께 도착한 책들은 다음과 같다. (1)헤르더의 신간 『잡문집』 3권. 이 책의 원제인 'Zerstreute Blatter'가 '흩어진 낱장들'이라는 뜻이기 때문에 이를 가지고 농담을 만들었다. (2)1787년 5월 27일자 편지(103쪽)에서 출간을 기다린다고 썼던 헤르더의 신간 『인류의 역사철학에 대한 이념』 3권. (3)괴테 전집 1차분 4종.

76) 「페르세폴리스」는 위의 헤르더의 책 4장으로, 고대 페르시아 제국의 수도 페르세폴리스(오늘날 이란)의 유적들을 탐구한 내용이다. "시편들"은 같은 책 1장과 3장을 말한다.

77) 괴셴 전집의 5권과 8권의 표제지(title page) 삽화를 앙겔리카 카우프만이 그리고 립스가 동판화로 제작했다.

78) 뤼베크 태생의 시인이자 신문발행인 마티아스 클라우디우스(Matthias Claudius, 1740~1815), 뒤셀도르프 태생의 철학자이자 종교학자 프리드리히

상태였다. 나는 전부터 알고 있었다. 무언가 될 가능성이 있는 것만이 발전할 수 있는 법이다. 점점 사이가 멀어지다가 일이 잘 풀리면 조용히 헤어지게 될 것이다. 그중 한 사람[79]은 단세포적 자만심만 가득한 바보다. '우리 엄마는 거위를 갖고 있다네'를 노래하는 것은 '하늘에 계신 하느님께만 영광이 있으리라'보다 단순하고 보잘것없다. '그들은 건초와 짚, 건초와 짚을 구별할 줄 안다네' 따위를 부르는 자가 그 사람이다. 이런 패거리와는 거리를 두어야 한다! 애초에 배은망덕한 것이 나중에 배은망덕한 것보다 낫다. 또 다른 사람[80]은 자기가 낯선 땅으로부터 자기 편 사람들에게로 돌아왔다고 믿지만, 실은 자기 자신만을 추구하면서도 이를 인정하지 않는 사람들에게로 돌아온 것이다. 그는 소외감을 느끼지만 그 이유는 모른다. 내가 크게 착각했던 것 같고, 어쩌면 알키비아데스의 후의도 취리히 예언가의 눈속임 잔재주였는지 모른다. 그 취리히 예언가는 영리하고 잽싸기 때문에 크고 작은 구슬들을 놀라울 만큼 재빠르게 뒤바꾸고 섞을 뿐만 아니라, 그의 신학적이고 시인다운 기분에 따라 참된 것과 허위를 유효하게 하거나 사라지게 만들 수 있다. 태초 이래 거짓말, 악마론, 예지, 갈망의 친구인 사탄이여, 어서 와서 그를 데려가라!

여기서부턴 새 편지지에 써야 한다. 내가 눈보다는 정신으

하인리히 야코비(Friedrich Heinrich Jacobi, 1743~1819), 그리고 라바터를 말한다. 모두 헤르더의 신학을 비판한 인물들이다.

79) 클라우디우스를 말한다.

80) 라바터를 가리킨다.

로, 손보다는 영혼으로 이 편지를 쓰고 있음을 여러분이 알아주기 바란다.

친애하는 형제여, 정진하시라. 다른 사람들을 개의치 말고, 계속 생각하고 찾고 종합하고 시를 쓰고 글을 쓰자. 우리는 살아 있는 한 글을 써야 한다. 처음엔 자기 자신을 위해서인데, 그러다 보면 자기와 비슷한 사람들을 위해 '존재'하게 되리라. 플라톤은 기하학을 모르는 사람을 제자로 받지 않았다. 내가 만일 제자를 받는다면, 자연과학 중 어떤 한 분야를 진지하게 선택하지 않는 학생은 받지 않을 것이다. 최근에 취리히 예언가의 사도스럽고 카푸친스러운 장광설 중 어처구니없는 말을 읽었다. "살아 있는 모든 것은 자신 이외의 그 무언가에 의해 산다." 아무튼 그 비슷한 말이었다. 이교도들에게 포교하는 전도사라서 그런 글을 쓰나 보다. 수호신이 그걸 고치라고 그의 옷소매를 잡아당기지 않을 테니까. 그들은 기초가 되는 가장 쉬운 자연의 진리도 파악하지 못했으면서 보좌[81] 주위에 앉고 싶어 한다. 다른 사람의 자리거나 아니면 아무에게도 속하지 않는 그 자리에 말이다. 내가 그러고 있듯이 이 모든 것을 그냥 내버려두자. 요즘 나는 이 문제를 가볍게 받아들이고 있다.

내가 어떻게 지내는지는 이야기하고 싶지 않다. 내 생활은 너무 재미있어 보인다. 무엇보다 풍경화를 열심히 그리고 있는데, 이곳 하늘과 땅이 그 작업에 적격이다. 아름다운 곳을 몇

81) 「요한계시록」에 묘사된 "하나님과 어린양의 보좌"를 말한다.

군데 찾아내기도 했다. 내가 하고 싶지 않은 일이 어디 있겠나? 내 생각에, 우리 같은 사람들은 언제나 주변에 새로운 대상을 가져야 한다. 그래야 마음이 편하다.

즐겁고 평안히 잘 지내시길. 여러분은 함께 있으며, 서로를 위해서 있다는 것을 잊지 마시라. 반면에 나는 내 의지로 추방되어, 계획적으로 방황하고, 목적 있는 우둔함으로 어디를 가더라도 이방인이지만, 또 모든 곳을 내 집으로 여기며 살아가고 있다. 나는 인생을 꾸려간다기보다는 되어가는 대로 맡기고 있다. 내 인생이 어떤 방향으로 진행될지는 나도 모른다.

다들 잘 지내고, 여공작님께도 안부 전해 주시길. 프라스카티에서 라이펜슈타인과 함께 여공작님의 체류 일정을 완벽히 짜 놓았다. 매사가 순조롭다면 굉장할 것이다. 우리는 요즘 빌라 하나를 섭외 중이다. 차압당할 상황이라 세를 놓겠다는 빌라다. 다른 것들은 이미 예약이 되어 있거나, 대가족이 호의를 베풀어 집을 내주어야 하는 형편이니 부담스러운 관계에 놓이게 될 것이다. 알려드릴 일이 있으면 곧 다시 편지를 쓰겠다.

로마에도 여공작님을 위한 아름다운 집이 마련되어 있다. 정원이 있고, 사방이 트인 집이다. 내가 바라는 것은 여공작님께서 어디서나 집처럼 편안하게 느끼시는 것이다. 그게 안 되면 아무것도 만끽할 수 없으니까. 시간은 흘러가버리고 돈은 써 없애고, 이렇게 되면 스스로가 마치 손아귀에서 달아나버린 새 같은 기분이 든다. 내가 여공작님을 위해 모든 것을 준비해 놓아 그분 발에 돌 하나도 채이지 않을 수 있다면 그렇게 하겠다.

자, 이젠 더 이상 쓸 수가 없다. 비록 여백이 좀 남아 있지만 급하게 쓴 이 편지를 용서하기 바란다. 안녕.

10월 8일, 카스텔 간돌포(실제 편지 쓴 날은 10월 12일)

이번 주는 편지 쓸 틈도 없이 지나가버렸다. 이 편지를 여러 분이 받아 보도록 급히 로마로 보내겠다.

이곳에서 우리는 휴양지에서처럼 지내고 있다. 아침나절에는 그림을 그리기 위해 혼자가 된다. 그러고 나선 온종일 다른 사람들과 함께 보낸다. 잠시 동안이라면 이런 생활도 나쁘지는 않을 것이다. 실제로 시간을 낭비하지 않고 한꺼번에 많은 사람들을 만나고 있다.

앙겔리카도 이곳으로 와서 가까운 곳에 숙소를 정했다. 그 외에 명랑한 처녀들, 부인 몇 명, 멩스의 매제인 폰 마론은 가족과 함께 왔는데, 식구 중 일부는 한 집에, 나머지는 이웃집에 묵고 있다. 이 모임은 유쾌해서 언제나 웃음이 가득하다. 저녁에는 풀치넬라가 주인공으로 출현하는 희극을 보러간다. 그러면 다음 날엔 간밤의 재치 있는 대사들이 온종일 화제가 된다. 감동적이고 청명한 하늘 아래 있다는 것만 빼고는 마치 내 집에 있는 듯하다. 오늘은 바람이 불어서 나가지 않았다. 누군가 내부에 가라앉아 있는 나를 끄집어낼 생각이라면, 아마 이런 날이라야 가능할 것이다. 그러나 나는 언제나 자신으로 다시 돌아간다. 내 모든 관심은 예술에 쏠려 있다. 매일 새로운 빛을 경험하고 있다. 적어도 보는 법을 배운 듯하다.

「에르빈과 엘미레」는 거의 완성되었다. 며칠 오전만 글이 잘

써지면 마감이다. 생각하는 작업은 끝이 났다.

헤르더가 나더러 포스터[82] 씨의 세계일주 여행과 관련해 궁금한 점들과 대비할 것들을 얘기해 주라고 했다. 내가 진심으로 그러고 싶어도 집중할 시간이 있을지 모르겠다. 두고 봐야겠다.

여러분이 있는 곳은 이미 춥고 음산한 날씨일 텐데, 여기는 아직 한 달은 더 산책을 할 수 있을 것 같다. 헤르더의 『이념』이 나를 얼마나 기쁘게 하는지 이루 말할 수 없다. 구세주를 기대하지 않는 나에겐 가장 친근감이 가는 복음서다. 모두에게 안부 전해 주시고 내 생각도 많이 해주시길. 마음속으로는 언제나 여러분과 함께 있다.

친애하는 친구들아, 지난 우편일에는 내 편지를 받지 못했을 것이다. 카스텔로에서는 결국 너무나 번잡했다. 게다가 나는 그림 그리는 일까지 했으니! 그곳은 마치 온천 휴양지 같았는데, 내가 머물렀던 집은 항상 손님들이 많았던지라 나도 어울리지 않을 수 없었다. 그곳에서 나는 지금까지 만났던 것보다 더 많은 이탈리아인을 만났는데, 유익한 경험이었다.

어떤 밀라노 여자가 일주일간 머물렀는데, 내 관심을 끌었다. 그녀가 로마 여자들보다 나아 보이는 이유는 그녀의 자연스러움, 협동 정신, 그리고 좋은 매너 때문이었다. 앙겔리카는

---

82) 조지 포스터(Georg Forster, 1754~1794). 영국 출신의 여행가로, 이 시기에 그는 세계일주 여행을 원하는 예카테리나 2세와 가이드 계약을 앞두고 있었다. 그러나 여행은 실현되지 않았다.

언제나처럼 이해심이 많고 상냥하고 부드럽고 친절했다. 그녀는 훌륭한 친구다. 그녀의 친구가 되고 나면 많은 것을, 특히 일하는 법을 배울 수 있다. 무엇보다 그녀가 그 모든 일을 끝까지 마무리 짓는 것을 보면 믿을 수 없을 정도다.

지난 며칠 동안 날씨가 싸늘했다. 다시 로마로 돌아온 것이 나는 참으로 좋다. 어젯밤 막 잠들려고 했을 때 이곳에 있다는 사실이 무척 기뻤다. 마치 넓고 안전한 자리에 누워 있는 듯한 기분이 들었다.

헤르더의 『신. 몇 가지 담론』에 관해서 그와 이야기를 나누고 싶다. 내가 보기에 가장 주목할 만한 부분은 다음과 같은 것들이다. 사람들은 그의 책을 다른 책들과 마찬가지로 음식으로 착각하고 있다. 그러나 그 책은 원래 그릇이다. 그릇을 채울 것이 없는 사람은 그릇이 비었다고 한다.

조금 더 비유를 하겠다. 헤르더가 내 비유를 가장 잘 설명해 줄 것이다.

지렛대와 롤러를 쓰면 상당히 많은 짐을 옮길 수 있다. 오벨리스크의 파편들을 움직이기 위해서는 기중기와 도르래 등이 필요하다. 짐이 크면 클수록, 그 목적이 치밀할수록, 마치 시계처럼 기계의 부속은 더 많고 정교할 것이다. 그러나 기계의 내부는 아주 커다란 통일성을 가지고 있을 것이다. 모든 가설, 아니 모든 원리가 그러하다. 움직여야 할 것이 많지 않은 사람은 지렛대를 사용하면서 내 도르래를 우습게 여길 것이다. 석공이 만년 나사를 가지고 무얼 하겠나? L이 전력을 다해 동화를 사실과 일치시키려고 애쓴다면, J가 어린애 머리에서 나온

공허한 감정을 신격화하려고 한다면, C가 심부름꾼에서 전도사가 되려 한다면, 이는 분명 자연의 심오함을 좀 더 세밀하게 밝히려는 모든 것을 혐오하는 것임에 틀림없다.[83] 첫 번째 사람은 '살아 있는 모든 것은 자신 이외의 그 무언가에 의해 산다'고 말한 것에 대해 벌받게 되지 않을까? 두 번째 사람은 개념에 혼란을 일으키고, 또 지식과 신앙, 관습과 체험이라는 단어들을 혼동하고 있으니 부끄럽지 않을까? 세 번째 사람은 무력행사로 어린양의 보좌 주위에 자리를 잡으려 애쓰는 것이 아니라면 몇 자리 아래로 내려가야 되지 않을까? 이 땅에서는 누구나 자기만큼의 존재밖에 안 되고, 또 모든 사람이 똑같은 권리를 가지고 있기에, 그들은 자연의 견고한 땅을 밟는데 있어서 더 조심스러운 마음가짐을 가져야 될 것 같다.

반면 『이념』 같은 책을 펼쳐 3부를 읽고 나서 '저자가 과연 신에 대한 확실한 개념 없이 이런 책을 쓸 수 있는가?'라는 질문을 하는 독자가 있다면, 그 대답은 단연코 '그럴 수 없다'는 것이다. 왜냐하면 이 책이 갖고 있는 순수한 것, 위대한 것, 내적인 것은 신과 세상에 대한 개념 안에서, 그 개념으로부터, 그것을 통해서 얻어진 것이기 때문이다.

뭔가 부족함이 있다면 그것은 상품 탓이 아니라 구매자에게 결점이 있는 것이다. 기계에 흠이 있는 것이 아니라 그것을 사용하는 사람한테 문제가 있다. 형이상학적 대화를 할 때, 그들이 나를 완벽하지 못하다고 여길 때마다, 나는 조용히 미소

83) 이니셜로 쓴 이름은 각각 라바터, 야코비, 클라우디우스를 가리킨다.

지으며 내버려두었다. 나는 예술가고, 따라서 나와는 그다지 상관없는 일이기 때문이다. 내게 훨씬 중요한 일은 그 원리가 밝혀지지 않은 것이다. 나의 창작은 그 원리로부터, 그 원리를 통해서 이루어진다. 개인은 각자 자기 지렛대를 쓰는데, 나는 이미 오래전부터 만년 나사를 써 왔고, 이제는 보다 많은 기쁨과 편리함을 느낀다.

1787년 10월 12일, 카스텔 간돌포

헤르더에게

급히 몇 자만 적겠네. 먼저, 『이념』을 보내준 것에 대해 정말 고맙네! 그 책은 나에게 매우 소중한 복음이 되었고, 내가 살아오는 동안 가장 큰 흥미를 품었던 것에 대한 연구와 고찰이 모두 담겨 있더군. 그렇게 오랫동안 찾으려 애썼던 것이 완벽하게 제시되어 있었어. 이 책이 내게 모든 선(善)에 대한 기쁨을 얼마나 많이 주었고, 또 새롭게 했는지 자네는 모르겠지! 아직 절반밖에 못 읽었다네. 자네가 159페이지에 인용한 캄퍼르[84)]의 글을 전부 베껴서 가능하다면 조속한 시일 내에 보내주었으면 하네. 그리스의 이상적 예술가에 대해 그가 적용하는 규범들이 어떤 것인지 알고 싶다네. 내가 기억하는 것은 동판화에서 본 해부를 시연하는 캄퍼르의 옆모습뿐이라네. 그것에 관해 편지해 주고, 또 그 밖에 나에게 유익할 것 같은 생

84) 페트루스 캄퍼르(Petrus Camper, 1722~1789). 네덜란드의 철학자이자 의학박사로, 암스테르담 대학교의 해부학과 교수였다.

각이 드는 내용이 있다면 함께 발췌해 주게나. 이 문제에서 사람들이 가정해 내세운 이론이 현재 어디까지 왔는지 내가 알 수 있도록 말이야. 나는 언제나 새로 태어난 어린애와 비슷하다네. 라바터의 『인상학』에 이 문제와 관련해 주목할 만한 무슨 언급이 있었나? 포스터에 관한 자네의 요청은 그것이 어떤 방식으로 가능하게 될지 아직은 정확히 알 수 없지만, 기꺼이 응하겠네. 왜냐하면 내가 일일이 의문을 제기할 수도 없는 일이니까, 내 가정은 아예 별개로 하고 설명해야겠지. 이런 것을 글로 쓰는 게 얼마나 힘든지 알지 않나? 언제까지 완성시켜 어디로 보내야 할지 알려주게나. 나는 지금 갈대밭에 앉아 갈대 피리를 만드느라 정작 피리를 불어볼 시간이 없는 형편일세. 그 일을 시작하게 된다면, 구술을 시켜야겠어. 근본적으로는 내 생각이 일종의 제안에 불과하니까, 모든 면에서 나는 마지막을 대비해 집도 정리해 두고 집필도 마감해야 할 것 같네.

내게 가장 어려운 일은, 모든 것을 완전히 머릿속에서 짜내야 한다는 사실일세. 나는 아무것도 가진 것이 없다네. 스크랩 한 장 없고, 그림도 없는 데다가, 이곳에서는 신간 서적들을 구할 수도 없다니까.

앞으로 2주간 이곳 카스텔로에 머물며 휴양지에서처럼 지내게 될 것 같아. 아침 시간은 그림을 그리지만, 그런 후에는 사람, 또 사람들이지. 나로선 그들을 모두 한꺼번에 만나는 게 차라리 낫네. 한 사람씩 만난다면 큰 고역일 거야. 앙겔리카도 여기 와 있는데, 늘 통역을 해주어 도움이 되고 있다네.

프로이센이 암스테르담을 점령했다는 소식이 교황의 귀에

도 들어간 모양이야. 다음 신문들이 확실한 소식을 알려주겠지. 그것은 금세기가 얼마나 위대한지 보여줄 최초의 원정일 수도 있겠다 싶어. 지구력의 문제라는 게 내 생각일세. 한 자루의 칼도 뽑지 않고, 한두 방의 대포로 모든 상황은 종료되며, 아무도 그것이 연장되는 것을 원치 않네. 잘 지내게나. 나는 평화주의자라네. 온 세상과 영원히 평화를 지킬 걸세. 나 자신과도 이미 평화 체결을 했으니까.

10월 27일, 로마

나는 다시 신비한 이 도시에 도착해 만족스럽고 평안하다. 조용히 작업하고, 나 자신의 일이 아닌 것은 모두 잊어버리고 지낸다. 친구들의 형상이 평화롭고도 다정하게 나를 찾아오곤 한다. 처음 며칠은 편지를 쓰고, 시골에서 그린 그림들을 자세히 들여다보았다. 다음 주에 새로운 일을 시작할 것이다. 내 풍경화를 본 앙겔리카가 말로는, 어떤 전제 아래선 희망이 있다고 하니, 나로서는 과분한 칭찬을 들은 것 같다. 내가 영원히 도달하지 못할지 모르겠으나, 어쨌든 적어도 계속 정진해 그 어떤 것에 접근해 보겠다.

『에그몬트』가 도착했는지, 마음에 들었는지, 여러분의 소식을 학수고대하고 있다. 카이저가 이곳에 온다는 이야기를 했던가? 그는 며칠 후면 도착한다. 그가 「스카핀」[85]을 모두 작

85) 괴테가 대본을 쓴 오페레타 「익살, 꾀, 복수(Scherz, List und Rache)」를 말한다. 스카핀은 극의 등장인물이다.

곡해서 악보를 가지고 온단다. 엄청난 축제가 되리라는 것을 다들 상상할 수 있을 것이다. 곧 새로운 오페라에 착수할 것이다. 카이저가 도착하면 「빌라 벨라의 클라우디네」와 「에르빈과 엘미레」를 그의 조언에 따라 개작할 생각이다.

그간 헤르더의 『이념』을 끝까지 읽었고, 내내 무척 즐거웠다. 결말이 멋있고 참되고 참신하다. 그의 책이 늘 그렇듯, 그는 시간이 흘러야 그리고 어쩌면 생소한 이름으로야 사람들을 기쁘게 해 줄 것이다. 그런 식의 생각을 많이 할수록, 사고하는 인간은 더욱더 행복해질 것이다. 올해 나는 잘 알지 못하는 사람들을 유심히 관찰하며 얻은 결론이 있다. 정말 현명한 사람은 누구나, 좀 더 혹은 좀 덜 섬세하건 투박하건, 순간이 전부라는 것을 터득하고 있으며, 합리적인 사람의 유일한 장점이 자기 삶을 스스로 좌우할 수 있는 한에서 가급적 자주 행복하고 합리적인 순간들을 갖기 위해 실천하는 것임을 알고 있다.

이러저러한 책을 읽을 때 내가 무슨 생각을 했는지 말해야 한다면, 책 한 권을 또 써야 할 것이다. 방금 책을 펼쳐 다시 읽고 있는데 매 페이지마다 훌륭하다. 처음부터 끝까지 통찰이 탁월하고 글은 유려하다.

특히 마음에 드는 것은 그리스 시대다. 이렇게 표현해도 된다면, 로마 시대는 육체적인 것이 결여되어 있다. 내가 이런 소리를 하지 않아도 다른 사람들도 어쩌면 그렇게 생각하고 있을 것이다. 그건 또 자연스러운 일이다. 요즘 내 소회로는, 과거의 국가란 민중 그 자체였던 것 같다. 그리고 그것은 조국이라는 개념과 마찬가지로 배타적이라는 생각이 든다. 이 엄청난 세계 전체에서 개별 국가의 존재 가치가 어떤 관계에 있는지는 여러분이 판단해야 할 것이다. 어쩌면 그에 따라서 많은 것들이 점차 쪼그라들어 연기로 날아가 버릴지도 모른다.

콜로세움은 언제 보아도 인상적이다. 그것이 어느 시기에 지어졌으며, 이렇게 어마어마하게 큰 원형경기장을 꽉 메운 군중이 더 이상 그 옛날의 로마인들이 아니라는 생각을 할 때마다 더더욱 인상적이다.

로마의 회화와 조각 예술에 관한 책[86]을 우리도 입수했다. 독일어 판을 구했는데, 더 고약한 것은 저자가 독일인 기사라는 점이다. 아마도 활력이 넘치는 젊은이 같은데, 이곳저곳 돌아다니며 메모를 하고 다른 사람의 의견도 듣고 유심히 관찰하고 읽는 데 수고를 아끼지 않았음이 분명하다. 하지만 무척 잘난 척을 하는 사람 같다. 그의 저서는 전체를 포괄하고 있는 듯한 인상을 준다. 그 책에는 참되고 좋은 것도 많이 있지만 동시에 잘못된 것, 유치한 것, 남이 생각했던 것, 남의 이야기를 그대로 지껄이는 대목, 장광설, 그리고 경솔한 오류들이 많다. 조금 거리를 두고서라도 이걸 꿰뚫어보는 사람이라면, 이렇게 많은 분량의 책이 남의 생각을 베낀 데다 자신의 생각을 덧붙인 것뿐이라는 사실을 금방 알아차릴 것이다.

『에그몬트』가 도착해서 기쁘기도 하고 안심도 된다. 아직

86) 프리드리히 빌헬름 바실리우스 폰 람도어(Friedrich Wilhelm Basilius von Ramdohr, 1757~1822)가 1787년에 출판한 책이다.

도착하지 않은 평론을 학수고대하고 있다. 가죽 장정본이 와서 앙겔리카에게 주었다. 우리 함께 카이저의 오페라를 사람들이 충고한 것보다 좀 더 잘 만들어봅시다. 여러분의 제안은 아주 좋다. 카이저가 도착하면 더 많은 소식을 전하겠다.

그 비평[87]은 정말 그 노친네 스타일이다. 늘 너무 지나치거나 뭔가 부족하다. 현재 나에게 중요한 것은 작업이다. 다음과 같은 사실을 알고부터는 더욱 그렇다. 평론은 이미 제작된 작품이 완벽하지 못할지라도 수천 년 동안 그 작품에 관한 비평을 반복하기 때문에 이미 존재하고 있는 것에 대해서 그저 쓰고 있을 뿐이다.

내가 기부금을 내지 않고 어떻게 지금까지 머무르고 있는지 모두들 놀라워한다. 그러나 내가 어떻게 행동했는지 사람들은 모른다. 이곳의 10월은 그저 그랬지만, 요 며칠은 날씨가 최상이었다.

이제 내 인생에 새로운 시기가 시작되고 있다. 많은 것을 보고 인식함으로써 내 생각이 너무 많이 넓어졌기 때문에 어떤 특정한 작업으로 국한시킬 때가 되었다. 한 인간의 개인적 특성은 놀라운 것이다. 나는 요즈음 내 특성을 아주 잘 파악하게 되었다. 한편으로는 올해 완전히 혼자 지냈기 때문이기도 하고, 다른 한편으로는 완전히 낯선 사람들과 교제해야 했기 때문이다.

---

87) 빌란트가 자신이 발행하는 잡지《메르쿠어》1787년 9월호에 괴테 전집 1차분 4종에 대해 쓴 비평을 말한다.

보고

이달 초에는 온화하고 맑은 날씨가 계속되었는데, 우리는 카스텔 간돌포에서 우아한 시골 생활을 즐겼다. 그 때문에 우리는 이 독특한 고장의 한가운데로 빨려 들어가 여기 사람이 된 듯한 기분이 들었다. 바로 이곳에 부유한 영국인 미술상 젠킨스가 웅장한 저택에 살고 있다. 과거 예수회 총장의 집이었던 곳으로, 많은 친구들에게 쾌적한 방이며 유쾌하게 함께 모일 수 있는 홀과 기분 좋게 거닐 수 있는 회랑들을 제공해 주고 있다.

사람들이 온천 휴양지에서 어떻게 머무르는지 생각해 본다면, 우리의 가을날의 체류를 가장 잘 이해할 수가 있다. 서로 아무런 관계도 없었던 사람들이 우연히 잠깐 동석하게 된다. 조반, 점심 식사, 산책, 놀이, 진지하거나 익살스러운 대화. 이 모든 일이 금방 서로를 알게 하고 친밀감을 갖도록 해준다. 이곳에서는 온천 요양지처럼 질환과 치료 방법에 따라 사람을 나누지 않는다. 이곳에서는 완벽하게 한가롭기 때문에 강력한 친화력이 생기지 않는다면 그것이 오히려 이상한 일일 것이다. 라이펜슈타인 궁정고문관은 적당한 시간에 나가 산보를 하든지 산길을 오래 걷자고 제안했다. 사람들이 무더기로 몰려 우리를 고통의 대화로 끌어들이기 전까지는 옳은 말이었다.

맨 먼저 도착한 우리 일행은 경험이 풍부한 안내자가 이끄는 대로 그 지역을 마음껏 구경할 수 있어서 많은 것을 배우고 즐겼다.

얼마 후 나는 예쁘장한 로마 여자를 보았다. 우리 거처에서 가까운 코르소 거리에 사는 이웃집 여잔데, 그녀의 어머니와 길을 올라오는 것을 몇 번 보았다. 내가 주최한 연주회가 있은 후에 두 여성은 내 인사에 전보다 더 친절하게 응답했다. 저녁에 그 집을 지나갈 때면 집 앞에 앉아 있는 모녀를 자주 보긴 했지만 그들에게 말을 걸진 않았다. 그런 일로 나의 주요 목표에서 이탈하지 않겠다는 결심을 완벽하게 지키기 위해서였다. 그러나 어느 날 갑자기 우리는 아주 오래된 지인처럼 느껴졌다. 예의 그 연주회가 첫 번째 대화에 충분한 이야깃거리를 제공해 주었다. 그리고 로마 여인과의 대화는 정말 유쾌했다. 그녀는 자연스러운 대화에서 명랑하고, 현실 그 자체에 집중된 주의력이 생생하고, 상대방 이야기에 적극 참여하고, 적절하게 자기 자신에 대한 이야기를 했다. 그녀의 로마식 억양이 듣기 좋았고, 빠르지만 분명했다. 세련된 사투리지만, 이 사투리는 중류계급을 승격시키고, 극히 자연스럽고 솔직한 계층 사람들한테 어떤 귀족적인 면을 부여해 주기도 한다. 이러한 특징과 특색에 대해 많은 이야기를 들어 잘 알고 있었지만, 이렇게 흐뭇한 대화를 체험하는 것은 처음이었다.

모녀는 같이 온 젊은 밀라노 여인 한 명을 내게 소개해 주었다. 젠킨스의 점원 중 젊은 남자가 있었는데, 민첩함과 정직을 신조로 지켜 젠킨스의 총애를 받고 있었다. 그녀는 그 청년의 여동생이었다. 이 세 여인은 절친한 친구 같았다.

그 두 아름다운 여인은 정말 미인이라 할 만했는데, 극단적인 것은 아니지만 결정적으로 상이한 대조를 이루고 있었다.

로마 여인은 암갈색의 머리와 가무잡잡한 피부에다 갈색 눈으로 좀 진지하고 조심스러운 편인 반면에, 밀라노 여인은 엷은 갈색 머리에 투명하고 부드러운 피부에다 거의 푸르스름한 눈을 가지고 있으며 개방적인 성격으로 말을 걸기도 하고 묻기도 했다. 복권 놀이 비슷한 게임을 하는데, 나는 두 여인 사이에 앉아 로마 여인과 짝이 되어 돈을 공동으로 관리했다. 게임이 진행되면서 어쩌다 보니 내가 밀라노 여인과 짝이 되어 내기 같은 걸 하게 되었다. 아무튼 이쪽 편과도 일종의 협력 관계가 생겼는데, 이렇게 두 편으로 나누어진 나의 관심사가 다른 사람 기분에 거슬린다는 것을 나는 순진하게도 조금도 눈치 채지 못했다. 놀이가 끝나자 드디어 로마 여인의 어머니가 나를 한편으로 불러 예의 바르게, 그러나 노부인다운 진지함을 가지고 이방인인 나에게 하나하나 일러주었다. 즉 내가 먼저 그녀의 딸과 한패가 되었으니, 다른 사람과 똑같은 협력 관계를 맺는 것은 온당치 못하다는 것이다. 시골에서의 풍속은, 어느 정도 관계가 한번 맺어지면 다른 사람 앞에서 그 관계를 지키고, 순수하고도 은근한 상호 관계를 보여야 한다는 것이다. 나는 최선을 다해 사과하고, 다음과 같이 설명했다. 외국인이 그런 의무를 인정하긴 쉽지 않은데, 그 이유는 우리나라의 풍속에 따르면 남자는 한 모임에 참가한 모든 숙녀에게 순서대로든, 여러 여성에게 한꺼번에든 정중하게 경의를 표해야 한다, 그리고 우리의 풍속이 이 장소에서는 더더욱 유용할 것이, 두 여성이 서로 몹시 가까운 친구이기 때문이라고 설명했다.

그러나 유감스럽게도 내가 그렇게 변명하고 있는 동안, 참으로 이상하게 나의 마음이 결정적으로 밀라노 여인에게로 쏠려 있음을 느꼈다. 번개처럼 빠르지만 확실한 느낌이었다. 내 자신에 만족해서 평정한 상태 속에 머물러 아무것도 두려워하지 않고 원하는 것도 없다고 확신하고 있던 내 마음속에서, 언제나 그렇듯 갑자기 열렬히 갈구하는 어떤 것이 내 옆으로 다가오고 있음을 느꼈다. 그러나 이런 순간에 사람은 그 매혹적 끌림에 위험이 도사리고 있음을 간과하지는 않는다.

다음 날 우리는 셋이서만 있게 되었다. 밀라노 여인에 대한 나의 호감은 더 커졌다. 그녀가 하는 이야기에는 노력하는 면모가 있어 그녀의 친구보다 훨씬 돋보였다. 그녀는 자신이 교육을 못 받은 것은 아니지만 지나치게 억압적이었다고 비판했다.

"우리한테 쓰는 걸 가르쳐주지 않아요." 그녀가 말했다. "우리가 펜을 연애편지 쓰는데 사용할까 봐 겁이 나서지요. 우리가 기도서를 읽어야 할 의무가 없다면, 읽는 법도 가르쳐주지 않을 거예요. 우리한테 외국어를 가르쳐줄 생각은 그야말로 아무도 못 한답니다. 저는 영어를 배우기 위해서라면 어떤 노력도 아끼지 않을 거예요. 제 오빠나 앙겔리카 여사, 추키 씨, 볼파토 씨, 그리고 카무치니 씨가 젠킨스 씨와 영어로 이야기하는 것을 자주 보는데, 그때마다 저는 질투 비슷한 기분이 든답니다. 그리고 제 앞의 탁자에 쌓여 있는 신문들이 온 세계의 소식들을 전해 주고 있는 걸 제 눈으로 보면서도 무슨 일인지를 읽을 수가 없잖아요."

"그건 참으로 유감스러운 일이군요." 내가 응수했다. "영어는 배우기가 유독 쉬우니까요. 단시간에 듣고 이해하도록 해 보십시오. 우리 당장 시도해 봅시다." 나는 계속 이야기하면서, 흔히 우리 주변에 널려 있는 영자신문을 하나 집어 들었다.

나는 재빨리 훑어보고 기사 하나를 골랐다. 여자가 물에 빠졌는데, 다행히 구조되어 가족에게 돌아갔다는 기사였다. 이 사건에는 복잡하면서도 흥미 있는 상황이 있었는데, 그 여자가 자살하려고 물에 뛰어들었는지, 그래서 그녀를 구해낸 자가 그녀를 사랑하는 남자들 중 애인인지 아니면 실연을 당한 남자인지 확실치 않았다. 나는 그녀에게 그 대목을 가르쳐 주고 주의해 읽어보라고 했다. 그런 다음 내가 먼저 모든 명사를 번역해주고, 그녀가 그 뜻을 암기하고 있는지 시험해 봤다. 그녀는 금방 기본 단어와 중요한 단어의 위치를 파악했고, 전체 문장에서 차지하는 위치를 익혔다. 그다음에 나는 영향을 끼치는 단어, 동작을 나타내는 단어, 규정 지어주는 단어로 넘어가, 이런 단어들이 어떻게 전체 문장을 생동감 있게 만드는지 가르쳐주었다. 그렇게 한참 동안 문답식 수업을 이어갔다. 마침내 그녀는 내가 묻지 않아도 그 전체 문장을, 마치 이탈리아어로 쓰여 있기라도 하듯 내게 읽어 보였다. 이때 그녀는 아담한 몸을 움직이지 않을 수 없었다. 그녀가 새로운 분야를 소개해 준 데 대해 최상의 감사를 표할 때 나의 정신적 기쁨은 이루 말할 수 없을 정도였다. 그녀는 그렇게 갈구하던 소망이 시험적이긴 하지만 거의 성취되는 가능성을 엿보았다는 사실을 스스로도 믿지 못할 정도였다.

우리 일행은 더 불어났다. 앙겔리카도 도착했다. 커다란 식탁에서 내 자리는 그녀의 오른편이었고, 내 제자는 식탁의 맞은편에 서 있었는데, 다른 사람들이 자리를 찾는 동안 한순간도 지체하지 않고 식탁을 돌아와 내 옆자리에 앉았다. 사려 깊은 앙겔리카는 다소 놀란 듯 지켜보았다. 그동안 여기서 내게 무슨 일이 일어났음이 틀림없다는 사실, 내내 예의가 없다고 할 정도로 여자들을 멀리해 온 내가 드디어는 유순하게 마음이 쏠려 있다는 사실을 눈치 채기 위해선 반드시 현명할 여자일 필요가 없었다.

나는 겉으로는 꽤 자제하고 있었지만, 두 여성과 대화를 나눌 때 일어난 당혹감 때문에 내적 동요를 억누르기 힘들었다. 나이가 더 많고 우아한 앙겔리카가 말수가 적어져서, 나는 그녀와 활발한 대화를 이어가려고 노력했다. 다른 한편으로는 오랫동안 염원해 오던 외국어 공부에 서광이 비치자 한껏 고무되어 주변 분위기를 파악하지 못하는 밀라노 여성을 친절하고 조용하게, 관심을 삼가는 태도로 진정시키려고 애썼다.

그러나 이러한 흥분 상태는 곧 주목할 만한 전환의 순간을 체험해야만 했다. 내가 저녁 무렵 젊은 여성들을 찾다가 좀 나이 든 여성들이 정자에 모여 대단히 아름다운 전망을 즐기는 모습을 보았다. 나는 주위를 둘러보았다. 내 눈앞엔 회화적 풍경이 아닌 그 어떤 것이 일어나고 있었다. 그 지역에 깔린 어떤 색조였는데, 그건 일몰 때문도 아니고 저녁 공기 때문도 아니었다. 높은 곳은 작열하는 빛, 아래 깊은 곳은 서늘한 푸른색의 그림자가 드리워져 지금껏 유화나 수채화에서는 보지 못한 황홀한 전경이었다. 아무리 보아도 싫증나지 않았지만, 그 자리를 떠나 작은 모임에서 일몰의 광경을 찬양하는 대화를 나누고 싶었다.

하지만 나는 그 어머니와 이웃집 여성들이 자기네들과 동석하자는 초대를 거절할 수 없었다. 그들은 내게 가장 전망이 좋은 창가에 자리를 내주었다. 그들의 이야기로 미루어보아 주제는 혼수였는데, 지칠 줄 모르고 내내 반복하는 화젯거리였다. 온갖 종류의 필요한 물건들이 상세히 토론되었다. 갖가지 혼수의 수량과 품질, 집안에서 하는 기본적인 선물, 남녀 친구들이 하는 결혼 선물들에 관한 이야기였는데 어떤 것은 비밀이었다. 이런 세세한 이야기로 그 좋은 시간을 채우고 있었지만, 나는 인내심을 가지고 들어야만 했다. 여성들이 이후의 산보에도 나와 동행하기로 했기 때문이다.

마침내 이야기가 신랑에 대한 평가에 이르렀다. 부인들은 신랑에게 꽤 후한 점수를 주었지만, 그의 단점을 못 본 체하지도 않았다. 다만 그녀들의 밝은 희망은 이 단점들이 장래 결혼생활에서 신부의 세련됨, 총명함, 다정함 덕분으로 약화되고 개선되리라는 것이었다.

해가 먼 바다로 가라앉아 긴 그림자를 드리우고, 반사되는 빛이 좀 엷어지긴 했어도 여전히 장관을 이룰 즈음 나는 참다 못해 아주 조심스레 대체 신부가 누구냐고 물어보았다. 그들은 믿지 못하겠다는 듯이 내게 되물었다. 모든 사람이 알고 있는 사실을 내가 모르고 있느냐는 것이었다. 그제야 그들은 내가 그 집에서 묵고 있지 않은 이방인이라는 사실에 생각이 미쳤다.

얼마 전부터 내가 흠모하던 제자가 바로 신부라는 이야기를 들었을 때 내가 얼마나 참담했을지 지금에 와서 설명할 필요까지는 없으리라. 태양은 꼴깍 져버렸다. 나는 핑계를 대고 그들에게서 떠나왔는데, 그들은 내게 얼마나 잔인한 방법으로 그 사실을 알려주었는지조차도 모르고 있었다.

얼마 동안 별 생각 없이 쏟았던 애정이 꿈에서 깨어나고, 그래서 그 애정이 마음 아픈 상태로 변하는 과정은 흔한 이야기이고 누구나 알고 있다. 그러나 이번 경우가 흥미로울 수 있다면, 쌍방의 적극적인 호의가 막 싹트려는 순간에 깨져버렸고, 그로 인해 장차 끝없이 발전할 행복한 감정에 대한 예감조차 사라져버렸다는 점에서 독특하다 하겠다. 나는 느지막이 집에 왔다. 다음 날 아침, 나는 식사에 참석할 수 없어 미안하다는 말을 남기고 옆구리에 가방을 끼고 먼 길을 나섰다.

나는 수년 동안 많은 경험을 통해, 비록 마음 아프긴 하지만 곧 마음을 추스를 수 있었다. "만일 베르테르와 비슷한 운명이 로마에서 널 찾아와 여태껏 잘 지켜온 너의 중요한 상황을 망가뜨렸더라면?" 나는 큰 소리로 말했다. "그랬더라면 참으로 놀랄 만한 일이었겠지."

나는 즉시 관심을 그동안 소홀히 했던 자연에 쏟았다. 가능한 한 보이는 그대로 충실히 그리려고 노력했는데, 내가 원하는 것 이상으로 좀 더 잘 볼 수 있었다. 내가 지니고 있는 작은 기량으로는 별로 특징 없는 윤곽을 겨우 그릴 정도였으나,

그 지역의 암벽들과 나무들, 오르락내리락하는 풍경, 고요한 호수, 흐르는 냇물 등 온갖 살아 있는 풍경을 다른 때보다 더 가까이 보고 느낄 수 있었다. 나는 마음의 고통을 미워할 수 없었다. 그것이 내적 외적인 감각을 그런 정도로까지 나를 민감하게 만들어주었기 때문이다.

여기서부터는 짧게 기술하겠다. 손님이 많아져서 이 집과 이웃집들이 꽉 찼다. 우리는 핑계를 대지 않아도 서로 피할 수 있었고, 서로의 호감을 정중함으로 표현해 모인 사람 모두가 기분 좋게 받아들였다. 나의 태도 역시 괜찮았는지라 불쾌한 일로 다투는 일이 없었는데, 딱 한 번 집주인 젠킨스하고 언짢은 일이 있었다. 그 일은 내가 멀리 산과 숲을 산책하며 아주 맛있어 보이는 버섯을 가지고 와 요리사에게 주었던 것으로부터 비롯되었다. 요리사는 그것을 희귀하지만 그 지방에서는 아주 유명한 요리로 잘 만들어 식탁에 내놓았다. 모두가 그 요리를 매우 맛있게 먹었다. 그런데 누군가 나에게 경의를 표하는 의미에서 내가 밖에서 버섯을 따 왔다는 이야기를 털어놓자, 우리 영국인 주인은 비록 드러내지는 않았지만 몹시 불쾌해했다. 주인이 명령하거나 시키지도 않았는데, 주인도 모르는 음식을 손님을 대접하는 식사에 가져왔다는 것, 그리고 그가 책임질 수 없는 어떤 음식을 누군가 식탁에 올려놓아 그를 놀라게 하는 것은 그리 온당한 일이 아니라는 것이었다. 라이펜슈타인이 식사가 끝난 후 내게 이 모든 이야기를 외교적으로 털어놓았다. 버섯과는 상관없는 아주 다른 고통을 마음 깊이 참고 있던 나는 공손하게 대답했다. 나는 요리사가 주인한테 이야기를 했으리라 생각했고, 만일 차후에 길을 가다 그 비슷한 식물을 얻게 되면, 우리의 뛰어난 주인이 직접 보고 허락을 내릴 수 있도록 갖다주겠노라고 다짐했다. 간단히 얘기하자면, 그의 분노는 이 위험할 수도 있는 음식이 적당한 검사를 거치지 않고 식탁에 올랐다는 사실에서 비롯됐기 때문이었다. 요리사가 내게 안심의 말을 했던 건 물론이었다. 그는 또 그와 같은 요리가 이 계절에 자주는 아니지만 가끔씩 희귀한 요리로 상에 올라 매우 각광을 받았다는 사실을 주인에게 상기시켜 주었다.

이 미식(美食) 사건 때문에 나는 혼자 속으로 엉뚱한 생각을 하게 되었다. 완전히 자신의 독에 감염된 내가, 그러한 부주의로 인해 우리 모임의 모든 사람을 독살시키지나 않을까 하는 혐의를 받게 된다는 상상이었다.

내가 세운 계획을 실행하기는 그리 어렵지 않았다. 나는 즉시 영어 수업을 회피할 수 있었다. 아침이면 집을 나가고, 사람들이 같이 모이지 않으면 내가 남몰래 사랑하는 제자의 근처엔 안 가면 되었다.

얼마 안 있어 분망하기 짝이 없던 내 심중이 다시금 정상으로, 그것도 몹시 고상한 방법으로 회복되었다. 내가 그녀를 신부로, 미래의 부인으로 보니, 그녀는 순박한 처녀 상태를 벗어나 품위 있게 보였던 것이다. 그리고 또한 내가 이제는 그녀에 대한 똑같은 호감을 자기중심적이지 않은 숭고한 감정으로 승화시키자, 금방 그녀에 대해 아주 친절하고도 좋은 감정을 느낄 수 있었다. 게다가 나는 예전처럼 분별력 없는 청년이 아니었다. 나의 헌신은, 만일 그러한 자유로운 관심을 이렇게 칭해도 된다면, 내 감정을 고집하지 않는 데 있었고, 그녀와 마주치게 되면 일종의 외경심을 갖는 데 있었다. 내가 그녀의 상황을 알고 있다는 것을 그녀도 이젠 분명히 알아버린 터였는지라, 그녀는 나의 태도에 완전히 만족했다. 내가 누구하고나 대화를 나누었기 때문에, 다른 사람들은 조금도 눈치채지 못했고 불쾌한 일도 없었다. 이렇게 시간과 날이 조용하고 마음 편하게 흘렀다.

재미있는 일이라면 여러 가지가 있겠으나, 그 가운데 카니발에서 우리의 열렬히 박수를 받은 풀치넬라에 대해서만 기록해 두도록 하자. 여기서도 그는 평상시에는 구두 수선공으로 일하는 점잖은 소시민으로 설정되어 있었다. 그가 간단한 팬터마임으로 익살스러우면서도 맹랑한 연기를 해내는 것이 하도 우스워서 우리는 마음 편히 무아지경의 상태에 몰입했다. 고향에서 온 편지들을 읽고 나는 다음과 같은 것을 감지했다. 내가 그토록 오래 계획했으나 늘 미루어왔던 여행을 갑자기 떠나고 난 후, 고향에 남은 사람들은 걱정도 하고 조바심을 내기도 했었다. 그러다가 내가 그들에게 보낸 유쾌하고도 교훈적인 편지 때문에 모두들 내가 누리는 행복을 상상할 수 있게 되었고, 그래서 나를 뒤따라와 같은 행복을 누리고 싶어 한다는 것이다. 아말리아 여공작을 중심으로 한 재기발랄한 예술 애호가 그룹은 전통적으로 이탈리아를 진짜 교양인들의 예루살렘으로 생각해 왔고, 미뇽의 뛰어난 표현 그대로, 이곳에 대한 열렬한 동경을 머리와 마음속에 늘 지니고 있었다. 그런데 마침내 강둑이 무너진 셈이었고, 여공작께서 몸소 알프스를 넘어 올 계획을 세우기에 이른 것이다. 여기에는 그녀의 주변 사람들, 그리고 다른 한편으로는 헤르더와 동생 달베르크[88]의 권유가 있었다. 겨울을 지내고 초여름쯤 로마에 도착해 세계적인 고도(古都)의 주변과 남부 이탈리아를 차츰 즐기시라고 나는 조언해 드렸다.

나의 조언은 정직하고도 사실에 맞는 것이었으나, 나 자신에게도 이점이 있었다. 지금까지 내 인생의 경이로운 날들은 매우 낯선 상황에서 매우 낯선 사람들과 지내며, 인간적인 상태를 다시금 생생하게 만끽하는 시간이었다. 그것은 오래전부터 우연히, 그렇지만 자연스러운 관계를 통해서 느끼는 바였다. 그러나 삶에서 가장 놀라운 체험은 결국 폐쇄된 고향 사람들의 그룹에서, 다시 말해 절친한 친구들이나 친척들 사이에서 이루어진다. 여기서는 서로가 참고 견디고 참가하고 포기함으로써 얼마간은 늘 체념하는 상태에 있다. 그리고 또한 고통과 기쁨, 언짢은 기분과 유쾌한 기분이 전통적인 습관에 따라 교대로 소멸되는 곳이 여기다. 그래서 그 모든 것의 중간 상태가 형성되어 개개 사건의 특성을 완화시킨다. 그러나 결국 사람은 기쁨도 고통도 아닌 편안함을 추구하기 위해 자유로운 영혼을 포기할 수는 없다.

이런 감정과 예감 때문에 나는 우리 친구들이 이탈리아에

---

88) 요한 프리드리히 휴고 폰 달베르크(Johann Friedrich Hugo von Dalberg, 1752~1812). 에르푸르트 제후이자 부주교였던 카를 폰 달베르크(Karl Theodor Anton Maria von Dalberg, 1744~1817)의 동생이다.

도착하는 것을 기다리지 않겠다는 쪽으로 결심했다. 내가 사물을 보는 방식이 그들의 방식과 같을 수 없다고 확실히 알기 때문이기도 했다. 내 자신이 1년 전부터 북구인의 어두운 사고방식과 상상에서 벗어나 푸른 하늘 아래서 좀 더 자유롭게 관찰하고 숨 쉬는데 익숙해졌기 때문이기도 했다. 그동안 독일에서 온 여행자들은 내게 몹시 불편한 사람들이었다. 그들은 잊어버려야 할 것을 찾을 뿐, 그렇게 오랫동안 염원했던 것이 그들 눈앞에 있는데도 알아보지 못했다. 나 자신도 내가 옳다고 인식하고 결정한 길을 생각하면서 행동에 옮기는 일이 항상 쉽지는 않았다.

낯선 독일인들은 피할 수 있었다. 그러나 절친한 사이, 혹은 존경하거나 사랑하는 사람들은 오류와 설익은 지식을 가지고 나를 방해하거나 심지어는 나의 사고방식을 간섭함으로써 나를 괴롭힐 수 있다. 북쪽에서 여행 온 사람들은 자기 존재를 보완하고 자신에게 결여된 것을 채우기 위해 로마에 왔다고 생각한다. 그러나 그들은 시간이 경과하면 생각을 바꿔서, 처음부터 다시 시작해야 한다는 것을 감지하고 마음이 몹시 편치 않게 된다.

그런 상황이 이제 분명해졌지만, 나는 매일 매 시간, 불확실한 상태에서나마 현명하게 지내려 하고, 언제나처럼 시간을 아주 유용하게 쓰고 있다. 독자적인 심사숙고, 다른 사람 말을 경청하기, 예술적인 노력의 산물들을 감상하기, 나만의 미술 실습 등을 끊임없이 반복 중이다. 어쩌면 이 모든 것이 서로 상호작용하며 이루어진다는 말이 맞겠다.

취리히에서 온 하인리히 마이어의 참여가 특히 이런 측면에서 내게 많은 도움을 주고 나를 분발시켜 주었다. 그와의 대화가 잦은 건 아니지만 내게 유익하다. 그는 무척 부지런하고 스스로에게 엄격한 예술가로서, 시간을 유익하게 쓸 줄 아는 사람이다. 그에 비해 젊은 예술가들은 재빠르고 쾌락적인 인생을 살면서 개념과 기술의 진지한 진보를 쉽게 결합시킬 수 있다고 믿고 있다.

11월

서신

1787년 11월 3일, 로마

카이저가 이미 도착했는데, 지난주에 그에 대한 얘기는 전혀 쓰지 않았다. 그는 피아노 조율을 마치는 대로 오페라를 들려줄 것이다. 그가 여기 있게 됨으로써 다시 특별한 시기가 시작되었다. 우리는 조용히 우리의 길을 가면 될 듯하다. 그러면 매일매일 최상의 것 아니면 최악의 것을 가져올 것이다.

『에그몬트』에 관한 호평이 나를 행복하게 했다. 다시 읽어도 마찬가지이길 바란다. 내가 그 작품에 써 넣은 생각들이 단 한 번에 전달되진 않는다는 것을 알고 있기 때문이다. 여러분이 칭찬한 그 부분은 내가 의도했던 바다. 그것이 이루어졌다고 여러분이 말씀하시니 내 최종 목적은 달성되었다. 그것은 정말 어려운 작업이었다. 일상생활과 감정의 무한한 자유가 없었다면 결코 해낼 수 없었을 것이다. 이것이 무슨 의미인지를 생각해 보시라. 12년 전에 썼던 작품에 다시 손을 대, 새로 쓰지 않고 완성하는 일이다. 특별한 시간적 제한이 그 일을 어렵게도 만들었지만, 또한 쉽게도 만들었다. 아직도 내 앞에는 그러한 바위가 두 개 더 놓여 있다. 그것은 『파우스트』와 『타소』다. 자비로운 신이 내 미래에 시시포스의 형벌을 내린 듯하니, 내가 이 짐들 역시 산 위로 메고 갈 수 있기를 바랄 뿐이다. 어느 날 내가 그것을 가지고 산꼭대기에 다다르면, 똑같은 일을 다시 시작해야겠지만. 별로 한 일도 없는데, 여러분이 내게 끊임없이 애정을 주시니 나는 여러분의 박수를 받기 위해 최선을 다하겠다.

그런데 자네가 클레르헨에 관해 한 이야기는 무슨 말인지 잘 모르겠네. 다음 편지를 기다리겠네. 내 생각엔 자네가 처녀와 여신 사이의 뉘앙스를 간과한 듯해. 어쩌면 내가 에그몬트에 대한 그녀의 태도를 매우 예외적인 것으로 묘사했기 때문인지도 모르겠네. 그녀의 사랑은 그녀가 사랑하는 연인의 완전성을 이루는 요소이고, 그가 관능적 쾌락이 아니라 그녀에게 속해 있다는 사실로부터 형언할 수 없이 황홀한 충만감을 느끼는 것일세. 그래서 내가 그녀를 영웅적으로 묘사한 거야. 그녀는 영원한 사랑이라는 절실한 감정을 가지고 사랑하는 남자를 따르고, 마침내는 그의 영혼 앞에서 숭고한 꿈을 통해 미화되지. 이런 이유 때문에 어디에다가 중간 뉘앙스를 주어야 할지 잘 모르겠네. 고백건대 마분지나 판자를 맞춘 듯한 허술한 연극 배경 때문에, 내가 위에서 언급한 명암들이 어쩌면 너무나 소홀히 취급되었거나, 연결이 안 되었거나, 아니면 암시한 부분들이 너무 약한지도 모르겠네. 어쩌면 두 번째 읽어볼 땐 나을 수도 있겠으니, 다음 편지에 좀 더 상세히 알려주기 바라네.

앙겔리카가 『에그몬트』의 표제지에 들어갈 삽화를 그렸고, 립스가 그걸 동판화로 새겼네. 독일에서는 이렇게 만들어지지 못할 것 같아.

11월 3일, 로마

유감스럽게도 나는 미술을 완전히 그만두어야겠다. 그러지 않으면 희곡 작품들을 완성하지 못할 것이다. 이 일도 그럴듯하게 만들려면 집중력, 그리고 조용한 집필 시간 없이는 불가능하기 때문이다. 요즘은 「빌라 벨라의 클라우디네」를 쓰고 있다. 그야말로 완전히 새로운 작품이 될 것이고, 나의 옛날 껍질을 가려내 내버리겠다.

11월 10일, 로마

카이저가 여기 왔으니, 음악을 포함하여 삼중의 생활을 하고 있다네. 그는 아주 훌륭한 남자야. 이 지상에서 가능한 한 전원생활을 하고 있는 우리와 잘 맞지. 티슈바인이 나폴리에서 돌아올 예정이어서, 두 사람의 숙소와 그 밖의 다른 모든 것이 달라져야 한다네. 우리는 다들 착한 사람들이니까 일주일이면 만사가 다시 순조롭게 돌아가겠지.

내가 여공작님께 제안 드리기를, 200체키노에 해당하는 미술품들을 그녀를 위해 하나하나 사 모으도록 허락해 달라고 했네. 자네가 이 편지를 읽은 다음 내 제안을 지지해 주었으면 좋겠어. 내가 지금 당장 그 돈이 한꺼번에 필요한 것은 아니야. 이건 아주 중요한 문제일세. 많은 설명을 안 해도 그 중요성을 자네도 짐작하겠지. 내게는 손바닥 들여다보듯 빤한 이곳의 상황을 자네가 안다면, 내 제안의 필요성과 유용성을 더 잘 이해할 텐데. 내가 그분을 위해 준비하는 작은 일들에 크게 만족하실 걸세. 내가 하나하나 제작을 지시하고 있는 물건들을 여기 와서 보면, 여공작님의 소유욕이 충족될 테니까. 여기 도착하는 사람들은 하나같이 그런 소유욕을 느끼는데, 마음 아프게도 사람들은 포기하는 것으로 욕망을 억제하거나, 아니면 돈을 지출해 욕망을 채우면서 손해를 볼 수밖에 없다네. 이에 관해서는 편지지 몇 장을 꽉 채워도 모자랄 거야.

11월 10일, 로마

『에그몬트』가 갈채를 받는다니 정말 기쁘다. 이처럼 많은 마음속의 자유를 가지고 양심에 따라 쓴 것은 이 작품이 처음이었다. 그런데도 이미 다른 작품을 읽은 독자들을 만족시키기가 어렵다. 독자는 항상 이전의 작품과 비슷한 어떤 것을 요구하기 때문이다.

11월 24일, 로마

지난번 편지에 당신이 이 지방 풍경은 어떤 빛깔을 띠느냐고 물었는데, 그에 관해 답을 하자면, 청명한 날, 특히 가을엔 모든 색감이 너무나도 또렷하고 생생해서 풍경화를 그린다면 알록달록해질 겁니다. 조만간 당신에게 그림 몇 점을 보낼 수 있었으면 좋겠습니다. 독일인 크니프가 그린 작품들인데, 그는 현재 나폴리에 있습니다.[89)]

여러분은 말도 안 된다고 생각하겠지만, 수채화 물감은 찬란한 자연을 절대 따라갈 수 없다. 가장 아름다운 것은, 이 선명한 색깔들이 조금만 거리를 두고 보면 대기의 색조로 인해 부드러운 빛으로 변하는 것이다. 그리고 소위 말하는 차고 따뜻한 색조가 완전히 대조를 이루어 눈에 확 띄는 것이다. 선명한 푸른색 그림자는 환한 색들, 녹색과 노랑 색조, 붉은 색조, 갈색 계통의 색 등과 예쁘게 대조되어 선명하게 보이는데, 이게 푸르스름하고 흐릿한 원경으로 흡수된다. 그건 북쪽에서는 상상할 수 없는 찬란함인 동시에 조화이며 전체의 명암이기도 하다. 여러분이 있는 곳에선 모든 것이 강렬하거나 탁하고, 알록달록하지 않으면 한 가지 색이다. 어쨌든 내 기억으로는, 이곳에서 매일 매 시간 눈앞에 전개되는 색조 하나하나의 것을 미리 조금씩 맛보는 그런 효과를 독일에서 본 적이 거의 없다. 하지만 이제 내 눈이 많이 숙달되었으니, 북쪽에서도 아름다움을 더 많이 발견할지도 모르겠다.

그 밖에 하고 싶은 이야기는, 이제는 내 앞에 똑바로 놓여 있는 조형미술 전체를 향한 옳은 길이 보인다는 것, 그리고 그 길이 얼마나 넓고 긴가를 전보다 더 뚜렷이 인식한다는 것이다. 나는 이미 너무 나이가 들어서, 지금부터 해봐야 수박 겉

---

89) 이 단락은 슈타인 부인에게 보내는 글이므로 경어체로 옮겼다.

핥기식의 일밖에 안 될 것이다. 다른 사람들을 봐도 바른 길로 들어섰다고는 해도 크게 진보하는 사람은 잘 눈에 띄지 않는다. 이 일 역시 행운이나 지혜와 비슷하다. 우리는 그 원형을 어슴푸레 예감하고, 잘해야 그 옷자락을 만져보는 정도다.

카이저가 도착하고 나서 그와 함께 집안일을 정리하느라고 시간을 뺏긴 탓으로 내 작업이 중단되었다. 이제 다시 시작이다. 오페라들은 거의 끝나간다. 카이저는 매우 점잖고 이해심도 있고 건실하고 침착하다. 그는 예술에 관해서만큼은 더할 수 없이 확고한 자신감을 가지고 있다. 그와 가까이 있음으로써 다른 사람이 더 건강해지는 그런 사람이다. 그는 또한 매우 너그러운 면이 있고, 삶과 사회를 보는 옳은 안목이 있다. 이런 점들이 보통 때는 엄격한 그의 성격을 유연하게 만들고, 그가 사람을 대할 때 독특한 너그러움을 갖게 해준다.

보고

점차적으로 사람들한테서 멀어져야겠다고 속으로 생각하는 즈음에 새로운 유대관계가 이루어졌다. 크리스토프 카이저라는 활달한 옛 친구가 도착한 것이다. 그는 프랑크푸르트 태생으로, 클링거[90]를 비롯해 우리 또래 사람이다. 카이저는 특

90) 프리드리히 막시밀리안 클링거(Friedrich Maximilian Klinger, 프랑크푸르트 태생의 극작가이자 소설가로, 1776년에 「슈투름 운트 드랑(Sturm und Drang, 질풍노도)」이라는 희곡을 썼다.

이한 음악적 재능을 타고났다. 이미 몇 년 전에 「익살, 꾀, 복수」의 오페라를 작곡했고, 동시에 『에그몬트』에 맞는 음악을 쓰기 시작했다. 나는 로마에서 그에게 연락해, 작품은 출판사로 보냈고 복사본 한 부를 가지고 있노라고 했다. 그리고 장황한 서신 교환보다는 카이저가 직접 이곳으로 지체 없이 오는 것이 최선이라는 결정이 났다. 그는 정말로 곧장 특별 우편마차를 타고 이탈리아로 와서 우리 있는 곳에 도착했다. 그는 론다니니 건너편 코르소 거리에 숙소를 정해 짐을 풀고 예술가 그룹에 끼게 되었다.

그러나 필요한 집중력과 통일성 대신, 새로운 산만함과 시간낭비를 곧 체험하게 되었다.

우선 피아노를 구입해 시험해 보고, 조율하고, 유별난 음악가의 뜻과 요구대로 정비하는 데 며칠이 소요되었다. 그런데도 뭔가 원하고 요구할 것이 남아 있곤 했다. 하지만 그 일이 끝나자마자 그동안의 수고에 대한 대가로, 또 지체되었던 일을 만회하는 뜻에서 재능 있는 음악가가 능란하고 시대에 딱 들어맞는 연주를 선보였다. 그는 당시 가장 어려운 작품들을 쉽게 연주했다. 음악사에 정통한 사람이 여기에서 무슨 이야기를 하고 있는지 쉽게 알게끔 말하자면, 다음과 같다. 당시에는 슈바르트[91]가 최고로 인정을 받았고, 능숙한 피아니스트인지 아닌지 시험할 때는 변주곡 연주를 중점적으로 평가했

---

91) 크리스티안 슈바르트(Christian Friedrich Daniel Schubart, 1739~1791). 슈바벤 출신의 시인, 오르간 연주자, 저널리스트다.

다. 간단한 주제에 의한 이 변주곡은 매우 기교적인 방법으로 연주되었고, 마지막에는 그 주제가 자연스럽게 다시 연주됨으로써 청중이 안도의 숨을 내쉬었다.

카이저는 「에그몬트」를 위해 쓴 교향곡을 가져왔다. 필요와 흥미 때문에 그 어느 때보다도 악극에 관심이 쏠렸던 나는 이 방면에서 매우 활기차게 노력하게 되었다.

「에르빈과 엘미레」 그리고 「빌라 벨라의 클라우디네」를 독일로 보내야 했다. 그러나 『에그몬트』를 수정할 때 스스로 세운 기준이 하도 높았던지라, 아무래도 나는 예전에 쓴 그대로 그냥 넘길 수가 없었다. 그 작품들이 지니고 있는 풍부한 서정성은 내가 보기에도 자랑스럽고 소중했다. 그것은 어리석게 보낸, 그러나 행복을 느낀 시간을 묘사하는 생기발랄한 젊은이가 조언을 받지 못할 때 빠지는 슬픔과 근심을 표현한 장면들이었다. 그럼에도 불구하고 산문적인 대화는 프랑스 오페레타를 너무나 연상시켰다. 우리의 초연 무대에서 쾌활한 선율이 흐르게 했기 때문에, 우리는 좋은 느낌으로 그것을 기억한다. 그러나 지금에 와서는 만족스럽지 못하다. 이탈리아인들에 동화된 사람이라면 아름다운 곡조의 노래를 적어도 낭독 혹은 낭송에 어울리는 음악과 결합하는 게 좋다.

이런 측면에 주안점을 두어 두 오페라를 작업한 것을 알 수 있을 것이다. 작곡된 음악들은 여기저기서 호응을 얻었고, 연극이라는 조류를 타고 오늘날에 이르렀다. 사람들은 대부분 이탈리아 가극 대본을 비난한다. 생각 없이 남이 하는 말을 그대로 되풀이해 주장하는 식의 상투적인 비난이다. 이탈리아 가극 대본들은 물론 가볍고 유쾌하지만 작곡가와 오페라 가수가 기꺼이 노력하고 싶은 것 이상을 요구하지는 않는다. 이 문제를 광범위하게 언급할 필요 없이, 「비밀결혼」[92]의 대본을 기억해 보자. 대본가가 누구인지는 모르지만, 누가 되었든지 이 분야에서 매우 재주 있는 작가 가운데 한 사람인 것만은 분명하다. 이와 같은 의미에서 작품을 쓰는 것, 그리고 똑같은 자유를 가지고 특정한 목적을 달성하고자 하는 것이 나의 의도였다. 내가 과연 얼마만큼 나의 목적에 접근했는지는 나 자신도 말하기 어렵다.

나는 친구 카이저와 얼마 전부터 어떤 계획을 세우고 있었는데, 유감스럽게도 시간이 지남에 따라 점점 회의하게 되었고 쉽게 실현할 수 없을 것 같았다. 독일 오페라의 성격이 매우 소박했던 시기를 회상해 보자. 그 당시엔 페르골레시[93]의 「마님이 된 하녀」 같은 단순한 간주곡이 연주되었고 갈채를 받았다. 그 시절에 베르거라는 독일인 희가극 가수가 예쁘장하고 당당하고 재주 있는 여성과 함께 활약했다. 그들은 독일의 도시와 시골에서 빈약한 의상과 보잘것없는 음악을 가지고도 유쾌하고 자극적인 실내 공연을 보여주었다. 그 공연들은 사랑에 빠진 늙은 광대가 언제나 거짓말을 하고 수모를 당하는 이야기였다.

나는 이 두 사람에다가 세 번째 가수를 생각해 냈는데, 중

---

92) 1792년 빈 궁정극장에서 초연된 치마로사의 2막 오페라부파다.

93) 조반니 바티스타 페르골레시(Giovanni Battista Pergolesi, 1710~1736). 이탈리아의 작곡가다.

간 성량에 쉽게 구할 수 있는 역할이었다. 이미 몇 년 전에 이러한 생각에 따라 오페레타 「익살, 꾀, 복수」가 탄생했다. 나는 그 작품을 취리히에 있는 카이저한테 보냈는데, 그는 진중하고 양심적인 사람인지라 이 작품을 사소한 것까지 너무도 성실하게 만들었다. 나 자신도 이미 간주곡을 정도 이상으로 늘려놨기에, 사소하게 보이는 그 주제가 그렇게 많은 노래에 펼쳐져 있다. 그래서 잠정적으로 축소된 음악 부분에서조차 세 가수들이 끝까지 연기하기가 몹시 어려웠다. 이제는 카이저가 아리아들을 옛날 방식대로 자세히 작곡했다. 부분적으로는 몹시 잘되었고, 전체적으로 보아도 우아함까지 깃들어 있다.

그나저나 이 작품을 어떻게, 그리고 어디서 공연할 것인가? 이것이 문제였다. 중간 수준이라는 이전의 원칙은 불행히도 목소리가 너무 빈약하다는 결점을 초래했다. 예컨대 삼중주이상은 불가능했기 때문에, 합창단을 구하려면 의사의 '만병통치 약상자'[94]라도 만들어야 될 판이었다. 그리하여 우리의 노력, 즉 간결하고 쉽게 마무리 짓겠다는 계획은 모차르트의 징슈필 「후궁 탈출」의 출현으로 수포로 돌아갔다. 모차르트의 가극은 다른 모든 것들에 참패를 가했다. 우리가 그렇게도 많은 생각을 가지고 만든 작품이 극장에서 한 번 거론되지도 못했다.

카이저와 함께 있으니 지금까지 극장의 공연에만 국한되었

94) 「익살, 꾀, 복수」에서 사기꾼 돌팔이 의사가 제조하는 약이다.

던 우리의 음악에 대한 사랑이 고양되고 확장되었다. 그는 교회 축제에 관심을 가졌기 때문에 우리는 이 기회에 교회 축제 음악을 같이 듣게 되었다. 성악이 중심이긴 하지만, 완전한 오케스트라가 함께 연주하는 그런 음악이 우리에게 매우 비종교적으로 들렸음은 자명한 일이다. 성 체칠리아의 날에 처음으로 감동적인 합창과 아리아 디 브라부라를 들었던 기억이 난다. 내게 잊을 수 없는 감동을 주었던 그런 스타일의 아리아가 오페라에 삽입된다면 청중 역시 감동받을 것이다.

카이저는 이 밖에도 다른 미덕을 갖고 있었다. 즉 그는 고전음악에 관심이 매우 많았고, 음악사를 진지하게 연구했기 때문에 도서관들을 섭렵했다. 충실하고 근면한 그는 미네르바 도서관에서 환대와 지원을 받았다. 그는 고문헌을 조사해 찾아낸 옛 16세기 동판화로 우리의 흥미를 불러일으켰는데, 가령 「웅장한 로마의 거울」, 라마초의 『건축물들』, 그보다 더 후기작인 「로마의 경이」 그리고 그와 비슷한 다른 동판화들이 우리에게 끊임없이 과거를 되살려 주었다.[95] 우리는 이런 책들과 동판화 컬렉션을 성지순례 하듯 찾아다녔고, 인쇄가 선명한 경우는 특별히 가치가 있었다. 이걸 보면 옛사람들이 고

95) 「웅장한 로마의 거울」은 부르고뉴 태생으로 로마에서 활동한 조각가이자 지도 제작자인 안토니오 라프레리(Antonio Lafreri 1512~1577)가 펴낸 판화 모음집이다. 『건축물들』은 밀라노 태생의 화가 지안 파올로 라마초(Gian Paolo Lamazzo, 1538~1592)가 펴낸 『회화, 조각, 건축 예술에 관한 논문』을 말한다. 「고대 로마의 경이」는 고미술 수집가이자 감정가인 조반니 피에트로 벨로리(Giovanni Pietro Bellori, 1631~1696)가 주문해 제작된 동판화집이다.

대의 유산을 보면서 진지함과 경외심을 느꼈으며, 유적을 표현할 때 적극적이었음을 알 수 있었다. 예를 들어, 고대의 거상이 오늘날 콜론나 정원이 들어선 자리에 있던 때가 더 가깝게 느껴지고, 셉티미우스 세베루스 황제가 건립한 다층 열주의 반 폐허를 보면, 사라져버린 옛 건축물이 어떤 모습이었는지도 대강 상상할 수 있다. 현재와 같은 파사드가 없는 산피에트로 대성당 입구. 돔 지붕 없는 거대한 예배당. 옛날 바티칸의 마당에서 무술 연습을 하는 말 탄 군인들. 이 모든 것을 보면 지난날을 생각하게 되고, 동시에 다음과 같은 사실들을 명확히 알 수가 있다. 지난 200년 동안에 어떤 변화가 있었으며, 심각하게 훼손되고 파손되었던 것을 재건하고, 소홀히 했던 것을 뒤늦게나마 보완했다는 사실이다.

나는 기회가 있을 때마다 취리히에서 온 하인리히 마이어를 자주 떠올렸다. 그는 외부와 별 접촉 없이 근면하게 살고 있었지만, 중요한 것을 보고 체험하고 배우는 데는 거의 빠지지 않았다. 그는 우리 모임에서 겸손하면서도 식견이 많은 사람으로 인정을 받았기 때문에 다른 사람들이 그를 만나고 싶어 했다. 그는 빙켈만과 멩스가 제시한 확실한 방향을 묵묵히 좇고 있었다. 자이델만풍으로 고대 흉상들을 세피아로 묘사한 그의 소묘에 사람들이 칭찬을 아끼지 않았다. 그런 이유로 전기와 후기의 미술품들이 지니는 섬세한 차이점을 정확히 가려내고 파악하는 능력에 있어서는 누구도 그를 따를 수 없었다.

외국인, 예술가, 전문가, 비전문가를 가릴 것 없이 우리 모두는 그토록 고대하던 바티칸과 캄피돌리오의 박물관 횃불 관람에 참가했고, 그도 우리와 동행했다. 내 서류 중엔 당시 마이어가 쓴 글이 한 편 남아 있다. 그의 글 덕분에 훌륭하기 그지없는 예술품들을 더 잘 즐길 수 있다. 황홀하고 하나씩 사라지는 꿈처럼 영혼 앞에서 떠도는 이 글은 우리의 지식과 인식을 넓히는 데 유익한 영향을 주기 때문에 영속적 가치가 있다.

'거대한 로마의 박물관들, 예를 들어 바티칸에 있는 비오 클레멘티노 박물관, 카피톨리니 박물관 등을 밀랍 횃불 조명 아래서 관람하는 풍속은 1680년대까지만 해도 상당히 새로운 일이었던 같다. 그러나 나는 이 풍속이 언제 시작되었는지 모른다.

횃불 조명이 갖는 이점들은 다음과 같다. 개개의 작품은 나머지에서 분리되어, 완전히 하나로 관찰된다. 관람객은 모두가 똑같은 작품에 집중한다. 그다음으로는 강하게 빛나는 횃불 아래서 작품의 세세한 뉘앙스들이 매우 뚜렷이 보이고, 다른 반사광선(특히 반짝거리게 닦아놓은 조각상들의 경우에 광선은 좋지 않다.) 때문에 방해를 받지 않게 된다. 그림자가 더욱 진해져 조명된 부분이 더 밝게 드러난다. 가장 큰 장점은 말할 나위 없이, 불리한 장소에 세워진 작품들이 횃불 덕분에 원래의 권리를 되찾는 것이다. 예를 들어 벽의 오목한 부분에 있는 라오콘 군상은 횃불로만 제대로 볼 수가 있다. 라오콘 군상을 비추는 것은 직사광선이 아니라, 벨베데레의 정원에서 흘러나오는 반사광선이다. 그 정원은 작고 둥그런데, 주랑으로 에워싸여 있다. 아폴론 상, 그리고 일명 안티노우스(메르쿠리우스)의 경우도 마찬가지다. 나일강의 신이나 멜레아그로스를 보고 그 뛰어난 점을 평가하기 위해서는 횃불 조명이 더더욱 필요하다. 포키온 상은 고대 작품들 중 횃불 조명에서 가장 유리하다. 그 상은 불리한 자리에 세워졌기 때문에 보통 빛으로는 간단한 옷을 통해 비치는 놀랍도록 부드럽게 보이는 몸의 부분을 감지할 수 없다. 역시나 걸작인 비스듬히 누운 바쿠스 상은 두부(頭部)와 자태가 무척이나 아름답고, 트리톤 반신상도 마찬가지다. 그리고 무엇보다도 예술의 기적이라 할 수 있는, 아무리 칭찬해도 모자랄 지경인 그 유명한 토르소도 마찬가지다.

카피톨리니 박물관 유물들은 비오 클레멘티노 박물관의 기념물보다는 훨씬 덜 중요하지만, 그 가운데 몇 가지는 매우 의미 있는 작품들이다. 이 작품들의 가치를 잘 알기 위해서 횃불 조명으로 관찰하는 것이 좋다. 걸작인 피루스 상은 계단 위에 서 있는데 햇빛을 조금도 받지 못한다. 비너스로 추정되는 옷차림의 아름다운 반신상은 기둥 위쪽 작은 공간에 있어서 삼면에서 약하게만 빛을 받고 있다. 나신의 비너스 상은 로마에서 이 계통의 작품들 가운데 가장 아름답지만, 구석진 곳에 세워졌기 때문에 낮에는 제대로 볼 수가 없다. 이른바 아름다운 옷을 입은 유노 상은 창 사이 벽에 세워졌는데, 햇빛이 스쳐 지나가는 것이 고작이다. 그 유명한 아리아드네의 두 상은 횃불 조명이 아니고선 그 완벽한 미를 볼 수가 없다. 이런 식으로 이 박물관의 많은 작품들이 좋지 않은 위치에 놓여 있기 때문에, 그것들을 제대로 보고 진가를 알려면 횃불 조명이 필수적이다.

그러나 무작정 유행을 좇다 보면 잘못을 범하는 경우가 많은데, 횃불 조명도 마찬가지로, 이것이 무엇에 유용한지를 이해할 경우에만 장점이 된다. 위에서 몇 가지 사례를 언급했듯이, 낮에도 침침한 곳에 있는 기념물들을 보기 위해서는 필수적이다. 횃불 조명은 (횃불을 들고 있는 사람과 관람객이 어떤 점이 중요한가를 알고 있는 경우에) 작품들의 높낮이는 물론 부분들의 연결을 좀 더 또렷이 보여주므로, 황금기에 제작된 작품들을 감상하는 데는 유용할 것이다. 횃불은 작품의 전체를 더 잘 보여주고 작품의 섬세한 뉘앙스를 돋보이게 한다. 그와 반대로 고전기 작품들은 웅장한 작품이거나 고상한 작품을 막론하고 햇빛을 받는 자리에 놓여야만 진가를 발휘한다. 왜냐하면 당시의 예술가들은 빛과 그림자에 관해 아직 충분한 지식이 결여되어 있어서 작품을 제작할 때 명암의 요소를 고려할 수 없었기 때문이다. 후대에 제작된 작품일지라도 예술가들이 빛과 그림자를 소홀히 한 경우도 마찬가지다. 취향이 저속해져서 조각 작품에 명암을 제대로 유념하지 않고, 질량의 법칙도 잊어버릴 정도였다. 이런 유의 기념물에 있어서는 횃불 조명이 무슨 쓸모가 있겠는가?'[96]

지금이 히르트 씨[97]를 떠올릴 적절한 기회인 것 같다. 그

96) 하인리히 마이어의 글을 인용한 것이다.

는 여러 면에서 우리 모임에 유익하고 필요한 존재였다. 그는 1759년 퓌어스텐베르크령에서 태어났는데, 고대 작가들에 관한 연구를 마치고 로마로 가야겠다는 충동을 떨쳐버릴 수가 없었다. 그는 나보다 몇 년 일찍 로마에 도착해 온갖 종류의 건물 양식과 조형미술 작품을 매우 진지하게 공부했다. 그래서 지식욕이 왕성한 외국인들을 안내하면서 설명해 주는 데 적임자였다. 그는 나에게도 헌신적인 관심을 가지고 이런 좋은 일을 해주었다.

그의 주요 연구 분야는 건축 예술이었다. 고전적인 장소와 다른 많은 희귀한 작품들도 소홀히 하지 않았다. 예술에 대한 그의 이론적 견해는 논쟁과 파당을 좋아하는 로마에서 열띤 토론을 위한 계기를 많이 제공했다. 어딜 가나 항상 예술에 관한 대화가 끊이지 않는 이곳에서는 다양한 견해 차이 때문에 갑론을박이 성했고, 중요한 대상물이 가까이 있는지라 우리의 정신은 왕성하게 자극받고 고조되었다. 히르트의 원칙에 따르면, 그리스와 로마의 건축술 역시 가장 오래된, 극히 필수적이었던 목조건축에서 비롯되었다는 것이다. 그는 이 원칙을 근대의 건축술을 칭찬하거나 비난하는 데 근거를 삼았고, 그럴 때면 역사와 사례를 적절하게 이용했다. 다른 사람들은 그에 맞서 주장하기를, 다른 모든 분야에서처럼 건축술에 있어서도 고상한 취향의 아이디어가 작용하고, 건축가는 그 아이

97) 알로이스 루트비히 히르트(Aloys Ludwig Hirt, 1759~1837). 독일의 예술사학자이자 고대 그리스와 로마의 건축을 연구한 고고학자다.

디어를 절대로 포기하면 안 되며, 그가 닥친 여러 가지 문제를 어느 때는 이렇게 다른 때는 저렇게 해결할 줄 알아야 하고, 엄격한 원리원칙에서 약간은 벗어날 줄 알아야 한다고 했다.

아름다움에 관해서도 그는 다른 예술가들과 의견 충돌을 자주 겪었다. 그는 같은 근거로 특징적인 것을 주장했고, 그러자 모든 예술 작품에는 근본적으로 특징이 있는 것이 당연하다고 믿고 있는 사람들은 그의 의견에 동조했다. 그들은 작품을 제작하는 데는 미적 감각과 취향에 맞아야 하고, 그럼으로써 각각의 특성이 적절하고도 우아하게 표현되어야 한다는 의견이었다.

그러나 예술이란 작업에 의해 탄생되는 것이지, 말로 만들어지는 것이 아닌데도 사람들은 행동보다는 말을 훨씬 더 많이 한다는 점을 우리는 쉽사리 간과하곤 한다. 그런 식의 대화가 당시에 끊임없이 이어졌는데, 오늘날까지 그러한 현상은 여전하다.

예술가들의 상이한 의견 때문에 불쾌한 일이 많았고, 서로 간에 멀어진 경우마저 있었다. 이때 드물긴 하지만 재미있는 일이 생기기도 했다. 다음 이야기가 그런 일례가 되겠다. 예술가들이 어느 날 오후 바티칸을 방문하고 저녁 늦게 집으로 가게 되었다. 시가지를 통해 숙소로 가는 먼 길을 피해, 주랑 끝문을 나와 포도밭을 따라 테베레강에 도착했다. 길 가는 도중 그들은 논쟁을 벌였고, 계속 입씨름을 하면서 강변에 도착해, 배를 타고 강을 건너는 동안에도 열띤 토론을 계속했다. 리페타[98]에 도착했는데, 거기서 내려 헤어질 상황이었지만 서로가 아직 못다 한 말이 많이 남아 있었다. 그들은 헤어지지 말고 같이 배를 타고 다시 강을 오르락내리락하며 흔들거리는 배 안에서 자기들의 궤변에 숨통을 터주자고 합의를 보았다. 그러나 한 번 왕복하는 것으로는 충분치 못했다. 이왕에 불붙은 논쟁인지라, 그들은 뱃사공에게 계속해서 오르락내리락하라고 했다. 한 번 왕복할 때마다 1인당 1바조코[99]를 받는지라, 뱃사공은 이 일이 흐뭇했다. 그렇게 늦은 시각에 기대하지도 않은 큰 돈벌이였기 때문에 그는 군소리 없이 시키는 대로 했다. 뱃사공의 어린 아들이 이상하다는 듯이 물었다.

"저 사람들은 도대체 뭐 하는 거예요?"

사공이 아주 조용히 대답했다.

"나도 몰라. 어쨌든 정신 나간 사람들이란다."

대략 이쯤에 나는 집에서 온 소포를 받았는데, 다음과 같은 편지가 함께 들어 있었다.

선생님, 저는 당신의 독자들이 바보라는 사실에 그다지 놀라지 않습니다. 많은 사람들이 느끼는 것보다는 이야기하기를 더 좋아합니다. 그러나 그들은 불쌍한 사람들이고, 우리는 그런 사람들과 다르다는 사실에 대해 기뻐해야 합니다. 선생님, 그렇습니다. 제 인생 가운데 가장 탁월한 선택에 대해서, 그 결과로 이어지는 몇몇 선행의 근원에 대해서 선생님께 감

98) 테베레 강변 북쪽의 선착장이다.

99) 1스쿠도의 100분의 1이다.

사드립니다. 그리고 어쨌든 선생님의 책은 제게 소중합니다. 만일 제가 선생님의 나라에 사는 행운을 가졌더라면, 저는 쫓아가 당신을 얼싸안고, 제 비밀 이야기를 털어놓았을 것입니다. 그러나 불행하게도 저는 다른 나라에 살고 있고, 여기에는 제가 그렇게 행동하려는 이유를 믿을 사람이 없답니다. 그러니 선생님, 300마일이나 떨어진 곳에 사는 젊은 청년의 마음을 움직여, 다시 정직함과 미덕으로 이끌어주신 분이 바로 당신이었다는 사실로 만족하십시오. 한 집안이 안정되었고, 제 마음은 한 가지 선행에도 기뻐하고 있습니다. 제가 만일 재능, 학식, 직위를 가졌더라면, 그래서 인간의 운명에 영향을 끼칠 수 있다면, 그렇다면 당신에게 제 이름을 알려드릴 것입니다. 그러나 저는 대수롭지 않은 인간이고, 아무것도 되지 않으리라는 사실을 알고 있습니다. 선생님, 저는 당신이 항상 젊음을 유지하시기를, 집필을 즐겨하시길, 또 아직 베르테르 같은 사람을 한 번도 만난 적이 없는 로테 같은 여자의 남편이 되시기를 바랍니다. 당신은 사람들 가운데 가장 행복한 분이 될 것입니다. 왜냐하면 저는 당신이 미덕을 사랑하는 분이라는 것을 믿고 있기 때문입니다.[100)]

---

100) 원문은 프랑스어로 되어 있다.

12월

서신

1787년 12월 1일, 로마

적어도 이것만큼은 자네에게 단언한다. 나는 가장 중요한 문제점들을 분명하게 인식하고 있다. 인식이 무한정으로 확장될 수 있긴 하지만 유한한 것과 무한한 것에 관한 나의 생각은 확실하고 명료하며 또한 언어로 표현할 수 있는 것이다.

나는 여전히 아주 비상한 일들을 계획하고 있으며, 그래서 이를 실행에 옮길 추진력이 약화되지 않도록 나의 인식능력을 억제하고 있다. 왜냐하면 이곳에는 경탄할 것들이 많고, 우리가 그것을 포착하기만 하면 손바닥 들여다보듯이 쉽게 이해할 수 있어서다.

12월 7일, 로마

이번 주에는 글이 잘 안 써져서 그림 그리는 일을 했다. 어떤 시기인지를 잘 알아차리고 적절히 활용하는 것이 필요하다고 생각한다. 우리들의 가정 화실은 언제나처럼 잘되어 간다. 우리는 잠자는 늙은 앙간튀르[101]를 깨우려 하고 있다. 저녁마다 원근법을 배우고 있다. 이 기회에 나는 인체의 부분들을 더 능숙하고 정확히 스케치하는 법을 배우고 있다. 이것은 모두 기본적인 것들인데도 매우 어렵고, 막상 그림을 그리려면 상당한 손재주가 필요하다.

앙겔리카는 착하고 사랑스럽다. 나는 여러 가지 면에서 그녀의 신세를 지고 있다. 우리는 일요일이면 함께 지내고, 주중 저녁때에 한 번 만난다. 그녀는 엄청나게 많은 일을 매우 훌륭하게 해낸다. 어떻게 그럴 수 있는지 아무도 상상할 수 없을 정도다. 그런데도 그녀 자신은 한 것이 없다고 생각한다.

12월 8일, 로마

제 짧은 노래를 좋아해 주시니 얼마나 기쁜지 모르실 겁니다.[102] 당신 기분에 딱 맞는 노래를 쓴 것이 흐뭇합니다. 『에그몬트』도 그와 같이 당신 맘에 들기를 바랐건만, 별로 언급도 하지 않으신 걸 보니 좋기보다는 별로인가 봅니다. 아, 우리는 잘 알고 있습니다. 그렇게 큰 작품에 곡을 붙일 때 완벽하게 조율하기란 매우 어려우며, 근본적으로 예술가가 아닌 사람은

---

101) Agantyr. 북유럽 신화의 영웅으로, 마법의 검에 찔려 죽은 앙간튀르를 그의 딸 헤르보르가 되살려낸다.

102) 샤를로테 폰 슈타인 부인에게 쓴 편지로, 언급한 "짧은 노래"는 「빌라 벨라의 클라우디네」에 수록된 곡이다.

예술의 진정한 어려움이 무엇인지 이해할 수 없다는 사실을.

예술에는 우리가 보통 믿고 있는 긍정적 요소 외에 다른 것도 있습니다. 즉 교훈적 요소와 전승 가능성입니다. 그리고 정신적인(언제나 정신에 의해 파악되는) 효과를 내기 위한 기술적 요령들도 아주 많습니다. 이런 소소한 예술의 기교를 안다면, 기적처럼 보이는 많은 문제들이 유희임을 깨닫게 됩니다. 제 생각에는 숭고한 것이든 저속한 것이든 간에 이렇게나 많이 배울 수 있는 곳은 로마뿐입니다.

12월 15일, 로마

늦었지만 당신께 몇 자 씁니다.[103] 이번 주는 매우 만족스럽게 지냈습니다. 지난주엔 이 일도 저 일도 다 안 됐습니다. 월요일엔 화창했고, 날씨에 관한 제 식견에 따르면 당분간 좋은 일기가 계속 될 것 같아, 카이저와 둘째 프리츠와 함께 집을 나섰습니다. 화요일부터 오늘 저녁까지 이미 알고 있던 곳과 가보지 못했던 장소를 도보로 두루 여행했습니다.

화요일 저녁, 우리는 프라스카티에 도착했습니다. 수요일엔 가장 아름다운 별장들과 몬테 드라고네 별장에 있는 걸작 안티노우스를 구경했습니다. 목요일에는 프라스카티에서 로카디파파를 경유해 몬테카보산에 갔습니다. 이곳을 그린 풍경화를 언젠가 꼭 보여드리겠습니다. 말로 설명할 수 없기 때문입

103) 폰 슈타인 부인에게 쓴 편지로, 그녀의 아들인 프리츠 폰 슈타인이 괴테를 방문한 후의 보고다. 화가 프리츠 부리(172쪽 참조)와 구분하기 위해 "둘째 프리츠"라고 썼다.

니다. 거기서 알바노로 내려갔습니다. 금요일엔 몸이 편치 않던 카이저가 우리와 헤어졌고, 저는 둘째 프리츠와 아리치아, 겐차노로 올라가 네미 호수까지 갔다 알바노로 돌아왔습니다. 그리고 오늘 카스텔 간돌포와 마리노에 들렀다가 그곳에서 로마로 돌아왔습니다. 우리 여행에 아주 적격인 날씨였습니다. 1년 중 가장 좋은 날이었다고 할 수 있을 정도였습니다. 상록수 외에 몇 그루의 떡갈나무에는 아직도 잎이 남아 있었고, 어린 밤나무에도 노란 잎이 달려 있었습니다. 풍경의 색조들은 아름다움의 극치였고, 밤의 어둠 속에서 보이는 거대한 형체들이 감동적이었습니다! 제가 만끽한 큰 기쁨을 멀리에서나마 당신께 전해 드립니다. 마음이 흡족했고 몸도 건강했습니다.

12월 21일, 로마

내가 그림을 그리고 미술을 공부하는 것이 나의 문학적 능력에 저해가 되지는 않으며, 오히려 도움이 되고 있습니다. 글로 써야 할 것은 적지만, 그려야 할 것은 많기 때문입니다. 현재까지 내가 터득한 조형예술에 관한 개념만이라도 당신께 알려드릴 수 있다면 얼마나 좋을까요. 아직은 미술이 부차적이지만, 그것이 참되며 항상 정진을 의미하기에 나는 매우 행복합니다. 대가들의 생각과 철두철미함은 믿기 어려울 정도입니다. 내가 이탈리아에 도착했을 때 새로 태어난 기분이었다면, 지금은 새로운 교육을 받기 시작한 것 같습니다.

지금까지 보낸 그림들은 가벼운 습작일 뿐입니다. 당신이 좋아할 만한 이국적 요소가 잘 표현돼 있는 두루마리 하나를 투르나이젠 편에 보내겠습니다.

12월 25일, 로마

이번에는 예수가 번개와 천둥 속에서 태어나신 듯했다. 정각 자정에 날씨가 몹시 거칠었다.

더없이 위대한 예술품들의 광휘가 더 이상 내 눈을 멀게 하지 않는다. 나는 이제 두루 관찰하고, 상이한 점들을 진정으로 인식할 수 있다. 이 점에서 마이어라는 스위스인한테서 받은 도움은 말할 수 없을 정도다. 그는 조용한 성품으로 사람들과 어울리지 않은 채 열심히 작업한다. 그는 내게 먼저 세세한 부분과 각 형식의 특성을 관찰하는 안목을 갖게 해주었고, 내가 제대로 된 작업에 착수하도록 이끌어주었다. 그는 작은 것에도 만족하며 겸손하다. 근본적으로 보자면 그가 예술작품을 보고 즐기는 것이 많은 작품들을 소장한 사람들보다, 그리고 자기들이 도달하지 못할 모방 욕심 때문에 초조해 하는 다른 예술가들보다 더 크다. 그의 개념들은 더할 수 없이 명료하고, 그의 마음은 천사처럼 자비롭다. 그와 이야기할 때면 나는 항상 그 모든 것을 기록하고 싶어진다. 그 정도로 분명하고 옳은 말만 한다. 그의 말은 유일한 진리의 길을 설명해 준다. 그의 수업은 내게 아무도 줄 수 없었던 것을 주고 있기 때문에, 그와 헤어진다면 그를 대신할 사람이 없을 것이다. 그의 곁에서 시간을 갖고, 계속해서 스케치 수준을 높여볼 수 있으면 좋겠으나, 지금으로써는 차마 생각도 할 수 없다. 내가 독일에서 배우고 시도하고 생각했던 모든 것을 그의 지도와 비교한다면, 열매의 씨앗과 나무껍질에 불과하다. 이제 나는 예술품들을 감상할 때면 잔잔하지만 뚜렷한 행복감에 휩싸이는데, 이를 표현할 말이 없다. 나의 정신은 예술품들을 충분히 이해할 만큼 고양되었고, 그것들을 진정으로 평가할 수 있을 만큼 더욱더 향상되고 있다.

또다시 외국인들이 이곳에 와 있는데, 나는 가끔 그 사람들과 갤러리를 방문한다. 그들은 내 방에 들어온 말벌 같다. 밝은 유리창을 대기로 착각하고는 창문을 향해 날아가다가 부딪쳐 튕겨 나와서 벽에 붙어 윙윙거리는 말벌들 말이다.

나는 적들이 침묵하고 떠나는 상태가 되기를 바라지 않는다. 그리고 이제 나는 그 어느 때보다도 병적이고 편협한 것으로 평가될 이유가 없다. 그러니 사랑하는 친구여, 사고하고 행동하게. 그리고 그 최상의 것으로 나를 위해, 내 삶을 지탱할 수 있도록 영향을 끼쳐 주게. 그러지 않으면 아무에게도 도움이 되지 못한 채 파멸할 테니. 그렇다, 나는 올 한 해 도의적으로 상당히 무례했다. 세상 전체로부터 완전히 물러나 한동안 혼자 지냈다. 이제 내 주변에 다시 친밀한 그룹이 형성되었다. 모두 좋은 사람들이고 올바른 길을 가고 있는 이들이다. 그들이 나와 함께 지낼 수 있고, 나를 좋아하고, 내가 있음으로써 기쁨을 느낀다는 사실이, 그리고 또한 그들이 더욱 많이 생각하고 행동한다는 사실이, 옳은 길을 가고 있다는 징표다. 나는 각자의 길을 가는 데 있어 어슬렁거리거나 헤매는 사람들, 스스로를 심부름꾼이나 여행자로 여기려 드는 모든 사람에게 무정할 뿐만 아니라 인내심도 없다. 나는 농담과 비꼬기를 계속해 그들이 자기 인생을 바꾸거나 아니면 나와 헤어지게 만든다. 물론 오로지 선하고 강직한 사람들에 대해서만 이야기하려 한다. 설익은 사람, 삐딱한 사람은 사정없이 키질해서 가려내고 있다.

두 사람, 아니 세 사람이 이미 그들의 사고와 삶의 변화에 대해 내게 감사하고 있다. 그들은 평생 내게 감사할 것이다. 그곳, 즉 나의 존재가 작용하는 그 지점에서 내 천성이 건강한 전파력을 발휘하고 있음을 느낀다. 신발이 작으면 발이 아플 수밖에 없고, 장벽 앞에 나를 세워두면 나는 아무것도 볼 수가 없다.

보고

12월은 맑은 날씨가 상당히 오랫동안 지속되었다. 그래서 선량하고 유쾌한 우리는 기분 좋은 날들을 보내게 될 거라는 생각이 굳어졌다. 즉 다음과 같은 말을 하는 사람이 있었다.

"우리가 지금 막 로마에 도착했다고 상상해 봅시다. 시간이 없는 외국인으로서 가장 훌륭한 작품들만 재빨리 관람해야 한다고 생각합시다. 이런 마음으로, 우리가 이미 알고 있는 것이라도 우리의 정신과 감각 속에서 다시 새롭게 불러일으킬 수 있도록 순회관람을 시작해 봅시다."

이 생각은 곧 실행에 옮겨졌다. 몇 가지 상이한 의견이 충돌했지만 대부분 관철되었다. 이러한 기회에 발견하고 생각해 놓았던 많은 훌륭한 것 가운데 극히 일부분만 남게 되었다는 사실은 유감스럽다. 이 시기에 작성된 서신, 메모, 소묘, 그리고 초안이 거의 모두 없어져 버렸다. 그러나 여기에 몇 가지 짧게 언급하겠다.

로마의 아래쪽, 테베레강에서 멀지 않은 곳에 조금 큰 성당이 있다. '세 개의 샘'이라고 불리기도 하는데, 사람들의 이야기에 의하면 성 바오로가 참수당할 때 그가 흘린 피로 생겨난 샘에서 오늘날까지 물이 솟는다고 한다.

그 성당은 지대가 낮은 데다, 성당 내부에서 솟는 샘물 때문에 실내는 습기가 자욱했다. 장식도 별로 없고 찾는 사람도 거의 없었다. 가끔 미사가 거행되며, 비록 이끼는 끼었을지라도 깨끗이 보존하느라 신경을 쓰고 있다. 이 성당에서 꽤 볼만한 장식품은 예수와 사도들의 그림이다. 라파엘로의 그림 그대로 본당의 기둥에 차례대로 사람 크기로 그린 채색화들이다. 뛰어난 천재 라파엘로는 다른 그림에서는 신앙심이 돈독한 사도들을 통일된 복장을 하고 한곳에 모인 모습으로 묘사를 하는데, 여기서는 각 사도가 자신만의 특성을 지닌 개인으로 그려졌다. 마치 예수를 따르는 것이 아니라, 예수의 승천 후 혼자 독립해서 저마다의 성격에 맞는 삶을 영위하고 고난을 감내하는 듯하다.

먼 곳에서도 그 작품의 뛰어난 점들을 배울 수 있도록 재주 있는 마르칸토니오가 사본을 제작했다. 그것은 아직까지 남아 우리 기억을 새롭게 하고, 생각을 써두는 기회는 물론 동기를 마련해 주곤 했다. 내가 1791년 《메르쿠어》지에 발표한 글 중 일부를 여기에 소개한다.

스승의 말씀과 삶을 전적으로 따랐던, 그리고 대부분이 자신의 단순한 내적인 변화를 순교로 장식했던 그 고귀한 12사도들과 거룩한 스승을 격에 맞게 표현하는 과제를 라파엘로는 더할 수 없는 단일성, 다양성, 성실성과 풍부하기 짝이 없는 예술 지식을 총동원해서 해결했다. 이 그림들이 그가 남긴 가장 아름다운 기념물들에 속한다고 볼 수 있다.

그는 그들의 성격, 신분, 활동, 내적 변화 그리고 죽음에 관해서 우리에게 전해져 내려온 글이나 전통 행사를 매우 신중하게 이용하여, 일련의 인물들을 완성했다. 이들은 서로 비슷하지도 않고 서로 간에 내적인 관계도 가지고 있지 않다. 이 흥미 있는 작품에 독자들의 관심을 집중시키기 위해서 한 인물씩 주목해 보자.

베드로: 라파엘로는 야무지고 단단한 작은 체형의 그를 정면으로 묘사했다. 몇 명의 다른 사도의 그림처럼, 이 베드로 그림도 사지가 조금 크게 그려져서 인물이 약간 작게 보인다. 목은 짧고, 짧은 머리카락은 열세 인물들 가운데 가장 심한 곱슬머리다. 옷의 주름들이 신체의 중심부로 흐르고 있으며, 다른 그림처럼 얼굴이 완전 정면으로 그려져 있다. 자신의 내부에 깊숙이 빠져 있으며, 마치 무거운 짐을 지고 버티고 있는 기둥처럼 서 있다.

바오로: 서 있는 옆모습이다. 마치 앞으로 가려다가 뒤를 돌

아보는 듯하다. 외투를 벗어 팔에 걸쳤고 펼친 책을 들고 있다. 두 발은 앞으로 나아가는데 걸리는 것이 없이 자유롭다. 머리칼과 수염이 마치 불꽃처럼 나부낀다. 광신적인 영혼이 얼굴에 번득인다.

요한: 끝부분만 곱슬곱슬한 아름다운 긴 머리를 가진 고상한 청년이다. 종교의 징표들, 즉 성경과 성배를 지니고 있으며, 이것들을 보여줄 수 있다는 사실에 만족하고 있으며, 침착하다. 독수리가 날개를 펴면서 옷자락을 창공으로 끌어올리고, 이 때문에 예쁘게 잡힌 옷 주름들이 더할 수 없이 완벽한 위치로 흐르는데, 이야말로 훌륭한 예술적 기교다.

마태: 부유하고 유쾌하며 자신의 내부에서 평화롭게 쉬고 있는 남자다. 지나칠 정도로 느긋한 평안함과 안락함은 진지하고 수줍은 듯한 시선으로 균형을 이룬다. 몸 위로 잡힌 주름들과 돈주머니는 쾌적한 조화를 이루 말할 수 없이 잘 나타내고 있다.

도마: 간결하면서도 지극히 아름답고 표정이 풍부한 인물들 가운데 하나다. 그는 외투 속에 몸을 사리고 있는데, 외투의 주름들은 양쪽이 거의 대칭을 이루고 있다. 그러나 주름들은 아주 작은 선의 변화로 완전히 다르게 보인다. 이보다 더 말없이 조용하고 겸손한 상을 만들 수 없을 정도다. 약간 방향을 돌린 머리, 진지함, 슬픈 듯 보이는 시선, 정교한 입, 이 모든 것이 조용한 전체와 몹시 아름답게 조화를 이루고 있다. 머리카락만이 날리고 있어서 부드러운 외모 속에 감정이 동요되고 있음을 보여준다.

야고보: 온화하고, 옷으로 몸을 감싸고 지나가는 순례자의 모습이다.

빌립: 앞의 두 사람 사이에 빌립을 끼워 넣고, 세 사람의 옷 주름들을 관찰해 보자. 눈에 띄는 것은 이 인물의 옷주름들은 다른 두 사람에 비해 풍부하고 크고 넓다는 점이다. 그의 의상은 풍성하고 품위 있다. 그는 확신에 찬 모습으로 십자가를 꽉 잡고, 매우 예리한 시선으로 십자가를 올려다보고 있다. 모든 것은 내적인 위대성과 평안함 그리고 확신을 표현하고 있는 것 같다.

안드레: 십자가를 들고 있다기보다는 차라리 십자가를 안고서 애무하고 있는 듯하다. 외투의 단순한 주름들이 심사숙고 끝에 만들어졌다.

유다: 무릇 수도사들이 여행할 때 하듯이 이 청년도 보행에 지장이 되지 않도록 기다란 덧옷을 높이 추켜올리고 있다. 간단한 이 동작으로 몹시 아름다운 옷 주름이 생긴다. 그는 순교자의 죽음을 상징하는 창을 방랑객의 지팡이처럼 손에 들고 있다.

다대오: 매우 잘 구상해서 표현한 여러 형태의 옷 주름들과 간편한 옷을 입은 활기찬 노인이다. 그는 창에 몸을 기대고 있는데, 외투가 뒤쪽으로 흘러내리고 있다.

시몬: 측면보다는 오히려 뒤쪽에서 보고 그린 이 인물의 의상과 외투의 주름들은 다른 인물들과 비교해 가장 아름다운 것에 속한다. 그의 자세, 표정, 머리 스타일이 조화를 이루고 있어서 감탄스럽다.

바돌로매: 외투를 아무렇게나 걸치고 있는데 대단한 기교로 마치 기교를 부리지 않은 듯이 그렸다. 그의 자세, 머리칼과 그가 단도를 움켜쥐고 있는 모양이, 마치 그가 그런 수술을 감내하기보다는 차라리 누군가의 살갗을 벗기겠다는 인상을 준다.

마지막으로 신의 아들로서 예수는 아마도 이 그림에서 기적을 일으키는 인물을 보고자 하는 사람들을 만족시켜 주지 못할 것이다. 그는 그저 조용히 걸어 나와 백성을 축복하고 있다. 아래서 위로 입혀진 덧옷은 예쁜 주름이 잡혀 있고, 그 사이로 무릎이 보이는데, 이것이 몸 움직임에 반대되기 때문에, 한순간도 그대로 있지 못하고 곧 아래로 흘러 떨어질 것이라고 누구나 생각할 것이다. 그리고 그 생각은 옳다. 라파엘로는 이 인물이 오른손으로 덧옷 자락을 들어 올려 붙잡고 있다가, 축복을 내리려고 팔을 들어 올리는 순간에 옷자락을 놓아 그것이 떨어져내리는 순간을 가정했을 것이다. 남아 있는 옷 주름 상태를 보임으로써 방금 일어난 동작을 암시하는 데 적합한 미술적 기교의 한 예가 될 것이다.

이 아담한 성당에서 얼마 떨어지지 않은 곳에 기념물이 있는데, 위대한 사도에게 헌정된 성당이다. '성 밖의 성 바오로'라고 하는 성당으로, 뛰어난 고대 유물들을 가지고 웅장하고도 예술적인 기념물을 만들었다. 이 성당에 들어서면 숭고한 인상을 받게 된다. 죽 늘어선 몹시 우람한 기둥들은 벽화가 있는 높은 벽들을 떠받치고 있다. 이 벽에서 이어지는 천장은 엮어 짜는 건축 방식이어서, 요즈음 찬란한 것만 보아온 우리 눈에 마치 헛간을 보는 듯한 인상을 준다. 그러나 축제일에 대들보가 태피스트리로 덮이면 이곳의 내부 전체가 굉장하게 보일 것이 틀림없다. 거대하고, 기가 막히게 장식된 기둥머리 건축물들 가운데 아직 남아 있는 훌륭한 유물들이 이곳에 잘 보관되어 있다. 이들은 지금은 거의 없어진, 이곳에서 가까운 곳에 위치한 카라칼라 궁전의 폐허에서 옮겨 와 구해 낸 것들이다.

그다음은 경마장이다. 아직도 그때의 황제 이름으로 불리고 있는데 대부분이 붕괴되었지만 어마하게 거대한 장소였으리라고 상상할 수 있다. 만일 사생하는 사람이 경주 시발점의 왼편에 선다면, 오른쪽으로 붕괴된 관람석 너머 높은 곳에 체칠리아 메텔라의 묘와 새로 형성된 주위 환경을 보게 되리라. 여기서부터 옛날 관람석의 선이 무한하게 뻗어 나가고, 먼 곳에 유명한 별장들과 정자들이 보인다. 시선을 다시 거두어들이면, 바로 앞에 스피나[104]의 폐허를 아직도 볼 수 있을 것이다. 건축가적인 상상력을 타고난 사람이라면 당시의 오만방자함을 어느 정도 상상할 수 있다. 현재 우리 눈앞에 놓인 폐허의 잔재는, 만일 재능 있고 지식을 활용할 줄 아는 예술가가 그림으로 그린다면, 어떤 경우라도 보기 좋은 작품이 될 것이다. 물론 화폭의 길이는 높이의 두 배가 되어야 할 것이다.

---

104) 원형경기장에서 경주가 이루어지는 트랙의 안쪽 공간을 말한다. 화려한 기둥, 조각상, 오벨리스크 등의 장식물이 설치되었다.

케스티우스의 피라미드가 이번에는 바깥쪽에서 보였고, 안토니우스 또는 카라칼라 목욕탕의 폐허도 피라네시[105]가 그토록 효과적으로 그린 풍경이었으나, 막상 그림에 익숙한 눈으로 보니 별로 만족할 수 없었다. 그러나 이 기회에 헤르만 판 스바네벨트[106]를 상기해 보자. 그는 섬세하고 매우 순수한 예술 감각과 자연에 대한 감정을 가지고, 이러한 과거 묘사를 바늘을 써서 동판화로 생동감 있게 표현했다. 그래서 생생한 현재의 전달자로써 과거를 몹시 아름답게 변형시킬 수 있었다. 몬토리오의 산피에트로 성당 앞 광장에서 우리는 아쿠아 파올라 분수의 물결을 보았다. 분수는 개선문의 크고 작은 문을 관통해, 다섯 개의 물줄기로 드넓은 수반에 떨어져 찰랑찰랑 차 있다. 교황 바오로 5세가 복구한 이 수도는 25마일이나 길을 따라 흘러가는데, 브라차노 호수 뒤편에서 시작하여 높고 낮은 언덕길을 지그재그로 아름답게 흐르면서 여러 곳의 물방앗간과 공장들에 필요한 물을 공급해 준 다음 트라스테베레[107]까지 흐른다.

여기서 건축 예술의 애호가들은 물줄기가 개선장군처럼 당당하게 흐르도록 보이게 고안한 멋진 아이디어를 칭송했다. 늘어선 기둥들, 아치들, 아치와 기둥의 장식들을 보면, 옛날에

---

105) 조반니 바티스타 피라네시(Giovanni Battista Piranesi, 1720~1778). 베네치아 태생의 신고전주의 건축가, 고고학자다.

106) Herman van Swanevelt, 1603~1655. 네덜란드 위트레흐트 출신의 풍경화가이자 판화가다.

107) 로마의 테베레강 좌안, 오래된 서민지구다.

전쟁 승리자들이 들어오던 그 화려한 문이 생각날 것이다. 바로 이곳에 가장 평화로운 양육자인 물이 똑같은 힘과 위력을 가지고 들어와, 먼 길을 흘러온 노고에 대해서 감사와 찬탄을 받는다. 비문(碑文)들 역시 보르게세 가문 출신의 교황이 행사했던 절대 권력과 자선사업이 영원히 중단되지 않는 힘찬 행진을 계속하고 있다고 전하고 있다.

얼마 전에 노르웨이에서 도착한 어떤 사람이 여기에 천연석들을 쌓아서 물이 자연스럽게 흐르게 하면 어땠을까 하는 의견을 내놓았다. 사람들이 그에게 대답하길, 이 물은 천연수가 아니라 인공 수도이기 때문에, 물이 흘러드는 장소도 인공적인 방법으로 장식하는 것이 타당하다고 했다.

이러한 문제에 사람들이 의견 일치를 보지 못한 것과 마찬가지로, 그리스도의 '변용'을 주제로 한 훌륭한 그림[108]에 관해서도 의견이 분분했다. 우리는 얼마 후 그 그림을 인근에 위치한 예배당에서 볼 수 있었다. 이곳에서야말로 말이 많았다. 과묵한 사람들은 그림 속 이야기가 중의적이라는 해묵은 비판이 되풀이되는 것을 보고 짜증을 냈다. 그러나 이는 유통가치가 없어진 동전이 아직도 일종의 어음 가치는 가지고 있듯이, 여느 세상사와 다를 바 없는 것이다. 특히 단시간 내에 상업 거래를 끝내고, 심사숙고하지 않고도 어느 만큼의 손해 차액을 메우려고 할 경우에 말이다. 오히려 놀라운 것은 이렇게 거대한 단일성을 추구했던 아이디어를 두고 시시콜콜 비

108) 라파엘로의 그림을 말한다.

난하는 사람들이 있다는 사실이다. 주님이 계시지 않아 절망한 부모가 귀신 들린 아들을 사도들에게 보이고 있다. 사도들은 귀신을 쫓아내는 시도를 이미 해본 듯하다. 심지어는 책을 펼쳐 이 몹쓸 병을 쫓는 주문이 전해 내려온 기록이 있는지도 찾아본다. 그러나 모두가 허사다. 바로 이 순간 유일한 강자, 예수가 나타난다. 그는 신격화되어 있고 그의 위대한 선조들에게 인정받고 있는데, 사람들은 치유의 유일한 원천인 이 광경을 다급히 가리키며 올려다보고 있다. 여기서 윗부분과 아랫부분을 어떻게 가를 것인가? 두 부분은 하나다. 아래쪽에는 괴로워하며 도움이 필요한 존재가, 위쪽엔 효험이 있고 자비로운 존재가 그려져 있으며 이 두 가지가 서로 연관을 맺고 쌍방이 상호 작용을 하고 있다. 이 의미를 다른 방식으로 말해 보자. 사실성에 대한 어떤 이상적인 관계를 이 의미에서 분리할 수 있을까?

공감하는 사람들은 이번에도 그들의 확신을 공고히 했다. 그들은 서로에게 말했다. "라파엘로는 뛰어난 사람이었으며, 우리가 바로 이 그림을 보고 인정할 수밖에 없는 천부의 재능을 지닌 남자였다. 그런데 과연 그가 인생의 전성기에 잘못 생각하고, 잘못된 결정을 내렸을까? 아니다! 그는 자연처럼 언제나 옳았고, 특히 우리가 잘 이해하지 못하는 자연을 그는 철저하게 이해하고 있었다."

무리지어 로마를 둘러보기로 한 우리의 약속은 계획대로 실행할 수 없었다. 우연한 일이 생겨 빠지는 사람이 있는가 하면, 이런저런 명소를 관광하는데 같은 길이어서 우리 일행에 끼게 되는 사람도 있었다. 그런 중에도 핵심 구성원은 헤어지지 않고, 어느 땐 다른 사람을 받아들이거나 제외시키거나 뒤처져 남거나 급히 앞장을 섰다. 가끔 기상천외한 말을 듣기도 했다. 일종의 경험적 판단이었는데, 이는 얼마 전부터 영국과 프랑스 여행자들한테서 유래한 것이었다. 사람들은 순간적이고 즉흥적으로 판단한 바를 말한다. 모든 예술가가 여러 가지 면에서 제약받고 있다는 데 대해서는 전혀 생각하지 않고 말이다. 제약받는 조건의 예를 들자면 자신의 재능, 선배와 스승, 시간과 장소, 후원자와 주문자 등일 것이다. 순수하게 작품을 존중하고자 할 때 절대적으로 필요불가결한 이런 측면들 가운데 어느 것 하나도 고려되지 않고, 칭찬과 비난, 긍정과 부정을 혼합한 기괴망측한 잡탕이 생겨난다. 그로 인해 문제시되는 대상의 모든 독특한 가치가 완전히 무효화되어 버리는 것이다.

우리의 친애하는 폴크만은 보통 때는 매우 자상하고 안내자로서 매우 적절한 사람이었는데, 어떤 판단을 내릴 때는 전적으로 위에 언급한 외국인들과 비슷했다. 그 때문에 그 자신의 평가가 아주 이상하게 표출되었다. 예를 들어서 마리아 델라 파체 성당[109]에서 한 다음과 같은 말처럼 웃기는 이야기가 또 있을까?

109) 교황 식스토 4세가 건립해 1480년에 완공한 후, 1656~1667년 교황 알렉산데르 7세가 증축했다.

"첫 번째 채플 위에 라파엘로가 몇 명의 무녀를 그렸는데, 보기에 괴로울 정도다. 소묘는 잘되었지만 구성이 약하다. 이유는 불편한 장소를 선정했기 때문이라고 추측한다. 두 번째 채플은 미켈란젤로의 그림에 따라 아라베스크로 장식되었는데, 매우 높이 평가된다. 그러나 간결성이 몹시 결여되어 있다. 원형 지붕에는 세 개의 그림을 볼 수 있다. 첫 번째 그림은 카를로 마라타가 '성모의 방문'을 묘사했는데, 차가운 색이지만 구도가 좋다. 다른 그림은 반니 기사의 「성모의 해산」인데, 피에트로 다 코르토나의 그림과 흡사하다. 세 번째 그림은 마리아 모란디가 그린 「성모의 죽음」으로, 구도가 좀 혼란해서 조잡하다. 합창대석 위쪽 궁륭에 알바니가 「성모승천」을 흐린 색으로 그렸는데, 원형지붕 아래쪽 기둥들에 그린 그림이 더 권할 만하다. 이 성당에 속하는 수도원의 안마당은 브라만테가 설계했다."[110]

이와 같이 불충분하고 줏대 없는 판단은 그런 책을 안내서로 선택한 관람자를 완전히 혼란에 빠뜨린다. 완전히 잘못된 점들이 많다. 예를 들어서 무녀에 관한 이야기가 그렇다. 라파엘로는 건축물이 제공하는 공간에 구애된 적이 한 번도 없었다. 오히려 그가 빌라 파르네시나에서 명백히 보여주었듯이, 자신의 천재적인 위대함과 우아함 덕분에 어떤 장소라도 완전히 섬세하게 메우고, 장식하는 방법을 잘 알고 있었던 것이다.

---

110) 괴테가 인용한 폴크만의 말에는 명칭과 내용의 오류가 많아, 성당의 어떤 부분을 두고 한 말인지 알기 어렵다.

「볼세나의 미사」「성 베드로의 해방」「파르나소스」 같은 훌륭한 그림들[111]은 장소의 제약을 받지 않았더라면, 그토록 뛰어난 아이디어가 나오지 않았을 것이다. 무녀들 또한 구도가 모든 것을 좌우하듯, 은은한 대칭이 더할 수 없이 천재적인 방식으로 표현되어 있다. 자연의 유기체와 마찬가지로, 예술에 있어서도 엄격한 제약에서 생명의 표현이 완벽하게 나타난다.

예술 작품을 받아들이는 방식은 어쨌든 각자 개인에 따라 완전히 다를 수 있으리라. 이번 순회관람을 하는 동안 최상의 의미에서 고전적인 토대 위의 현재라고 부를 수 있는 그 어떤 것에 대한 느낌, 개념, 그리고 시각이 나에게 뚜렷해졌다. 나는 이 현상을 감각적이고 정신적인 확신이라고 칭하겠다. 이곳에 위대함이 있었고, 현재에도 미래에도 존재하리라는 확신이다. 가장 위대한 것, 가장 훌륭한 것이 덧없이 흘러가 버린다는 것은 시간의 법칙이고, 상호 간에 절대적으로 영향을 끼치는 도덕적 물리적 요소들의 특성이기도 하다. 우리는 매우 폭넓게 관람을 하는 중, 파괴된 것을 지나갈 때도 서글프지 않았다. 오히려 아직도 그렇게 많이 남아 있다는 사실, 그리고 그토록 많이 복구되어 옛날보다 더욱 현란하고 돋보인다는 사실에 기뻐했다.

산피에트로 대성당은 확실히 크게, 어떤 고대 신전들보다

---

111) 「볼세나의 미사」와 「성 베드로의 해방」은 바티칸 사도의 궁전 '엘리오도로의 방' 출입문 주위 반원 벽에, 「파르나소스」는 '서명의 방' 창문 위쪽 반원 벽에 그려진 벽화다.

더 웅장하고 대담하게 설계되고 건축되었을 것이다. 우리 눈에 보이는 것은, 2000년이라는 세월이 파괴할 수 있는 그 사실뿐 아니라, 동시에 다시금 복구할 수 있는 축적된 지식이었다.

예술적 취향의 변동 그 자체, 단순한 위대성의 추구, 복잡한 세부로의 복귀, 이 모든 것은 삶과 움직임을 의미한다. 예술사와 인류사가 동시성을 가지고 내 눈앞에 펼쳐져 있었다.

위대한 것은 덧없이 사라져버린다는 생각이 우리를 엄습하더라도 낙담해서는 안 된다. 오히려 덧없이 사라진 것이 훌륭했다고 우리가 인식할 때, 다음과 같은 사실에 용기를 얻어야 한다. 우리 자신이 의미 있는 일을 하고 있다는 것, 설령 언젠가 파괴되어 쓰레기가 된다 할지라도 이제부터 후손들에게 고귀한 작업을 하게끔 동기를 부여한다는 사실을 말이다. 우리의 선조들을 보면 이런 인식이 결여된 적이 절대로 없었다.

이렇듯 배울 점이 많고 정신을 고양시키는 예술을 관람하는 도중에도 마음 아픈 감정이 어딜 가나 나를 놓아주지 않았다. 이 감정 때문에 방해를 받거나 생각이 중지되었다고 할 수는 없지만, 예컨대 예전의 착한 밀라노 처녀의 신랑 될 사람이, 나로서는 이유를 알 수 없지만 어쨌든, 자신의 청혼을 취소하고 그가 한 약속을 무효로 만들었다는 사실을 전해 듣게 되었다. 마음이 끌리는 대로 행동하지 않고, 곧 이 사랑스러운 소녀를 멀리했던 것이 한편으로는 다행스러웠다. 지난여름 피서객이었다는 핑계를 대어 그녀에 관해 상세하게 알아본 후에도, 조금도 그녀와 가까워질 생각은 없었다. 하지만 지금까지 그토록 쾌활하고 친절하게 마음에 간직해 온 그녀의 얌전한 모습이 이제 우울하고 낭패한 모습으로 변하자 나는 몹시 언짢았다. 이 사랑스러운 소녀는 그 사건 때문에 충격을 받고 절망한 나머지 굉장한 고열에 시달리며 생명이 위급한 지경이라고 했다. 난 처음에는 하루에 두 번씩 그녀의 소식을 물었고, 지금은 매일 안부를 묻고 있다. 그 어떤 불가능한 것을 상상해 보려고 안간힘을 썼다. 예의 그 명랑하고, 개방적이고, 유쾌한 날에 보았던 인상, 구김살 없이 조용히 앞을 향해 가는 그런 소녀의 인상이었는데, 이젠 눈물 자국이 나고, 병으로 일그러졌으며, 그렇게 싱싱했던 젊음이 안팎의 고통을 겪으며 그리도 빨리 창백해지고 연약해졌다고 상상하니 마음이 아팠다.

그런 분위기에서 정반대의 커다란 힘이 절실하게 요구되었다. 그것은 가장 중요한 일의 연속으로서, 부분적으론 존재를 꿰뚫어 볼 수 있는 눈이고 또 부분적으론 절대로 사라지지 않는 존엄성을 상상해 보는 능력이다. 그것의 대부분을 내적인 서글픔을 가지고 바라보는 일보다 더 자연스러운 일은 없었다. 옛날의 기념물들이 수백 년 후에는 대부분 형체 없는 무더기로 붕괴되었으니, 아직 건재한 비교적 새롭고 호화로운 건물을 볼 때, 시간이 지남에 따라 여러 가문이 마찬가지로 붕괴되리라는 것은 애석했다. 그렇다. 아직 새롭게 보이는 멀쩡한 건물조차 알 수 없는 벌레에게 침식당해 병든 것처럼 보인다. 근본적으로 물리적인 힘이 없는 속세의 사물이 오로지 도덕적이고 종교적인 지원만을 받고서 어떻게 우리 시대에서나마 견디어낼 수 있을까? 밝은 마음으로는 폐허도 다시 재생시킬 수 있고, 싱싱하고 영원한 식물, 무너진 성벽, 그리고 부서져 흩어진 돌 조각에까지 다시 생명력을 불어넣을 수 있다. 그러나 슬픈 마음은 생생히 살아 있는 것을 보아도, 그것의 가장 아름다운 장식 부분을 못 보고 지나쳐버리기 때문에, 마치 앙상한 해골바가지를 보는 것 같은 생각이 들게 한다.

겨울이 오기 전에 마음 맞는 사람들끼리 함께 산골로 여행하자는 제안에 나는 한동안 결정을 내릴 수가 없었다. 그녀의 병이 호전되었다는 것을 확인한 다음, 그녀가 완전히 회복되었다는 소식이 내가 가는 곳에 전달되도록 조심스럽게 조처를 했다. 그곳은 내가 쾌활하고 사랑스러운 그녀를 기가 막히게 아름다운 가을날에 처음 만나 알게 된 곳이었다.

『에그몬트』에 관한 편지들이 바이마르에서 벌써 도착하기 시작했는데, 이런저런 감상평들이 쓰여 있었다. 여기서 다시 한 번 오래된 비평이 등장했다. 즉 중류층의 편안함에 빠진 비문학적인 예술 애호가들은 주로 작가가 문제를 해결하려고 미화하거나 은폐한 부분에서 반발하곤 한다. 안락함에 익숙해진 독자는 모든 것이 자연스러운 경로로 진행되기를 원한다. 그러나 범상하지 않은 것도 자연스러울 수 있는데, 자신의 관점만을 고집하는 사람에게는 그렇게 생각되지 않는다. 이런 내용의 편지 한 통이 도착해서, 나는 그 편지를 가지고 빌라 보르게세로 갔다. 『에그몬트』 중 몇 장면이 너무나 길다는 내용이었다. 나는 곰곰이 생각해 봤으나, 지금도 마찬가지지만,

매우 중요한 주제가 전개되는 장면이었기 때문에 줄일 수가 없었다. 반면에 여자 친구들이 가장 많이 비난한 것은 에그몬트가 자신의 클레르헨을 페르디난트에게 부탁하는 간결한 유언장인 듯했다.

당시 내가 쓴 답장 가운데 일부분이 나의 생각과 상황을 매우 선명하게 설명해 주고 있다.

내가 여러분의 희망사항을 충족시키고 에그몬트의 유언장을 세부적으로 수정할 수 있다면 얼마나 좋겠는가! 날씨 좋은 어느 날 오전 나는 여러분의 편지를 가지고 빌라 보르게세로 서둘러 갔다. 거기서 2시간 동안 작품의 진행, 성격, 연관관계에 대해 생각을 거듭했으나 줄일 만한 곳이 없었다. 나의 생각들, 그리고 나의 신중한 검토를 여러분에게 정말로 알리고 싶다. 그러나 그것은 책 한 권 분량은 될 테고, 나의 작품에 관한 학위논문이 될 것이다. 일요일에 앙겔리카에게 가서 이 문제를 꺼내놓았다. 그녀는 작품을 연구했기에 아직도 사본을 가지고 있다. 그녀가 얼마나 여성적으로 부드럽게 그 모든 것을 분석하고 다음과 같은 의견을 이야기했는지, 여러분도 같이 들었더라면 좋았을 텐데. 여러분이 주인공의 입을 통해서 듣기를 바라는 바는 그가 환영을 보면 장면에 암시되어 있다는 의견이었다. 앙겔리카의 생각은 이렇다. 환영은 잠자고 있는 그의 마음속에 일어나는 상상이며, 그가 그녀를 얼마나 지극히 사랑하고 존경하는지를 말로 할 수가 없기 때문에 꿈으로밖에 표현하지 못하는 것이다. 즉 그 꿈에선 사랑스러운 여성이 단지 위치만 그보다 위에 있는 것이 아니라, 보다 높은 단계로 고양되어 있으므로 그것은 말보다 훨씬 강한 표현이다. 뿐만 아니라 앙겔리카는 에그몬트가 평생을 깨어 있으면서 꿈꾸고, 삶과 사랑을 무한히 존중하고, 그것을 향유함으로써 더욱더 가치 있게 만드는 것이 맘에 꼭 든다고 한다. 마지막에 꿈꾸면서 깨어 있는 상태가 바로 그의 삶이고, 그는 차분하게 우리에게 이렇게 말하는 것이다. 자신이 사모하는 여성은 그의 마음속 깊이 살아 있으며, 그의 마음속에서 그녀의 위치는 형언할 수 없이 높고도 숭고하다고. 이 밖에도 더 많은 이야기가 있었다. 페르디난트 장면에서 클레르헨의 역할은 부수적일 수밖에 없는데, 그 이유는 이 젊은 친구와의 이별을 소홀히 취급하지 않으려는 의도였고, 그게 아니더라도 그 순간에 이 친구가 뭔가를 듣거나 인식할 수는 없다.

어원학자로서의 모리츠

오래전에 어떤 현명한 사람이 진리를 말했다. "필요한 일과 유용한 일을 할 만큼 기운이 충분치 않은 사람은 불필요한 일과 쓸모없는 일을 자진해서 하느라고 분주하다!" 어쩌면 아래에 전개될 이야기 가운데 많은 부분을 이런 식으로 판단할 수 있을 것이다.

우리의 청년 모리츠는 이제 지고한 예술과 지극히 아름다운 자연에 휩싸여 지낸다. 그가 인간의 내면성, 자질, 그리고 발전에 관해 끊임없이 성찰하고 또 사고하는 것을 말릴 사람이 없었다. 이러한 이유로 그는 무엇보다도 일반성에 관한 연구에 전념했다.

당시에는 헤르더의 『언어의 기원에 관하여』[112]라는 저술의 영향으로, 그리고 일반적인 사고방식에 따르면 다음과 같은 생각이 지배적이었다. 인류는 인간의 선조 한 쌍이 높은 동방에서 내려와 지구 전체로 퍼진 것이 아니라, 어떤 특정한 기간에, 즉 지구가 기이하리만큼 생산적이었던 시기에, 자연이 많은 종류의 동물들을 단계적으로 생산하려고 한 이후에, 입지조건이 좋은 이곳저곳에서 어느 정도 완성된 모습으로 출현했다는 것이다. 인간에게는 선천적으로 인체와 정신 능력에 관련하여 언어가 부여되었다. 언어의 근원은 초자연적인 것도 아니고, 전승될 필요는 더더욱 없었다. 이런 의미에서 하나의 일반적인 언어가 있었고, 정착하기 시작한 개개의 종족들은 이 일반 언어를 여러 종류로 다르게 사용하기 시작했다. 그렇기 때문에 모든 언어가 서로 유사성을 가지고 있는데, 이는 인간의 창조력과 인간의 유기체를 형성하는 그 어떤 창조적인 생각과 일치한다. 이런 까닭으로, 한편으로는 내적인 근원적 본능에 의해서, 부분적으로는 외적인 필요에 의해서 감정과 생각을 표현하는 데 있어 극히 제한된 수의 자음과 모음이 올바르게, 혹은 그르게 사용되었다. 서로 다른 여러 정착 인종들이 경우에 따라 합쳐지고 분리되는 과정을 겪으면서 어떤 언어는 개선되고 또 다른 언어는 악화되는 현상은 지극히 자

---

112) 1769년 베를린 학술원이 제시한 '언어의 기원'을 주제로 한 논문 공모에서 헤르더가 1등상을 수상, 1772년에 책으로 출판되었다.

연스럽고 필요불가결한 것이었다. 어간에 해당하는 것이 파생어에도 적용되므로, 이에 따라서 각각의 개념과 생각의 내용들이 표현되었고 차츰 그 의미가 정착되었다는 것은 훌륭한 일인데도, 아직 연구되지 않아서 결정적 정확성이 결여된 채로 방치되어 있다.

이 문제와 관련하여 내가 비교적 자세히 기록해 놓은 것을 다른 글들 중에서 찾았다.

모리츠가 질펀한 게으름, 의욕 상실과 자신에 대한 좌절감에서 벗어나, 활동적인 것에 전념하게 된 것은 좋은 일이다. 덕분에 쓸데없는 것을 골똘히 생각하는 일이 진정한 토대를 구축했고, 그의 공상은 목적과 의미를 찾게 되었다. 이제 그는 하나의 이념에 몰두하고 있다. 나 역시 거기에 빠져들었고, 이러한 이념 때문에 우리는 매우 즐거웠다. 이 이념을 전달하기는 어렵다. 왜냐하면 다른 사람에게는 당장에 미친 소리로 들리기 때문이다. 그러나 나는 시도해 보겠다.

그는 '이성적이고 감성적인 알파벳'을 고안해 냈다. 그의 주장에 의하면, 글자는 자의적으로 만들어진 것이 아니라 인간이 타고난 것이며 어떤 특정한 내적 영역에, 즉 말하고 표현하는 감각 영역에 속한다. 그렇기 때문에 언어들은 이 알파벳으로 평가를 할 수가 있으며, 모든 민족은 그들의 내적인 감각에 맞게 자신을 표현하려고 했다. 그러나 모든 언어는 자의와 우연으로 인해 옳은 길에서 벗어났다. 이런 연유에서 우리는 언어에서 가장 잘 맞아떨어지는 단어들을 찾는데, 때에 따라 이런저런 단어를 고르게 된다. 그런 다음 우리는 그 단어들이 적당하다고 생각될 때까지 변화시키고 새로운 단어를 만들어 낸다. 그리고 우리가 이런 아이디어를 시험해 보기 위해 사람 이름들을 만들고 일정한 명칭이 이 사람 것인지 저 사람 것인지를 검토해 볼 수도 있다고 그는 주장했다.

이미 많은 사람들이 이런 어원학적 유희에 몰두했다. 우리도 이 같은 재미있는 방법을 많이 알고 있다. 우리는 만나자마자 마치 장기를 두듯이 수백 가지의 조합을 시도한다. 만일 누가 우연히 우리 말을 엿듣는다면 우리를 미친 사람으로 여길 것이다. 나 역시 이 이야기를 정말 친한 친구들에게만 하겠다. 그만하자. 이것은 세상에서 가장 기지가 풍부한 유희이며 언어 감각을 믿을 수 없을 정도로 훈련시킨다.

익살스러운 성자 필리포 네리

필리포 네리는 1515년 피렌체에서 태어났고, 유년 시절부터 신체가 건장하고 순종적이며 예의 바른 소년으로 자랐다. 그의 초상화는 다행스럽게도 피단차의 『초상화 전집』 5장 31쪽에 수록되어 있다. 네리는 누구보다도 유능하고 건강하며 올곧은 소년이었다. 그는 좋은 집안의 후손으로서, 그 시대에 적합하고 가치 있고 훌륭한 지식을 교육받았다. 자신의 지식을 완성하기 위해 그는 마침내 로마로 유학을 가게 되는데, 그때가 몇 살이었는지는 알려지지 않았다. 이곳에서 그는 완벽한 청년으로 성장한다. 그의 수려한 용모, 숱 많은 곱슬머리가 눈길을 끈다. 그는 사람의 마음을 끄는가 하면 동시에 거부하기도 하고, 어디에서나 우아함과 품위를 잃지 않는다.

극히 비극적이었던 시기, 즉 이 도시가 잔인하게 약탈[113]당한 지 몇 년 후, 그는 많은 귀족들의 선례와 행적대로 신앙심을 단련하는 데 전념한다. 그의 열광적인 신앙심은 싱싱한 젊음의 힘으로 고조된다. 성당, 그 가운데 중요한 일곱 개의 성당을 열심히 다니고, 필요한 도움을 주십사 열렬히 기도하고, 고해성사도 빠지지 않으며 영성체를 즐기고, 정신적인 성숙을 갈구하고 기원한다.

언젠가 그러한 열광적인 순간에 그는 제단 앞 계단에 제 몸을 던졌다가 갈비뼈가 몇 대 부러진다. 이것이 완치되지 않아 평생 동안 심계항진을 앓게 되고, 이 때문에 그의 감정이 고조되기도 한다.

네리를 중심으로 청년들이 모여들어 도덕과 신앙을 행동으로 실천한다. 그들은 가난한 사람들을 돌보고, 병든 사람들을 간호하는 일을 쉬지 않는다. 그들은 학업은 뒷전으로 제쳐두었다. 아마도 집에서 보낸 보조금도 자선 활동 목적에 희사했을 것이다. 아무튼 그들은 나누어주고 도와주되, 대가를 받지 않았다. 오히려 나중에는 가족들의 도움을 완전히 거절한다. 그래서 그들은 자선 활동에 대한 대가를 궁핍한 사람들에게 나누어주고, 자신들은 궁핍에 빠진다.

이런 신앙심이 돈독한 행위는 가슴에서 우러난 지나칠 정

---

113) 1527년 신성로마제국 황제 카를 5세가 이탈리아 지배권을 차지하기 위해 군대를 이끌고 로마로 진군한 사건을 말한다.

도로 열정적인 행위였지만, 그들은 아주 중요한 문제에 관해 종교적이고 감정적인 방식으로 이야기를 나누는 일도 병행했다. 이 작은 무리는 거처가 없어서 때에 따라 수도원 이곳저곳에서 빈방을 구하려 했다. 짤막하고 조용한 기도가 끝나면 성경의 한 부분을 낭독했고, 이에 대해 다른 사람이 내용을 설명하거나 현실에 맞는 뜻을 짧게 말했다. 이런 순간에는 분명히 모든 것을 직접적인 활동에 관련시켜 이야기했을 것이다. 변증법적이고 궤변적인 발언은 철저히 금지되어 있었다. 그 외 시간은 언제나 환자들을 극진히 돌보고, 병원에서 봉사하고, 가난하고 고통받는 사람들을 돕는 일로 채워졌다.

가입과 탈퇴가 자유로웠기 때문에 참가자의 숫자는 엄청나게 늘어났고, 이 모임은 더욱 진지해지고 활동의 범위도 넓어졌다. 성자들의 생애에 관한 책도 낭독되고, 교부들의 사상과 교회사도 필요에 따라 인용되었는데, 참가자 중 네 사람이 이에 관해 각각 30분 동안 의견을 말하는 것이 의무이자 권리이기도 했다.

하루도 거르지 않는 이 경건한 일, 가족적이고도 실제적이라고 할 수 있는 이 일은 차츰 종교적인 분야에서 엄청난 관심을 끌게 되었다. 이는 개인에 그치지 않고, 모든 단체에 퍼졌다. 이 모임은 여러 교회의 회랑이나 다른 공간에서 열리게 되었고, 참가자도 늘어났다. 특히 도미니크 수도회는 이런 식으로 자기 훈련을 하는 것이 적합하다고 판단하여 많은 신자들을 참가시켰다. 이렇듯 배우는 사람의 숫자는 갈수록 불어났고, 이들 중 어떤 사람들은 지도자의 높은 이상과 힘의 도움을 받아 갖가지 시련을 이겨내고 동일한 길로 나아갈 수 있었다.

이 훌륭한 지도자의 높은 이상에 따라서 모든 사변적인 것이 금지되었고, 모든 규칙적인 활동이 실생활에 연결되었지만 유쾌하지 않은 삶은 생각조차 할 수 없었다. 이 문제에 관해서 네리는 회원들의 어린아이 같은 욕구와 소망에도 대처할 줄 알았다. 봄이 다가오던 어느 날, 그는 이들을 산토노프리오로 데리고 나갔다. 높은 곳에 있는 널찍한 터였는데 이런 날에 딱 맞는 장소였다. 활기 넘치는 계절에 만물이 풋풋하게 보이는 이곳에서 침묵의 기도가 끝나자 예쁜 소년이 나와 암기한 설교를 낭송했다. 다음에 기도가 이어졌고 마지막으로 특별히 초대된 합창단이 심금을 울리는 노래를 했다. 당시엔 음악이 보급되지도 않았고, 음악 교육도 개발되지 않았기 때문에 이 아름다운 연주는 더욱더 의미가 컸다. 아마도 이것이 최초로 실외에서 열린 종교 성악 음악회였을 것이다.

이런 식으로 끊임없이 활동하니 회원들의 수도 늘고 그 중요성도 더욱 커졌다. 피렌체 시민들은 동향 사람인 그에게 그 시에 속하는 지롤라모 수도원을 억지로 떠맡기다시피 주었다. 이곳에서 단체의 활동은 점점 확장되었고, 드디어는 교황이 나보나 광장 근처에 있는 수도원을 그들 소유로 지정해 주기에 이르렀다. 완전히 새로 지어진 곳이었는데 꽤 많은 숫자의 독실한 교우들을 수용할 수 있었다. 이곳에서도 이들은 전과 다름없이 살면서 주님의 말씀에 충실했다. 성스럽고 고귀한 생활 철학이란 평범한 상식과 일상생활에 접근하여 자기 것으로 만드는 것을 의미했다. 그들은 예전과 다름없이 함께 모여 기도하고, 성경을 강독하고, 그것에 관한 강론을 듣고, 기도하고, 마지막엔 음악을 듣는 즐거움을 만끽했다. 당시에 자주, 아니 매일 행해졌던 일이 오늘날엔 일요일마다 열린다. 이 성스러운 창시자에 관해 상세한 지식을 가지고 있는 여행자라면 누구나 이 순수한 활동에 참가하여 지금까지 언급한 내용을 생각과 감정으로 음미해 보고 분명히 내적으로 굉장한 힘을 얻게 될 것이다.

여기에서 우리는 이 조직 전체가 아직도 세속적인 것에 가까이 있다는 사실을 상기할 필요가 있다. 그들 중에서 극소수만이 정식 성직자 신분이었기 때문에 교회의 서품식을 통해 합법화된 성직자, 즉 고해성사를 주관하고 미사성제를 집전할 수 있는 성직자의 숫자는 꼭 필요한 만큼밖에 없었다. 필리포 네리도 서른여섯 살이 되도록 사제가 될 생각을 하지 않았다. 그는 현재 상태에서 자유를 즐겼으며, 교회 조직에 들어가 거대한 서열 체계에 끼면 존경은 받겠지만 오히려 그것 때문에 구속을 느낄 것이기 때문이었다.

그러나 고위층에서 이를 내버려 두지 않았다. 그의 고해성사 담당 신부가 그에게 서품을 받고 성직자 신분을 취하는 것이 옳다고 그의 양심에 호소했다. 결국은 그렇게 되었다. 여태껏 이 자유로운 정신의 소유자는 성과 속, 덕성과 일상을 일치시켜 융합하는 데 전념했는데, 이러한 사람을 교회가 자기네 영역으로 흡수한 것은 현명한 일이었다. 그러나 이 변화, 즉 성직자로의 전환이 그의 외적인 태도에 조금도 영향을 끼치지 않았던 것 같다.

그는 지금까지보다 더욱 엄격하고 철두철미하게 검소한 생활을 했다. 작고 형편없는 수도원에서 다른 사람들과 함께 궁색한 생활을 했다. 그는 대기근이 닥치자 자신에게 헌정된 빵을 자기보다 더 궁핍한 사람에게 나누어 주었고, 불행한 사람들을 돕는 일을 쉬지 않았다.

그러나 그의 사제 신분은 그의 내면세계에 이상하게도 상승적인 영향을 끼쳤다. 의무가 된 미사를 집전할 때 그는 열광적인 상태, 다시 말해 황홀한 무아지경에 빠져서 지금까지 사람들이 알고 있던 자연스럽기 그지없는 남자와는 판이하게 달라졌다. 그는 자기가 어디로 가고 있는지도 모르는 듯 제단으로 향한 길과 제단 앞에서 휘청거렸다. 성찬의 빵을 높이 들어 올리면 팔을 다시 내리지를 못했다. 마치 어떤 보이지 않는 힘이 그를 추켜세우는 듯했다. 예배용 포도주를 따를 때엔 몸을 떨면서 몸서리를 쳤다. 그리고 공물을 바치는 이 신비한 의식이 끝난 후에 먹고 마실 때가 되면 그는 형용할 수 없이 탐욕스럽게 행동했다. 열정이 넘쳐나 성배를 이로 물어뜯었고, 예감에 가득 차서 성혈을 핥고 있다고 믿었다. 마치 조금 전에 성체를 게걸스럽게 먹어치운 행동과 같았다. 그러나 이런 도취의 순간이 지나면 그는 여전히 정열적이고 신비스러운 반면, 몹시 분별력 있고 현실적인 남자였다.

이렇게 활기 있고 기이한 남자, 결혼도 하지 않은 남자는 사람들 눈에 경이롭게 보였을 것이고, 그의 덕성스러운 행동은 이해할 수 없고 때로는 혐오스러웠을 것이다. 어쩌면 그는 이런 반응을 과거에도 자주 접했을 것이다. 어쨌든 그가 성직에 임명된 후에도 궁핍한 수도원에서 식객으로 그렇게 좁고 보잘것없이 생활하는 동안, 그를 조롱하고 멸시하며 박해하는 불쾌한 일들이 일어났다.

그건 그렇고 우리 이야기를 계속하자. 그는 지극히 훌륭한 인간이었기에 인간 각자가 타고난 이런 종류의 교만을 극복하고, 체념, 궁핍, 자선 행위, 겸손, 수치스러움을 몸소 행함으로써 그의 존재가 지니고 있는 찬란한 빛을 갖추어야 한다고 믿고 있었다. 세상 사람들한테 바보스럽게 보이는 것, 그럼으로써 신과 신적인 일에 몰입하고 수련하는 것이야말로 그가 끊임없이 추구하는 일이었다. 그는 이러한 생각에 따라 자신은 물론이고, 그의 제자들을 교육했다. 성 베르나르도의 잠언이 그를 완전히 사로잡은 듯하다.

현세를 경멸하라,
사람을 경멸하지 마라,
너 자신을 경멸하라,
남이 너를 경멸하는 것을 경멸하라.

아니, 이 잠언은 네리를 통해 다시 참신한 의미를 부여받은 듯하다.

비슷한 의도와 비슷한 상황에 처한 사람들은 이와 같은 잠언으로 정신과 마음을 가다듬고 있다. 지극히 고결하고 내적으로 긍지를 가지고 있는 사람들은 이 같은 원리 원칙을 따르고 있다고 믿어도 된다. 이러한 사람들은 항상 선과 위대함에 반대하는 추악한 세상을 미리 맛보고, 이런 쓰디쓴 체험의 잔이 그들에게 부여되기 전에 그 잔을 마지막 한 방울까지 마시겠다고 결심한 사람들이다. 네리에 관한 이야기는 헤아릴 수 없이 많다. 그가 제자들을 어떻게 시험했는지 많은 이야기가 오늘날까지 전해지고 있다. 향락적인 사람들은 이 이야기를 듣기만 해도 완전히 참을성을 잃었다. 이런 계명은 그것을 따라야 하는 사람들에게 몹시 고통스럽고 거의 견딜 수 없을 정도였다. 그렇기 때문에 누구나 다 이런 엄격한 시련을 이겨낸 것은 아니었다.

이런 이야기는 별난 것이고 독자에게 별로 달갑지 않을 터이니 여기서는 이 정도로 하고, 차라리 당시 사람들이 드높이 칭송했던 그의 훌륭한 능력에 다시 한 번 시선을 돌려보자. 사람들의 말에 의하면, 네리는 지식과 교양을 수업과 교육을 통해 얻었다기보다는 타고났다는 것이다. 다른 사람들이 애써서 습득하는 모든 것이 그에겐 이미 부여되었다는 말이다. 이밖에도 그는 위대한 재능을 타고나서, 인간의 정신을 식별할 줄 알았고, 인간의 천성과 능력을 인정하고 귀하게 여길 줄 알았다. 동시에 그는 비상한 예지로 세상사를 꿰뚫어 보았는데, 사람들로부터 예언자로 인정을 받을 정도였다. 그는 또한 사람의 마음을 끄는 강렬한 매력을 타고났는데, 이탈리아 사람들은 이를 '아트라티바(attrattiva)'라는 아름다운 단어로 표현한다. 이 힘은 사람들한테만이 아니라 동물에게도 작용했다. 실례로 전해지는 이야기가 있다. 한 친구의 개가 네리를 따르고 그의 뒤만 쫓아다녔다. 친구가 개를 다시 데리고 가려고 온갖 방법을 동원했으나, 개는 절대로 전 주인한테 돌아가려 하지 않고, 네리에게로 가서 절대로 떠나질 않았다. 몇 년 후 개는 자신이 선택한 주인의 침실에서 죽었다. 이 동물은 우리에게 옛날에 있었던 시련에 관해 생각할 기회를 준다. 잘 알려져 있듯 중세 로마에는 개를 끌고 다니거나 안고 다니는 것이 매우 수치스러운 일이었다. 그 점을 고려한다면 이 경건한 필리포 네리는 이 동물을 사슬에 매어 시가지를 데리고 다녔을 것이고, 그의 제자들 역시 이 동물을 팔에 안고 다녔을 테니 군중의 웃음과 조롱을 불러일으켰음이 틀림없다.

그는 제자들과 동료들에게 다른 수치스러운 일들을 하라고 요구했다. 한 젊은 로마의 후작은 종단의 일원이 되는 영예를 누리고자 했고 그의 뜻은 수락이 되었다. 그런데 그에게 엉덩이에 여우 꼬리를 달고 로마를 산보하라고 하자, 그는 그런 일은 할 수 없다고 거절했고 종단 입문이 거부되었다. 네리는 한 사람은 웃옷을 벗겨서, 또 다른 사람은 옷의 소매가 찢긴 채 시가지를 다니라고 내보냈다. 어떤 신사가 후자를 보고 불쌍한 생각이 들어, 그에게 양 소매를 새것으로 주었다. 젊은이는 이를 거절했는데, 후에 스승의 명령에 따라 고마움을 느끼면서 그것을 가져다가 입어야 했다. 새 교회를 신축할 때는 제자들에게 자재를 운반해서 일당을 받고 일하는 인부들한테 가져다주라고 했다.

이와 비슷하게, 그는 인간이 느끼고 싶어 하는 모든 정신적 쾌락을 방해하고 파괴하는 방법을 알았다. 젊은 제자가 설교를 너무 잘한 나머지 자기도취에 빠지는 듯하면, 네리는 설교자의 말을 가로막고 자신이 이어서 설교를 하거나, 아니면 능력이 부족한 제자에게 지체 없이 앞으로 나와 설교를 시작하라고 명령했다. 이래서 예기치 않게 고무된 제자는 즉석 설교를 예전과 비교할 수 없을 만큼 잘하는 행운을 얻기도 했다.

16세기 말로 되돌아갔다고 상상해 보자. 당시 로마는 여러 교황들 치하에서 불안정한 원소처럼 혼란한 상태였다. 이런 시기에 위와 같은 방법이 효과적이었고 또한 위력적이었으리라는 것을 우리는 쉽사리 이해할 수 있다. 즉 애정과 경외심, 헌신과 복종을 통해 인간의 깊은 내면에 도사리고 있는 의지에 큰 힘을 부여하고, 모든 외적인 장애에도 불구하고 자신을 보존하고, 일어날 수 있는 모든 일에 저항할 수 있도록 한다. 그로써 합리적인 것과 이성적인 일, 전통적인 것과 숙명적인 일을 무조건 포기할 수 있는 능력을 얻게 된다.

좀 이상하지만, 유명한 시련의 역사 가운데, 사람들이 즐겨 되풀이하는 특히 세련된 이야기가 있다. 지방의 어떤 수도원에 기적을 행하는 수녀가 있다는 소식이 교황에게 전해졌다. 우리의 주인공이 교회에 매우 중요한 이 일을 조사해 보라는 위촉을 받게 된다. 그는 명령을 수행하기 위해서 노새를 타고 가는데, 교황이 생각한 것보다 일찍 돌아온다. 교황이 의아해하자 네리는 다음과 같이 대답한다.

"교황님, 그녀는 기적을 행하는 것이 아닙니다. 왜냐하면 기독교인의 첫 번째 미덕인 겸손이 결여되었기 때문입니다. 험한 길과 악천후 때문에 저는 형편없는 몰골로 도착했습니다. 교황님의 이름으로 그녀를 제 앞으로 불렀습니다. 그녀가 나타나자 인사 대신 제 장화를 그녀에게 내밀며 벗기라는 몸짓을 했습니다. 그녀는 놀라서 뒤로 물러나 화를 내며 저의 태도를 책망했습니다. 자신을 대체 무엇으로 취급하느냐 소리쳤습니다. 주님의 시녀이지, 어디서 굴러와 하녀와 같은 일을 요구하는 사람들의 시녀가 아니라고 했습니다. 저는 아무렇지도 않게 몸을 일으켜 다시 노새에 몸을 실었습니다. 이리하여 다시 여러분 앞에 서게 되었습니다. 다른 시험이 필요 없다고 저는 확신합니다."

교황도 미소를 지으며 이 일을 마무리 지었고, 아마도 그녀는 더 이상 기적을 일으키지 못했을지도 모른다.

다른 사람한테 그런 시험을 한 것과 마찬가지로 그 역시 다른 남자들의 시험을 견뎌내야 했다. 그들 역시 그와 같은 생각을 가지고 같은 길, 즉 자기부정의 길을 가는 사람들이었다. 이미 성자의 체취를 풍기는 어떤 탁발수도사가 번잡한 거리에서 네리를 만나게 되었다. 그가 예방책으로 가지고 다니는 포도주 병을 꺼내 네리에게 한 모금 마시라고 권했다. 필리포 네리는 조금도 주저함 없이 머리를 확 뒤로 젖히고 목이 기다란 술병에 게걸스럽게 입을 댔다. 사람들이 박장대소하며 두 수도사가 그런 꼴로 술을 마신다고 놀려댔다. 이에 기분이 상한 필리포 네리는 자신의 경건성과 겸허함을 잊어버리고 다음과 같이 말했다.

"그대가 나를 시험했으니, 이젠 내가 그대를 시험할 차례요."

그러고는 자신의 사각 두건을 벗어 상대방의 대머리 위에 턱 올려놓으니, 이젠 사람들이 대머리 수도사를 보고 조소했다.

네리는 유유히 자리를 떠나며 말했다.

"누구든 내 머리에서 이것을 가져가려는 사람이 있다면 가져가도 좋소."

네리는 두건을 되찾았고, 두 사람은 가던 길을 계속 갔다.

감히 이런 행동을 하고서도 도덕적인 영향력을 행사할 수 있었던 것은 필리포 네리의 행동이 기적으로 보였던 적이 허다했기에 가능했음은 말할 필요가 없다. 그는 고해신부로서 두려움의 대상이었고 같은 이유로 무한한 신뢰의 대상이었다. 그는 고해하는 사람들이 자신들의 죄를 말하지 않는다는 것을 알아차렸고, 또한 그들이 소홀히 한 점들을 찾아냈다. 그가 무아지경으로 심혈을 다해 기도를 하면, 주변 사람들은 초자연적이고 경이로운 상태에 빠져 상상력이 고조된 감정 상태에서 보여주었을 그런 일들을 온몸으로 체험했다고 믿는 것이었다. 그다음에는 이런 기적과 같은 일, 아니 불가능한 일을 이야기하고 또 거듭 이야기함으로써 결국은 완전히 가능한 일이나 일상적인 일로 자리를 잡게 되는 것이다.

이런 종류로 다음과 같은 이야기도 있다. 그가 미사 중 제단 앞에서 성배를 올릴 때 몸이 공중에 뜨는 것을 여러 사람이 보았다고 한다. 생명이 위급한 환자를 구해 달라고 그가 무릎을 꿇고 기도하는 중 그의 몸이 지상에서 떠 있는 것을 봤다든지, 심지어는 그의 머리가 거의 천장에 닿은 것을 봤다고 증언하는 사람들도 있었다.

이렇게 감정과 상상력이 도치된 상태에서는 귀신에 홀린 이야기도 아주 없지는 않았을 것이다.

언젠가는 이 성자가 위쪽이 허물어진 카라칼라 목욕탕 건물들 사이에서 원숭이 비슷한 끔찍한 형체를 보았노라고 했다. 그러나 그가 명령하자마자 파편들과 균열 사이로 사라져 버렸다는 것이다. 이런 자세한 이야기보다 중요한 것은, 성모와 다른 성자들한테서 은총을 받았다고 말하며 이런 현상을 기쁨에 넘쳐 보고하는 제자들한테 네리가 어떤 방식으로 대했는가 하는 것이다. 대체적으로 이와 똑같은 망상에서 무엇보다도 가장 몹쓸, 가장 끈질긴 종교적 오만이 싹튼다는 점을 그는 잘 알고 있었다. 그렇기 때문에 그는 제자들에게 이런 천상의 명료함과 아름다움 뒤에는 분명히 악마적인 추한 어둠이 숨어 있노라고 확언했다. 이런 시험을 이기기 위하여 다음과 같은 방법을 권했다. 그렇게 순결한 처녀가 다시 나타나거든 바로 그녀 얼굴에 침을 뱉으라는 것이다. 그들은 그 말대로 했고 같은 자리에서 악마의 얼굴이 나타났다고 하니 성공이었다.

이 위대한 남자는 이런 일을 의식적으로, 아니 깊은 본능에서 했다는 것이 더 맞을 듯하다. 어쨌든 그가 확신한 바는, 환상적인 사랑과 동경이 만들어낸 그런 상(像)은 증오와 경멸이 역으로 작용할 경우 즉각 추악한 꼴로 변신한다는 점이었다.

그가 이렇듯 독특한 교육 방식을 행할 수 있었던 이유는 지극히 보기 드문 천부의 재능, 즉 지고하게 정신적인 것과 극도로 육체적인 것 사이를 한계 없이 넘나들 수 있는 재능을 타고났기 때문이었다. 그것은 아직 보이지는 않아도 그를 향해 오고 있는 사람을 감지한다든지, 먼 곳에서 일어나고 있는 일을 예감한다든지, 그의 앞에서 임종하는 사람의 생각을 안다든지, 다른 사람으로 하여금 자기가 생각하는 바를 받아들이도록 이끌 수 있는 그런 재능이었다.

이런저런 재주를 타고난 사람은 꽤 많다. 어떤 이는 같은 일을 지금이 아니면 다른 때에 성공적으로 해낼 수 있다. 그러나 이런 능력이 언제나 어떤 경우에나 끊임없이 행해지고 놀랄 정도로 성공을 거두는 경우는 아마도 한 세기에 한 번 있을까 하는 정도다. 정신과 육체의 힘이 흩어짐 없이 모여서 굉장한 에너지를 만들어 낼 수 있는 그런 세기에 말이다.

그러나 이렇게 독립적이고 무한히 정신적인 행위를 갈망하고 추구한 이 인물이 엄격하게 지배하는 로마 가톨릭 교회 조직과 어떻게 다시 결속되어야 하는지를 주목해 보자.

우상을 숭배하는 이교도들 속으로 들어가 포교한 성 사베리오[114]의 활동이 당시 로마에서 대단한 화제를 불러일으켰다. 이에 자극을 받은 네리와 그의 친구들 몇 명이 당시 인도에 마음이 끌려 교황의 허락을 받아 그곳으로 가기를 원했다. 아마도 상부의 지시를 받았을 고해신부가 그들을 만류하면서, 이웃을 돕고 신앙을 전파하는 데 전력하는 믿음이 깊은

---

114) 성 프란치스코 사베리오(St. Franciscus Xaverius, 1506~1552). 로욜라와 함께 예수회를 창립했다. 1537년 사제가 된 뒤 선교사로 인도, 일본, 중국에 교회를 세웠다.

남자들이라면 로마에서도 얼마든지 인도를 발견할 수 있고, 여기에도 이런 활동을 하는 데 적합한 무대가 열려 있으니 다시 생각해 보라고 했다. 고해신부는 얼마 안 있어 이 대도시에 큰 재앙이 닥칠지도 모른다고 말하면서, 얼마 전부터 산세바스티아노 문 앞에 있는 세 개의 샘에서 나오는 물이 탁하고 피가 섞여 있는데, 이것은 간과할 수 없는 징후라고 이야기했다.

이렇게 해서 점잖은 네리와 그의 동료들은 마음을 진정시키고, 로마에서 기적을 일으키며 자선 활동을 계속하고 살았을 것이다. 한 가지 분명한 사실은, 해가 거듭할수록 신분과 나이를 막론하고 그를 신뢰하고 존경하는 사람이 늘었다는 것이다.

이제 다음과 같은 점들에 관해서 생각해 보자. 아주 상반되는 요소들, 즉 물질적인 것과 정신적인 것, 평범한 것과 불가능한 것, 불쾌한 것과 감동적인 것, 유한한 것과 무한한 것 등 늘어놓자면 한없을 이런 기묘하고 복잡한 요소들이 한 인간에게 부여되었다. 훌륭한 인간이었던 그가 그런 상충되는 요소들을 가지고 있었다는 점 또한 생각해 볼 만한 가치가 있다. 즉 그의 내면에서 솟구쳐 나오는 비합리성으로 이성을 헷갈리게 하고, 상상력을 총동원하고, 굳건한 믿음을 누구보다 잘 보여주고, 미신을 정당화하는 등, 이런 일로 자연스러운 상태를 극히 부자연스러운 상태와 매끄럽게 연결시키고 일치시켰다는 점이다. 널리 알려진 이 사람의 인생을 이렇게 고찰해 보면 거의 한 세기 동안 그렇게 커다란 무대에서, 엄청난 의의를 가지고 부단하고도 확실하게 활동하면서 얼마나 막대한 영향을 끼쳤을지 우리는 쉽게 이해할 수 있다.

그를 존경하는 마음이 지고한 나머지 사람들은, 그의 건전하고 힘 있는 활동으로부터 유용함과 치유, 행복감을 얻었을 뿐만 아니라, 한 걸음 더 나아가 그가 앓았던 질병까지 신뢰하게 되었다. 사람들은 이 질병이야말로 신과 지고한 신성에 대해 그가 몹시 은밀한 관계를 맺고 있었음을 증명하는 것이라고 생각했다. 그는 이미 살아생전에 성자로서 고귀한 삶을 살았으며, 그의 죽음은 동시대인들이 그를 믿고 신뢰했던 마음을 더욱더 깊게 해주었다는 것을 우리는 이제 알게 되었다.

이런 이유로, 살아 있을 때보다 더 많은 기적을 불러왔던 그의 사후, 사람들이 교황 클레멘스 8세에게 네리의 시성식 전에 필요한 절차대로 조사를 시작해도 좋은지를 물었을 때, 지금껏 그를 성자로 여겨온 교황은 교회가 그를 성자로 공포하고 소개하는 데 이의가 있을 수 없다고 생각하고 동의했다.

이제 우리가 관심을 가져볼 만한 가치가 있는 다음과 같은 이야기를 보자. 네리는 그가 활동했던 그 긴 기간 동안 교황을 15명이나 겪었다. 그는 레오 10세 치하에 태어나 클레멘스 8세 때 생을 마쳤다. 이런 연유로 그는 감히 교황한테도 독자적 위치를 주장하기를 서슴지 않았고, 교회에 속하는 일원으로서 일반적인 지시는 따랐지만 세부적인 일에선 전혀 관계가 없다는 태도를 취했다. 심지어는 교회의 최고위층에 오히려 명령조의 태도를 보이기도 했다. 그가 추기경의 권위를 조금도 인정하지 않고, 자신의 누오바 성당에 앉아서, 마치 오래된 성안에 틀어박힌 반항적인 기사처럼 최고의 보호자에게 무례하게 굴었던 배경을 우리는 짐작할 수 있다.

이러한 관계의 특징은 교회가 완전히 정비되기 이전 시기에 형성되어 16세기 말까지 지속된, 충분히 기이해 보이는 상황에서 비롯했는데, 그것을 우리 눈앞에 선명하게, 우리 마음에 인상적으로 보여주는 일례로 네리의 서신이 있다. 그의 편지는 임종 직전에 아직 신참인 교황 클레멘스 8세에게 발송되었는데, 이에 대해 교황이 내린 결정 역시 기이하다.

여기서 우리는 다른 방법으로는 설명이 불가능한 관계를 볼 수 있다. 얼마 안 있어 여든 살이 되고 성자의 직위에 해당하는 길을 가는 남자와, 몇 년의 치세로 권능이 유명해진 로마 가톨릭교회의 최고책임자가 맺었던 관계 말이다.

필리포 네리가 클레멘스 8세에게 보낸 서신

교황 성하! 제가 대체 어떤 인물이기에 추기경님들이, 어제 저녁에는 피렌체와 쿠사노의 추기경님들이, 저를 찾아오셨는지요? 저는 잎사귀에 싼 만나가 조금 필요했는데, 피렌체의 추기경님이 저를 생각해서 산스피리토에서 2온스나 가져다주셨습니다. 우리 수도원 숙소에 많은 음식을 보내주신 그분은 밤에 2시간이나 머무셨는데, 교황님에 관해서 좋은 말씀을 많이 하셨습니다. 제 생각에는 과도한 칭찬이었습니다. 왜냐하면 성하는 교황이니 겸양 그 자체여야 하기 때문입니다. 그리스도께서 저와 한 몸이 되기 위해서 저녁 7시에 오셨습니다.

그러니 성하도 한번쯤 저희 교회에 오실 수 있을 것입니다. 예수는 인간이고 또한 하느님이신데 저를 자주 찾아오십니다. 성하는 오로지 인간일 뿐이고, 성하의 부친은 성스럽고 정직한 분이시지만, 그리스도의 부친은 하느님이십니다. 성하의 모친은 대단히 믿음이 깊은 아그네시나 부인이지만 그리스도의 모친은 모든 처녀 중의 처녀이십니다. 제가 만일 울분을 참지 않는다면 못할 말이 무엇이 있겠습니까? 제가 토르 데 스페키[115]로 보내려는 처녀의 일과 관련해서 성하께 명하건대, 성하는 제가 뜻한 바대로 하십시오. 그녀는 클라우디오 네리의 딸인데, 성하가 그에게 그의 자녀들을 보호하시겠다고 약속하셨습니다. 제가 성하께 상기해 드리는바, 교황이 약속을 지키는 것은 좋은 일이라는 점입니다. 그러니 제게 일을 맡기시고, 필요한 경우 성하의 존함을 사용하게끔 허락해 주십시오. 더욱이 제가 그 처녀의 뜻을 알고 있으며 그녀가 신의 계시를 통해 마음이 바뀔 것이 분명하기 때문입니다. 제게 마땅한 최대의 겸손으로 성하의 양발에 입을 맞춥니다.

이 서신에 교황이 친필로 쓴 결정

교황이 말하노니, 그의 편지 앞부분에서 추기경들이 자주 방문한다는 말로써 그들이 신실한 마음을 갖고 있음을 암시하려는 것이 아니라면(그들의 신실함은 누구나 알고 있다.) 다소

115) 베네딕트회의 성녀 프란치스카가 1433년 로마에 설립한 헌신회 수녀원을 말한다.

간 자만심이 발견된다. 그를 보려고 교황이 오지 않는다는 말에 대한 교황의 답은 이러하다. '그대에게 그토록 여러 번이나 권했던 추기경직을 수락하지 않았으므로, 교황은 그대를 방문할 필요가 없습니다.' 그가 내린 명에 대한 교황의 답은 이러하다. '그대가 항상 사용하는 그 명령조로, 그대 뜻에 따르지 않는 착한 어머니들을 아주 따끔하게 혼내주세요.' 이제 교황이 그에게 명하노니, '몸조심하시고, 교황의 허가 없이 고해성사를 받지 마십시오. 그리고 우리들의 주님이 그대를 찾아오신다면, 우리를 위해, 그리고 전 기독교도의 절실한 궁핍을 위해 기도드려주십시오.'[116)]

116) 교황의 편지 형식은 봉건제의 왕이나 황제와 마찬가지로, 발신자와 수신자가 직접 메시지를 주고받는 것이 아니라 제삼자에 의해 전해지는 형식을 취하기 때문에, 교황 자신을 포함한 모든 인물이 3인칭으로 지칭된다. 단, 교황의 말을 인용문의 형식으로 전할 때는 교황이 네리에게 높임말을 썼다.

1월

서신

1788년 1월 5일, 로마

오늘은 짧게 몇 줄 쓰겠으니 양해해 주시라. 새해는 진지함과 부지런함으로 시작되었으며, 나는 뒤돌아볼 시간도 없다.

몇 주간의 정체 상태로 괴로워하다가, 이제 다시 최상의 시간에 눈떴다고 말하고 싶다. 사물의 본질과 관계를 꿰뚫어보는 눈이 내게 주어져 이 눈으로 심오한 풍요로움을 감지하고 있다. 이런 현상이 마음속에서 일어난 이유는 내가 쉬지 않고 배우고, 특히 다른 사람한테서 배우고 있기 때문이다. 스스로를 가르치려면 가르치는 힘과 소화하는 힘이 하나가 되어야 하고, 따라서 발전은 줄어들고 느려질 수밖에 없다.

나는 인체 연구에 전념하고 있다. 다른 일들은 내 시야 밖으로 밀려났다. 이 일은 평생 동안 행할 것이며, 현재에도 또다시 놀랍게 진행되고 있다. 이에 관해서는 이야기할 것이 없다. 나의 할 일은 시간이 가르쳐줄 것이다.

오페라는 별 재미가 없다. 이젠 오로지 내적이고 영원한 진실만이 나를 기쁘게 한다.

짐작건대 이런 시간이 부활절 즈음까지 계속될 것 같다. 결과가 어떨지는 나도 모르겠다.

1월 10일, 로마

「에르빈과 엘미레」를 이 편지와 함께 보내네. 이 작품이 자네 마음에 들었으면 좋겠네! 그러나 오페레타는 아무리 잘되었다고 해도, 읽어서는 그 진가가 나타나는 법이 없다. 작가가 상상하는 진짜 면모를 보이기 위해서는 음악이 따라줘야 한다. 「클라우디네」를 곧 보내겠네. 두 작품 다 카이저와 함께 가극의 형태에 관해서 충분히 공부하느라, 사람들이 생각하는 것보다 시간이 오래 걸렸다.

저녁에 배우는 원근법 시간과 같이 인체에 대해 계속해서 열심히 소묘하고 있다. 떠날 때에 용기를 잃지 않기 위해서 마음의 준비를 하고 있다. 하늘에 계신 분들이 부활절로 결정한 것 같다. 좋은 일이 일어나겠지.

요즈음은 인체에 관한 관심이 모든 것을 압도하고 있다. 나는 그것을 옛날에도 느꼈지만, 마치 눈부신 햇살을 피하듯이 항상 외면해 왔다. 그리고 로마가 아닌 다른 곳에서 그 공부를 하려 한다면 헛된 일이기도 하다. 오로지 이곳에서만 짜는 법을 배울 수 있는 한 가닥 실이 없으면, 이 미궁에서 빠져나갈 수가 없으니까. 유감스럽게도 내 실이 충분히 길어지지는 않겠지만, 그것이 처음 통로를 빠져나가는 데는 도움을 줄 것이다.

만일 내가 작품들을 완성하는 데 있어 지금까지와 같은 상황이 계속된다면, 『타소』를 쓰기 위해서는 스스로 납득되기 전에 먼저 공주님과 열애에 빠져야 되고, 『파우스트』를 쓰기 위해서는 악마에게 굴복해야 한다. 두 가지 다 별로 내키지 않는다. 지금까지 늘 그래 왔다. 내 입장에서는 『에그몬트』를 더욱 흥미진진하게 해주려고 로마의 카이저가 브라반트 사람들과 전쟁을 시작했고, 내 오페라를 완벽하게 하기 위해서는 취리히의 카이저가 로마로 왔나 보다.[117] 이런 걸 가리켜 헤르더는 "고결한 로마인"이라 하겠지만, 원래는 나와 전혀 상관없는 우연한 일이 이야기의 궁극적 원인이 된다는 사실이 내겐 몹시 재미있다. 이런 일을 행운이라고 말할 것이다. 이러니 공주와 악마를 인내심을 가지고 기다려보아야겠다.

1월 10일, 로마

여기 독일 양식과 독일 작품의 표본인 「에르빈과 엘미레」 원고를 로마에서 보내네. 이 작품이 「빌라 벨라의 클라우디네」보다 먼저 완성되었지만, 먼저 인쇄되지는 않았으면 해.

보면 알겠지만, 서정적인 무대에 필요한 모든 점을 고려했어. 그런 것들을 이곳에서야 배울 기회가 있었기 때문이다. 가

117) "로마의 카이저"는 신성로마제국 황제(Kaiser, 카이저)인 요제프 2세를 가리키고, "취리히의 카이저"는 작곡가 카이저(Kayser)를 말한다.

수들 각자가 휴식 시간을 충분히 갖도록, 모든 등장인물이 적당한 순서로, 적당한 정도만큼 등장하게 배려했다네. 이탈리아인들이 시의 의미마저 희생시키며 따르는 규칙들이 수백 가지나 되는데, 이런 음악적 연극적 조건들이 이 작품에서도 충족되었기를 바란다. 그 일이 아주 무의미한 것만은 아니었다. 또한 두 오페레타가 읽히면서도, 같은 시기에 쓰인 『에그몬트』에 피해를 입히지 않도록 유념했다. 물론 이탈리아인 중에는 오페라 대본을 공연 당일 저녁에 읽는 사람이 아무도 없겠지만. 그리고 이 작품들을 비극 작품과 함께 한 권에 싣는 것은 이 나라에서는 오페라를 독일어로 노래하는 것과 마찬가지로 불가능한 일이다.

「에르빈과 엘미레」에 관한 이야기인데, 특히 2막에서 강약 운율을 자주 읽게 될 거야. 그것은 우연이나 습관 때문이 아니라 이탈리아식 모델에서 따온 것일세. 이 운율은 음악에 더할 수 없이 적합해서, 작곡가가 이를 더 많은 박자로, 그리고 움직임으로 변형시킬 수가 있는데, 청중은 절대로 눈치 채지 못한다. 이탈리아 사람들이 매끈하고 간단한 운율과 리듬으로 시종일관하는 것은 놀랄 만하다.

젊은 캄퍼르[118]는 머리가 어지러운 사람이야. 아는 것도 많고, 이해도 빠르며, 내용을 건너뛴다.

『이념』 4권의 성공을 기원하네! 3권은 우리에게 성스러운

118) 아드리안 힐스 캄퍼르(Adriaan Gilles Camper, 1759~1820). 네덜란드 해부학자 캄퍼르(234쪽 참조)의 아들로 당시 로마에 체류하고 있었다.

책이 되었네. 내 생각에는 내면으로 향한 책인 것 같아. 모리츠는 이 책을 이제야 받아서 읽고 있는데, 이런 인간 교육 시대에 살고 있다는 사실에 행복해 하고 있지. 그 책이 정말 그의 마음에 꼭 들고, 마지막 부분에서는 완전히 반해버렸다고 하네.

자네의 그 모든 훌륭한 점 때문에 한 번만이라도 이곳 캄피돌리오 언덕에서 자네에게 한턱낼 수 있다면 얼마나 좋을까? 이것이 내가 간절히 원하는 소망들 중 하나야.

나의 거대한 착상들은 더 진지한 시기를 향해 미리 쏘아올린 고무풍선에 불과했다. 나는 이제 모든 인간의 지식과 행위 중에서 극치라고 할 수 있는 인간 형태를 연구하는 과정에 있다. 전체 자연, 특히 골상학을 연구하기 위한 준비를 열심히 하고 있는데, 이로써 나의 발전에 큰 도움이 되고 있다. 이제야 나는 본다. 고대로부터 우리한테 전해진 최상의 것, 즉 조각 작품들을 이제야 비로소 만끽한다. 그렇다. 나는 일생 동안 그것을 연구한 사람들이 마침내는 '이제야 나는 보고, 이제야 나는 만끽한다.' 하고 외치는 것을 진정 이해할 수 있다.

부활절까지, 짧았던 한 시절을 끝내기 위해서 그리고 로마를 떠날 때 큰 저항감을 갖지 않기 위해서, 내가 현재 할 수 있는 한 모든 노력을 하고 있다. 그리고 독일에서 몇 가지 연구를 비록 느리기는 해도 철저하고 편안하게 계속할 수 있기를 바라마지 않는다. 조각배라도 올라타기만 한다면 물결이 우리를 이곳으로 실어다 줄 것이다.

보고

큐피드, 변덕스럽고도 고집스러운 소년인
네가 나한테 몇 시간 거처를 부탁했지!
그러고선 몇 날 몇 밤을 내 집에서 지냈는지
넌 이제 독재자가 되어 집 안을 네 마음대로 휘두르는구나.

널따란 내 침상에서 쫓겨난 나는,
이제 땅바닥에서 밤을 지새우는 고통에 시달리고,
너의 방자함은 끊임없이 화덕에 불을 지펴
겨울을 대비한 땔감을 모두 태워 나를 가난하게 만든다.

네가 내 기구를 다른 곳에다 밀쳐놓아,
나는 그것을 찾아 헤매다가 장님처럼 혼돈에 빠져버렸다.
네가 하도 시끄러워, 내 작은 영혼이 걱정되어
도망치며, 너한테서 도망치려고, 오두막집을 비우려고 치운다.[119]

이 노래를 글자의 의미대로가 아니라 다르게 해석하면, 즉 우리가 보통 '아모르'라고 부르는 그런 본능을 생각하지 않고, 오히려 활동적인 귀신들의 무리가 인간의 깊은 내면에 말하고, 요구하고, 이리저리 잡아끌고, 상반되는 관심 분야로 정신

---

119) 「빌라 벨라의 클라우디네」 2막에 나오는 노래다.

을 헷갈리게 하는 것을 독자가 상상한다면, 내가 처했던 상황을 상징적인 방법으로 이해할 수 있을 것이다. 그것은 다름 아니라, 내가 발췌한 서신들과 여태껏 내가 쓴 이야기를 통해 충분히 전달된 상황이었다. 고백하건대 그 많은 일에도 불구하고 나 자신을 지키고 작업하는 데 지치지 않으면서도 배우는 일을 소홀히 하지 않기 위해서는 많은 노력이 필요했다.

아르카디아 아카데미아 가입

이미 작년 말에 나는 뜻하지 않은 가입 신청서를 받았다. 이것도 예의 그 숙명적인 음악회, 즉 우리가 신중하지 못해서 무명인으로서의 우리의 체류를 폭로한 연주회의 결과라고 나는 생각했다. 그러나 나를 아르카디아 아카데미아의 저명한 '목동'으로 가입시키려고 여러 사람이 다양한 경로로 나를 찾아온 데는 다른 동기도 작용했을 수 있다. 나는 줄곧 거절해 왔지만 결국엔 이 일에 어떤 특별한 의미를 부여한 듯한 친구들에게 지고 말았다.

아르카디아 아카데미아가 무엇인지는 일반에 널리 알려져 있지만 그에 대해 언급하는 것도 그리 나쁠 것 같지 않다.

17세기 이탈리아의 시는 여러 가지 면에서 퇴보했다고 한다. 이 시대의 말엽에 학식과 교양을 갖춘 사람들은 당시 시인들이 시의 내적인 아름다움에 소홀했다고 비난했다. 뿐만 아니라 외적인 아름다움, 즉 형태에 관해서도 비난의 여지가 많다고 했다. 그 이유는 표현이 조야하고, 시 구절들이 듣기 싫을 정도로 딱딱하고, 비유는 결점투성인 데다가, 특히 적당치 못한 과장, 환유, 은유가 끊임없이 이어지기 때문이다. 이로 인해 사람들이 즐겼던 시의 외적인 측면, 즉 우아함과 달콤함을 완전히 망쳐버렸다는 것이 비난의 이유였다.

그러나 그런 오류에 빠져 있는 사람들은 항상 그러듯이, 참된 것과 훌륭한 것을 제멋대로 규정한다. 그럼으로써 그들의 과오가 미래에도 비난받지 않고 통용될 수 있기 때문이다. 하지만 이런 현상은 결국 지성과 통찰력을 가진 사람들에게는 더이상 받아들여지지 않았다. 이런 이유에서 1690년에 일련의 사려 깊고 힘 있는 이들이 합심해 다른 길로 방향을 바꾸자고 의기투합하기에 이르렀다.

그들은 모임이 이목을 끌지 않고 저항감을 불러일으키지 않도록 야외로 나갔다. 로마시는 그 자체가 성벽으로 경계를 지어 둘러싸인 전원 속의 정원이다. 여기에서 그들은 자연을 접하고 신선한 공기를 마시며 시 예술의 원초적 정신을 느낄 수 있는 이점을 누리게 되었다. 그곳에서 잔디밭에 앉거나 폐허의 잔해나 돌덩이 위에 앉는 등 자유롭게 자리를 잡았다. 설령 추기경이 참석하더라도 존경심의 표현으로 좀 더 푹신한 방석만이 제공될 뿐이었다. 그들은 이곳에서 그들이 가지고 있는 확신, 원리 원칙, 계획에 대한 이야기를 나누었다. 이곳에서 시를 낭송함으로써 숭고한 고전, 고상한 토스카나파[120]의

---

120) 이탈리아를 대표하는 두 시인 단테(Durante degli Alighieri, 1265~1321)와 페트라르카(Francesco Petrarca, 1304~1374)는 토스카나 출신이다. 두 사람은 모두 라틴어가 아니라 당시 '속어(俗語)'로 비하되던 이탈리아어로 시를 썼기 때문에, 최초의 이탈리아 민족시인으로도 일컬어진다.

시가 가진 의미를 되살리고자 했다. 그러던 중 한 사람이 감격해서 외쳤다. "이곳이 우리의 아르카디아다!" 이 일을 계기로 모임의 이름이 정해졌고, 또한 그들 모임의 전원적 성격이 규정되었다. 그들은 영향력이 큰 거물급 인사의 보호를 원치 않았고, 상급자나 회장을 두는 것도 원하지 않았다. 한 명의 '문지기'가 아르카디아 장소를 열고 닫되, 꼭 필요한 경우에는 가장 연장자가 그에게 조언을 줄 수 있었다.

이즈음에서 크레심베니[121] 씨를 언급하는 것이 좋을 듯하다. 그는 모임의 창단 회원이었고 첫 번째 감독자로서 몇 년 동안이나 자신의 임무를 충실히 수행했다. 뿐만 아니라 그는 보다 나은 순수한 취향을 지킴으로써 조야한 수법을 꾸준히 타개해 나갔다.

통속시는 민족시라고 번역할 수는 없지만, 한 나라에 적합한 시의 형태다. 이는 시에 진정한 재능이 부여되었을 때, 그리고 시가 정신이 산만한 사람들의 망상이나 기벽으로 왜곡되지 않을 경우에 한한다. 그는 이 점에 대해 자신의 지론을 잘 설명했고, 그의 지론은 모임의 대화가 맺은 결실이라고 볼 수 있으며, 또한 우리가 추구하는 새로운 미학을 비교하는 데 더없이 중요하다. 이런 의미에서 그가 아르카디아 회원의 시를 모아 출간한 것도 우리의 관심을 끌고 있다. 이에 관해 다음과 같은 점만 언급하기로 하자.

---

121) 조반니 마리오 크레심베니(Giovanni Mario Crescimbeni, 1663~1728). 교황령 마세라타에서 태어나 예수회 학교에서 법학을 공부하고 1680년에 로마로 이주, 비평가이자 시인으로 활동했다.

존경할 만한 목동들은 푸른 잔디밭에 앉아 자연에 가까워졌다고 생각했다. 이런 상황에서는 사랑과 정열이 인간의 마음에 싹트는 것이 보통이겠지만 이 모임의 회원들은 성직자들과 존경받는 인사들이었다. 그렇기 때문에 이들은 로마 3인방의 아모르[122]를 받아들여서는 안 되는 입장이었고, 그것을 강경하게 배척했다. 한데 시인에게서 사랑을 배제하는 것은 불가능하니, 이 모임의 시인들은 초인간적인, 일종의 플라토닉한 동경에 몰입할 수밖에 없었다. 그리고 우의적인 표현도 이들에겐 몹시 중요해졌다. 이런 특성으로 그들의 시는 매우 존경을 받게 되었고, 그들의 위대한 선배인 단테와 페트라르카의 길을 따라갈 수 있었다.

내가 로마에 도착했을 때는 이 모임이 창설된 지 100년을 맞는 해였다. 장소와 그들의 이념이 수없이 바뀌었지만, 이 모임은 외적으로 보아서 큰 명성을 지키진 못했다 할지라도 항상 품위를 잃지 않았다. 어느 정도 유명한 외국인이 로마에 체류하고 있으면 이들은 그에게 반드시 회원 가입을 권유했다. 특히 이 문학적 모임을 이끄는 사람이 그 덕에 충분치 못한 재정 상태를 조금이나마 개선할 수 있을 경우에는 더욱 그랬다.

어쨌든 가입 절차는 다음과 같았다. 어떤 단아한 건물의 대기실에서 나는 한 고위 수도사에게 소개되었다. 이분이 나의

122) 고대 로마의 서정시인으로 유명했던 카툴루스(Gaius Valerius Catullus, 기원전 84~기원전 54), 프로페르티우스(Sextus Propertius, 기원전 48?~기원전 16?), 티불루스(Albius Tibullus, 기원전 48?~기원전 19)의 연애시를 말한다.

보증인이자 동시에 대부가 될 것이며 나를 회원들에게 소개하는 일을 맡을 것이라고 했다. 우리는 이미 사람들이 꽤 많이 모여 있는 커다란 홀로 들어가서 맨 앞줄의 중앙에 자리를 잡았다. 연단을 마주 보는 자리였다. 청중이 점점 더 많이 모였고 내 우측의 빈자리에 나이가 지긋한 우람한 체격의 남자가 착석했다. 그의 차림새나 사람들이 그에게 보이는 경외의 태도로 미루어 나는 그가 추기경이라고 생각했다.

간사가 높은 연단에서 일반적인 개회사를 마친 다음 몇 사람을 호명했다. 그들은 시 혹은 산문을 낭독했다. 꽤 시간이 지나 이 순서가 끝나고 간사는 연설을 시작했다. 연설의 내용과 스타일이 내가 받은 가입증서와 일치했다. 연설이 있은 후 내가 공식적으로 그들 중 한 회원이 되었노라 공표되었고, 우렁찬 박수를 받으며 가입이 승인되었다.

소위 나의 대부와 나는 자리에서 일어나 수없이 절을 함으로써 감사의 뜻을 전달했다. 그도 역시 연설을 했는데, 연설을 미리 준비해서 내용이 조리 있었고 너무 길지도 않았다. 그에 대한 박수가 끝날 무렵 나는 회원 모두에게 감사를 표하고 내 소개를 할 수 있는 기회를 얻었다. 내가 이튿날 받은 가입증서를 여기에 소개한다.(지금까지 나는 새로운 동지로서 간사를 흡족하게 하는 데 게을리하지 않았다.) 다른 언어로 번역하면 그 독특한 뉘앙스가 없어지기 때문에 원어로 게재한다.[123]

---

123) 독자의 이해를 위해 우리말로 번역했다.

총회의 결의에 따라

니빌도 아마린치오 아르카디아 최고 수문장

오늘날 독일에서 명성을 떨치고 있는 일급 천재들 중 한 사람인, 박식하고 저명한 괴테 씨가 우연히 테베레 강변을 찾아오셔서 우리를 기쁘게 했다. 그는 현재 작센 바이마르의 공작 전하의 고문관이다. 그는 철학적인 겸손함으로 자신의 가계, 직위, 재능을 우리에게 드러내지는 않았지만, 온 문학계에 유명한 그의 품격 높은 산문과 시를 조명하는 빛을 어둡게 할 수는 없었다. 이에 위에 언급한 괴테 씨는 우리의 공식 회의에 참석하시겠다는 친절한 의사를 밝히셨고, 타국 하늘의 별처럼 우리의 숲과 우리의 유쾌한 집회에 출현하셨으니, 우리 아르카디아인들 다수가 모여 그에게 진정한 환호와 박수로써 답례하고, 무수히 뛰어난 작품들의 저자인 그를 메갈리오라는 이름으로 우리의 수문장으로 받아들여, 성스러운 비극의 여신 멜포메네의 땅을 그에게 맡긴다. 이로써 그가 아르카르디아 정회원으로 임명되었으니, 총회는 최고 수문장에게 명하는바, 우렁찬 박수를 받으며 장중하게 개최된 이 공식 입회식을 아르카르디아 연감에 기록하고, 우리 문학의 수문장들의 공화국이 저명하고 고상한 인사들에게 최고의 존경을 상징하여 영원히 기억하도록 마련한 이 증서를 우리의 유명한 신입 동료 수문장 메갈리오 멜포메니오에게 수여하라. 제641올림피아드 2년, 아르카디아 재건립으로부터 제24올림피아드 4년, 포세이돈의 초승달이 뜬 파라시오의 숲에서, 우리 총회의 기쁜 날에.

니빌도 아마린치오 최고 수문장

보조 수문장
코림보
멜리크로니오
플로리몬테
에지레오

직인의 모양은 다음과 같다. 절반은 월계수 가지, 절반은 솔 가지로 된 월계관 중앙에 팬플루트가 그려져 있고, 그 아래 '글리 아르카디(Gli Arcadi)'라는 문구가 적혀 있다.[124]

124) 증서의 내용은 옮겨 적을 수 있지만, 실제로 찍혀 있는 직인까지 인쇄하려면 별도의 동판을 떠야 했기 때문에 괴테가 글로 대신하고 있다.

로마의 카니발

우리가 로마의 카니발을 묘사하려고 한다면 다음과 같은 반박을 각오해야 한다. 원래 그렇게 거창한 축제를 묘사하는 것은 불가능한 일이다. 감각적인 대상이 그토록 크게 무리 지어 움직이는 장면은 직접 육안으로 보아야 하고, 각 개인은 자기 식대로 보고 이해해야 한다.

게다가 우리 자신이 다음과 같은 고백을 한다고 치면, 위의 비난은 더더욱 염려가 된다. 외국인이 로마 카니발을 처음 보고는 다시 보려 하지 않는다면, 이 사람은 전체적인 인상도 얻지 못할 것이고 유쾌한 인상도 받지 못한다는 것이다. 즉 눈이 즐겁지도 않을 것이고 기분이 좋아지지도 않을 것이다.

그 길고 좁은 길을 셀 수 없이 많은 사람들이 이리저리 몰려다닌다. 눈에 가득 차는 이 혼란의 와중에 무언가를 구별하기란 거의 불가능하다. 그 움직임은 단조롭고, 소음은 귀가 아플 정도이며, 하루가 끝나고 나면 만족스럽지 못한 기분이 든다. 그러나 더 자세히 이야기를 펼쳐나가면, 이런 의구심이 당장 사라져버릴 것이다. 그리고 우려가 되는 것은 우리의 묘사가 적절한 것인가 하는 것이다.

로마의 카니발은 원래 국민에게 주어진 것이 아니라 국민 자신이 베푸는 축제다. 여기에 국가는 적은 비용을 부담하고 하는 일도 많지 않다. 환희에 찬 군중은 저절로 움직이고, 경찰은 별로 간섭하지 않는다.

로마에서 열리는 수많은 종교 축제가 관객의 눈을 부시게 하는 데 비해 여기 이 축제는 그렇지 않다. 여기엔 산탄젤로 성에서 기가 막힌 장관을 보여주던 그런 불꽃놀이가 없다. 각국에서 온 많은 외국인들을 끌어들여 만족시키는 산피에트로 대성당과 돔을 밝히는 조명도 없다. 사람들을 기도하고 경탄하게 만드는 눈부신 종교 행렬이 지나가지도 않는다. 다만 누구나 마음껏 바보짓이나 정신 나간 짓을 해도 되고, 주먹질과 칼부림만 아니라면 모든 것이 허용된다는 신호가 있을 뿐이다.

상류층과 하류층의 차이가 잠시 없어진 듯하다. 모두가 가까워지고 누구나 쉽게 친해진다. 그리고 상호간의 무례함과 자유가 일반적으로 유쾌한 분위기 때문에 한쪽으로 치우치지 않는다.

이날이 오면 로마인들은 우리 시대에도 여전히, 예수의 탄생이 농신제와 그 특전을 누리는 날짜를 몇 주쯤 미루게는 했

어도 완전히 없애버리지는 못한 것을 기뻐한다.[125)]

독자 여러분이 이 축제의 즐거움과 도취를 상상할 수 있도록, 또한 로마 카니발에 직접 참가했던 이들에겐 당시를 생생하게 떠올릴 수 있도록 노력해서 써 보겠다. 이런 여행을 계획하고 있는 사람들에게는 이 작은 글이 대혼잡을 이루는 소란스러운 축제의 기쁨을 개관하고 향유하는 데 도움이 될 것이다.

코르소 거리

로마의 카니발은 코르소 거리에 집중된다. 축제 기간 동안 공식적인 행사를 치르기 위해 이 거리가 통제된다. 각기 다른 장소에서는 각기 다른 축제가 열릴 것이다. 그래서 나는 무엇보다도 코르소 거리를 묘사할 수밖에 없다.

이 거리의 이름은 이탈리아 도시들의 많은 기다란 거리들과 마찬가지로 경마에서 유래되었다. 다른 도시에서는 다른 행사, 즉 수호성인 축제 아니면 성당개원 축제 등으로 끝맺는 데 반해, 로마에서는 카니발 기간 동안 매일 하루의 끝을 경마로 마무리한다.

이 거리는 포폴로 광장에서 베네치아 궁전까지 일직선으로 뻗어 있다. 약 4500걸음 길이의 이 거리에는 대부분 구간에 화려한 건물들이 늘어서 있다. 이 거리의 폭은 도로 길이나

---

125) 고대 로마의 농신제는 12월에 열리는 동지 축제였는데, 로마의 기독교 공인 이후 카니발은 2월에 열리는 입춘제로 바뀌었다.

건물들의 높이에 비해 좁은 편이다. 거리 양쪽에는 도로보다 살짝 돋워진, 6~8걸음 너비의 인도가 있다. 거리 중앙은 통행로로서 대부분 12~14걸음 너비여서, 최대한 마차 석 대가 나란히 지나갈 수 있다.

카니발 기간에는 포폴로 광장의 오벨리스크가 거리의 북쪽 경계선이 되고, 베네치아 궁전이 남쪽 경계선이 된다.

코르소 거리에서 마차 드라이브

로마의 코르소 거리는 1년 내내 일요일과 축제일마다 번잡하다. 부유한 상류층 로마인들은 저녁나절이면 한 시간 내지 한 시간 반쯤 이 거리에서 상당히 긴 행렬을 이루며 드라이브한다. 이 마차들은 베네치아 궁전에서 좌측통행을 지키며 내려와 날씨가 좋으면 오벨리스크를 지나 성문 밖의 플라미니아 가도로 나가, 대개는 몰레 다리까지 간다.

되돌아오는 마차들은 빨리 돌아오든 늦게 돌아오든 반대편 도로를 이용한다. 양쪽의 마차 행렬은 매우 질서정연하게 움직인다.

외교관들은 이 두 열의 중간에서 상행이건 하행이건 마차를 몰 권리가 있다. 로마에 체류하고 있던 '왕위요구자' 올버니 백작[126)]에게도 같은 권리가 부여됐다.

밤을 알리는 종이 울리자마자 이 질서는 깨진다. 마차들은 아무 데서나 회전하고 지름길을 택하기 때문에 다른 마차들

---

126) 찰스 에드워드 스튜어트. 1권 247쪽 각주 124번 참조.

이 이 좁은 길에서 정지해 기다려야 하는 등의 불편함을 겪는다. 이런 저녁 드라이브는 이탈리아의 모든 대도시에서 화려하게 열리고 마차가 서너 대 밖에 없는 소도시에서도 모방한다. 이는 많은 보행자들을 코르소 거리로 유혹한다. 누구든지 이것을 보기 위해서, 또는 보이기 위해서 몰려온다.

우리가 곧 알게 되겠지만 카니발은 그저 평상의 일요일이나 축제일의 즐거움이 계속되는 상태, 아니 그것이 절정에 달한 상태일 뿐이다. 그것은 새로운 것도 기이한 것도 유일무이한 것도 아닌, 로마인들의 생활 방식에 완전히 자연스럽게 녹아 있는 것이다.

날씨와 성직자들의 복장

1년 내내 기분 좋게 청명한 하늘 아래에서 여러 가지 생활 장면을 보는 데 익숙해진 우리에겐, 집 밖에서 가면을 쓰고 돌아다니는 군중을 보아도 낯설지가 않다.

축제 때는 태피스트리들을 내걸고 꽃을 뿌리고 현수막처럼 천들을 내다 걸어서 거리는 마치 큰 무도장이나 전시장처럼 보인다.

무덤을 향해 시신을 옮기는 수도사 행렬에도 가면은 빠지지 않는다. 여러 종류의 수도사 복장 덕분에 우리는 이렇게 낯설고 기이한 모습을 보는 데 익숙해지고, 1년 내내 카니발이 열리고 있는 듯한 인상을 받는다. 다른 여느 수도사들의 가면 복장보다 검은 타바로를 두른 수도사들이 더 기품 있는 것 같다.

카니발 시작 직전

극장들이 개막하고 카니발이 시작된다. 극장 관람석 이곳 저곳에는 장교로 변장한 아리따운 여성이 시민들에게 득의양양하게 견장을 보여주고 있다. 코르소 거리에는 드라이브하는 마차들이 더 많아진다. 그래도 사람들의 기대는 다가올 마지막 일주일에 쏠려 있다.

마지막 몇 날을 위한 준비

여러 가지 축제 준비 풍경이 관객들에게 지상낙원 같은 시간이 오고 있음을 예고한다.

로마의 거리 가운데 1년 내내 깨끗함을 유지하는 길은 드문데, 코르소 거리는 이 경우에 속한다. 그런데도 코르소 거리는 더욱더 깨끗이 청소된다. 이 도로는 상당히 균일하게 깨어 다듬은 작은 사각형 현무암으로 포장되어 아름답다. 그런데 이 시기에는 도로 포장에 조그만 틈이 생겨도 그 돌을 빼내고 새로운 현무암을 다시 끼워 넣느라고 분주하다.

이 외에 활기 있는 전조들이 나타난다. 이미 언급했듯이 카니발 저녁마다 경마로 하루가 마감된다. 경마용으로 기르고 있는 말들은 대부분 체구가 작은데, 그중에서도 최고로 쳐주는 것은 외국에서 들여왔기 때문에 '바르베리'[127]로 일컬어지는 녀석들이다.

---

127) 바르바리 품종 조랑말(1권 386쪽 참조)인데, 이 경마 대회의 명칭이 코르사 데이 바르베리(Corsa dei barberi)이기 때문에 이탈리아어 발음으로 썼다.

이 예쁜 조랑말에게 하얀 마직 천을 입혀 장식한다. 말의 옷은 머리, 목, 몸통에 꼭 맞게 만들어졌고, 바느질 자국이 난 곳은 알록달록한 리본으로 장식되어 있다. 이 말은 경마가 시작되는 장소인 오벨리스크 앞에서 뛸 차례를 기다린다. 마주(馬主)는 말 머리를 코르소 거리로 향하도록 하고 잠시 조용히 서 있다가, 말을 베네치아 궁전까지 자연스럽게 몰아간다. 그러고 나서 경마에서 더 빨리 뛰도록 기운을 돋우기 위해 귀리를 조금 먹인다.

16마리, 때로는 20마리 되는 말들 대부분이 이런 연습 과정을 거친다. 이 산책로에는 항상 즐겁게 소리치는 소년들로 시끌벅적하고, 커다란 소음과 함성이 곧 터질 것 같다.

옛날 로마 시절에는 아주 잘사는 사람들만이 그런 말들을 집 안의 마구간에서 키웠다. 사람들은 자기 말이 상을 받게 되면 이를 명예로 여겼다. 사람들은 내기를 걸었고 우승마의 집에서는 향연을 베풀었다. 그러나 얼마 전부터 이런 취미가 크게 줄었다. 자신의 말로써 명예를 획득하고자 하는 소망이 중류계급, 아니 하류계급 사람들에게로 옮아갔다.

아마도 이 시기에 다음과 같은 풍습이 생겼을 것이다. 이 며칠 동안에 상을 받은 마주들이 로마시 전체를 돌며 트럼펫 연주와 함께 상을 내보인 다음, 귀족들의 집에 들어가 트럼펫을 한 곡 연주하고 나서 술값을 받아내는 풍속 말이다. 그 상이란 약 2.5엘레[128] 길이에 1엘레가 채 못 되는 폭의 금사 아

128) 독일의 옛 치수 단위로 1엘레는 약 66센티미터다.

니면 은사로 짠 천을 오색 막대기에 묶어 펄럭이게 한 것이다. 막대기의 아래쪽 끝부분에는 질주하는 말 몇 마리가 비스듬히 새겨져 있다. 이 깃발을 팔리오(palio)라고 부르는데, 카니발이 열리는 며칠간 매일 위에서 언급한 퍼레이드가 진행될 때, 그 날짜 수만큼의 우승기가 로마 거리에서 펄럭인다.

이러는 동안 코르소 거리도 그 모습을 바꾸기 시작한다. 오벨리스크가 이 거리의 경계선이 된다. 그 앞에 의자들을 층층이 위로 쌓아 만든 가설 관람석이 설치되는데, 여기에 앉으면 코르소 거리가 똑바로 내다보인다. 이 가건물 앞에는 울타리를 설치해 경주마들을 그 사이로 데리고 나오도록 만든다.

이 가건물 양쪽에 잇대어 또다른 큰 가건물을 설치해 그 끝이 코르소 거리의 첫 번째 집에 닿게 한다. 이리하여 거리는 광장 안쪽까지 연장된다. 울타리의 양쪽에는 말의 출발을 컨트롤하는 사람들이 앉을 자리가 설치되는데, 아치형 지붕을 얹고 높게 올린 조그만 가건물이다.

코르소 거리를 따라 올라가면 여러 채의 집 앞에 설치해 놓은 비슷한 관람석들을 보게 된다. 카를로 성당의 광장들과 안토니우스 기념원주는 울타리로 거리와 격리되어 있다. 이 모든 것을 보면 이 축제가 길고 좁은 코르소 거리 안에 국한된다는 것을 금방 알 수 있다.

마지막으로 질주하는 말들이 미끄러운 포장도로에서 쉽게 미끄러지지 않도록 거리 한복판에 모래를 뿌린다.

카니발의 완벽한 자유를 알리는 신호

이렇게 카니발에 대한 기대는 나날이 부풀어오르고 분주해진다. 정오를 알리는 종소리가 막 울린 다음 마침내 캄피돌리오 성에서 종이 울리면 자유로운 하늘 아래 제멋대로 날뛰어도 좋다는 허가가 내렸음을 뜻한다.

이 순간, 1년 내내 한 발짝도 실수하지 않기 위해 조심스럽게 살아온 진지한 로마인들조차 진중함과 신중함을 한꺼번에 벗어던진다.

마지막 순간까지 달그락거리며 일하던 도로포장 인부들도 장비들을 챙기고 농담을 주고받으며 일을 끝낸다. 모든 발코니와 모든 창들마다 태피스트리가 하나씩 걸리고, 거리 양편의 약간 올라간 부분에는 걸상들이 놓인다. 신분이 낮은 사람들과 아이들이 거리로 나온다. 길은 이제 더 이상 길이 아니다. 그곳은 커다란 무도장, 아니면 장식이 기가 막히게 잘된 전시장에 훨씬 가깝다. 모든 창들이 태피스트리로 장식되어 있듯이, 모든 관람용 가건물들에도 오래된 듯한 태피스트리들이 쳐 있기 때문이다. 그리고 수많은 걸상들이 방을 연상시킬 뿐만 아니라 화창한 하늘이 천장 없는 옥외에 있다는 사실을 잊게 해준다.

이렇게 이 거리는 시간이 갈수록 사람이 사는 집 같아진다. 집 밖으로 나가면 옥외에서 낯선 사람들 사이에 있는 것이 아니라, 어떤 홀 안에 아는 사람들과 있는 것같이 생각된다.

위병(衛兵)

코르소 거리가 차츰 활기를 띠고 평상복을 입고 산책하는 사람들 사이에 광대가 이곳저곳에서 출현하는 동안, 포폴로 광장 앞에 병사들이 집합한다. 새 군복을 입고 있는 그들은 말 탄 장교의 인솔 하에 질서정연하게 악기를 연주하며 코르소 거리를 행군한다. 거기서 그들은 모든 입구를 점령하고 주요 장소에 두 명씩 위병을 세워 이 행사 내내 질서를 유지하는 임무를 맡는다.

이즈음 걸상과 객석을 대여해 주는 사람들은 지나가는 행인들을 향해 열심히 외쳐댄다. “자리요, 자리! 숙녀님들, 자리 사세요!”

가면

이제 가면을 쓴 사람들이 모여들기 시작한다. 대개 맨 먼저 나타난 사람들은 젊은 남자들로서, 최하층 계급에 속하는 여자들의 축제 의상으로 가장했는데, 가슴을 드러내놓고 뻔뻔스러운 자아도취에 빠져 주로 먼저 자신의 모습을 보여준다. 이들은 마주치는 남자들에게 키스를 하는 등 짓궂게 굴고 여자들에게는 마치 동료인 것처럼 친숙하게 대한다. 그리고 기분이 내키는 대로 마음껏 익살스럽게 장난을 친다.

이들 중 우리의 기억에 남아 있는 젊은 남자가 있다. 그는 활달하면서도 싸우기를 좋아해, 어느 누구도 말리지 못하는 여자의 역할을 탁월하게 연기했다. 그는 코르소 거리를 위에서부터 아래까지 내려가며 모든 사람한테 시비와 싸움을 걸고 그의 패거리는 애를 태우며 그를 진정시키는 역할을 했다.

이때 알록달록한 끈들을 허리춤에 감고, 끈에는 커다란 호른 하나를 매단 풀치넬라 하나가 어슬렁거리며 다가온다. 그는 여자들과 수다를 떨며 몸짓은 조금만 하는데, 대담하게도 이 신성한 로마의 옛 정원들의 신[129]을 흉내 낸다. 그의 경박함은 불쾌하다는 느낌보다는 즐거움을 불러일으킨다. 여기에 그와 비슷한 광대가 나타나는데, 그는 좀 더 겸손하고 만족스러워하면서 예쁜 부인을 데려왔다.

여자들도 남장을 하고 등장하는 일을 즐긴다. 남자들이 여자로 변장하는 것과 똑같다. 인기 있는 풀치넬라들의 복장을 하고 나타나는 여자들이 있는데, 이 혼성 형상을 한 그들이 종종 아주 매력적으로 보인다는 사실을 인정하지 않을 수 없다.

변호사 한 명이 마치 법정에서처럼 열변을 토하며 군중 사이를 뚫고 빠른 걸음으로 나타난다. 그는 위쪽의 창을 올려다보며 고함을 지르기도 하고, 가장한 혹은 가장하지 않은 보행인들을 붙들고 소송을 걸겠다고 위협한다. 어떤 사람한테는 대수롭지 않은 일인데 죄를 범했다고 억지를 쓰며 장황하게 떠들어대고, 어떤 이한테는 꼼꼼하게 기록된 명세서를 들이대고 설명하기도 한다. 그는 여자들은 정부가 있다고 훔쳐보고, 처녀들은 애인이 있다고 흘겨본다. 그리고 가지고 다니는

---

129) 그리스 신화의 프리아포스(Priapus)를 말한다. 번식과 다산을 상징하는 과수원의 수호신인데, 남근을 뜻하는 팔루스(phallus)에서 유래한 이름답게 유난히 큰 성기를 내놓고 있는 모습이다.

책을 인용하기도 하고, 서류를 작성하기도 한다. 그는 몹시 심금을 자극하는 목소리와 유창한 변설로 이 모든 일을 해낸다. 그는 모든 사람을 창피하게 하고 혼이 빠지도록 만든다. 이제 끝났다고 생각하는 순간 그는 정식으로 다시 시작한다. 드디어 떠나가나 보다 하면 다시 되돌아온다. 그는 한 사람을 향해 곧장 달려가서 그를 붙들고 이야기를 하는 것이 아니라 지나간 사람을 붙잡는다. 이제 동료 한 사람이 그를 향해 오고 있으니 이 미친 장난은 절정에 달한다.

그러나 이들은 관객들의 주의를 오랫동안 자기네들한테 집중시킬 수 없다. 아주 광적인 인상도 너무나 많이 일어나는 여러 가지 다양한 일들에 희석되어 버리고 만다.

특히 퀘이커교도들은 별로 시끄럽지 않은데도 변호사 패거리만큼이나 인기가 있다. 퀘이커교도의 가장 의상은 고물 상점에서 옛 프랑켄 지방의 옷들을 쉽게 살 수 있기 때문에 일반화된 것 같다.

이 분장에서 중요한 점은 의상이 옛 프랑켄 지방의 것이되 낡아선 안 되고, 고급 천이어야 한다는 점이다. 대부분 우단이나 실크로 된 옷들이고 그 위에 수놓은 실크 조끼를 입는다. 그리고 퀘이커교도들은 타고난 뚱뚱이였음이 틀림없다. 가면을 보면 모두 볼이 통통하고 눈이 작다. 가발은 예쁘게 땋아 늘어뜨렸다. 모자는 작고 대개 가장자리를 리본으로 둘러 박았다.

이들의 모습은 희극 오페라 가수와 매우 흡사하다. 이런 가수의 역할이 대개 맹한 바보여서 사랑에 빠져 속임을 당하듯이, 퀘이커교도로 분장한 사람들도 천박한 멋쟁이 역할을 흉내 낸다. 그들은 발끝으로 이리저리 아주 가볍게 뛰어다니고, 오페라글라스 대신에 커다란 검은색 안경을 썼는데 안경알이 없다. 이런 모습으로 마차 안을 들여다보고 창문을 올려다본다. 그들은 흔히 뻣뻣하게 깊숙이 허리를 숙여 절을 하는데, 동료들과 마주치면 기쁘다는 표시로 여러 번 높이 깡충깡충 뜀뛰기를 하면서 괴성을 지른다. 이 날카롭고 경쾌한 소리는 '부르르'하는 자음이 들릴 정도다.

그들은 이런 소리로 자주 신호를 하고 동료들이 이 신호에 똑같이 응답하는지라 온 코르소 거리에 잠시 동안 괴성이 흘러넘친다.

그런 반면 장난꾸러기 소년들은 커다란 소라 껍데기를 귀가 터질 듯이 시끄럽게 불어댄다.

협소한 공간과, 여러 가장 의상들이 비슷하다는 점(항상 수백 명의 풀치넬라들과 100여 명의 퀘이커교도들이 코르소 거리를 오르내린다.)을 보고 나면, 이들 대부분이 남들의 이목을 집중시키거나 칭찬을 받으려는 의도가 없다는 사실을 금방 깨닫게 된다. 남의 시선을 받고 싶은 사람들은 일찌감치 코르소 거리에 나타나야 한다. 그러나 대부분의 사람들은 스스로 즐기고 한번 미친 척하고 놀아봄으로써 이 며칠간의 자유를 최대한 만끽하기 위해서 거리로 나온 것이다.

특히 처녀들과 부인들은 이 기간 동안 자기 마음대로 재미있게 변장하기를 원하고 또 그 방법을 알고 있다. 그들은 각자 어떤 방법이 되었든 가장을 하고 집을 빠져나갈 궁리를 한다.

많은 돈을 들일 수 있는 여성은 극히 소수인지라 창의력을 최대한 발휘해야 한다. 온갖 변장 방법을 궁리해서 치장을 하기보다는 자신을 감추는 데 중점을 둔다.

여자나 남자나 아주 쉽게 할 수 있는 변장은 거지 행색이다. 첫째로 필요한 것은 아름다운 머리칼이다. 다음엔 얼굴을 하얗게 칠하고 색깔 있는 허리띠에 진흙 도자기 그릇을 꿰차고 손엔 지팡이와 모자를 든다. 그들은 공손한 거동을 하며 창문 아래로 가거나 사람들한테 다가가, 동냥 대신 사탕이나 호두 같은 것을 얻는다.

더 쉽게 하는 사람들도 있다. 모피로 몸을 감싸거나 얌전한 평상복에다가 얼굴에 가면만 쓰고 나오는 여성들이 바로 그들이다. 그들 대부분은 남자를 동반하지 않고 대나무 가지에 꽃을 묶은 방어용 무기를 가지고 나온다. 이것으로 귀찮게 구는 사람들을 쫓기도 하고, 아는 사람이든 모르는 사람이든 변장을 하지 않고 나온 사람들과 마주칠 때마다 그들의 얼굴에 이것을 휘두르는 장난을 한다.

네다섯 명의 무리를 이룬 처녀들에게 표적이 되어 둘러싸인 남자들은 도망칠 방법이 없다. 이 패거리가 에워싸고 있으니 도망갈 수도 없고, 어디로 몸을 돌려도 코앞으로 들이미는 이 빗자루를 벗어날 수가 없다. 이런저런 희롱에 진지하게 대항한다는 것은 매우 위험한 일이 될 수도 있다. 왜냐하면 변장은 불가침이고, 보초병은 변장한 사람 편을 들라는 명령을 받기 때문이다.

각 계층의 평상복도 똑같이 변장 의상으로 간주된다. 마구간지기가 커다란 솔을 가지고 나타나서 그들 맘대로 행인의 등을 박박 긁기도 한다. 마부들은 평상시처럼 마차를 타라고 치근덕거린다. 좀 더 아기자기한 변장은 시골 처녀들, 프라스카티 여자들, 어부들, 나폴리 뱃사공들, 나폴리 경찰관들, 그리고 그리스 사람들이다.

가끔 어떤 가장 복장은 연극에 나오는 의상을 그대로 모방한 것도 있다. 어떤 사람들은 태피스트리나 마직 천으로 온몸을 감싸면서 그것을 머리 위에서 묶는 손쉬운 복장을 한다.

하얗게 가장한 형상은 대개 다른 사람들의 길을 막고 그들 앞에서 깡충깡충 뛰는데, 이런 방식으로 귀신을 연출하고 있다고 생각된다. 어떤 사람들은 기이하게 혼합된 변장을 해서 눈에 띄기도 한다. 타바로는 언제나 가장 고상한 변장으로 인정을 받는데, 이는 전혀 눈에 띄지 않기 때문이다.

기지에 넘치고 풍자적인 가장은 매우 드물다. 이는 이미 처음부터 그 의도가 목적이 되어, 눈에 띄어야겠다고 작정을 하기 때문일 것이다. 간통녀의 남편으로 분장한 광대가 있었다. 그는 두 개의 뿔을 움직일 수 있도록 만들어 달팽이처럼 양쪽 뿔을 넣었다 뺐다 할 수 있었다. 그가 막 결혼한 사람 집 창문 밑에서 뿔 하나만 조금 빼 보이거나, 다른 사람한테 두 뿔을 완전히 빼내 보이고 맨 위에 고정시킨 부분을 요란하게 움직여 소리를 낼 때마다 관중은 재미있게 구경을 하고 가끔 박장대소를 한다.

한 마술사가 이 무리에 끼어들어 숫자가 적힌 책을 사람들에게 보여주면서, 시민들의 복권 열기를 상기시킨다.

앞뒤로 두 얼굴을 한 사람이 이 무리에 나타난다. 어떤 얼굴이 앞이고 어떤 얼굴이 뒤인지 분간이 안 되니, 그가 오고 있는 건지 가고 있는 건지도 알 수가 없다.

외국인은 이 기간에 놀림을 당해도 화를 내면 안 된다. 북쪽에서 온 외국인들은 긴 의상, 큰 단추, 멋있는 둥근 모자 때문에 로마인들 눈에 띄기 마련이고, 이래서 외국인은 그들에게 이미 가장을 한 사람이 된다.

외국인 화가들 가운데 특히 풍경과 건물을 공부하는 이들은 로마의 어디에서나 공개적으로 앉아 소묘를 한다. 그래서 그들은 카니발 군중 사이에 꾸준히 소개되고, 커다란 화구 가방, 긴 외투, 거대한 제도용 컴퍼스를 가지고 매우 바쁜 모습을 보여준다.

독일의 빵 굽는 사람들은 로마에서 자주 술 취한 모습으로 모방되어 사람들의 눈길을 끈다. 그들은 고유 의상이나 약간의 장식을 단 옷을 입고 포도주 병을 손에 들고 비틀비틀 걷는 사람으로 소개된다.

유일무이하게 풍자적인 변장이 기억난다. 오벨리스크 하나가 트리니타 데이 몬티 성당 앞에 세워지게 되었다. 군중은 그 결정에 그다지 만족하지 않았다. 자리가 좁다는 이유 외에, 그 작은 오벨리스크에 일정 정도의 높이를 부여하기 위해 아주 높은 좌대를 설치해야 했기 때문이다. 어떤 사람이 이 사건을 소재로 삼아 크고 하얀 좌대 모양의 모자를 만들어 쓰고 그 위에 아주 작은 붉은색 오벨리스크를 고정시켰다. 좌대에는 커다랗게 쓴 글자들이 붙어 있었는데, 그게 무슨 뜻인지 알아낼 수 있는 사람이 아마 거의 없었을 것이다.

마차

변장한 사람들이 점점 많아질 때쯤이면 마차들도 하나씩 코르소 거리 안으로 들어온다. 일요일이나 축제일을 묘사할 때 흔히 위에 쓴 것처럼 마차들이 질서정연하게 오가는 것으로 그리는데, 다른 점이 있다면 베네치아 궁전을 향해 북쪽에서 내려온 마차가 코르소 거리가 끝나는 바로 그 지점에서 돌아서 왔던 길을 거슬러 올라간다는 것이다.

앞에서 설명했듯이, 길 양편을 돋워 보행로를 만들었기 때문에 실제 이 거리의 대부분 구간은 석 대의 마차가 지나갈 수 있는 폭밖에 되지 않는다.

길 양쪽에 높인 장소는 모두 가설 관람석으로 막혔고, 내놓은 의자에 관람객들이 자리를 잡았다. 이 가설 관람석과 의자들에 바짝 붙어 마차들이 열을 지어 내려가고, 반대편에서는 올라간다. 보행자들은 이 두 마차 행렬 사이에 끼어 다니는데 그 폭이 겨우 8걸음 정도에 불과하다. 누구나 되는 대로 밀치면서 이리저리 몰려다닌다. 모든 창문과 발코니에는 구경꾼으로 꽉 차 있는데 이 무리들이 아래 모인 인파를 내려다본다.

카니발의 처음 며칠 동안에는 평범하게 장식한 마차들만 보인다. 예쁘고 호화로운 장식은 축제의 후반부를 대비해서 다들 아껴두기 때문이다. 카니발이 끝나가는 날들에는 무개마차들이 나타난다. 이들 중 어떤 마차들은 6인석이다. 앞뒤의 높은 자리에는 각각 숙녀들이 마주 보고 앉아 있어서, 사람들이 그들의 전체 모습을 잘 볼 수 있다. 나머지 낮은 네 좌석에는 남자 넷이 앉는다. 마부와 하인들은 가장을 했고 말들은 꽃과 나뭇잎으로 예쁘게 꾸며놓았다.

가끔 마부의 양발 사이에 분홍색 리본으로 꾸민, 아름다운 하얀색 푸들이 서 있기도 하는데, 마차에 단 방울을 울리면 잠시 동안 관람객들의 시선이 이 마차에 쏠린다.

높은 자리에는 미인들만이 얼굴에 가면도 쓰지 않고 앉아서 모든 관람객에게 자신을 드러낸다는 사실은 상상하기 어렵지 않을 것이다. 모든 사람의 눈이 이들에게 집중되고 미인들은 이곳저곳에서 "야, 진짜 예쁘다!" 하는 탄성을 듣고 행복에 젖는다.

옛날에는 이런 호화 마차들이 훨씬 많았고 더 볼만했다고 한다. 그리고 신화적이고 비유적인 상상력을 동원했기 때문에 훨씬 더 흥미진진했단다. 그러나 요즈음엔 어떤 이유에서인지는 모르지만 전체적으로 상류층 사람들이 자신들을 관객의 눈에 두드러지게 나타내는 재미를 잃었고 오히려 축제 분위기를 향유하고 싶어 하는 것 같다.

카니발이 끝나갈 즈음에는 이 마차들의 차림이 더욱 재미있다.

가장을 하지 않고 마차에 앉아 있는 진지한 사람들조차 자기네 마부와 하인들에게는 가장을 하도록 허락한다. 마부들은 대개 여자 의상을 즐겨 입어서 축제가 끝나갈 무렵에는 여자들만 말을 다루는 것처럼 보인다. 그들은 여러 번 품위 있게, 정말 매력적으로 옷을 입었다. 그와는 반대로 뚱뚱하고 못생긴 녀석이 완전히 최신 유행을 따라 머리를 올리고 깃털로 장식을 해서 커다랗게 희화한 모습으로 등장하기도 한다. 칭찬받는 미인들처럼, 누가 이 녀석 코앞까지 와서 "아이고 형님, 참말로 흉측한 하녀 꼴이네요!"라고 외쳐도 그는 참아야 한다.

마부들은 인파 속에서 자신의 여자 친구들을 만나게 되면, 이들을 마부 석에 앉히는 게 통례다. 대개 남장을 한 이 여자들은 마부 옆에 앉아서, 그 예쁘장한 다리와 굽 높은 구두를 신은 풀치넬라의 발을 행인들의 머리에 대고 흔들며 장난한다.

하인들도 마찬가지로 자기 친구들이나 여자들을 마차 뒤에 태운다. 사람들이 마치 영국의 시골 마차 궤짝 위에 올라앉은 것 같은데도 부족함이 없다.

주인들도 자신의 마차에 사람들이 주렁주렁 매달리는 것을 즐기는 것 같다. 이 며칠 동안에는 모든 것이 허용되고 모든 것이 무례하게 생각되지 않는다.

인파

이제 길고 좁은 이 거리를 한번 훑어보자. 모든 발코니와 창문에는 총천연색의 태피스트리들이 길게 걸려 있고, 또한 구경하는 사람들로 가득 차 있다. 구경꾼들은 길 양편의 사람들로 꽉 찬 가설 관람석을, 그리고 길게 줄지어 늘어선 의자들을 내려다본다. 도로 한복판에선 마차들이 양쪽으로 열을 지어 천천히 움직이고, 기껏해야 세 번째 마차가 지나갈 수 있을 만한 가운데 공간은 완전히 사람들로 꽉 찼는데, 이들은 왔다 갔다 하는 것이 아니라 이리저리 떠밀려 다닌다. 마차들은 밀려서 급정거할 경우 충돌하지 않기 위해서 가능한 한 서로 조금 간격을 유지하려 한다. 때문에 많은 보행자들이 잠시 숨을 돌리기 위해 이 중앙 인파에서 벗어나려면, 앞에 가는 마차의 바퀴와 뒤따라오는 마차의 말과 고삐 사이를 빠져나가야 한다. 그런데 이럴 때 보행자의 위험이 크면 클수록, 빠져나오기가 어려우면 어려울수록 그들의 모험심과 기분이 고조되는 것 같다.

좌우로 줄지어 가는 마차 사이에서 움직이는 보행자들 대부분이 신체와 의상을 보호하기 위해 마차 바퀴와 차축을 피한다. 그래서 그들은 자신들과 마차 사이에 필요 이상의 공간을 두는 게 보통이다. 천천히 움직이는 인파에 휩쓸려가기에 싫증이 난 사람이 있다고 치자. 그가 마차와 보행자들 사이, 즉 위험과 싫증 난 인파 사이를 헤집고 갈 용기가 있다면, 그는 순식간에 꽤 긴 거리를 갈 수 있다. 다시 다른 장애가 나타나 그의 길을 저지할 때까지 말이다.

이미 이 정도 이야기로도 믿을 수 있는 한계선을 넘어선 것처럼 보인다. 만일 로마의 카니발을 직접 본 많은 사람들이 내가 정확하게 진실을 고수하고 있다는 것을 증명하지 않는다면, 그리고 만일 이 축제가 매년 반복되지 않는다면, 그래서 많은 독자가 장차 이 책을 손에 들고 가서 직접 관찰하고 비교할 수 없다면, 나는 이 이야기를 계속할 엄두를 못 내리라.

이제껏 인파, 소용돌이, 소음 그리고 장난 같은 것이 단지 전체 이야기의 첫 번째 단계였다는 말을 우리 독자들이 듣는다면 대체 어떤 반응을 보일 것인가?

로마 대장과 대법관의 퍼레이드

마차들은 천천히 앞으로 가다가 정체되면 제자리에 서 있으면 되지만, 보행자들은 여러 가지로 고충을 겪는다.

교황의 근위병들은 각자 말을 타고 이 인파 사이를 다니면서 우발적인 무질서를 바로 잡고 마차들의 정체를 해소한다. 그러니 보행자는 마차의 말을 피하는 순간, 뒤통수에 이 근위병의 말 머리를 느낀다. 이것 한 가지만도 몹시 불편하다.

로마 대장은 커다란 국가 공용 마차를 타고 마차 여러 대의 호위를 받으며 길 양편 마차들 사이 중앙으로 꿋꿋이 간다. 교황의 근위대와 앞장선 시종들이 인파를 향해 경고하며 자리를 만든다. 행렬은 보행자들로 가득 찼던 공간을 순식간에 온통 차지해 버린다. 보행자들은 서로 밀치면서 다른 마차들 사이로 피하거나 가능한 대로 이렇게 저렇게 옆으로 물러난다. 배가 지나가면 선미의 바닷물이 잠시 갈라졌다가 배의 뒤꽁무니에서 곧장 다시 합쳐 어우러지듯이, 가장행렬과 보행자 무리는 이 행렬이 지나가자마자 다시 합쳐진다. 그러나 얼마 지나지 않아 혼잡한 인파는 이런 식으로 움직이는 데 방해를 받는다.

대법관도 비슷한 퍼레이드를 한다. 그의 커다란 국가 공용 마차와 호위 마차들이 질식할 듯한 인파의 머리 위로 헤엄치듯 지나간다. 이곳 사람들이나 외국인들이 만일 현 대법관인 레초니코 공자의 착한 마음씨에 반하지만 않았더라면, 아마 이 행렬이야말로 지나가버려서 속 시원하다고들 말할 유일한 경우가 될 것이다.

로마 최고의 치안과 법률 책임자 둘이 퍼레이드를 통해 카니발의 성대한 개막을 알리며 첫날의 코르소 거리를 누비고 지나간다. 그 뒤를 올버니 백작이 따랐는데, 그는 축제 기간 매일 같이 이 길을 오가서 수많은 인파에 커다란 불편을 주었으며, 가면 분장의 흔한 소재 중 하나로 사육제극[130]에서 왕위 쟁탈전을 벌이는 늙은 여왕들의 모습을 연상시켰다.

같은 권리를 가진 외교관들은 인도적 배려로 그 권리를 거의 행사하지 않는다.

루스폴리 궁전 옆의 미인들

코르소 거리의 교통 흐름을 막거나 방해하는 것은 이 퍼레이드들만이 아니다. 루스폴리 궁전 모퉁이와, 그 바로 옆의 조금도 더 넓지 않은 포장도로들의 좌우 가장자리가 돋워지고, 이곳에 아름다운 여인들이 자리를 잡는다. 모든 의자는 곧 사람들로 차거나 예약이 끝난다. 중류층의 이 최고 미녀들은 매력적인 가장을 하고서 남자 친구들에 둘러싸여, 호기심 많은 행인들에게 보란 듯이 앉아 있다. 이 동네에 온 사람이면 누구나 이 보기 좋은 미인들의 대열을 둘러보기 위해 발걸음을 멈

130) Fastnachtsspiel. 이탈리아 카니발과는 별개인 독일 민중극 양식으로, 15세기에 뉘른베르크를 중심으로 발달해 독일 전체로 확산되었다.

춘다. 모두들 호기심에 가득 차 있다. 그곳에 앉아 있는 남자로 변장한 수많은 여성들 중에서 진짜 여성을 찾아내려 하고, 어쩌면 예쁜 장교로 변장한 여성한테서 자기가 갈망하던 대상을 찾았다고 생각하는 사람도 있을 것이다. 여기 이 지점에서 행렬의 움직임이 정체된다. 그도 그럴 것이 마차들이 가능한 한 오랫동안 이곳에 머물려고 하기 때문이다. 어차피 어디에선가 정체될 것이라면 이 아름다운 무리와 함께 있고 싶어 하는 것은 당연하다.

콘페티

여기까지의 묘사는 주로 비좁고 다소 우려스러운 상황들뿐이라면, 이제는 독자가 좀 더 특별한 인상을 받을 만한 이야기를 해보자. 이 억눌린 흥취가 사소하고 대개는 장난기 넘치는 방식으로 풀리다가도 어떻게 해서 종종 심각한 싸움으로 번지는지를 말이다.

옛날에 한 미인이 우연히 지나가는 친한 친구를 보고, 가면 쓴 군중 사이에 자신이 있다는 것을 알리기 위해서, 곡물 알갱이에 설탕을 입혀 만든 사탕을 던진 일이 아마도 그 시초일 것이다. 사탕에 맞은 남자는 뒤를 돌아보고 가장한 여자 친구를 알아보았을 것이다. 이처럼 자연스러운 이야기가 또 있을까? 이것이 요즈음엔 일반적인 관습이 되었다. 콘페티를 던진 두 사람이 서로 다정한 얼굴들을 알아보는 장면을 자주 목격할 수 있다. 그러나 진짜 사탕을 낭비하는 것은 가계를 곤란하게 하니까, 이런 낭비를 덜어줄 보다 값싼 재료를 많이 보유할 필요가 있었을 것이다.

근래에는 꼭 알사탕처럼 보이는, 석고를 깔때기에 부어 굳힌 뒤 자른 조각들을 커다란 바구니에 담아 인파를 헤집고 다니며 파는 장사꾼도 있다.

이 콘페티 공격에서 안전한 사람은 아무도 없다. 모두가 방어 태세다. 공격적인 장난, 아니면 필요성 때문에 여기서는 두 사람 사이에 격투가 벌어지는가 하면 저기서는 패싸움이나 대전투가 벌어진다. 보행자들, 마부들, 창문에서 내다보는 구경꾼들, 가건물과 의자에 앉아 있는 관람객들이 서로 공격하고 방어한다.

숙녀들은 금물과 은물을 입힌 바구니에 이 알맹이를 가득 채워 가지고 있고, 남성 동반자들은 이 미인들을 기세 좋게 방어한다. 사람들은 마차의 창문을 내리고 이런 공격을 기다리며, 친구들과 농담을 주고받다가 모르는 사람이 공격하면 끈질기게 대항한다.

이 싸움이 가장 많이 일어나고 정도가 가장 심한 곳이 바로 루스폴리 궁전 인근이다. 가장을 하고 거기 앉아 있는 사람들은 누구나 다 바구니, 자루, 손수건을 묶은 주머니들로 무장하고 있다. 그들은 공격을 당하기보다 더 자주 공격한다. 최소한 몇 명의 가장한 무리에게 공격당하지 않은 채로 통과하는 마차는 없다. 보행자들 또한 그들 앞에서 안전하지 않다. 특히 검은색 옷을 입은 수도원장 가면이 나타나면 사방팔방에서 모두가 공격한다. 콘페티를 맞은 자리는 석고 알맹이들의 색이 물들기 때문에 수도원장은 온몸이 흰색과 회색의 점투성이가 된다. 이런 싸움이 몹시 진지하고 일반화되어 있는 것을 흔히 보는데, 질투심과 개인적 증오심을 이렇게 자유롭게 발산하는 것을 보면 놀라울 뿐이다.

변장객이 몰래 다가와 첫 줄에 앉아 있는 미인들 중 한 명을 겨냥해서 콘페티를 한 주먹 던진다. 기세등등하게 던진 이것이 얼굴 가면에 정통으로 맞아 콩을 튀기는 소리가 나고 예쁜 목에는 상처가 난다. 양쪽에 앉은 그녀의 남자들이 붉으락푸르락해져서는 바구니와 자루에서 콘페티를 움켜쥐어 공격한 사람을 향해 소나기 퍼붓듯 던져댄다. 그러나 그 공격자는 변장을 잘했고 갑옷투구로 무장했기에 되돌아오는 공격에 눈 하나 깜짝하지 않는다. 방어 차림이 안전하면 안전할수록 그는 공격을 계속한다. 방어자들은 자신들의 외투를 벗어 여자를 보호한다. 공격자가 하도 기세등등하게 던져대는지라, 방어자 주변 사람들도 얻어맞게 된다. 그리고 이 거친 행위와 맹렬함이 주변 사람들의 분노를 사게 되어 주위에 앉아 있던 사람들까지 싸움에 가세한다. 그들도 석고 알맹이들을 아끼지 않고 이런 경우를 대비해서 대부분 좀 더 큰 탄알, 즉 설탕을 입힌 아몬드 크기의 탄알을 예비용으로 가지고 있다. 공격자는 결국 사방에서 집중 공격을 받아 퇴각하는 도리밖에 없다. 특히 그가 석고 콘페티를 다 써버렸을 경우에는 어쩔 수 없다.

이런 모험을 감행하는 공격자는 대개 탄알을 건네주는 지원병을 데리고 다닌다. 그리고 이 석고 콘페티를 파는 상인들은 싸움이 계속되는 동안 바구니를 들고 돌아다니며 손님이 원하는 만큼의 무게를 재빨리 다느라고 정신이 없다.

우리도 이런 전투 현장을 가까이에서 직접 본 적이 있다. 싸우던 사람들이 탄알이 다 떨어지자 마지막엔 금도금을 한 자기네 바구니들을 상대방 머리 위에다 집어던져서, 옆에 있다가 덩달아 심하게 얻어맞은 위병들의 경고에도 불구하고 말릴 수 없었다.

만일 이탈리아 경찰의 잘 알려진 처벌 도구인 오랏줄이 여러 모퉁이에 쳐 있지 않다면, 그래서 이 순간에 위협적인 무기를 쓰는 것은 매우 위중한 일임을 이 재미있는 와중에 상기하지 않는다면 아마도 이런 싸움들 중 상당수가 칼부림으로 끝날 것이다.

싸움은 수없이 많이 일어나는데, 대부분은 진지하기보다는 재미있다.

일례로 광대를 가득 실은 무개마차 한 대가 루스폴리를 향해 다가온다. 마차는 관람객들을 지나치면서 모두에게 콘페티를 던져 차례차례 맞힐 계획이다. 그런데 불행히도 밀려든 인파가 너무 엄청나서 마차는 그들 사이에 끼어 꼼짝할 수가 없다. 모두가 갑자기 똑같은 기분이 되어 사방팔방에서 이 마차를 향해 우박처럼 던져댄다. 광대들이 던지던 탄알은 이미 바닥났기 때문에 사방팔방에서 불처럼 쏟아지는 탄알 세례를 한참 동안이나 맞고 있을 수밖에 없다. 막바지에 이르면 마차는 완전히 눈과 우박을 뒤집어쓴 모양새가 되고, 마침내 그 마차가 서서히 빠져나가기 시작하면 사람들의 웃음소리가 터지고 비난하는 말들이 오고 간다.

코르소 거리 남쪽 끝에서 벌어지는 대화

코르소 거리에서 일어나는 여러 이벤트들 가운데 가장 주목 받는 일, 즉 이렇게 활발하고 격렬한 놀이에 많은 미인들이 참여하고 있는 동안, 관람객의 일부는 이 코르소 거리의 남단 인근에서는 다른 방식의 놀이를 즐긴다.

로마 아카데미 드 프랑스에서 멀지 않은 곳에 에스파냐 고유 의상을 입고 있는 사람이 출현한다. 모자에 깃털을 꽂았고 대검을 차고 긴 장갑을 꼈다. 소위 이탈리아 극장의 군인으로 변장한 사람이 가설 관람석에서 구경하는 가장한 군중 한가운데 나타나, 산 넘고 물 건너 행한 자신의 위대한 모험담을 열렬한 톤으로 이야기하기 시작한다. 얼마 안 있어 광대 한 사람이 그에게 모든 사건이 그럴듯하다고 편을 드는 척하다가 의심과 이의를 제기한다. 광대는 말장난과 일부러 꾸민 순박함으로 이 영웅의 호언장담을 우습게 만들어버린다.

여기에서도 지나가던 사람은 누구나 발걸음을 멈추어 이 떠들썩한 대화에 귀를 기울인다.

어릿광대 왕

새로 나타난 행렬이 가끔 이 인파를 더욱 혼잡하게 만든다. 한 다스쯤 되는 풀치넬라들이 모여서 왕을 한 명 뽑고 왕관을 씌우고 홀을 손에 쥐여준다. 그리고 그 왕을 잘 꾸며놓은 소형 마차에 태워 음악을 연주하고 환호성을 지르며 코르소 거리를 따라 올라간다. 이들이 행진해 가면 다른 모든 풀치넬라들이 뛰어와 합세한다. 무리는 점점 불어나고 이들은 고함을 지르고 모자를 흔들어 길을 연다. 그러면 이제야 이들이 이 평범한 변장을 각자 다르게 하려고 신경 쓴 이유를 알게 된다.

어떤 광대는 가발을 쓰고 있고, 다른 광대는 거무튀튀한 얼굴에 여자 두건을 쓰고 있다. 세 번째 광대는 모자 대신에 머리 위에 새장을 이고 있는데, 새장 안에는 한 쌍의 새가 막대기 위에서 이리저리 깡충깡충 뛰어다닌다. 한 마리는 수도원장 옷을, 다른 한 마리는 귀부인의 드레스를 입고서 말이다.

샛길들

독자에게 가능한 한 생생하게 묘사하려고 애썼던 그 끔찍스러운 혼잡스러움을 피하기 위해서 많은 변장객들이 코르소 거리를 빠져나와 자연스럽게 샛길로 들어선다. 연인들은 이곳에서 좀 더 조용하고 정답게 나란히 걸어다니고, 익살스러운 총각들은 온갖 별난 연극을 연출해 보이기도 한다.

한 무리의 남자들이 일요일에 평민이 입는 복장을 했다. 즉 금실로 수놓은 조끼 위에 짧은 상의를 입고 길게 늘어뜨린 망 안에 머리카락을 집어넣었다. 그들은 여자로 가장한 젊은 남자들과 이리저리 산책을 한다. 평화스럽게 오락가락 걷는 여자들 가운데 한 여자는 만삭인 것 같다. 갑자기 남자들이 두 패로 갈려서 격한 말들을 주고받는다. 여자들이 끼어들고 싸움은 점점 커진다. 드디어 남자들이 은박을 입힌 마분지 칼집에서 칼을 꺼내 서로 상대방을 공격한다. 여자들은 귀가 따갑도록 고함을 지르며 이 남자는 이쪽으로 저 남자는 저쪽으로 뜯어말린다. 이들 주변에 서 있던 사람들이 참견을 해 마치 진짜 싸움인 것처럼 각 편을 진정시키느라 정신이 없다.

이러는 동안 만삭인 여자가 놀라서 몸을 가누지 못한다. 의자를 갖다주고 나머지 여자들이 그녀를 돌본다. 임산부가 죽겠다는 몸짓을 하고 잠깐 사이에 형체가 뚜렷하지 않은 것을 낳게 된다. 주위에 서 있던 사람들은 재미있다고 야단이다. 연극은 이것이 끝이고 이들은 다른 장소에서 똑같은, 혹은 비슷한 극을 연출하기 위해서 자리를 뜬다.

로마인들은 평소에도 살인 이야기를 좋아하는지라 기회만 있으면 살인 연극을 해 보인다. 심지어 아이들까지 '교회' 놀이라는 것을 한다. 그것은 우리네의 '사방 구석에서 힘내' 놀이하고 비슷한데, 원래는 교회의 계단으로 피신한 살인자를 묘사하는 놀이다. 나머지 아이들은 경찰 역을 맡아 온갖 방법을 동원해 살인자를 체포하려고 찾아다닌다. 그러나 경찰들은 보호구역 안으로 들어가면 안 된다.

옆길에서, 특히 바부이노 거리와 스페인 광장에서는 아주 재미있는 일들이 일어난다.

퀘이커교도들도 떼거리로 몰려와 좀 더 자유롭게 연기를 한다.

그들은 모든 사람을 웃기는 기술을 하나 갖고 있다. 12명이 한 조를 이루어 모두 발가락 끝을 빳빳하게 세워, 종종걸음으로 빠르게 행진해 온다. 그래서 아주 반듯한 횡대를 이룬다. 모두 자기 자리에 서자마자 우향우 아니면 좌향좌를 해서, 종대를 이루어 총총걸음으로 간다. 그러다 돌연히 우향우로 다시 횡대를 만든다. 이렇게 다른 길로 접어든다. 그러다가 어느 사이에 다시 좌향좌를 한다. 이 종대는 마치 구이용 꼬챙이에 반듯하게 꿰어 매달린 듯이 어떤 집의 문 안으로 밀려들어간다. 바보들은 이렇게 사라져버린다.

저녁

이제 저녁이 되니 모두들 코르소 거리로 점점 더 꾸역꾸역 몰려든다. 훨씬 전부터 마차들은 움직일 수 없다. 어느 때는 밤이 되기 전 2시간 동안, 마차 한 대도 제자리에서 꼼짝할 수 없을 정도로 정체되기도 한다.

교황의 근위병들과 도보로 다니는 보초병들은 이제 바쁘기 짝이 없다. 모든 마차들을 가능한 한 중앙에서 밀어내 열을 똑바로 세우니 군중 사이에서 대단한 무질서와 불평이 생긴다. 이곳저곳에서 마차를 후진시키고, 떠밀거나 들어 올린다. 후진하는 마차 한 대 때문에 그 뒤에 있는 마차들이 모두 뒤로 물러서고, 그러다 보니 결국엔 마차 한 대가 거리 중앙으로 말을 몰고 나가 피하는 도리밖에 없다. 그러자 근위병이 야단을 치고, 보초병들이 욕을 하며 위협한다.

그러나 그 불행한 마부는 잠시 동안 어쩔 도리가 없다. 그는 야단을 맞고 위협하는 소리를 한바탕 듣고 다시 열로 들어가든지, 아니면 근처에 골목이 있으면 아무 죄가 없더라도 열에서 빠져나가야 한다. 그렇지만 대개 옆길도 마차로 가득 찼고, 뒤늦게 들어선 마차는 이미 움직일 수 없게 된 곳에서 완전히 발이 묶여 버린다.

경마 준비

점점 경마 시간이 다가오고, 이 순간을 수천 명의 사람들이 목 빠지게 기다린다.

의자를 빌려주는 사람들과 관람석을 대여해 주는 사람들이 외치는 소리가 더 커진다. "자리요! 앞자리 있어요! 상등석 있습니다! 신사 분들, 자리 사세요!" 그들은 경우에 따라서는 돈을 조금만 받고서라도 이 마지막 순간에 모든 자리를 대여해야 한다.

이곳저곳에 아직 빈자리가 남아 있다는 것은 다행스러운 일이다. 왜냐하면 장교가 위병들을 거느리고 코르소 거리에 나타나 양쪽 마차 대열 사이로 내려오면서 보행자들을 유일하게 남은 공간으로 밀쳐 내기 때문이다. 이러니 누구나 즉시 의자나 가설 관람석의 자리를 찾든가, 아니면 마차 위나 마차들 사이 혹은 아는 사람 집의 창문으로 피해야 한다. 이제 이 창문들도 구경꾼으로 가득 차게 된다.

그동안 구경꾼 하나 없이 오벨리스크 앞 광장이 정리되었다. 요즈음 이곳에서 볼 수 있는 순간 중 가장 아름다운 순간이리라.

앞에서 언급한 가설 관람석은 앞면에다 태피스트리를 내걸어 장식했는데, 이제 입장을 완료한다. 수천 명의 관객들이 층층으로 머리를 길게 빼어 내다보니 이 광경은 마치 고대의 원형극장, 아니면 서커스를 연상시킨다. 가설 관람석은 오벨리스크의 좌대만 가리고 있기 때문에 정중앙 가설 관람석 위로 오벨리스크가 높이를 온전히 드러내며 우뚝 서 있다. 이제야 거대한 군중과 비교가 되는 그 엄청난 높이가 눈에 띈다.

텅 빈 광장은 매우 조용해서 보는 눈을 즐겁게 해준다. 밧줄을 쳐 놓은 텅 빈 칸막이가 기대감을 고조시킨다.

드디어 장교가 코르소 거리로 내려온다. 이 거리가 정리되었다는 신호다. 장교가 지나간 다음, 보초병이 어떤 마차도 열에서 이탈하여 앞으로 나아가지 못하도록 감시한다. 장교는 상등석 중 하나에 착석한다.

출발

이제 경주마들이 마구간지기들의 손에 이끌려 추첨된 순서대로 칸막이로 나온다. 칸막이 앞쪽에는 밧줄이 쳐 있다. 말들의 몸에는 굴레나 안장 같은 것이 하나도 없다. 이때 사람들이 다가가 군데군데 가시 공이 달린 끈을 말의 몸통에 매달고,[131] 박차가 가해지는 부위와 시야 근처는 가죽 띠를 둘러 보호한다. 그리고 커다란 금박 종이도 몇 장 붙인다.

칸막이 안으로 들어간 말들은 벌써부터 흥분해서 가만있지 못한다. 그래서 이들을 제어하려면 마부에게 노련함과 힘이 필요하다. 질주하려는 말의 충동을 억제하기는 어렵지만, 말들은 엄청난 인파를 보고 주춤한다. 간혹 옆 칸에다, 어느 때는 밧줄 너머까지 발길질을 해댄다. 이런 동작과 무질서는 매순간 기대감을 고조시킨다.

131) 기수가 없는 경마라서 말들이 스스로 뛰도록 자극하기 위해, 따가운 가시 방울을 엮은 끈을 등에서 엉덩이까지 걸쳐지도록 묶는다.

마구간지기들의 긴장이 최고조에 달한다. 출발 순간에 노련하게 말을 놔주는 기술, 그리고 다른 우연한 상황들이 이 말 혹은 저 말을 유리하게 만드는 데 결정적 역할을 할 수 있기 때문이다.

드디어 밧줄이 내려지고 말들이 뛰기 시작한다.

그들은 빈 광장에서 서로 선두 자리를 차지하려고 기를 쓴다. 그러나 좌우에 마차들이 늘어선 비좁은 길 안으로 들어서면 대부분 경쟁은 허사가 된다.

보통 두 마리가 전력을 다해 앞장선다. 모래를 뿌렸는데도 포도 위엔 불똥이 튄다. 말갈기가 휘날리고 금박지들이 윙윙 소리를 낸다. 관객이 말들을 보았다 하는 순간 이미 지나가버린다. 나머지 말의 무리들이 서로 밀치고 방해를 하며 뛴다. 어느 때는 뒤늦게 한 마리가 추격해 오기도 한다. 말들이 지나간 길에는 찢겨나간 금박지 조각들이 펄럭인다. 말들은 곧 시야에서 사라지고 군중이 밀려들어 경마로를 가득 메운다.

베네치아 궁전 옆에 미리 가 있던 다른 마구간지기들은 말들이 도착하기를 기다린다. 그들은 이 폐쇄된 장소에서 능숙하게 말들을 붙잡는다. 우승한 말에게 상이 수여된다.

축제는 이렇게 번갯불처럼 빠르고 강렬한, 순간적인 인상으로 끝을 맺는다. 수천 명이 한동안 긴장해서 기대한 순간이었는데, 왜 이 순간을 기대했고 왜 그렇게 흥겨워했는지를 설명할 수 있는 사람은 극소수에 불과할 것이다.

지금까지의 묘사를 잘 읽어보면, 이 경기가 동물과 사람 모두에게 위험할 수 있음을 쉽게 알아차릴 것이다. 여기 몇 가지 사례를 들어보자. 이 좁은 공간 좌우에 길게 늘어선 마차들 중 뒷바퀴 하나가 바깥쪽으로 조금 빠져 있다고 하자. 이럴 경우 우연하게 이 마차 뒤에 약간 넓은 공간이 형성될 수 있다. 무리를 지어 서로 밀치고 뛰는 말들 중 한 마리가 이 약간 넓혀진 공간을 이용하기 위해서 달려들다가 마차 바퀴에 정면으로 충돌하기도 한다.

우리는 그런 사례를 직접 목격했다. 말 한 마리가 충돌한 충격으로 쓰러졌는데, 그 뒤를 쫓던 말 세 마리가 쓰러진 말 위에 연속으로 엎어졌다. 다행히 그다음 말들은 이 쓰러진 말들을 뛰어넘어 계속 경기를 할 수 있었다.

그러다 간혹 말이 그 자리에서 죽기도 한다. 이때 관객들이 목숨을 잃는 경우도 적지 않다. 마찬가지로 말들이 뛰는 방향을 바꾸면 큰 사고가 발생할 수도 있다.

이런 경우도 있다. 시기심 많고 마음씨가 고약한 사람들이 맨 앞에서 뛰는 말의 눈을 외투로 후려쳐서 말이 방향을 바꾸어 옆으로 뛰게 했다. 더 위험한 것은 말들이 베네치아 궁전에서 마구간지기한테 붙들리지 않는 경우다. 이 말들은 곧바로 뒤돌아 뛰는데 경주로가 이미 인파로 꽉 찼기 때문에 이 사실을 모르고 있던 사람들이나 주의를 하지 않은 사람들에게 사고가 발생하는 경우도 적지 않다.

무너진 질서

대개 어둠이 깔리기 시작할 때가 되면 말들의 경주가 끝을 맺는다. 말들이 베네치아 궁전에 도착하자마자 소형 대포가 발사된다. 이 신호는 코르소 거리 중앙에서도 반복되고, 오벨리스크가 있는 광장에서 마지막으로 발사된다.

이 순간에 보초병들이 자리를 떠나고, 마차 행렬의 질서는 더 이상 지켜지지 않는다. 이때야말로 자기 창문에 서서 조용히 구경하던 관객도 불안하고 짜증나는 순간이다. 그것에 대하여 몇 가지 언급하는 것도 가치 있는 일일 것이다.

우리는 이탈리아에서 휴일과 축제일의 밤이 시작되면 마차 드라이브가 어떤 지경이 되는지 이미 앞에서 보았다. 이 시간에는 보초병이나 위병이 없고, 모든 마차는 질서를 지키면서 오가는 것이 오래된 상례이며 일반적인 관습이다. 그러나 저녁기도 종이 울리자마자, 누구나 자기 권리를 주장하며 아무 때건 어디서건 회전한다. 카니발 동안에도 동일한 거리에서 비슷한 규칙이 마차를 모는 데 적용된다. 여기 인파와 다른 상황 때문에 여느 날과 엄청난 차이가 있는데도 말이다. 이래서 모든 마차는 밤이 시작되자마자 자기 권리를 주장하느라고 질서를 지키지 않는다.

경마를 위한 짧은 순간이 지나가자마자 코르소 거리가 다시금 인파로 완전히 뒤덮이는 것을 보면, 가장 가까운 골목으로 빠져나가 서둘러 집에 돌아가려 애쓰는 모든 마차가 질서를 유지하도록 하는 것은 결국 이성과 공평함뿐이라는 생각을 하게 된다.

대포를 쏘아 알리는 신호가 떨어지기 무섭게 마차 몇 대가 거리 중앙으로 열을 빠져 나오는 것만으로도 보행하는 군중을 정신없게 하고 방해한다. 뿐만 아니라 이 좁은 거리 한복판에서 어떤 마차는 위로 다른 마차는 아래로 가려고 하기 때문에 이 두 마차는 그 자리에서 더 이상 전진하지 못하고, 이성을 잃지 않고 마차 대열에서 이탈하지 않고 있던 사람들까지 옴짝달싹못하게 방해한다.

이때 되돌아온 경주마가 정체되어 있는 마차들 속으로 뛰어들면 위험과 불행, 분노는 배가된다.

밤

이런 혼잡은 뒤늦게나마 대개는 다행스럽게 풀린다. 밤이 되면 누구나 평안한 휴식을 원한다.

극장

이 순간부터 모두가 얼굴에 쓴 가면을 벗는다. 그리고 축제 인파의 상당수가 서둘러 극장으로 몰려간다. 극장 위층 객석에 타바로를 입은 신사나 가장 의상을 입은 숙녀가 혹시 눈에 뜨일까? 1층의 관객들은 다들 어느새 일반 정장으로 갈아입었다.

알리베르티 극장과 아르젠티나 극장에서는 발레를 삽입한 진지한 오페라가 공연된다. 발레 극장과 카프라니카 극장에서는 희극과 비극을 공연하는데, 막간에 희가극을 선보인다. 파체 극장은 주로 다른 극장들을 따라하는데, 인형극이나 줄타기곡예 등 부수적인 구경거리를 많이 제공한다.

토르데노네 대극장은 한 번 화재로 타버렸다가 다시 개축되었다. 그러나 다시 무너져버려서 더 이상 주요 행사나 국가 행사는 물론이고 다른 근사한 공연도 할 수 없게 되었다.

극장을 사랑하는 로마인들의 열기는 대단하다. 전에는 카니발 기간에만 공연이 있었기 때문에 더 열렬했다. 근래에는 극장 한 곳이 여름과 가을에도 공연을 해서, 연중 거의 내내 관객들의 욕구를 채워주고 있다.

여기서 장황하게 극장 설명을 하고 로마인들이 특별히 좋아하는 것을 묘사한다면, 이는 우리 목적에서 크게 이탈하는 일일 것이다. 이에 관해서는 이미 다른 글에서 언급했다는 사실을 독자들은 기억할 것이다.

가장무도회

이른바 가장무도회에 관해서도 마찬가지로 짧게 언급하기로 하자. 이것은 가장객들이 참여하는 대무도회인데, 근사하게 조명된 알리베르티 극장에서 서너 차례 열린다.

여기에서도 신사들과 숙녀들이 점잖은 가장 의상으로 타바로를 입는지라, 전체 홀은 검은색 형상으로 가득 찬다. 알록달록한 캐릭터 변장을 한 사람은 소수다.

때문에 몇 사람이 고상한 차림을 하고 나타나면 호기심은 더욱더 커진다. 그런 사람이 드물긴 하지만, 주로 미술사의 각기 다른 시대에 등장했던 의상들이나, 로마에서 볼 수 있는 여러 입상들의 모습을 훌륭하게 모방하고 있다.

예를 들면 이집트의 신들, 여사제들, 바쿠스와 아리아드네, 비극의 뮤즈, 역사의 뮤즈, 어떤 도시, 베스타의 무녀들, 로마 집정관 등을 이렇게 저렇게 흉내 낸 코스튬을 입은 모습이다.

춤

이 축제에서는 통상 영국식으로 길게 대열을 이뤄 춤을 춘다. 다른 점이 있다면, 파트너가 한 순배씩 교체될 때마다 무엇인가 특징적인 것을 팬터마임으로 표현하는 것이다. 예를 들어 연인이 갈라졌다가 화해하고, 헤어졌다가 다시 만나는 모습을 표현한다.

로마인들은 팬터마임 발레를 통해서 매우 두드러지는 얼굴 표정과 몸으로 표현하는 데 익숙하고, 사교춤을 출 때 우리에게는 과장되고 부자연스러워 보일지도 모르는 표현을 좋아한다. 정식으로 춤추는 법을 배운 사람들이 아니면 감히 가볍게 춤출 엄두를 못 낸다. 특히 미뉴에트는 완전히 엄격한 예술 작품으로 간주되며, 이렇게 추는 이들은 불과 몇 쌍뿐이다. 그런 쌍이 춤을 출 때는 다른 사람들이 이들을 에워싸 원 안에 넣어주고, 마지막에는 박수를 쳐준다.

아침

이런 식으로 짝지어 놀기 좋아하는 무리들이 아침까지 즐겁게 시간을 보내는 동안, 다른 사람들은 동이 트자마자 다시 코르소 거리를 청소하고 정리하느라고 분주하다. 특히 길 중앙에 포촐란[132]을 골고루 깨끗하게 까는 데 정성을 다한다.

얼마 안 있어 마구간지기들이 어제 성적이 부진했던 말들

132) 실리콘 성분이 들어 있는 화산암 가루로, 물과 반응해 굳으면 포도를 단단하게 만들어준다.

을 오벨리스크 앞으로 끌고 나온다. 이 말에 작은 소년을 태우고 다른 기수가 채찍으로 말을 몬다. 말은 전력을 다해 경주로를 최대한 빨리 달린다.

오후 2시경 종소리 신호가 끝나면 이미 앞에서 묘사한 축제가 같은 순서로 되풀이된다. 산책하는 사람들이 모여들고, 위병들이 보초를 서고, 모든 발코니 창문과 가설 관람석에 태피스트리가 내걸린다. 가면을 쓴 사람들이 점점 늘어나고 자신들의 재미있는 놀이를 시작한다. 마차들이 오르내리고, 거리는 점점 혼잡해진다. 이 혼잡함은 날씨나 다른 상황에 의해 큰 영향을 받기 때문에 어떤 때는 괜찮지만 어떤 때는 난감하다. 당연한 이야기지만 카니발 기간이 후반으로 갈수록 관객, 가장한 사람, 마차, 치장, 소음, 이 모든 것이 늘어난다. 그러나 마지막 날 저녁에 벌어지는 혼잡함과 자유분방함은 그 어떤 것과도 비교될 수 없다.

마지막 날

이미 밤이 되기 2시간 전부터 대부분의 마차 행렬이 정체되어 어떤 마차도 제자리에서 움직일 수가 없고, 마차 한 대도 옆 골목길에서 들어올 수 없다. 가설 관람석과 의자들은 임대료가 더 비싸지지만 더 빨리 자리가 찬다. 누구나 맨 먼저 자리를 잡고 싶어 하고, 경마의 시작을 열렬히 학수고대한다.

마침내 이 순간도 지나가고, 축제가 끝났음을 알리는 신호가 떨어진다. 마차, 가장한 사람, 관객 중 아무도 자리를 뜨는 이가 없다.

모든 것이 정지하고, 만물이 고요하다. 그리고 어둠이 살며시 내리기 시작한다.

촛불

좁고 경사진 거리가 어두컴컴해지면 곧 여기저기에 불이 켜진다. 창문과 가설 관람석에도 하나둘 불이 밝혀지다 곧 삽시간에 전체로 퍼져나간다. 거리가 온통 불타는 촛불로 조명된다.

발코니들은 투명한 종이 따위로 장식되고 모두들 창밖으로 초를 내비친다. 모든 가설 관람석에 불빛이 환하고, 마차 안을 들여다보는 것도 즐겁다. 어떤 마차는 마차 덮개에 초를 여러 개 꽂을 수 있는 크리스털 촛대를 달고 있어서 마차 안에 있는 사람들을 조명한다. 또 다른 마차 안에는 숙녀들이 예쁜 색의 초를 손에 들고 있어서, 마치 자신의 아름다움을 보러 오라고 초대하는 것처럼 보이기도 한다.

하인들은 마차 덮개의 가장자리에 초를 매달고, 무개마차에는 오색 종이등을 단다. 보행자들 중에는 초를 피라미드형으로 높게 쌓아올려 머리에 이고 다니는 이들도 있고, 길게 연결한 장대에 초들을 꽂은 이도 있는데, 그 높이가 어느 때는 삼사층 건물만큼 치솟기도 한다.

이젠 누구나 한 가지 의무를 수행해야 한다. 손에 촛불을 켜 들고 로마인들이 사랑하는 주문 "sia ammazzato(살해당하리라)!"를 거리 어디에서나 외쳐대는 것이다.

한 사람이 "sia ammazzato chi non porta il moccoletto(촛불

을 들고 있지 않은 자 살해당하리라)!"라고 외치며 다른 사람 초를 불어서 끄려 한다. 촛불 켜기, 촛불 불어서 끄기, 그리고 걷잡을 수 없이 외쳐대는 "살해당하리라!", 이 모두가 엄청나게 모여든 군중 사이에 생명과 동요, 그리고 서로의 관심을 불러일으킨다.

자기 옆 사람이 아는 사람인지 모르는 사람인지 전혀 상관없이 누구나 옆 사람의 촛불을 불어서 꺼버리려고 하고 자기 초에는 다시 불을 붙이려고 하면서, 동시에 불을 붙이고 있는 사람의 불을 끄려 한다. 거리 전체에 "살해당하리라!"의 함성이 더욱 크게 울려 퍼지면 사람들은 자신이 로마에 있다는 것을, 이 저주가 어떤 사소한 이유로 곧장 이 사람 또는 저 사람에게 일어날 수도 있다는 사실마저 까맣게 잊어버리게 된다.

이 표현은 그 의미를 차츰, 그리고 나중엔 완전히 잃어버린다. 우리가 외국어에서 종종 욕설이나 상스러운 단어가 감탄과 환희를 나타낸다는 것을 들어 알고 있듯이 "살해당하리라." 라는 말이 이날 밤에는 암호, 환성, 모든 익살의 후렴, 장난, 칭찬의 말로 사용된다.

우리는 이렇게 조롱하는 말도 듣는다. "육욕에 빠진 수도원장은 살해당하리라." 아니면 지나가는 친한 친구한테 외치는 소리도 들린다. "필리포 씨는 살해당하리라." 혹은 아양이나 칭찬의 뜻이 담기기도 한다. "아름다운 공주는 살해당하리라! 금세기 최고의 화가 앙겔리카 여사는 살해당하리라."

사람들이 구호를 격렬하고 빠르게, 그리고 맨 끝에서부터 두 번째 아니면 세 번째 음절을 길게 끌면서 외쳐댄다. 이렇게 외치는 동시에 촛불을 불어서 끄고, 다시 불을 붙이는 일이 한없이 되풀이된다. 계단이나 집 안에서 마주친 사람, 방 안에 같이 앉아 있는 사람, 창문에서 내다보다 이웃을 만나면 누구나, 어디서나 상대방이 누가 되었든 가리지 않고 촛불을 꺼서 이기려고 전력을 다한다.

계층과 나이를 막론하고 모두가 적이 된다. 마차의 발판에도 올라가는 판이니, 주마등이건 샹들리에건 무사하지 않다. 어린 아들이 아버지의 촛불을 불어서 끄고는 "아빠는 살해당하리라!"라고 계속해서 외친다. 아버지가 아들을 불손하다고 꾸짖어봐야 소용없다. 어린 아들은 이날 밤의 자유를 주장하고, 아버지의 화를 돋우고 더욱 고조되도록 또 저주한다. 코르소 거리의 양쪽 끝에선 서서히 혼잡한 무리가 줄어들지만, 인파가 모두 걷잡을 수 없이 중앙으로 집결하기 때문에 이곳의 밀도는 모든 상상을 초월한다. 고도의 기억력으로도 이런 장면을 다시 눈앞에 떠올릴 수 없을 정도다.

서 있거나 앉아 있거나 아무도 자기 자리에서 꼼짝할 수가 없다. 그 많은 사람들과 무수한 촛불의 열기, 계속 불어서 꺼진 촛불의 연기. 군중은 사지를 움직일 수 없을수록 더욱 격렬하게 외쳐댄다. 모든 것이 극도로 건강한 정신을 가진 사람까지 어지럽게 만든다. 이러니 사고가 나지 않을 수 없다. 마차의 말들이 난폭해지고 많은 사람들이 눌리고 밟히는 등 부상을 입게 된다.

그러나 마지막엔 누구나 여기서 빠져나가기를 간절히 원한다. 때문에 눈에 띄는 골목길에 접어들거나, 다음 장소에서 신선한 공기를 마시며 한숨 돌리기를 원한다. 이런 식으로 군중도 해산하고 주변에서부터 중앙까지 차츰 와해된다. 자유 방종의 축제, 현대판 농신제가 도취경 속에서 막을 내린다.

이제 사람들은 맛있게 만들어놓은 음식을 즐기기 위해 발걸음을 재촉한다. 곧 자정이 되면 육류 요리는 금지된다. 세련된 계층의 사람들도 아주 단축된 연극 공연이 끝나자마자 극장을 떠난다. 자정이 다가오면 이 즐거움도 끝인 것이다.

재의 수요일

자유 방종한 축제도 이렇게 꿈속이나 동화 속 이야기처럼 지나가버렸다. 축제에 참석했던 사람들의 마음속에 남아 있는 것은 아마 우리 독자의 마음에 있는 것보다 적을지도 모른다. 우리가 독자들의 이성과 상상력을 일깨운 다음 전체를 일관성 있게 소개했기 때문이다.

해괴한 일들이 연출되는 가운데 천박한 광대가 우리에게 뻔뻔스럽게 사랑의 기쁨을 상기시키더라도, 또 사실 인간은 그 기쁨 덕분에 이 세상에 있게 되는 것이지만, 그래서 설령 바우보[133]가 공공장소에서 임신의 비밀을 누설할지라도, 그리고 밤에 켜진 수많은 촛불들이 이 축제의 끝을 의미한다는 것을 우리가 기억한다 해도, 우리는 그러한 무의미함 가운데

---

133) 그리스 신화 속 여인으로, 하데스에게 딸이 납치돼 비탄에 잠긴 대지의 여신 데메테르 앞에서 치마를 걷어 자기 음부를 보여주는 장난을 쳐 데메테르를 웃게 만들었다. 성기 과시의 여성 버전으로, 다산과 익살을 상징한다.

에서도 우리 인생의 가장 중요한 장면에 주의를 집중해야 할 것이다.

인파로 가득한 그 비좁고 기다란 거리는 모든 사람이 가야 할 인생의 길을 연상시킨다. 가면을 썼건 맨얼굴이건 관객과 참가자들은 모두 발코니나 가설 관람석의 비좁은 공간을 차지하고 있고, 마차를 탔건 걸어서 이동하건 한 발짝씩밖에 전진할 수가 없다. 나아간다고 하기보다는 차라리 밀려가는 것이고, 본인 의사에 따라 서 있다기보다는 어쩔 수 없이 그렇게 있는 것이다. 조금 나아 보이고 더 재미있어 보이는 저쪽 편으로 가겠다고 안간힘을 쓰는데, 거기에서도 다시 사람들 틈바구니에 끼어 밀리고 만다.

이 축제를 그렇게 진지하게 볼 수는 없지만, 아무튼 계속해서 좀 더 심각한 이야기를 해도 된다면 다음과 같이 말하고 싶다. 마치 순식간에 지나가버리는 질주하는 말들처럼 우리는 극도로 강렬한 최상의 기쁨이라도 일순간만 보고 느낄 뿐이며, 우리 마음속에 남아 있는 것이라고는 거의 아무것도 없다. 자유와 평등도 광란의 도취경에서만 즐길 수 있다는 것, 그리고 가장 큰 재미도 위험이 아주 가까이 있을 때, 그리고 무섭고도 달콤한 느낌이 동반될 때에야 비로소 정말 재미있는 일로 느껴진다는 것이다.

이러한 생각을 하지 않았다면, 독자를 슬픔에 잠기게 만들기를 겁내지 않는 나는 우리의 카니발을 재의 수요일에 대한 고찰로 끝맺을 수도 있었으리라. 그러나 내가 진정 바라는 것은, 독자 모두가 우리와 함께 자유롭게 가장한 카니발 참가자들의 이야기를 통해서 우리 인생의 순간적이고 사소해 보이는 즐거움이 갖는 중요성을 새삼 다시 생각해 보는 것이다. 인생은 로마 카니발처럼 전체적으로 파악할 수도 향유할 수도 없으며, 의혹으로 남아 있을 것이기 때문이다.

2월

서신

2월 1일, 로마

저 시끄럽게 떠드는 사람들이 오는 화요일 밤이 되면 잠잠해진다니, 나는 정말 기쁘다. 자기 자신은 전염되지 않고 멀쩡한 채로 미친 사람들을 봐야 하는 것은 정말로 괴로운 일이다.

나는 가능한 한 작업을 계속했다. 「클라우디네」도 진척이 되어, 수호신들 모두가 도움을 거절하지만 않는다면, 일주일 후에 3막이 헤르더 앞으로 발송될 것이다. 그러면 전집의 5권이 끝난다. 그러고 나면 다른 난관이 시작될 텐데, 이에 관해서는 누구도 나에게 조언을 해줄 수도 도움을 줄 수도 없다. 『타소』를 개작해야 되는데, 이미 써놓은 것들은 아무짝에도 쓸모가 없다. 그렇게 끝을 맺을 수도 없고, 그렇다고 전부 버릴 수도 없다. 이렇게 어려운 일을 신이 인간들한테 부여했다!

6권에는 아마도 『타소』 「릴라」 「예리와 베텔리」를 수록할 텐데, 모두 개작되고 퇴고되어서 아무도 그 작품들을 알아보지 못할 것이다.

동시에 자잘한 시편들을 훑어보았고 8권의 구성을 생각해보았다. 어쩌면 8권이 7권보다 먼저 출간될 것 같다. 인생의 전체를 이렇게 종합한다는 것은 기이한 일이다. 한 존재가 남기는 흔적이라는 것이 참으로 미미할 뿐이다!

여기서는 모두들 『젊은 베르테르의 슬픔』의 번역본들을 가지고 나를 괴롭힌다. 나한테 보여주면서 어떤 번역이 가장 잘 되었는지, 그리고 그것이 모두 실제 있었던 일인지를 묻는다! 이러는 게 이제는 놀랍지도 않다. 그들은 나를 인도까지라도 쫓아올 기세다.

2월 6일, 로마

여기 「클라우디네」의 3막을 보내네. 이것을 완성할 때 내가 느낀 기쁨의 반만큼이라도 자네 마음에 들었으면 좋겠어. 요즈음엔 서정극에 대한 욕구가 뚜렷한지라 작곡가들과 배우들의 의견을 반영하기 위해 다른 점들을 포기하기도 하네. 그런 작품은 마치 그 위에 수놓을 천과 비슷하기 때문에 천 조직이 탄탄해야 하니까. 그리고 희극 오페라를 만들려면 이 작품은 꼭 아마포처럼 짜여야 해. 그럼에도 불구하고 나는 이 작품을 「에르빈과 엘미레」처럼 읽는 사람을 위해서도 신경을 썼네. 한마디로 말해 나는 내가 할 수 있는 만큼 했다네.

내 마음은 진정으로 조용하고 맑은 상태고, 내가 이미 여러분에게 확언한 대로 어떤 부름에도 응할 준비가 되어 있다. 조형미술을 하기에는 내 나이가 너무 많다. 조금 더 그려보거나 조금 덜 끼적거리나 마찬가지다. 내 갈증은 가셨고, 관찰하고 연구하기 위해 올바른 길로 들어섰다. 나는 평화롭고도 만족스럽게 이것을 향유할 수 있게 되었다. 이 모든 일을 여러분이 축복해 주었으면 한다. 나는 요즈음 나머지 세 부분을 완성하는 일 이외에는 다른 생각을 하지 않고 있다. 그러고 나선 『빌헬름 마이스터의 수업 시대』 등이 계속될 것이다.

2월 9일, 로마

축제 군중은 월요일과 화요일에 정말 시끄러웠다. 특히 화요일 밤에는 촛불놀이를 하면서 광란이 절정에 달했다. 수요일에 사람들은 사순절을 준비하며 하느님과 교회에 감사드린다. 나는 한 번도 가장무도회에 가지 않았다. 내 머리가 생각하고자 하는 것에만 열심을 다하고 있다. 5권이 완료되었으니, 그림을 몇 장 손봐서 완성시키려 한다. 그런 다음 즉시 6권에 착수할 것이다. 지난 며칠 동안 다빈치가 회화에 관해서 쓴 책[134]을 읽었는데, 내가 여태껏 왜 이 책을 이해하지 못했는지 그 이유를 이제야 깨닫게 되었다.

아, 관객이란 얼마나 행복한 존재들인가! 그들은 스스로 현명하다고 믿고, 자신에게 잘 맞는 것을 찾아낸다. 애호가나 전문가도 다를 바 없다. 늘 겸손함을 유지하는 뛰어난 예술가가 얼마나 좋은 인간인지 당신은 아마 짐작도 못할 것이다. 그렇

134) 레오나르도 다빈치의 『회화론』을 가리킨다.

지만 나는 이제 자신은 아무 일도 직접 하지 않으면서 다른 사람을 평가하는 사람들의 말을 들으면 구역질이 난다. 이 기분은 형언할 수가 없는데, 그런 말은 마치 매캐한 담배 연기처럼 내 마음을 불쾌하게 만든다.[135)]

앙겔리카는 그림을 두 점 구입하고 행복에 젖어 있다. 한 점은 티치아노 작품이고, 한 점은 파리스 보르도네[136)]의 작품인데, 둘 다 비싼 가격이었다. 그녀는 자신의 정기 수입을 탕진하지 않고, 오히려 매년 돈을 벌어서 상당히 부유하다. 그러니 그녀에게 기쁨을 주고 예술에 대한 열정을 고조시켜 주는 작품들을 구입하는 것은 칭찬할 만한 일이다. 그녀는 이 그림들을 집에 들여놓자마자 새로운 풍으로 그림을 그리기 시작했다. 대가들의 확실한 장점을 자기 것으로 만들려는 시도인 것이다. 그녀는 작업뿐만 아니라 연구에도 지칠 줄 모른다. 그녀와 함께 예술품을 감상하는 것은 굉장히 즐거운 일이다.

카이저도 정열적으로 작업하는 예술가다. 『에그몬트』를 위한 음악을 많이 진척시켰다. 나는 아직 다 들어보지는 못했지만, 모든 부분이 최종 목적에 잘 부합할 것이다.

그는 「귀엽고 변덕스러운 큐피드」도 작곡할 예정이다. 당신이 자주 내 생각을 하면서 노래할 수 있도록 곧 보내드리겠다. 나도 정말 마음에 든다.

내 머리는 많은 집필과 작업, 그리고 사색을 하느라 지쳤다.

---

135) 괴테는 평생 동안 담배 연기를 매우 싫어했다.

136) Paris Bourdone, 1500~1571. 르네상스기 베네치아파 화가다.

나는 더 현명해지지 못하고 있다. 스스로한테 너무 많은 것을 요구하고, 너무 많은 짐을 지려고 한다.

2월 16일, 로마

얼마 전 프로이센 외교우편을 통해 우리 대공님의 편지를 받았다.[137] 그 편지는 참으로 친절하고 다정하고 선량하고 상쾌해서, 앞으로도 그런 편지는 쉽게 받기 어려울 것 같다. 검열 걱정 없이 썼기 때문에 전반적인 정치 상황과 대공님의 정치적 상황 등을 알려주셨다. 그리고 나에 대해 더할 수 없이 다정다감한 말씀도 써 보내주셨다.

2월 22일, 로마

이번 주에는 우리 예술가 모임 전체를 우울하게 만든 사건이 있었다. 드루에라는 프랑스 청년이 천연두에 걸려 죽은 사건이다. 나이는 약 25세고 자상한 어머니의 외아들로, 부유하고 지성을 겸비해서 연구하는 모든 화가들 가운데 가장 촉망되던 청년이었다. 그의 죽음은 모두에게 충격적이고 슬픈 일이었다. 비어 있는 그의 화실에서 필록테테스를 묘사한 그림을 보았다. 실물 크기의 그림인데, 맹금을 죽여서 그 날개로 상처를 부채질하며 식히고 있는 모습이었다. 구상이 훌륭하고 처리하는 기법도 대단했으나 미완성이다.

---

137) 이 편지에는 안나 아말리아 여공작의 이탈리아 여행에 동행하도록 괴테의 체류를 연장하면 어떠냐는 대공의 제안이 있었으나, 괴테는 이를 거절했다.

나는 근면하게 잘 지내고 있으며, 미래도 다음과 같이 기대하고 있다. 매일 나 스스로에게 확실해지는 사실은, 내가 원래 문학인으로 태어났다는 것과, 젊은 시절에는 불같은 힘 때문에 크게 노력하지 않아도 많은 일을 성취할 수 있었지만 이제는 앞으로 10년 정도가 내가 실제 작업할 수 있는 기간일 테니, 이 재능을 잘 가다듬어 괜찮은 작품을 집필해야 한다는 것이다. 내가 로마에 더 오랫동안 체류한다면 그림 그리기를 포기해야 내게 이득일 것이다.

앙겔리카는 로마에서 미술 작품을 나보다 잘 보는 사람이 그리 많지 않다고 칭찬해 주었다. 나는 내가 무엇을, 그리고 어떤 부분을 아직도 보지 못하는지 잘 알고 있다. 내가 끊임없이 성장하고 있다는 것도 확실하게 느끼고 있으며, 계속해서 보는 눈을 기르기 위해 해야 하는 일이 무엇인지도 분명히 안다. 이 정도면 충분하다. 나는 이제 소원을 성취했다. 내 마음을 그토록 사로잡았던 분야에서 더 이상 장님처럼 더듬지 않게 되었다.

곧 「풍경화가로서의 아모르」라는 시를 한 편 보내겠다. 좋은 평을 기대한다. 소품 시들을 정리했는데, 기이한 느낌이 들었다. 한스 작스에 관한 시와 미딩의 죽음에 관한 시로 8권을 마무리 지을 것이다. 이번에는 이것으로 충분하다. 나를 피라미드[138] 옆에서 쉬게 한다면, 이 두 편의 시가 내 약력과 조사

---

138) 케스티우스의 피라미드(1권 233쪽 참조) 옆에는 프로테스탄트와 영국 국교회 신자들을 위한 사설 공동묘지가 있다.

(弔詞)를 대신할 것이다. 아침에 교황의 미사가 열리고, 유명한 고대 음악이 연주된다. 얼마 뒤 부활절 전주가 되면 이 음악은 가장 큰 관심사가 될 것이다. 나는 매주 일요일 아침마다 가서 그 양식에 친숙해져 보려 하고 있다. 원래 이 분야를 연구하고 있는 카이저가 내게 그 의미를 잘 설명해 줄 것이다. 세족식음악[139]이 인쇄되어 우리에게 우편으로 송부되었는데, 곧 도착할 것이다. 카이저가 그곳에 남기고 온 작품이다. 여기 도착하면 우선 피아노로 연주되었다가 나중에 교회에서 연주될 것이다.

보고

예술가가 되기 위해 태어난 사람에게는 많은 대상이 예술적인 안목을 높여준다. 나의 경우에도 이와 같아서, 사순절 전의 광란과 혼잡 가운데에서도 예술적 안목이 싹을 틔웠다. 내가 카니발을 구경한 것은 이번이 두 번째였는데, 얼마 안 있어 다음과 같은 생각이 들었다. 반복되는 삶과 활동처럼 이 국민 축제도 확정된 과정에 따라 진행된다는 것이다.

이런 생각을 함으로써 나는 이 소란스러운 무리와 화해하게 되었고, 이 축제를 중요한 자연현상으로, 그리고 국가적 행

139) 가톨릭 교회음악 중 하나로, 부활절 전 목요일에 거행되는 세족식에서 연주되는 음악이다.

사로 여기게 되었다. 이런 의미에서 축제에 관심을 가지고, 이 난장판의 전 과정을 소상히 묘사하고, 그 전체가 어떤 형식으로 얼마나 매끄럽게 진행되는지 기록했다. 축제 행사를 일일이 순서대로 메모해 두었는데, 이것이 나중에 앞에서 본 글의 기본 자료가 되었다. 나는 또 같은 집에 사는 게오르크 슈츠한테 가장한 사람들의 모습을 대충 스케치해서 색을 칠해 달라고 부탁했는데, 그는 언제나처럼 호의를 베풀어 이 일을 해주었다.

이 스케치들은 후에 프랑크푸르트암마인 출신으로 바이마르 자유회화학교 교장인 멜키오르 크라우스가 4절판 크기의 동판화로 떠서 원화대로 채색했는데, 그 초판이 웅거에 의해 출판되어 희귀본이 되었다.

앞의 목적을 달성하기 위해서는 평소보다 훨씬 더 많은 일을 해야만 했다. 예컨대 나 자신이 가장한 사람들의 무리에 끼어들어야 했다. 하지만 아무리 예술적 안목을 동원해도 불쾌하고도 두려운 인상을 자주 받을 수밖에 없었다. 로마에서 1년 내내 고귀한 사물의 관찰에만 익숙했던 정신이 깃들 곳으로는 이 난장판이 적합한 장소라고 생각하지 않는 것 같았다.

그러나 더 훌륭한 내적 감각을 위해서 무척 기분 좋은 사건이 준비되어 있었다. 베네치아 광장에는 많은 마차들이 있었는데 앞에서 열을 지어 가는 마차들에 다시 끼어들기 전에, 앙겔리카가 탄 마차를 발견하고 마차의 문으로 다가가 인사를 했다. 그녀가 반갑게 나를 향해 몸을 밖으로 내밀었다가 다시 몸을 뒤로 젖혀 그녀 옆에 앉아 있는, 병이 완쾌된 밀라노 처녀를 보여주었다. 그녀는 변하지 않았다. 건강하고 한창 젊은 나이에는 곧 다시 회복되기 마련 아닌가! 그렇다. 나를 바라보는 그녀의 눈은 전보다 더 싱싱하고 반짝이는 것 같았다. 반가워하는 그녀의 표정은 내 마음 저 깊은 곳까지 파고들었다. 할 말을 잃고 우리는 한동안 마주 보고 있었다. 마침내 앙겔리카가 나를 향해 허리를 구부리며 말했다.

"내 옆의 젊은 친구가 말을 못하고 있으니, 아무래도 내가 통역을 해야겠어요. 그녀가 그토록 오랫동안 간절히 바라며 나에게 자주 한 이야기가 있거든요. 그녀의 병과 운명에 대해서 당신이 보여주신 마음 씀씀이에 몹시 감동을 받았고, 그녀가 다시 삶의 문턱을 넘을 때에 위안이 되었으며, 그녀가 회복될 때 다시 건강하게 기운을 찾게 해주었다고요. 친구들의 정성, 특히 당신의 이런 정성이 없었더라면 그녀가 그토록 깊은 외로움에서 빠져나와 선량한 사람들과 다시 교제를 시작하지 못했을 것이라고 말했답니다."

"그 말은 모두 정말이에요."

처녀가 앙겔리카 너머로 내게 손을 내밀며 말했다. 나는 그 손을 맞잡기는 했지만 차마 입술에 갖다 대지는 못했다.

나는 평온한 만족감을 느끼고 그들과 헤어져 다시 바보들이 들끓는 곳으로 돌아갔다. 앙겔리카에게 그윽한 감사의 마음을 느꼈다. 그녀는 그 불상사가 발생한 이후 곧바로 이 착한 처녀를 보살폈고, 더 나아가 로마에서는 흔치 않은 일까지 했으니 말이다. 즉 이제껏 알지도 못했던 처녀를 신분이 높은 그녀의 무리에 끼워준 것이다. 이 착한 아이에게 보인 나의 정성이 적지 않게 작용을 했다는 말이 은근히 내 기분을 좋게 했다.

로마 대법관 레초니코 공자는 독일에서 돌아와 벌써 한참 전에 나를 방문했더랬다. 그는 자신의 친구이자 소중한 후원자인 디데 백작 부부의 안부를 전해주기도 했다. 나는 언제나처럼 더 친밀한 관계를 맺기를 사양했지만, 이제는 어쩔 수 없이 이 사람들과 왕래할 수밖에 없다.

디데 백작 부부가 절친한 친구인 레초니코 공자를 방문하러 왔기 때문에 나는 이런저런 초대를 거절하지 못했다. 피아노 연주로 유명한 백작 부인이 캄피돌리오 관저[140]에서 열리는 연주회에서 피아노를 치기로 했다. 재주 좋기로 이미 소문난 우리의 동료 카이저도 여기에 연주가로 초대되어 나까지 으쓱한 기분이었다. 초대에 응한 나는 콜로세움 쪽을 향해 있는 대법관 집무실에서 잊을 수 없는 일몰을 감상했다. 모든 방향에서 보이는 것들이 일몰을 장식해 우리 예술가들의 눈에 기가 막히게 아름다웠지만, 여기에 빠져들어 넋을 잃을 상황이 아니었다. 모인 사람들에게 존경심을 보이고 예의 바른 태도를 취해야 했기 때문이다. 디데 부인은 피아노 연주 솜씨가 늘어 훌륭한 연주를 했다. 카이저가 자리를 이어받아 이에 못지않게 좋은 연주를 들려주는 것 같았다. 사람들이 그에게 칭찬하는 말을 곧이곧대로 듣는다면 말이다. 프로그램이 바뀌

140) 캄피돌리오 광장의 세나토리오 궁전을 말한다.

면서 연주회는 한참 계속되었다. 어떤 숙녀가 좋아하는 아리아를 불렀고 드디어 다시 카이저 차례가 되었다. 그는 우아한 주제를 들려주고 이 주제를 다양하게 변화시켜 연주했다.

모든 것이 순조롭게 진행되었다. 대법관은 나와 대화하면서 친절한 말을 많이 하면서도, 아무래도 숨길 수가 없었는지, 예의 유화적인 베네치아 억양으로 말을 꺼냈다. 원래 자기는 그런 변주곡들을 별로 좋아하지 않고, 그의 친구 부인이 훌륭하게 연주한 아다지오를 들으면 언제라도 완전히 감동한다고 좀 아쉽다는 듯이 말했다.

아다지오와 라르고의 늘어지는 듯한, 예의 그 동경 어린 음악이 나한테 거슬린다고는 말할 수 없다. 그렇지만 나는 뒤로 갈수록 톤이 고조되는 음악을 좋아한다. 우리 자신의 여러 가지 감정, 그리고 상실과 실패에 대한 깊은 생각이 너무나 자주 우리를 잡아 끌어내리고 마음을 뒤흔들려고 하기 때문이다.

그렇다 해도 나는 대법관을 비난할 수는 없었다. 오히려 아주 친절하게 그가 즐겨 듣는 음악이 그에게 어떤 확신을 줄 것이며, 그가 세상에서 가장 아름다운 곳에서 체류함으로써 그렇게 사랑과 존경을 한 몸에 받고 있는 그의 친구 부인을 이곳으로 초대할 수 있었다고 말했다.

외국인, 특히 독일인 청중들에겐 이루 말할 수 없는 즐거운 순간이었다. 이미 오래전부터 잘 알려졌고 훌륭한 피아니스트로 존경받는 그 부인이 음악에 심취해 그랜드피아노를 부드럽게 연주하는 순간, 우리는 음악을 들으면서 동시에 창밖에 펼쳐진, 세상에서 유일한 그 지역을 내려다보았다. 태양이 지는 모습은 찬란했고, 지붕이 약간 보였고, 그 너머에 일대 장관이 펼쳐져 있었다. 셉티미우스 세베루스 개선문 왼쪽에서 시작해서 캄포 바치노[141]를 따라 미네르바 신전과 평화의 신전까지 이어졌다. 그 뒤에서는 콜로세움이 자태를 드러내고 있는데, 여기서 오른쪽으로 눈을 돌려 티투스 개선문을 지나면, 우리의 마음과 눈길을 끄는 미로가 펼쳐진다. 팔라티노 언덕의 폐허와 정원, 그리고 야생식물들이 우거진 황량한 풍경이다.

(1824년 프리스와 튀르머가 동판화로 묘사한 로마의 북서쪽 시가지 풍경화를 보자. 캄피돌리오의 첨탑에서 조망한 로마시 풍경이다. 몇 층 위에서 내려다본 것인데, 최근의 발굴 작업이 끝난 후의 전경이다. 우리가 당시에 감상했던 석양과 그 음영을 묘사했는데, 이글거리는 빛을 청색 음영으로 대조를 이루게 하고, 상상할 수 있는 그 모든 마력적인 것을 묘사했다.)

그러고 나서 우리는 훌륭한 그림을 조용히 감상할 수 있는 행운을 가졌다. 아마도 멩스가 그린 그림들 중에서 가장 훌륭한 그림이리라. 그것은 교황 클레멘스 13세 레초니코의 초상화였는데, 우리의 후원자인 대법관은 교황의 친척이어서 현재의 위치에 오를 수 있었다. 마지막으로 이 그림의 가치에 관해서 우리 친구[142]가 쓴 일기의 일부를 인용한다.

"멩스가 그린 그림들 중에서, 그의 예술 감각을 가장 잘 나타내고 있는 작품은 교황 레초니코의 초상화다. 채색과 기법

---

141) '소들의 평야'라는 뜻으로, 16세기부터 1812년 포로로마노 발굴이 시작되기 전까지 이곳에 가축시장이 열렸다.

142) 하인리히 마이어다.

에 있어서 베네치아파를 모방했는데, 다행스럽게도 완전히 성공한 작품이 되었다. 색채의 톤이 진실하고 따뜻하며, 얼굴의 표정에선 생동감과 재치가 엿보인다. 금실로 짠 커튼은 두상과 나머지 신체 부위를 아름답고 두드러져 보이게 하는데, 이 아이디어는 회화에서 상당히 용감한 시도다. 덕분에 그림이 풍요롭고도 조화를 이룬 느낌을 주고, 우리 눈에 적당히 안정감 있어 보이니, 아주 성공한 그림이다."

3월

서신

3월 1일, 로마

일요일에 우리는 시스티나 예배당에 갔다. 교황이 추기경들과 함께 미사에 참례했다. 추기경들은 사순절 기간인지라 붉은색이 아니라 보라색 옷을 입고 있었는데, 그게 새로운 구경거리였다. 나는 며칠 전에 알브레히트 뒤러의 그림을 실제로 볼 수 있게 되어 기뻤다. 전체를 종합적으로 보면 독특하면서도 근사하지만, 몹시 간소했다. 부활절 전주에는 많은 행사가 개최되고 무수한 사람들이 모여드는데, 외국인들이 이때 이곳에 오면 어처구니없어 하는 것이 내게는 조금도 이상하지 않다. 나는 이 성당을 잘 알고 있다. 지난여름에 그곳에서 점심도 먹고, 교황의 의자에서 낮잠도 잤다. 그리고 그곳에 있는 그림들도 외우다시피 모두 잘 안다. 그러나 원래의 의도에 맞게 그 모든 그림들이 한자리에 모여 있으면 완전히 달라 보여서, 다시 알아보기 어렵다.

에스파냐 작곡가 모랄레스[143]의 모테트가 연주되었다. 앞으로 계속될 연주회를 예감케 하는 곡이었다. 이 음악은 여기에서만 들을 수 있고, 그러므로 꼭 들어야 한다는 카이저의 의견에 나도 동의한다. 그 이유는 우선, 다른 곳에서는 성악가들이 파이프오르간과 다른 악기의 반주 없이는 그런 노래를 연습할 수 없기 때문이고, 둘째로는 이 모테트가 교황의 성당에 소속된 고전 예술품들과 미켈란젤로의 연작 그림들, 그리고 최후의 심판, 예언자들, 성경 이야기들, 이 모두와 잘 어울리기 때문이다. 카이저가 언젠가 이 점에 관해 확실한 의견을 발표할 것이다. 그는 고전음악의 숭배자이고, 옛 음악과 관계가 있는 것은 모두 열심히 연구하고 있다.

그리하여 우리는 이탈리아어로 된 가사에 베네치아 귀족 베네데토 마르첼로가 금세기 초에 곡을 붙인 진귀한 『시편 모음곡집』 하나를 집에 두게 되었다. 그는 많은 곳에 유대풍의 음조를 사용했고, 부분적으로는 에스파냐풍과 독일풍의 음조도 모티프로 썼으며, 다른 한편으로는 옛 그리스풍의 멜로디를 기본으로 삼았다. 그는 음악에 대한 이해와 지식이 풍부하고 절제할 줄도 아는 작곡가였다. 작품들은 독주곡, 이중창, 합창곡 등 다양한데, 이에 대한 지식을 가지고 들으면 믿을 수 없을 정도로 독창적이다. 카이저는 이 음악을 높이 평가해

143) 크리스토발 모랄레스(Cristobal Morales, 1500?~1553). 16세기 에스파냐의 대표적 교회음악 작곡가다.

서 그중 몇 곡을 필사할 것이다. 어쩌면 찬송가 50곡이 수록된 1724년 베네치아 판본의 전곡을 입수할 수도 있다. 헤르더가 연구해 보면 이 흥미로운 작품 목록에서 뭔가 알아낼지 모른다.

나는 용기를 내서 내 전집의 마지막의 세 권에 대해 생각을 한번 해보았다. 그리고 내가 원하는 것을 정확히 깨달았다. 이제 이를 행하기 위해서는 하늘이 행운과 분위기를 내려주시면 된다.

이번 주는 좋은 일이 많아서 되돌아보면 마치 한 달을 산 듯하다.

첫 번째로 『파우스트』에 대한 계획을 세웠다. 이 수술 작업이 잘되기를 바라고 있다. 물론 이 작품이 지금 쓰이든, 15년 전에 쓰였든,[144] 그것은 다른 문제다. 내 생각에는 모든 것을 살려야 할 것 같다. 최근에야 전체를 연결하는 실마리를 다시 찾았다고 믿기 때문이다. 전체적인 톤에 대해서도 별 걱정이 없다. 이미 한 장면을 새로 썼다. 이제 내가 원고를 연기로 그을려놓으면, 아무도 옛날 원고에서 새로 집필한 장면을 찾아내지 못할 것이라는 생각이 든다. 장기간의 휴식과 은둔생활로 나의 고유한 자아가 원하는 상태로 지내다보니, 완전히 나 자신으로 돌아왔다. 그리고 지난 세월과 사건들 때문에 내 마음 깊은 곳에서 그다지 괴로워하지 않은 것이 놀라울 뿐이다. 옛날 원고를 보고 있으면, 가끔 많은 생각을 하게 된다. 사실

---

144) 괴테는 1773~1775년에 「초고 파우스트(Urfaust)」를 썼다.

은 첫 번째 작품인데, 주요 장면들을 구상도 하지 않고 그냥 써 내려갔다. 지금 보니 세월이 지나 누렇게 퇴색되었고 닳아 빠졌다.(각 장을 묶어 철하지 않았더랬다.) 가장자리가 쓸려 마모되었고, 완전히 너덜거려서 정말 고대 경전의 한 편린처럼 보인다. 이를 계기로, 당시에 내가 곰곰이 생각하고 예감함으로써 그 과거 세계로 되돌아갔듯이, 이젠 나 자신이 직접 살았던 옛 시절로 되돌아가 본다.

『타소』의 구상도 잘 진행되고 있고, 마지막 권에 수록될 여러 가지 시들도 거의 다 교정이 됐다. 「예술가의 지상 순례」는 개작되어야 하고, 「예술가의 신격화」가 첨부되어야 한다. 이 젊은 시절의 작품들에 관해서 요즈음 연구를 해봤기 때문에 모든 세부들이 완전히 생생해졌다. 참으로 기대가 되고, 마지막 세 권에 대한 희망에 부풀어 있다. 전체적으로 이미 완성되어 내 앞에 있는 것만 같다. 내가 오로지 원하는 것은 이미 생각한 것을 한 걸음씩 진척시키기 위한 마음의 여유와 평온이다.

여러 가지 소품 시를 수록하는데 있어서 나는 자네의 『잡문집』을 모범으로 삼았다. 이것이 서로 다른 내용의 시들을 연결시키는 좋은 해결책이 되어, 너무나 개인적이고 순간적인 작품들을 독자들이 어느 정도 즐길 수 있게 되기 바란다.

이런 생각들을 하고 있는데, 멩스의 새 책이 도착했다.

현재 이 책은 나한테 너무나 흥미롭다. 이 책의 단 한 줄이라도 제대로 이해하려면 반드시 필요한 조건인 감각적 이해력을 내가 소유하게 되었기 때문이다. 어떤 의미로 보든 뛰어난 책이어서 한 장마다 우리에게 도움을 준다. 그의 '아름다움에 관한 소고들'은 어떤 독자들에겐 몹시 어둡게 보일지 모르지만, 내게는 도를 깨우치게 해준 고마운 책이다.

그 밖에는 색채에 관해 많은 생각을 했다. 지금까지는 아는 것이 거의 없는 분야라서 내게 매우 중요한 일이다. 연습을 거듭하고 끊임없이 생각함으로써 이 세계의 외면적 아름다움도 즐길 수 있을 것 같다.

1년 동안 가보지 않았던 빌라 보르게세의 갤러리를 어느 날 오전에 방문했다. 내가 작품을 보는 데 많은 이해력이 생긴 것을 확인하게 되어 기뻤다. 추기경의 소장품은 이루 말할 수 없이 귀중한 예술 작품들이다.

3월 7일, 로마

풍요롭고도 조용했던, 그리고 유익했던 한 주일이 또 지나갔다. 일요일 교황의 합창단 연주는 놓쳤지만, 대신 앙겔리카와 함께 코레조의 작품으로 여겨지는 아주 훌륭한 그림을 감상했다.

라파엘로의 두개골이 안치되어 있는 산루카 아카데미의 소장품들을 구경했다.[145] 내가 보기엔 이 유물이 진짜 같았다. 골격 형성이 뛰어나서 아름다운 영혼이 그 안에서 편안하게 산보를 했을 것 같다. 대공께서도 원하시는 이 유골의 모사품

145) 라파엘로의 유골은 1883년 판테온에서 발굴되었기 때문에, 괴테가 본 두개골은 라파엘로의 것이 아니다.

을 입수할 수 있을 것 같다. 그곳에 걸려 있는 라파엘로의 그림이 그의 진가를 보여준다.

캄피돌리오도 다시 보았고, 아직 보지 못했던 다른 것들도 보았다. 카바체피[146]의 저택은 여태껏 가보지 못했었는데, 대단했다. 그 많은 훌륭한 작품들 가운데 몬테카발로의 거대한 말 조각의 두상 모작을 보고 대단히 즐거웠다. 사람들은 카바체피 저택에서야 비로소 그 실물 크기와 아름다움을 가까이에서 관찰할 수 있다. 하지만 유감스럽게도 가장 아름다운 두상의 반질반질한 표면이 세월과 풍상을 겪어 지푸라기 두께만큼이나 마모되었고, 가까이에서 보면 천연두 자국처럼 패어 있다.

오늘 산카를로 성당에서 비스콘티 추기경 장례미사가 있었다. 그곳에서 거행된 장엄미사에서 교황청 합창단이 노래를 부르기 때문에 우리도 아침부터 가서 귀 청소를 말끔히 했다. 소프라노 두 명이 레퀴엠을 불렀는데, 우리가 들을 수 있는 것들 중에서 가장 진기한 곡이었다. 주의할 점은 이 음악도 파이프오르간이나 다른 반주가 없었다는 것이다.

파이프오르간이 얼마나 듣기 싫은 악기인지는 어제저녁 산피에트로 대성당의 성가대 연주에서 실감했다. 저녁 예배의 찬송을 그 악기로 반주했는데 사람의 육성과 전혀 어울리지 않을뿐더러, 소리가 너무 컸다. 시스티나 예배당에서는 그

146) 바르톨로메오 카바체피(Bartolomeo Cavaceppi, 1716?~1799). 로마의 조각가이자 복원가로, 빙켈만의 친구였다.

와는 완전히 반대로 노래만 불러서 얼마나 듣기 좋았는지 모르다.

며칠 전부터 날씨는 흐리고 온화하다. 아몬드나무들은 대개 만개한 후라서 나무 꼭대기에 가끔 꽃이 보일 뿐 벌써 새파래지고 있다. 이젠 복숭아나무들이 뒤를 이어, 그 아름다운 색으로 정원들을 장식할 것이다. 비부르눔티누스[147] 꽃들이 폐허마다 만발하고, 활엽의 딱총나무 관목 울타리들과 그 밖에도 내가 이름을 모르는 나무들에 모두 잎이 돋아나고 있다. 이젠 담장과 지붕도 푸르러지고 여기저기에 꽃이 핀다. 티슈바인이 나폴리에서 돌아올 예정이라 이사를 했는데, 나의 새 숙소에서 내다보면 다양한 전망을 즐길 수 있다. 수많은 이웃집의 정원과 가옥의 뒷방이 보이는데, 어느 때는 아주 우습기도 하다.

나는 찰흙으로 소조(塑造) 작업을 해보기 시작했다. 인식의 측면에서 나는 매우 또렷하고 확실하게 발전하고 있다. 활력을 응용하는 문제에 있어서는 약간 혼란스럽다. 나도 다른 모든 친구들과 다를 바 없다.

3월 14일, 로마

다음 주는 여기서 생각하는 일도 안 되고, 작업도 할 수 없을 것이다. 연이어 열리는 축제를 쫓아다녀야 할 판이다. 부활

147) 지중해와 북아프리카가 원산지인 인동과 상록관목으로, 다발로 무리를 이룬 분홍 꽃이 핀다.

절이 지난 후에 아직도 보지 못한 몇 가지를 관람할 생각이다. 그러고 나서는 내가 체류하면서 엮어놓은 끈을 풀어야 한다. 계산서를 지불하고 보따리도 싸고 카이저와 이곳을 떠나야 한다. 모든 일이 내가 원하고 계획하는 대로 된다면, 4월 말경 피렌체에 도착할 것이다. 그때까지 소식을 여러분에게 전하겠다.

나는 외부적 계기로 여러 가지 조치를 취했어야 했는데,[148)]그로 인해 새로운 상황에 당면하게 되었고 내 로마 체류가 더 긍정적이고 유익하고 행복하게 되었으니, 참으로 뜻밖의 일이다. 더 나아가 이렇게 말할 수도 있겠다. 지난 8주 동안은 내 인생에서 가장 만족스러운 시기였으며, 적어도 이제는 미래의 내 존재의 온도를 측정할 수 있는 지극히 외적인 기준을 알게 되었다.

이번 주에는 날씨가 나빴는데도 매사가 순조로웠다. 일요일엔 시스티나 예배당에서 팔레스트리나[149)]의 모테트를 들었다. 화요일엔 여러 가지 종려주일[150)] 성악곡이 어느 외국 여성에게 경의를 표하기 위해 어떤 홀에서 연주되었다. 운 좋게도 우리는 이 성악곡을 대단히 편안하게 들었고, 우리가 예전에 피

148) 안나 아말리아 여공작의 로마 체류를 위한 여러 준비를 말한다.
149) 본명은 조반니 피에르루이지(Giovanni Pierluigi da Palestrina, 1525~1594). 100곡 이상의 미사곡과 300곡 이상의 모테트를 작곡하여, 대위법과 성악 중심의 가톨릭 교회음악 양식을 확립한 인물이다.
150) 부활절 전 일주일의 성주간을 말한다. 예수의 예루살렘 입성을 환영하기 위해 신도들이 종려나무 가지를 흔들었던 데서 유래한 명칭이다.

아노 반주에 맞춰 그 곡들을 자주 부른 적이 있어서 잘 이해할 수 있었다. 믿을 수 없을 정도로 단순하면서도 위대한 음악인데, 이 곡을 언제나 새롭게 연주하는 장소와 상황으로 이곳보다 나은 곳이 없을 듯하다. 그 연주가 기가 막히게 매끄럽게 들리는 것은 물론 수공업자 전통에서 비롯하지만, 자세히 듣고 있으면 이 점은 문제가 되지 않고 비범하다는 인상만이 남게 된다. 완전히 새로운 음악이다. 언젠가 카이저가 이에 관한 의견을 표명하리라 본다. 그는 성당에서의 리허설에 참석할 수 있는 특권을 얻을 것이다.

그 밖에도 이번 주에는 골격과 근육을 공부한 후에 사람의 발을 하나 흙으로 만들어 선생님에게 칭찬을 들었다. 신체를 그렇게 완벽하게 완성해 본 사람이라면 눈에 띄게 나아질 수밖에 없다. 온갖 도움을 받을 수 있고 전문가들의 다양한 조언을 얻을 수 있는 로마에서 이는 당연한 일이다. 나는 해골의 발과 원형대로 부어서 만든 아름다운 복사본을 하나 가지고 있다. 보기 좋은 고대의 족상(足像) 사본 6개는 모방하기 위해서고, 보기 싫은 것도 몇 개 가지고 있는데 이것은 훈계하기 위해서다. 나는 또한 원형도 참고할 수가 있는데, 내가 출입하는 모든 저택들에서 이런 부분을 관찰할 수 있기 때문이다. 그림들을 보면 화가가 무슨 생각을 했으며 무엇을 만들어냈는지도 알 수 있다. 날마다 나를 찾아오는 화가 서너 명으로부터 조언과 의견을 많이 듣고 참고하는 중이다. 그러나 정확히 따져보면, 하인리히 마이어의 충고와 조언이 가장 유익했다. 만일 이런 기반을 가지고 이런 순풍에도 배가 움직이지 못한다면, 이 배는 돛이 하나도 없든지 항해사가 엉터리일 것이다. 내 경험상, 미술품을 전반적으로 개관하는 데 있어서는 세부적인 것들에 주의를 기울이며 열심히 공부하는 일이 절실하게 필요하다. 끊임없이 발전한다는 것은 유쾌한 일이다.

나는 마차를 타고 나가서 지금까지 소홀히 했던 대상을 관찰하려고 돌아다닌다. 어제는 처음으로 라파엘로의 빌라[151]에 갔다. 그가 미술도 명성도 젖혀두고 연인과 함께 인생의 즐거움을 선택한 곳으로, 성스러운 기념물이다. 도리아 제후가 이 건물을 사들여 명성에 걸맞게 보존하려는 것 같다. 라파엘로는 갖가지 의상을 입은 자신의 연인 초상을 28점이나 벽에다 그렸다. 역사적인 구도의 그림들에 등장하는 여자들도 그의 연인과 비슷하다. 이 빌라의 위치도 매우 아름답다. 이 모든 세부 사항에 관해 말하자면, 글로 쓰기보다는 직접 이야기하는 것이 나을 것이다.

그러고 나서 빌라 알바니로 가서 대략적으로 훑어보았다. 그날 날씨가 기막히게 좋았다. 오늘 새벽에는 비가 많이 왔는데 이제 해가 다시 떴다. 창밖 경치가 낙원 같다. 아몬드나무가 완전한 초록이고, 복숭아꽃은 벌써 지기 시작했다. 레몬나무 꼭대기에는 꽃봉오리들이 터지고 있다.

내가 이곳을 떠나는 것을 세 사람이[152] 매우 마음 아프게 생각한다. 그들이 나한테서 발견한 그 어떤 것을 다시는 얻지

---

151) 1848년 로마혁명 때 대부분 파괴되었다. 라파엘로의 이름이 붙긴 했지만 그가 소유했던 집은 아니다.

152) 모리츠, 앙겔리카 카우프만, 그리고 부리 아니면 마이어로 추정된다.

못하기에, 그들을 두고 떠나기가 나도 괴롭다. 나는 로마에서야 비로소 나 자신을 발견했고, 내 자아와 일체가 된 행복을 느꼈고, 또한 이성적으로 되었다. 이 세 사람은 이런 상태의 나를 여러 가지 의미에서 다양하게 알고 소유했으며 즐겼다.

3월 22일, 로마

오늘은 산피에트로 대성당에 가지 않고 대신 편지를 쓰겠다. 기적과 고난의 종려주일도 이젠 지나갔고, 내일 우리는 축성을 받을 것이다. 그러고 나면 완전히 다른 삶을 위한 심정적 전환이 이루어질 것이다.

좋은 친구들의 수고 덕택으로 나는 모든 것을 보고 들었다. 특히 사람들에게 밀리고 눌리는 와중에서도 순례자들의 세족식(洗足式)과 성찬식을 보았다.

교회음악은 상상할 수 없을 정도로 아름답다. 알레그리의 「미제레레」와 십자가에 박힌 주님이 백성을 질책한다는 뜻이 담긴 「임프로페리아」가 특히 아름답다. 이 합창곡들은 성금요일[153] 아침에 연주된다. 교황이 십자가를 받들기 위해 화려한 예복을 벗고 옥좌에서 내려오는 순간 장내는 고요해지고 합창단이 노래를 시작한다. "나의 백성들아, 나한테 저지른 일이 무엇이뇨?" 이 순간이야말로 모든 진귀한 의식들 가운데 가장 아름다운 장면이다. 이제 자세한 것은 만나서 이야기하기

153) 부활절 성주간의 금요일. 그리스도의 십자가 수난을 기리는 날로, 한 해 중 유일하게 미사 없이 예수 수난예식만 거행된다.

로 하고, 이 음악들 가운데 옮길 수 있는 것은 카이저가 가지고 갈 것이다. 나는 소원대로 즐길 수 있는 의식을 모두 보고 즐기면서 언제나처럼 조용히 관찰했다. 소위 사람들이 말하는 효과는 내게 아무런 작용도 못 했다. 근본적으로 나를 감동시킨 것은 하나도 없었다. 내가 감탄한 것은 그들이 기독교 전통을 완벽하게 전례(典禮)화했다는 점이다. 정말 그들은 이런 말을 들을 만도 하다. 교황의 전례들 중에 특히 시스티나 예배당에서 행해지는 예식들은 고상한 취향과 완벽한 위엄을 갖추었다. 그것이 보통 가톨릭 미사에서는 별로 좋아 보이지 않는데 말이다. 그러나 이런 완벽한 전례는 수백 년 전부터 모든 예술이 번성하는 곳에서만 가능할지도 모르겠다.

이에 관한 자세한 이야기를 여기서 할 수는 없다. 그동안에 예의 그 일로 다시 주저앉아 더 오래 체류할 생각을 하지 않았더라면,[154] 나는 다음 주에 떠날 수 있었을 것이다. 그러나 그 일도 나에게 좋은 방향으로 바뀌었다. 그간 나는 많은 공부를 했으며, 원했던 그림 그리는 일도 완료되어 기반이 잡혀간다. 힘찬 발걸음으로 가던 길을 일순간에 버리고 떠나려니 그 느낌이 묘하다. 그러나 그러려니 하고 말아야지, 그런 기분을 키워서는 안 된다. 모든 큰 이별에는 광기의 싹이 잠재하고 있기 때문에 우리는 감상에 젖어 그 싹이 터 자라나지 않도록 조심해야 한다.

---

154) 아우구스트 대공의 청에 따라, 아말리아 여공작이 로마에 도착할 때까지 귀국을 미루는 것을 말한다.

시칠리아까지 함께 갔던 화가 크니프가 나폴리에서 아름다운 그림들을 보냈다. 내 여행의 달콤한 열매인 셈인데, 여러분의 마음에도 들 것이다. 눈앞에 보이는 것을 가지고 갈 수만 있다면 가장 확실한 방법일 텐데. 이 그림들 가운데 몇 점은 색채의 톤이 특별히 잘되었는데, 여러분은 이곳이 이렇게 아름다운가 하고 믿기 힘들 것이다.

나는 이렇게 로마에서 점점 더 행복해졌고 즐거움은 매일 커졌다고 말하겠다. 그리고 내가 누구보다도 여기에 머무를 자격이 있는 사람이기에, 이제 떠나야 한다는 것이 슬프게 보일지 모르지만, 한편으로는 내가 이만큼 오래 체류했기 때문에 목표한 바에 도달할 수 있었다는 사실이 마음을 무척 편안하게 해준다.

방금 그리스도가 끔찍한 소음과 함께 부활하셨다. 성[155]에서 축포가 발사되고 교회 종들이 모두 울리고 있다. 온 시가지에서 폭죽과 꽃불이 터지고 연발 총포가 발사되고 있다. 오전 11시 정각이다.

보고

필리포 네리는 로마에 있는 7대 본당을 마치 의무라도 되는 듯 자주 찾아다님으로써 자신의 지극한 믿음을 증명했다.

155) 산탄젤로 성을 말한다. 136쪽 참조.

이에 대해 생각해 보기 전에 먼저 언급할 것이 있다. 교회 축일에 오는 순례자들이 치러야 하는 의무적인 성당 순례는 이 성당들이 각각 멀리 떨어져 있기 때문에, 모두를 하루에 순례해야 한다면 끔찍한 여행이나 다름없다는 사실을 염두에 두어야 한다.

7대 본당은 산피에트로, 산타마리아 마조레, 성 밖의 산로렌초, 산세바스티아노, 라테라노의 산조반니, 예루살렘의 산타크로체, 성 밖의 산파올로 성당이다.

신앙심이 깊은 이 지방 사람들도 부활절 전 종려주일, 그리고 특히 성금요일이 되면 이런 순례를 한다. 이로서 영혼이 면죄된다는 종교적 이점을 누릴 뿐만 아니라 육체적인 즐거움까지 추가된다. 이런 의미에서 그 목표와 목적이 더욱 매력적으로 다가온다.

구체적으로 말하자면, 이 순례를 끝마치고 마침내 산파올로 성문 안으로 다시 들어온 사람은 증명서를 가지고 가서 표를 받는데, 이것은 지정된 날짜에 빌라 마테이에서 열리는 종교적 국민 축제에 참가할 수 있는 입장권이 된다. 그곳에서 사람들은 빵, 포도주, 약간의 치즈와 계란 등 간단한 식사 대접을 받는다. 입장객들은 정원 곳곳에 자리를 잡는데, 대부분 사람들은 그곳에 있는 조그만 원형극장에 진을 친다. 그리고 맞은편 정자에는 신분이 높은 사람들, 추기경들, 주교들, 영주들과 신사들이 모여 이 광경을 즐긴다. 이렇게 모두가 마테이 가문이 제공하는 축제에 참여한다.

우리는 열 살에서 열두 살 되는 소년들의 종교 행진을 보았다. 수도사 차림이 아니라 흔히 축제일에 수공업 견습생들이 입는 의상이었는데, 색상과 디자인이 모두 같았다. 둘씩 짝을 지어 가는데 모두 40명쯤 되었다. 그들은 경건하게 연도(連禱)를 읊조리며 조용하고 질서 있게 행진했다.

수공업 장인으로 보이는 건장한 노인이 소년들 옆에서 전체를 정리하고 통솔하는 것 같았다. 눈에 띄는 것은 잘 차려입은 행렬의 말미에 맨발에다 넝마를 걸친 거지 행색의 아이들 여섯이 따라가는 모습이었다. 이 아이들도 소년들과 똑같이 얌전하게 행진했다. 걱정이 되어서 알아보니, 신발을 만드는 이 남자는 자식이 없었다. 그는 일찍이 불쌍한 남자 아이 한 명을 데려다가 견습생으로 삼아 뜻있는 사람들의 도움을 받아서 옷도 제대로 입히고 교육도 시키겠다는 생각을 했다. 이런 실례로 그는 다른 장인들도 아이들을 맡도록 설득했고, 다른 아이들도 후원을 받게끔 신경을 썼다. 이런 방법으로 작은 무리가 형성되었고, 그는 일요일이나 휴일에 아이들이 심심해서 나쁜 생각을 하지 못하도록 엄격한 종교 행사를 끊임없이 요구했다. 서로 멀리 떨어져 있는 본당들을 하루에 방문하라고 요구하기도 했다. 이런 식으로 이 경건한 무리의 수가 점차 늘어났고, 그는 칭찬받는 그 순례 행렬을 예전과 같이 계속했다. 눈에 띄게 유용한 이 무리가 모두 수용할 수 없을 정도로 불어나자 일반인들의 자선 활동을 일깨우기 위해서 다음과 같은 방법을 썼다. 앞으로 돌봐주어야 하는 아이들을 그의 행진 대열 말미에 따라가게 한 것이다. 이 생각은 매번 이 아이들을 돌보게끔 기부를 받아내는 데 성공했다.

우리가 이런 자초지종을 듣고 있을 때, 나이가 더 들고 옷을 제대로 입은 소년들 가운데 한 명이 우리 곁으로 와서 접시를 내밀며 아직 헐벗고 신발도 못 신은 아이들을 위해 조금이라도 적선해 달라고 깍듯이 말했다. 감동한 우리 외국인들은 기부금을 듬뿍 희사했다. 뿐만 아니라 우리 옆에 있던, 평소에는 한 푼에도 인색한 로마인들까지 조금 희사했다. 그들은 이 좋은 일을 칭찬하는 말과 더불어 종교적으로 무게 있는 말을 건넸는데, 작은 기부금에 비해 말이 많았다.

우리는 신앙심 깊은 아이들의 아버지가 이런 수확이 있는 행렬이 끝나고 나면, 자신의 수련생들 모두에게 이 기부금의 혜택을 주는지를 알고 싶었다. 왜냐하면 그의 숭고한 목적을 위한 수입이 절대로 적을 것 같지 않기 때문이다.

아름다움을 조형적으로 모방하는 일에 대하여
카를 필리프 모리츠 지음, 1788년 브라운슈바이크

위의 제목으로 32페이지가 채 못 되는 소책자가 발행되었는데, 이는 모리츠가 독일의 출판사로부터 선금을 받은 대가로 보낸 이탈리아 기행문 원고의 일부였다. 확실히 이런 글은 도보로 영국을 순회한 모험 이야기처럼 쓰기 쉽지는 않다.

이 책자에 관해 무슨 생각을 했는지 여기에 언급하지 않을 수 없다. 그것은 우리 책의 기반이 되었고, 모리츠가 그 대화를 나름대로 자기화해서 유용하게 썼기 때문이다. 이 일은 그렇다 치고 당시에 우리가 무슨 생각을 했으며 어떤 생각이 나중에 진전되고 검토되고 실제로 사용되었는지, 그래서 금세기의 사고방식과 맞아떨어지게 되었는지 등은 역사적 관심의 대상이 될 수 있을 것이다.

이 원고의 중간 부분에서 몇 장을 여기에 소개한다. 이로써 이 원고 전체를 재발행하는 계기가 될 수도 있을 것이다.

조형미술의 천재의 경우 그의 활동력의 범위는 자연 자체만큼 넓고 커야 한다. 다시 말해서 그 조직이 몹시 섬세하게 짜여 있어 주변의 수없이 활동 중인 자연과 끊임없이 접촉해 표현할 수 있어야 한다. 그렇게 함으로써 자연의 모든 상호 관계를 극히 외부적인 것까지 전체적으로 혹은 부분적으로 병행해서 보여주되, 각 대상들이 서로 밀쳐 방해하지 않도록 충분한 공간을 보유하고 있어야 한다.

이 섬세한 짜임의 조직이 최대한도로 성장했는데, 그의 활동하는 힘이 갑자기 모호한 예감에 휩싸여 전체를 볼 수도, 들을 수도, 상상할 수도, 생각할 수도 없게 된다면 필연적으로 불안이 싹트기 마련이다. 그러면 평형을 유지하는 힘들이 오랫동안 불균형 상태에 빠지게 될지라도, 결국엔 이런 힘이 다시 균형 상태를 이루게 된다.

불분명한 예감 속에서나마 순수하게 활동하는 힘으로 자연의 고귀하고도 위대한 전체를 통찰한 예술가라면, 자연의 관계를 낱낱이 떼어서 관찰하는 것으로는 더 이상 만족할 수 없게 된다. 확실하게 인식하는 사고력, 훨씬 더 생생하게 전달하는 상상력, 그리고 극도로 밝게 반사하는 외적인 감각을 얻었기 때문이다.

모호한 예감 속에서 발휘된 활동력으로 이 상호 관계 전체를 어떤 방식으로든 볼 수 있거나, 들을 수 있거나, 혹은 상상력으로서 파악할 수 있어야만 한다. 이렇게 되기 위해서는 전체 관계를 예감하고 있는 활동력이 자체의 내부에서부터 자기 나름대로 형성되어야 한다. 그래서 이 커다란 전체의 관계들과 이 관계들 속에 깃든 최상의 아름다움을 그 빛의 정점에다 초점을 맞추어야 한다. 이 초점에서부터 눈으로 측정한 범위에 따라 최상의 아름다움을 섬세하고도 충실하게 표현하는 상이 형성되어야 한다. 이 상은 대자연 전체의 완벽한 상호 관계를 그 자체처럼 진실하고도 올바르게 포착하고 있어야 한다.

그러나 최상의 아름다움의 이런 복사가 무언가에는 남아 있어야 하기 때문에, 이 활동력은, 개인에 따라 다르지만, 볼 수 있고 들을 수 있는 어떤 것을 선택한다. 혹은 상상력이 포착할 수 있는 대상을 선택해 최상의 아름다움의 후광을 소생케 하는 한도만큼 전달한다. 그러나 자연의 관계에서 볼 때 자연은 자신 이외에 어떠한 인위적 전체를 절대로 용납하지 않기 때문에, 이 표현된 대상은 계속 존립할 수가 없을 것이다. 이렇게 해서 우리는 이미 언급한 원점으로 되돌아가게 된다. 예술을 통해 그 자체를 위해 존재하는 전체로 형성되기 이전에, 그래서 방해받지 않고 대자연 전체의 관계들을 완전히 그 범위만큼 반영할 수 있기 이전에, 그 내적인 존재가 매번 먼저 형상화되어야 한다.

하지만 아름다움이 내재한 이 커다란 상호 관계들은 사고력의 범주에 속하지 않기 때문에, 아름다움을 조형적으로 모방하려는 의도 역시 활동력이 생생하게 감지할 수 있을 뿐이다. 이미 상상 속에서 점차적으로 완성된 작품이 형성되는 첫 순간에 갑자기 모호한 예감으로부터 이 작품이 영혼 앞에 나타난다. 그래서 첫 제작 순간부터, 그것이 현실적으로 존재하기 이전에 이미 존재한다. 이로 인해 뭐라 이름 붙일 수 없는 마력이 생겨나고, 이것이 작업하는 천재로 하여금 끊임없이 제작하도록 유도한다.

아름다움의 조형적 모방에 관한 생각은 아름다운 예술 작품을 순수하게 즐기는 일도 포함해서, 우리로 하여금 예의 생생한 개념에 가까이 접근토록 해준다. 그래서 우리는 아름다운 예술 작품을 더더욱 즐길 수 있게 된다. 그러나 아름다움을 최고로 즐기기에는 우리 자신의 힘이 미치지 못하기 때문에 이 유일한 최상의 향유는 항상 이를 만들어 낸 천재 자신에게만 가능하다. 이 아름다움은 그것이 형성될 때, 만들어질 때에 그 최상의 목적을 이미 달성한 것이다. 우리가 그 나중에 향유하는 것은 이 천재가 존재하기 때문이고, 고로 천재는 자연의 훌륭한 계획에 따라 우선 자신을 위해서, 그다음으로는 우리를 위해서 존재한다. 왜냐하면 자신이 만들고 형성하지는 않지만, 한번 형성된 것을 상상력으로 파악할 수 있는, 천재가 아닌 다른 존재들이 있기 때문이다.

아름다움의 특성은 본질적으로 사고력의 경계 밖에 존재하며, 그것의 형성 자체가 생성의 과정 속에 있다. 무엇이 왜 아름다운가는 사고력으로 질문할 수 없기 때문에, 바로 그 때문에 아름답다. 사고력이 완전히 부재하는 그곳이 바로 아름다움을 평가하고 관찰할 수 있는 비교 지점이 된다. 위대한 자연 전체의 조화로운 상호 관계 외에 진짜 아름다움을 비교할 수 있는 것이 대체 있을 수나 있을까? 이는 사고력으로 파악할 수 없는 것이다. 다른 모든 개별적인 자연 이곳저곳에 산재한 아름다움은, 위대한 전체의 온갖 관계를 많든 적든 보여주는 개념이라는 의미에서만 아름다울 뿐이다. 이는 절대로 조형미술의 아름다움을 비교하는 관점이 될 수 없으며, 아름다움을 진실하게 모방하는 데 있어서 모범으로 사용될 수도 없다. 부분적인 자연이 최고로 아름답다 할지라도, 모든 것을 내포하는 자연 전체의 크고도 존엄한 상호 관계들을 당당히 모방한 것과는 비교할 수 없이 미미하기 때문이다. 그렇기 때문에 아름다움은 인식될 수 없다. 그것은 표출되어야 하고, 아니면 감지되어야 한다.

비교 지점이 전혀 없다는 측면에서 아름다움은 사고력의 대상이 아니기 때문에, 그리고 우리 자신이 아름다움을 표출할 수 없기 때문에, 우리는 아름다움을 즐기는 것 역시 완전히 포기해야 될 것 같다. 이는 아름다움이 보다 덜 아름다운 것보다 우리에게 더 가까이 다가오게 하는 어떤 기준이 절대로 없다는 가정을 의미한다. 그러나 우리 내면에 어떤 것이 표출하는 힘을 대신하기 때문에, 그 힘 자체는 아니지만 그에 가능한 만큼 접근할 수 있다. 바로 이것이 우리가 소위 말하는, 아름다움에 관한 취향, 혹은 감수성이다. 감수성은 아름다움을 표출하는 지고한 즐거움이 결여되어 한계가 있기는 하지만, 방해받지 않고 조용히 관찰하는 과정에서 결여된 것을 보충해 준다.

다시 말해 만일 조직이 그렇게 섬세하게 짜여 있지 않다면 밀려드는 자연 전체에 접촉하게 하는 점들을 필요한 만큼 충분히 제공할 수가 없을 것이고, 자연의 위대한 상호 관계들을 완전히 축소해서 반영할 수도 없을 것이다. 그리고 또한 이 순환의 원을 완전히 매듭을 짓기 위한 한 점이 우리에게 결여될 터인즉, 우리는 아름다움에 대한 형성력 대신에 감수성만을 갖게 될 것이다. 우리 외부에서 아름다움을 재현하고자 하는 시도는 실패할 것이다. 또한 아름다움에 관한 우리의 감수성이 우리한테 결여된 형성력의 한계를 비좁게 만들수록 우리는 우리 자신에 대해 더더욱 불만족할 것이다.

그 이유를 말하자면 이렇다. 아름다움은 바로 완성되는 순간에 그 자체 내에 존재하고 있기 때문에, 마지막으로 결여된 그 한 점이 마치 다른 수많은 것처럼 아름다움을 해치기 때문이다. 그 한 점이 다른 모든 점들을 그들이 속하는 자리에서 밀어내버리기 때문이다. 그리고 일단 이 완성의 한 점이 결여되었을 경우, 미술 작품은 애써서 시작해 시간을 들여 진행시킬 가치가 없다. 그것은 졸작 아니면 쓸데없는 작품으로 전락하기 때문이다. 그리고 그런 작품은 당연히 망각의 나락으로 떨어져 소멸하고 말 것이다.

아름다움의 완성에 결여된 그 마지막 한 점은 유기체의 섬세한 조직에 뿌리를 내린 형성력에도 다른 수천의 점들처럼 똑같이 해를 입힌다. 감수성 중에서 최고의 가치도 형성력과 마찬가지로 지극히 미비하게 고찰될 것이다. 감수성이 스스로의 한계를 넘어서는 바로 그 점에서, 그것은 의당 자체 내에서 침몰해 없어지고 소멸하고 만다.

한 가지 확실한 종류의 아름다움을 감지하는 능력이 완벽하면 할수록 그것을 형성력이라고 착각할 위험이 더더욱 크다. 이런 식으로 수천 가지 시도가 실패로 끝나고, 자신과의 평화가 깨지는 위험에 처하게 된다.

예를 들면 이 감수성은 어떤 미술 작품에서 아름다움을 즐기는 순간에 그 작품의 과정을, 작품을 작업해 낸 형성력을 꿰뚫어본다. 그리고 이 아름다움의 더 높은 경지의 즐거움을 어렴풋이 예감하고 그 내부로부터 표출되는 강렬한 힘을 느낀다.

이미 존재하는 작품에서는 찾을 수 없는 더 높은 경지의 즐거움을 만들어내기 위해서, 한번 너무나 강렬하게 느꼈던 감수성이 비슷한 것을 자체 내에서 표출해 내려고 안간힘을 쓰지만 허사가 된다. 이 감수성은 자신이 만들어낸 것을 증오하게 되고 그것을 내버린다. 동시에 이미 자신의 외부에 존재하는 그 모든 아름다움을 향유하는 쪽으로 방향을 바꾸지만, 이 아름다움에는 자신의 행위가 덧붙여질 필요가 없다는 이유 때문에 그것을 보고도 즐거움을 얻지 못한다.

감수성이 유일하게 원하고 노력하는 바는 그가 어렴풋이 예감하는 더 높은 경지의 즐거움을 공유하는 것이다. 자신의 형성력에 대한 의식을 가지고 감수성에 감사하는, 아름다운 작품에 자신을 투영하고자 한다.

이런 감수성의 소원은 영원히 이루어지지 않을 것이다. 작품을 생산하는 일은 어떤 유용성이 아니라 자체의 만족이고, 아름다움 역시 그 자체가 목적이 되어 예술가의 손에 잡혀 저항 없이 순순히 형성되기 때문이다.

제작하고자 하는 형성 본능에 아름다움을 향유하는 상상이 개입되면, 아름다움이 완벽할 경우, 형성 본능은 성공할 수 있을 것이다. 그러나 상상이 행동력을 추진하는 힘 중 첫 번째이자 가장 강렬한 것일 경우에는, 그리고 행동력이 만들기 시작하는 것에 대해 자체 내부에서 솟아나는 느낌이 들지 않을 경우에는, 그 형성 본능이 분명히 순수하지 못하다. 아름다움의 초점, 아니면 완성점이 작품이 효력을 발생하는 데 빠져서 보이지 않는다. 빛이 발산되지 않는다. 이 작품은 자체 내에서 완성될 수 없다.

자체 내에서 표출된 아름다움을 향유하는 최고의 경지에 가깝게 접근했다고 생각하면서도 결국 포기한다는 것은, 물론 힘든 투쟁인 듯 보이지만 다음과 같은 경우에는 아주 쉽게 이루어질 수 있다. 즉 우리가 타고났다고 자랑스럽게 생각하는 형성 본능을 근본적으로 고상하게 만들기 위해서 우리가 감지하는 이기심을 철두철미하게 없애버리는 경우가 그중 하나다. 그리고 이미 있는 것을, 우리가 표출하고자 하는 아름다움을 향유하려는 그 모든 상상을 우리 자신의 힘에서 나온 감정으로 대치시키고, 이 감정을 가능한 한 최대한도로 억제하는 것이 다른 경우이다. 그래서 우리가 마지막 숨을 내쉴 때에야 이를 완성시킬 수 있고, 완성시키려고 노력할 경우다.

이렇게 우리가 예감하는 아름다움이 그 자체로서 표출되는 과정에서 유지되어 우리의 행동력에 자극을 주어 움직이게 한다면, 우리는 안도의 숨을 쉬며 우리의 형성 본능을 따라가도 된다. 이 본능이 참되고 순수하기 때문이다.

그러나 만일 향유와 작용에 관한 생각을 완전히 버렸을 때 그 자극 역시 사라져버린다면, 이런 경우에는 투쟁을 계속할 필요가 없다. 우리 내면에는 평화가 깃들고, 다시금 제자리로 돌아온 감수 능력이 눈뜨고, 경계선까지 겸손하게 물러난 대가로, 본질상 자연과 결부된 아름다움을 최고로 순수하게 향유할 수 있게 된다.

형성력과 감수성이 갈라지는 점에서 실수하거나 경계선을 잘못 넘는 경우가 너무나 흔하고 쉬운 것은 당연하다. 최상의 아름다움을 복사한 작품들 중 한 작품만이 진짜인데도, 항상 수많은 것이 졸작이거나 잘난 체하는 것들이고, 또한 오류의 형성 본능이 예술 작품을 만들어낸다는 것은 위의 이유 때문에 조금도 놀랄 일이 아니다.

이렇듯 다수의 시도가 실패하고 자신이 착각하는 것을 피하는 일이 거의 불가능한 이유는 다음과 같다. 진짜 형성력이 바로 작품 형성 초기에 확실한 대가로서 자신의 내부에서 최초의, 최상의 즐거움을 체험한다. 그리고 이 점만이 오류의 형성 본능을 구별하게 한다. 왜냐하면 형성력은 최초의 순간에 작품을 향유하는 예감 때문이 아니라, 그 자체로서 발동하는 것이기 때문이다. 그리고 이 열정의 순간에 사고력 자체는 올바른 판단을 내릴 수 없다.

그렇지만 이와 같이 실패한 시도들이 언제나 형성력의 결여를 증명하는 것은 아니다. 순수한 형성력도 흔히 아주 잘못된 방향으로 가기 때문인데, 이 경우는 눈으로 보아야 할 것을 상상력에, 들어야 할 것을 보는 일로 처리해서다.

자연이 이 내재하는 형성력을 완전한 성숙, 완전한 발전의 길로 항상 인도하는 것이 아니라, 절대로 성숙할 수 없는 오류의 길로 가게 하기 때문에, 참된 아름다움은 드물게 존재한다.

그리고 자연이 오류의 형성 본능에서 천박한 것과 졸렬한 것을 거침없이 생겨나게 하기 때문에 참된 아름다움과 고귀함은 희소가치로 인해 졸렬한 것이나 천박한 것과 구분된다.

감수 능력에는 항상 틈이 있기 마련인데, 이는 오로지 형성력의 결과로만 메워질 수 있다. 형성력과 감수성은 마치 남자와 여자의 관계처럼 상호적이다. 작품이 최초로 생겨날 때에, 감수 능력과 마찬가지로 형성력 역시 지고의 즐거움의 순간을 갖게 되고, 마치 자연처럼 자체에서부터 본질을 모사해내기 때문이다.

감수성은 형성력과 똑같이 조직의 섬세한 구조에 기반을 두고 있고, 그렇기 때문에 대자연 전체와 접촉하는 모든 점들에 있어서 이들은 완벽한, 아니면 거의 완벽한 모사품이다.

감수성이나 형성력은 사고력보다 훨씬 더 많은 것을 포괄한다. 그리고 이 양자의 근원이 되는 행동력은 사고력이 포착하는 모든 것을 동시에 포착한다. 이 행동력이 우리가 가질 수 있는 모든 개념들 가운데 최초의 동기들을 항상 내부에서부터 실을 엮어내듯 자체 내에 지니고 있기 때문이다.

이 활동력이 사고력의 범주에 속하지 않는 모든 것을 표출하면서 자신의 내부에서 포괄하고 있을 때, 이를 형성력이라고 칭한다. 반대로 이 활동력이 사고력의 경계 밖에 있는 것을 표출하는 자신의 내부로 향하면서 파악하는 것을 감수성이라고 칭한다.

형성력은 감수성과 활동력 없이 존재할 수 없다. 반대로 활동력은 근본적인 감수성과 형성력이 없이도, 이들 중 유일한 기반이기 때문에 자체만을 위해서 존재할 수 있다.

이 활동력 역시 조직의 섬세한 구조에 기반을 두고 있기 때문에, 이 기관은 그 모든 접촉점에서만이라도, 위대한 전체 관계의 모사일 수 있다. 이 경우 감수성과 형성력이 전제되는 완전성의 정도는 문제되지 않을 것이다.

다시 말하자면 우리를 에워싸고 있는 그 위대한 전체의 상호 관계들 중에서 다수가 우리 기관의 모든 접촉점에서 항상 만나고 있다. 그래서 우리는 이 위대한 전체를, 우리 자신의 것은 아니지만, 우리 내부에서 어렴풋이 느끼고 있다. 우리 본질에 섞여 들어온 그 전체 관계는 사방팔방으로 다시금 팽창하려고 한다. 이 기관은 모든 방향으로 끝없이 뻗어나가려고 한다. 이 기관은 자신을 둘러싸고 있는 전체를 내부에서 투영하고 있을 뿐만 아니라, 가능한 한 그 자신이 자신을 둘러싸고 있는 전체가 되고자 한다.

이런 이유에서 모든 고등 조직은 자연의 법칙에 따라 하등 조직을 삼켜 그것을 자신의 본질에 이식한다. 식물은 무기질을 취해서 생성하고 생장한다. 동물은 식물을 취해서 생성, 생장, 향유를 거듭하고, 인간은 동물과 식물을 취해서 생성, 생장, 향유를 거듭함으로써 자신의 본질로 변화시킬 뿐만 아니라 동시에 자신의 조직보다 열등한 그 모든 것을, 무엇보다 가장 밝게 깎이고 반사하는 그 존재의 외면을 통해서, 존재의 영역 안으로 끌어들인 다음 다시 자신 밖으로 내보인다. 이 일은 그의 기관이 내부에서 완전하게 형성되어 미화되는 순간에 일어난다.

이렇게 되지 않는 경우, 그는 자신을 에워싸고 있는 것을 파괴함으로써 자기 실존의 영역 안으로 끌어들이려 하고, 기를 쓰고 가능한 멀리까지 주변을 장악하려 하는데, 이는 한번 확장된 실존을 갈구하는 그의 열망이 순진무구한 명상으로는 채워지지 않기 때문이다.

4월

서신

4월 10일, 로마

내 몸은 아직 로마에 있지만, 마음은 이미 떠나 있다. 떠나기로 결심하고 보니 더 이상 관심도 없고, 차라리 2주일 전에 떠났더라면 하는 마음이다. 사실은 카이저와 부리 때문에 아직 여기에 머물고 있다. 카이저는 몇 가지 일을 끝마쳐야 하는데, 그 일은 로마에서만 할 수 있다. 그리고 몇몇 음악 자료도 모아야 한단다. 부리는 그림 한 점을 스케치해서 내 아이디어대로 완성해야 하는데, 이 일에 내 조언이 필요하다고 한다. 어쨌든 나는 4월 21일 아니면 22일에 출발하기로 확정했다.

4월 11일, 로마

날짜는 자꾸 지나가는데, 나는 더 이상 아무것도 할 수가 없다.

무엇을 보고 싶은 생각도 거의 없다. 충직한 마이어가 아직 내게 신경을 써주고 있어서, 나는 마지막으로 그의 가르침을 즐겨 받고 있다. 만일 카이저가 여기에 오지 않았더라면, 나는 마이어를 데리고 돌아갔을 텐데. 마이어가 우리와 함께 1년만 더 같이 있었더라면 우리 작업은 충분히 진전되었을 것이다. 특히 두상 소묘에 따르는 그 모든 어려운 점들을 해결하는 데 도움을 주었을 것이다.

나는 오늘 오전에 나의 훌륭한 마이어와 함께 로마 아카데미 드 프랑스를 방문했다. 고대 조각 작품의 복사본들이 진열되어 있는데 모두가 최상급이다. 이곳과도 작별한다니 이 기분을 어떻게 설명할 수 있을까! 그런 순간에 우리는 자신보다 더 커질 수 있다. 즉 우리가 몰두해야 할 가장 존엄한 것은 인간의 형상이라는 점을 느낀다. 이곳에서는 인간의 형상들이 매우 다양한 방식으로 찬란하게 의식된다. 그러나 이를 보는 순간에 곧 자신의 부족함을 느끼지 않을 사람이 누가 있겠는가? 마음의 준비가 되어 있는데도, 보고 있노라면 스스로가 정말 하찮게 느껴진다. 인체의 균형, 해부학, 동작의 규칙성에 관해 어느 정도 지식을 쌓은 내 눈에 여기서 너무나 강렬히 눈에 띄는 것은 형식이 마지막엔 모든 것을, 즉 인체의 각 부분들의 합목적성, 관계, 특성, 아름다움까지를 전부 포괄한다는 사실이다.

4월 14일, 로마

아마 이런 혼란스러움이 더 이상 심할 수는 없을 것이다!

예의 그 발을 점토로 만드는 일을 계속하고 있는데, 그러면서도 여태껏 구상해 온 『타소』를 다시 써서 끝내야 한다는 생각뿐이다. 다가오는 여행길에 좋은 반려가 될 판이다. 그러는 중에 짐을 싸야 하고, 이런 순간에야 비로소 내가 모아서 끌고 다닌 그 모든 것이 무엇인지를 깨닫게 된다.

보고

지난 몇 주간의 서신에서는 중요한 점을 별로 읽을 수가 없다. 내 입장은 예술과 우정 사이에, 소유와 노력 사이에, 익숙한 현재와 새로이 적응해야 할 미래 사이에 너무나 휘말려 있었다. 이런 상황에서 쓰인 나의 편지들은 전달하는 내용이 적을 수밖에 없다. 역경을 헤치며 오랜 세월 동안 우정을 나눈 옛 친구들을 다시 만나게 될 기쁨에 대한 말은 적었고, 그와 반대로 떠나야 하는 슬픔은 상당히 공공연했다. 때문에 나는 과거를 되돌아보는 현시점에서 어떤 것은 요약하기로 하고, 그 당시에 다른 메모나 기념물에 간직한 것들과 기억을 더듬을 수 있는 것들을 조명해 보겠다.

티슈바인은 이미 봄에 돌아오겠다고 몇 번이나 통지를 하고서도, 여전히 나폴리에 체류하고 있었다. 그는 잘 지내고 있었는데, 시간이 지날수록 어떤 괴상한 습관 때문에 손해를 보게 되었다. 설명을 하자면 그는 계획했던 모든 일을 일종의 미확정 상태에서 신경 쓰지 않고 내버려두었다. 이로 인해서 다른 사람들이 손해를 보고 기분이 언짢아졌다. 이젠 나도 이런 경우에 처하게 되었다. 그가 돌아온다고 했기 때문에 우리 모두 편안하게 지내기 위해 숙소를 옮겨야만 했다. 우리가 묵고 있던 집의 위층이 마침 비게 되었기에 나는 지체하지 않고 그 숙소를 빌려서 이사했다. 그가 돌아오면 아래층에 모두 준비되어 있는 것을 잘 볼 수 있게 하기 위해서였다.

위층 숙소는 아래층과 똑같았지만 한 가지 장점이 있었다. 숙소 뒤쪽에서 내다보면, 우리 집과 이웃집의 정원이 보여서 전망이 아주 좋았다. 우리 집이 구석에 있었기 때문에 이웃집들이 사방으로 펼쳐져 있었다.

여기에서 보면, 모양이 다른 정원들이 담장에 의해 규칙적으로 구분되었고, 끝도 없이 다양한 식물들이 가꾸어지고 있는 것이 보인다. 이렇게 푸르고 꽃이 만발한 낙원을 더욱 아름답게 하기 위해, 도처에 고상한 건축 예술물들이 세워져 있었다. 온실들이며 발코니와 테라스들, 그리고 좀 높은 뒤채에는 외부 로지아, 즉 지붕 있는 야외 테라스가 있었다. 그리고 이 사이엔 이 지방의 온갖 종의 나무들과 식물들이 자라고 있었다.

우리 집 정원에는 늙은 재속신부가 레몬나무를 가꾸었다. 이 나무들은 별로 크지 않은데, 모두가 예쁘게 장식된 토기에 정성 들여 가꾸어서 여름에는 옥외의 신선한 공기에서 자라고, 겨울에는 온실로 옮겨졌다. 열매들이 익으면 완전히 익었는지를 잘 보아서 조심스럽게 딴 다음 레몬을 하나씩 부드러운 종이에 포장해서 운송한다. 이들은 특별히 질이 좋아 시장에서 인기가 있었다. 이런 오랑제리[156]는 중류층 집안에서 작은 투자 대상이었는데, 매년 상당한 관심을 끌고 있었다.

그렇게 아름다운, 몹시 맑은 하늘을 방해받지 않고 창문을 통해 보곤 했는데, 이 창문들은 또한 그림을 관람할 수 있도록 근사한 빛을 선사해 주었다. 크니프가 우리의 시칠리아 여행 중 세밀히 윤곽을 스케치했다가 수채화로 완성한 여러 그림들을 약속한 대로 이곳으로 보내왔다. 모든 사람이 이 그림들을 빛이 가장 적당한 때에 보면서 기뻐하고 감탄했다. 이런 방식의 명료함과 여유로움에 있어 그를 따를 화가는 아마도 없을 것이다. 그는 바로 이 점에 심혈을 기울였다. 이 작품들을 보면 정말 감탄스러웠다. 축축한 바다며, 절벽의 푸르스름한 그림자, 불그스름하면서도 누런 색조의 산맥들, 빛나는 하늘에 녹아든 원경 등을 다시 보고, 다시 감상하고 있다고 착각할 정도였다. 그러나 이 그림들만이 그 정도로 효과적으로 보이는 것은 아니었다. 그 장소와 그림 받침대에 세워두면 어떤 그림이라도 더 눈에 띄고 효과적으로 보였다. 내가 방으로 들어섰을 때, 그림이 신비하게까지 보였던 기억이 몇 번 있다. 유익하거나 무익한 조명, 직접조명 혹은 간접적인 분위기 조명의 비밀이 그 당시엔 아직 밝혀지지 않았다. 사람들은 충분히 느끼고 경탄하면서도, 이를 완전히 우연한 것으로, 설명할 수 없는 현상으로만 생각했다.

---

156) 북부 유럽에서는 지중해 원산의 감귤류를 겨울철에 보호하기 위해 덮개를 씌운 건물을 지었고, 이로부터 오랑제리가 온실을 가리키는 말이 되었다.

나의 새로운 숙소는 우리가 하나씩 모은 석고 모상들을 효과적인 조명을 받도록 질서 있게 전시해 보는 좋은 기회가 되었다. 그렇게 해놓고 보니 비로소 소유인으로서 몹시 당당한 기분을 만끽하게 되었다. 고대 조각 작품들을 로마에서처럼 끊임없이 보게 되면, 마치 자연에 묻혀 있는 듯 무한하다는 느낌과 신비로움을 느끼게 된다. 고귀한 것, 아름다운 것이 주는 인상은 그것이 매우 기분 좋은 것이긴 하지만, 우리를 불안하게 만들기 때문에 우리가 느끼는 것, 우리가 보는 것을 언어로 표현하고 싶어 한다. 그러기 위해서는 먼저 알아보고 분간하고 이해해야 한다. 우리는 나누고 분류하고 정리하기 시작한다. 이것이 불가능한 것은 아니지만 매우 어려운 일이기 때문에, 우리는 결국 관람하고 즐기면서 감탄하는 역할로 되돌아온다.

그러나 오래된 예술 작품들의 결정적 영향력은 우리로 하여금 작품이 만들어진 시대와 개인이 처했던 상황으로 되돌아가게 한다는 데 있다. 고대의 입상들에 둘러싸여 있으면 살아 있는 자연의 삶 속에 들어앉아 있는 느낌이 든다. 우리는 인체의 다양함을 의식하고, 가장 순수한 상태의 인간한테 눈길을 준다. 이로 인해서 관람자 자신도 생기 있고 순수하게 인간적으로 된다. 조각된 인물을 어느 정도 돋보이게 하는 자연스러운 의상도 일반적인 의미에서 우리에게 좋은 느낌을 갖게 한다. 로마에서 매일 그런 환경을 즐길 수 있는 사람은 그것들을 소유하고 싶은 욕심에 빠지게 된다. 그런 조각 작품들의 석고 모상들을 자기 옆에 진열해 놓고 싶어 하는데, 아주 원형에 충실한 모사품들이 이런 목적에 적합하다. 아침에 눈을 뜨면 이런 훌륭한 작품에 감동을 받게 된다. 우리의 생각과 느낌은 그런 작품의 영향을 받고, 그 덕분에 야만 상태로 돌아가는 일은 없을 것이다.

우리는 루도비시의 유노 두상을 최고로 여겼다. 그 원형을 보기란 아주 어렵고, 오로지 우연히만 볼 수 있기 때문에 더욱 높이 평가하고 존경했다. 그리고 항상 눈앞에 두고 볼 수 있다는 것은 분명 행운이었다. 우리의 동시대인 가운데 그 상을 처음으로 마주한 사람은 아무도 그 첫 대면을 감당할 수 없기 때문이다.

그 옆에는 그것과 비교하기 위해 작은 유노 상 몇 개를 세워두었다. 유피테르의 반신상도 뛰어난 작품이었고, 다른 상들은 건너뛰더라도, 론다니니의 메두사 사본은 오래된 것이었지만 그래도 훌륭했다. 죽음과 삶, 고통과 환희를 오가는 갈등을 표현하는 빼어난 이 작품은 우리 삶에 영향을 주는 다른 많은 문제들과 마찬가지로, 무어라 명명할 수 없는 강한 끌림을 담고 있었다.

물론 아낙스 헤라클레스 상도 언급하지 않을 수 없다. 아주 힘차고 크고 총명하고 온화하다. 그리고 몹시 사랑스러운 메르쿠리우스 상 하나. 이들 두 작품의 원형은 현재 영국에 소장되어 있다.[157)]

질이 조금 떨어지는 작품들, 아름다운 많은 작품들의 이집

157) 이 둘은 여기서 처음 언급되는데, 어떤 작품인지 특정하기 어렵다.

트산 테라코타 모사품도 있었다. 커다란 오벨리스크의 첨단도 있었고, 그 밖에 미완성 작품들 중에는 대리석으로 된 것도 있었다. 이들 모두는 질서 정연하게 놓여 있었다.

내가 여기에서 언급하는 작품들은 몇 주일 동안 새로운 숙소에 진열해 두었던 귀중한 것이다. 유언장을 쓰면서 주변에 있는 소유물들을 잔잔한 마음으로, 그러나 회고의 정을 가지고 둘러보고 있는 사람 같은 기분이 든다. 가장 좋은 작품들을 골라 독일로 보내기로 결정하는 일은 어려웠다. 그에 드는 수고와 비용, 선택의 어려움, 번잡한 문제 들이 나를 망설이게 만들었다. 결국 루도비시의 유노 상은 고상한 앙겔리카에게 주고, 다른 몇 작품들은 다른 화가들에게 주고, 또 몇 작품들은 티슈바인의 소유였고, 나머지들은 고스란히 그대로 남겨두어, 내가 묵는 숙소로 옮길 예정인 부리의 마음에 드는 대로 사용하게끔 결정되었다.

이 글을 쓰고 있자니 나는 아주 옛날로 되돌아가 내가 그런 대상을 처음으로 보고 관심을 기울이기 시작했던 때가 떠오른다. 당시 나의 사유는 몹시 미비한 상태였지만 감동은 말할 수 없이 강렬했고, 그 결과 나는 이탈리아를 무한히 동경하게 되었었다.

어릴 적 고향에서의 나는 조형예술에 대해 아는 것이 하나도 없었다. 심벌즈를 치면서 춤추는 모습의 판(Pan) 석고 모상을 라이프치히에서 처음 보았을 때는 꽤나 인상적이어서, 그 모상의 특징과 당시의 주변 모습까지 지금도 생각날 정도다. 하지만 그 뒤로 오랫동안 관심이 없었는데, 만하임 박물관 위층에 채광 좋은 전시실에서 수집품들을 보고 있자니 갑자기 깊은 바다에 빠진 것 같은 상태에서 내 주위에 늘어선 작품들을 의식하게 되었다.

나중에 석고를 부어 본뜨는 사람들이 프랑크푸르트에 오게 되었다. 그들은 여러 가지 모사품들을 알프스산맥 너머로 가져와서 그것을 본뜬 다음, 원래 모사품들을 적잖은 값으로 팔았다. 그래서 나는 볼만한 라오콘 두상, 니오베의 딸들, 작은 두상을 입수했고 나중에는 사포(Sappho) 상 등 다른 작품들에 매료되었다. 허약한 것, 거짓된 것, 조작된 것이 나의 눈을 혼란시킬 때 이 고상한 상들은 일종의 은밀한 해독제가 되었다. 그렇지만 나는 언제나 만족하지 못했기 때문에 심적으로 고통스러웠으며, 당시에는 모르고 있었던 대상을 갈망하는 마음이 약하기는 해도 늘 되살아나곤 했었다. 이런 연유로, 오매불망 소원했던 작품들을 드디어 입수해서 소유하고 있었는데, 내가 로마를 떠날 때 이들과 결별하자니 마음이 무척 아팠다.

나는 다른 일을 하면서도 시칠리아에서 깨달은 식물의 발생학에 관해서도 계속 관심을 기울였다. 이는 우리의 관심사가 흔히 그렇듯이 우리 내면에서 그렇게 하도록 시키고, 동시에 우리가 해낼 수 있는 범주에 속한 일이었다. 나는 식물원을 찾아갔다. 그곳은 구식으로 운영되고 있어서 일반적으로 그다지 감탄스럽다고는 할 수 없었다. 그러나 내가 그곳에서 본 많은 식물들이, 기대하지 않았던 새로운 것들이어서 유용하게 이용할 수 있었다. 나는 기회가 주어지는 대로 주변에 있는 희귀한 식물들을 수집해서 계속 관찰했고, 또한 직접 씨앗과 열매를 심고 기르면서 꾸준히 지켜보았다.

특히 후자의 식물들은 내가 떠날 때 여러 친구들이 나누어 갖고 싶어 했다. 나는 이미 제법 자라서 앞으로 의젓한 나무가 될 만한, 잣나무 묘목을 앙겔리카의 집 정원에다 옮겨 심어 주었다. 이 나무가 몇 년 후에 볼만한 크기로 자라서, 이 일에 관심 있는 여행자들이 로마에 남긴 나의 기념물인 그 나무에 대한 여러 가지 이야기를 해서 우리 모두를 즐겁게 해주었다. 말할 수 없이 소중한 내 여자 친구가 안타깝게 사망하고 난 후,[158] 새로운 집주인은 꽃밭에서 자라고 있는 잣나무가 적합하지 않다고 생각했다. 그 후에 계속 이 사건을 주시한 여행자들이 가서 보니 잣나무 자리가 비어 있었다. 이로 인해 그 예쁜 식물의 자취가 소멸되어 버렸다.

내가 열매의 씨를 심어 키운 대추야자 몇 그루는 운이 좋았다. 나는 여러 번 실패한 후, 그 나무들의 신기한 생장 과정을 시간이 날 때마다 관찰했다. 싹이 터서 올라온 묘목들을 로마인 친구에게 주었는데, 그는 이 나무들을 시스티나 거리 정원에다 심었다. 그 나무들은 아직까지 살아서 사람 키만큼이나 자랐다고 지체 높은 한 여행자[159]가 나에게 특별히 확인해 주었다. 이 나무들이 소유주들한테 불편을 끼치지 않고 앞으로

158) 앙겔리카 카우프만을 말한다. 괴테가 『이탈리아 기행』 2부 원고를 정리하기 시작한 것은 1816년이고, 앙겔리카는 1807년에 세상을 떴다.
159) 바이에른 왕 루트비히 1세(Ludwig I, 1786~1868)가 알려주었다.

도 푸르게 자라고 잘 커서 나의 기념물이 되기를 바란다.

로마를 떠나기 전에 꼭 보아야 할 목록 중에 남은 곳들은 몹시 성격이 다른 유적지로, 클로아카 막시마[160]와 산세바스티아노 성당 옆의 지하묘지였다. 전자는 피라네시가 우리에게 사전 지식을 주었던 정도의 거대한 상상을 가히 능가했고, 후자의 경우는 성공적인 방문이 되지 못했다. 그 음산한 곳에 몇 발짝 들여놓자마자 금세 기분이 언짢아졌다. 나는 곧 밝은 곳으로 되돌아 나왔다. 안 그래도 시내에서 멀리 떨어져 있어 내게는 생소한 장소였는데, 다른 사람들은 지하묘지를 구경하는 데 나보다는 마음의 준비가 잘되었기에, 나는 그들과 함께 집에 가려고 밖에서 기다릴 수밖에 없었다.

그로부터 한참 후에 나는 안토니오 보시오의 대작 장편소설 『지하의 로마』를 읽으면서 내가 그곳에서 보았던 곳이나, 보지 않았던 곳들에 관해서 어렵게 지식을 넓혔고, 이로써 미흡한 내 지식을 충분히 보충했다고 생각했다.

이와는 달리 다른 순례는 나에게 도움이 되어 좋은 결실을 맺었다. 그것은 산루카 아카데미에 있는 라파엘로의 유골에 우리의 존경심을 표한 일이었다. 건축 공사 때문에 이 뛰어난 남자의 묘지에서 두개골을 꺼내, 이곳으로 옮겨와 성물로 보관하고 있었다. 정말 절묘한 광경이었다! 그 두개골은 아주 잘 보존되어 둥그스름한 형태를 이루고 있었는데, 후일 갈 박

---

160) 고대 로마의 하수구로, 기원전 6세기에 건설되었다.

사[161]의 이론에서 다양한 의미로 해석되었던 융기나 함몰, 혹 같은 모양은 볼 수 없었다. 나는 그 두개골에서 눈을 뗄 수가 없었다. 그 자리를 떠날 때 나는 자연 애호가로서, 그리고 미술 애호가로서 만일 가능하다면 사본을 하나 소유하는 것이 매우 의미 있는 일일 것이라고 말했다. 영향력이 큰 친구인 라이펜슈타인 궁정고문관이 내게 희망을 주었다. 얼마 후 정말로 그가 사본을 독일에 있는 나에게 보냈다. 그래서 나는 아직도 그 두개골을 여러 방면으로 관찰할 수가 있다.

그 화가가 그린 사랑스러운 그림이 있는데, 바로 성 누가다. 누가 앞에 성모가 나타나 그 완벽하게 성스러운 고귀함과 우아함을 직접 보고 자연스럽게 그리도록 하는 유쾌한 장면을 그렸다. 그림 속의 아직 젊은 라파엘로는 한 걸음 떨어진 위치에서 이 복음사가가 작업하는 모습을 지켜보고 있다. 자신이 몹시 매료당해 선택한 직업을 이토록 우아하게 표현하고 고백할 수는 없을 것이다.

피에트로 다 코르토나가 옛날에 이 작품을 소유하고 있다가 아카데미에 기증했다. 물론 이곳저곳 손상을 입고 복구되었지만 그 중요한 가치는 변함없는 그림이다.

이즈음에 나는 몹시 나다운 유혹을 이겨내야 했다. 안 그랬다면 귀향을 취소하고 로마에 새로 묵게 될 판이었다. 화가이

161) 프란츠 요제프 갈(Franz Joseph Gall, 1758~1828). 독일 출신의 해부학자로, 골상학의 창시자다.

자 미술품 딜러인 안토니오 레가 씨가 친구인 마이어를 보러 나폴리에서 왔다. 마이어에게 털어놓기를, 레가는 중요한 고대 조각품, 일명 무희 혹은 뮤즈를 싣고 배로 왔으며, 시외의 리파그란데[162]에 정박 중이니 와서 보라고 했다는 것이다. 나폴리의 콜룸브라노 궁전 안마당 벽감에 오랜 세월 서 있던 그 여인 상[163]은 아주 좋은 작품으로 평가받고 있다고 했다. 그는 이 작품을 소문내지 않고 팔고 싶었기 때문에 마이어 자신이나, 아니면 마이어의 친한 친구 중에 이 거래에 관심 있는 사람이 있는지 물어 왔다. 그는 이 고귀한 작품을 누가 봐도 아주 적절한 값인 300체키노는 받아야겠다고 했단다. 만일 사고파는 사람이 신중해야 할 이유가 없었더라면 물어볼 것도 없이 더 높은 값을 부를 것이라고도 했다.

이 일은 곧장 나에게 전해졌고, 우리는 셋이서 나의 숙소에서 꽤 멀리 떨어진 선착장으로 서둘러 갔다. 레가는 즉시 갑판에 있는 궤짝의 널빤지를 들어올렸고, 우리는 아름답기 비할 데 없는 두상을 보았다. 지금껏 한 번도 몸체에서 분리된 적이 없던 두상인데, 흐르는 곱슬머리를 하고 앞을 보고 있었다. 흠잡을 데 없는 옷을 입고, 예쁘게 몸동작을 하는 조각 작품이 차츰 그 자태를 드러냈다. 손상된 곳이 별로 없었고, 한쪽 손은 완벽하게 보존된 상태였다.

우리는 이 작품을 현장에서 바로 본 것같이 기억했다. 그

162) 테레베 강변 남쪽에 있던 선착장이다.
163) 1787년 3월 7일자 일기(1권 329쪽)에서 괴테가 주목했던 조각상으로, 기원전 5세기 그리스 원본의 로마 사본이다.

당시에는 이 작품이 우리에게 이토록 가까이 올지 꿈에도 생각하지 못했다.

누구한테나 그랬겠지만 우리한테 이런 생각이 떠올랐다. 분명한 것은 '만약 누군가 1년 내내 엄청난 경비를 들여 발굴 작업을 한 끝에 이런 보물을 발견했다면 아마도 최고로 행복한 일로 여기겠지.' 우리는 차마 작품에서 눈을 떼지 못했다. 그렇듯 정갈하고 보존이 잘된 고대 예술품이 쉽게 복구될 수 있는 상태로 우리 눈앞에 나타날 기회는 다시 오지 않을 테니 말이다. 그렇지만 우리는 우리의 구매 의사를 가능한 한 빨리 결정해 답을 주겠다고 하고는 자리를 떴다.

우리는 둘 다 심한 갈등에 빠졌다. 여러 가지를 고려해 볼 때 이 작품을 사는 것이 바람직하지 않은 것 같았다. 그래서 우리는 이 일을 덕성스러운 앙겔리카에게 알리기로 했다. 그녀는 구매할 수 있는 재력도 있거니와, 원상복구 작업이나 그 외에 필요한 일을 처리할 인맥도 있기 때문에 아주 적당한 인물로 여겨졌다. 마이어가 전에 앙겔리카에게 다니엘레 다 볼테라의 그림을 소개한 것과 마찬가지로, 이번에도 이 일을 알렸고 우리는 잘 성사되기를 바랐다. 그런데 사려 깊은 앙겔리카는 물론, 이재에 밝은 그녀의 남편이 완강히 이 구매를 반대했다. 회화 작품들을 구입하는 데 큰 금액을 지출했을 뿐만 아니라, 조각 작품의 구입은 결정할 수가 없다는 것이었다.

이 거절의 회신을 받고 나서 우리는 다시 생각에 생각을 거듭했다. 행운이 완전히 우리 편이 된 듯했다. 마이어가 이 보물을 다시 보고 난 후, 이 작품의 전체적인 특징으로 미루어 보아 그리스 작품, 즉 아우구스투스 시대나 어쩌면 그보다 더 이전의 히에로 2세[164] 시대 것이 틀림없다고 했다.

나는 이 훌륭한 작품을 구입하기 위해서 빚을 낼 수도 있었다. 레가는 나누어 지불하는 방법에도 찬성하는 듯했다. 그야말로 우리가 이 작품을 이미 소유해서 우리의 큰 홀에 조명 좋은 자리에 세워놓고 보고 있는 듯한 순간이었다.

그러나 열정적인 연애 감정과 혼인 계약의 완료 사이에는 많은 생각이 오락가락하듯이, 이 일도 그와 같았다. 우리는 고상한 미술 애호가 추키 씨와 그의 착한 부인의 조언과 찬성 없이 그런 거래에 뛰어들 수 없었다. 이 거래에는 이상향에 집착하는 피그말리온적 요소가 있었다. 이 조각상을 소유하고자 하는 의지가 내 마음속 깊이 뿌리내렸음을 부인할 수 없다. 내가 얼마나 그 상에 마음을 빼앗기고 있었는지를 입증하는 고백을 하자면, 당시 내게 이 사건은 거대한 악마가 손짓해서 나를 로마에 묶어두고 내가 떠나기로 작정한 모든 이유들을 완벽하게 백지로 만들려는 것처럼 보였다.

다행스럽게도 우리는 이런 상황에서 합리적인 결정을 내리도록 이성의 도움을 받을 만큼은 나이를 먹었고, 고귀한 친구 앙겔리카가 맑은 정신과 호의를 가지고 자신이 생각하는 바를 우리에게 이야기함으로써, 우리는 이 미술품에 대한 애착

---

164) Hiero II of Syracuse, 기원전 308?~기원전 215. 시라쿠사를 통치한 고대 그리스의 폭군이다.

과 소유욕, 그 밖에도 스스로 만들어낸 궤변이며 미신 등을 철회하게 되었다. 그녀의 말을 들으니 이러한 일에 따르는 모든 난관과 문제점이 아주 선명해진 것이다. 지금까지는 조용하게 미술과 고전 연구에 열중해 온 남자들이 갑자기 미술품 거래에 휘말려 원래 이런 일에 노련한 사업가들을 따라잡으려 애쓰는 꼴이었다. 조각상은 복구하는 데 많은 난관이 있으며, 얼마나 저렴하고 성실한 복원가를 만날지도 의문이라고 했다. 그리고 더 나아가 만사가 잘되어 작품을 발송하더라도, 마지막 순간에는 그런 예술품을 위한 수출허가서를 받는 데 장애가 따를 것이고, 다음으로는 수송과 하역이며 집에 도착하기까지 무슨 일이 생길지 모른다는 것이었다. 미술상이라면 이런 위험들을 감수할 것인지를 고려해야 하며, 모든 수고와 난관은 물량이 많을 경우에는 상쇄가 되지만 이런 식으로 낱개일 경우에는 위험하다고 했다.

이런 의견으로 나의 욕심, 소망, 그리고 계획은 점점 누그러지고 약화되었으나, 결코 완전히 사라지지는 않았다. 특히 그 조각 작품이 매우 명예스러운 자리를 차지하게 되었으니 말이다. 그 작품은 현재 비오 클레멘티노 박물관의 증축된 작은 전시실에 있다. 박물관에 연결된 전시실인데, 중앙 바닥에는 나뭇잎 넝쿨로 장식한 마스크들이 모자이크로 새겨져 있어 아름답다. 이 전시실에 진열된 다른 조각 작품들은 다음과 같다. 1) 발꿈치를 들고 앉아 있는 비너스, 좌대에 부팔루스라는 이름이 새겨져 있다. 2) 가니메데스 소상, 아주 아름답다. 3) 아름다운 청년의 조각상, 아도니스라고 하는데, 맞는지 나로서는 확실치 않다. 4) 붉은 대리석으로 된 판 신. 5) 정지 자세를 취한 원반던지기 선수 상.

비스콘티[165]가 이 박물관을 다룬 책 3권에서 이 상을 묘사를 했다. 그는 자기 방식대로 이 상에 대해 설명하고, 그것을 모사해 30번 삽화로 실었다. 미술 애호가라면 누구나 이 조각 작품을 독일로 가져와 조국의 큰 박물관에 진열할 수 없게 된 점을 우리와 함께 애석하게 생각할 것이다.

내가 고별 방문을 하면서 그 우아한 밀라노 처녀를 잊지 않은 것을 독자들은 당연하다고 생각할 것이다. 나는 그 이후로 그녀에게 즐거운 일이 많이 생겼다고 들었다. 그녀는 앙겔리카와 점점 친해졌고, 교양 있는 사람들과 사귀게 되어, 품위 있는 행동을 배우게 되었다는 것이다. 그래서 짐작하건대, 추키 씨와 각별한 사이인 어떤 부유한 젊은 청년이 그녀의 우아함을 높이 평가해 진지한 의도를 실행에 옮겼으면 좋겠다는 희망을 갖게 되었다.

이번에도 그녀는 내가 간돌포 성에서 처음으로 보았을 때처럼 깨끗한 오전 복장을 하고 있었다. 나를 맞이하는 그녀의 태도는 솔직하고도 품위가 있었다. 그녀는 자연스럽고도 우아하게, 그리고 내가 표했던 관심에 대해 사랑스러울 정도로 거듭 감사를 표했다.

---

165) 에니오 퀴리노 비스콘티(Ennio Quirino Visconti, 1751~1818). 고고학자로 바티칸의 큐레이터였다.

"저는 평생 잊지 못할 거예요." 그녀가 말했다. "제가 혼란에서 다시 회복될 때, 제 상태를 염려하는 사랑스럽고 존경스러운 분들의 이름 중에 당신의 성함을 들어 있는 것을 저는 몇 번이나 확인했지요. 그게 정말이냐고요. 당신은 몇 주일 동안이나 염려해서 물으셨고, 결국에는 제 오빠가 당신을 찾아가 저희의 감사의 뜻을 전하게 되었어요. 제가 부탁한 그대로 오빠가 전했는지는 모르겠어요. 제 상태가 좋았더라면 저도 동행했을 거예요."

그녀는 내가 계획한 귀향 경로에 대해 물었고, 내가 여정을 이야기해 주니 다음과 같이 말했다.

"그렇게 부유하셔서 이런 여행을 하실 수 있으니 행복하시겠어요. 우리 같은 사람들은 하느님과 성자들이 우리에게 지정해 주신 자리를 지켜야 한답니다. 저는 오래전부터 창가에 서서 배들이 도착하고 떠나고 짐을 부리고 싣는 장면을 본답니다. 보고 있으면 재미있어요. 그런데 저는 저 배들이 어디서 오고, 어디로 가는지 가끔 궁금해요."

그 집의 창문들은 리페타 선착장 계단을 향해 나 있었고, 아닌 게 아니라 그곳은 몹시 활기 있어 보였다.

그녀는 오빠에 관해 다정하게 말했다. 오빠가 가계를 잘 꾸려서 많지 않은 급료에도 항상 돈을 남기고 이익이 많은 거래에 투자할 수 있어서 기쁘다고 했다. 어쨌든 그녀는 자신이 처한 상황에 대해 자세한 이야기를 들려주었다. 그녀가 이야기를 많이 하자 편안했다. 처음 우리가 만난 순간부터 마지막까지, 우리의 다정했던 관계가 스쳐지나가 기이한 기분이 들었다. 그 순간 오빠가 방 안으로 들어왔고 우리는 다정하면서도 평범한 분위기에서 작별했다.

내가 집 문밖으로 나오니 마차만 있었다. 바지런한 아이가 마부를 부르려고 뛰어갔다. 그녀는 창문 밖으로 내다보았다. 그녀는 큰 집의 1층과 2층 사이를 꾸며 만든 작은 집에서 살고 있었다. 창이 높지 않았기 때문에 손을 맞잡을 수도 있을 것만 같았다.

"봐요, 날 당신한테서 데리고 갈 사람이 없잖소." 내가 큰 소리로 말했다. "내가 당신과 헤어지고 싶지 않다는 걸 사람들이 알고 있는 것 같지 않소."

그녀와 내가 나누었던 아주 다정한 말들, 그리고 모든 속박에 벗어난, 두 사람 다 절반쯤밖에 의식하지 못한 연정을 드러냈던 그 대화 전부를 공개하고 싶지는 않다. 그래서 여기서 반복해서 이야기하지 않겠다. 그것은 정말로 순진무구하고 다정한, 서로가 호의를 품고 있는 우리 두 사람의 마지막 고백이었는데, 아름답고 우연히 주고받은, 짧을 수밖에 없는 고백이었다. 때문에 나는 이것을 마음이나 생각에서 잊을 수가 없다.

내가 로마를 떠나는 날은 특별히 장엄하게 다가오고 있었다. 사흘 전 밤에는 그지없이 청명한 하늘에 만월이 떠 있었다. 이 거대한 도시를 비추고 있는 마술과 같은 광경을 그토록 자주 보았는데, 이젠 그 분위기가 마음속 깊이 느껴졌다. 엄청난 달빛이 마치 온화한 대낮처럼 밝고 선명한데, 깊은 그림자가 대조적이었다. 달빛의 역광을 희끗하게 반사하는 어두운 곳이 어떤 건물인지 짐작할 수 있었다. 우리는 마치 다른 세계, 더 큰 세계로 와 있는 듯한 기분이었다.

산만하고도 가끔은 고통스러웠던 나날이 지난 후에 나는 친구 몇 명과 호젓하게 시내를 돌아보았다. 아마도 마지막이 될 것 같은 산책으로 기다란 코르소 거리를 걸어 내려가, 캄피돌리오 성으로 올라갔다. 황야에 있는 요정들의 궁전 같은 그곳에 있는 마르쿠스 아우렐리우스 청동상이 '돈후안'의 기사장[166]을 불러, 그가 범상치 않은 짓을 벌이려 한다고 우리 나그네에게 알려주는 듯했다. 그러거나 말거나 나는 계단을 내려갔다. 아주 시커먼, 시커먼 그림자를 드리우며 셉티미우스 세베루스의 개선문이 다가왔다. 사크라 거리는 쓸쓸하고, 그토록 유명한 유적들이 낯설고 으스스하게 보였다. 그리고 고귀한 콜로세움 유적지로 가서 격자문을 통해 폐쇄된 내부를 들여다보았을 때, 등골이 오싹해져서 집으로 발걸음을 재촉했다는 것을 부인하지 않겠다.

모든 거대한 것은 독특한 인상을 남기는데, 그 인상은 고귀하면서도 평범하다. 나는 순회 관람을 할 때마다 내 여행에 관해서 광범위하고 총체적인 결론을 내리곤 했다. 이렇듯 나의 영혼은 동요되었고, 깊고도 강한 느낌은 영웅적이고도 비가(悲歌)적인 분위기에 젖었다. 이런 분위기가 시적인 형태로, 한 편의 비가로 표현되고자 했다.

그런 순간에 오비디우스의 『비가』가 생각나지 않을 수 없

166) 모차르트의 오페라 「돈조반니」에 등장하는 기사장의 유령을 말한다.

었다. 그 역시 추방을 당해 달밤에 로마를 떠나야 했다. "Cum repeto noctem(그날 밤을 되새기며)!" 그가 멀리 떨어진 흑해 연변에서의 서글프고도 비참한 상황에서 지난 시절을 회상하며 쓴 시가 내 머릿속에서 떠나지를 않았다. 나는 그의 시를 되뇌어 보았다. 어떤 구절은 정확하게 생각이 났지만, 어떤 구절은 나 자신의 시와 섞여 정확히 기억할 수 없었다. 시간이 지난 후에 다시 시도해 보았지만 나의 시를 결코 완성시킬 수가 없었다.

그날 밤의 슬픈 광경이 내 영혼 앞에 펼쳐지네,
로마에서 내가 보낸 그 마지막 밤이.
소중한 것을 많이 남겨두고 온 그날 밤을 되새기니,
지금도 눈물이 주르륵 흐르네.
사람 소리도 개 짖는 소리도 이미 잠들어 버렸는데,
높이 뜬 달이 밤 마차를 인도했노라.
달을 쳐다보고, 캄피돌리오의 신전을 보니,
로마의 수호신 가까이 허무하게 서 있었네.[167)]

Cum subit illius tristissima noctis imago,

---

167) 아우구스투스 황제 시대 로마 최고의 서정시인이었던 오비디우스(Publius Ovidius Naso, 기원전 43~서기 17)는 서기 8년 황제에 의해 흑해 연안의 토미스(오늘날 루마니아 콘스탄차)로 추방당한다. 괴테가 인용한 부분은 『비가』 1권에 수록된 시로, 오비디우스의 라틴어 시와 괴테의 독일어 번역이 병기되어 있다.

Quae mihi supremum tempus in Urbe fuit;

Cum repeto noctem, qua tot mihi cara reliqui;

Labitur ex oculis nunc quoque gutta meis.

Iamque quiescebant voces hominumque canumque:

Lunaque nocturnos alta regebat equos.

Hanc ego suspiciens, et ab hac Capitolia cernens,

Quae nostro frustra iuncta fuere Lari.

작품 해설

『이탈리아 기행』과 괴테의 르네상스

괴테가 세상에 태어난 1749년 유럽에서는 아직도 마녀재판이 행해지고 있었다. 또한 그는 1832년 사망하기까지 미국 독립전쟁, 프랑스대혁명, 나폴레옹의 세계 제패와 그 종말, 왕정 복고와 그 반동을 모두 생전에 겪었다. 급변하는 정치와 마찬가지로 괴테 생전의 독일 문학도 엄청난 변화를 겪었다. 질풍노도 운동으로부터 고전주의, 낭만주의에 이르는 여러 사조들이 나타났고, 괴테는 83년의 생애를 통해 그 변화의 중심이 되는 작품을 계속 발표했다.

괴테는 일생동안 수많은 여인들과 사랑을 나누었으며, 그 사랑은 모두 괴테의 작품에 직접적으로 영향을 끼쳤다. 괴테의 이름을 전 유럽에 알린 출세작 『젊은 베르테르의 슬픔』은 그가 스물다섯 살이 되던 1774년에 쓴 작품이다. 약혼자가 있는 로테를 사랑한 베르테르가 권총으로 자살한다는 작품의 내용에는 친구 부인에게 연정을 품고 자살한 공사 서기관 예루살렘의 실화에 약혼자가 있는 15세 소녀 샤를로테 부프를 짝사랑한 괴테 자신의 체험이 녹아들어 있다.

이 작품 이후 괴테가 다시 사랑에 빠진 상대는 릴리라는 애칭을 가진 16세의 처녀였다. 하지만 약혼한 지 한 달도 못 돼 괴테의 마음에 변화가 생긴다. 괴테는 친구 헤르더에게 보낸 편지에서 "자유를 동경하는 마음의 소용돌이가 가정이란 행복의 항구로 가까이 가려는 생활의 배를 다시금 먼 바다로 밀어냅니다."라고 쓰고 있다. 부유한 은행가의 딸과 결혼하여 현실에 안주하게 될까 두려워진 괴테는 약혼녀를 버려두고 스위스로 여행을 떠나버린다.

실패한 사랑으로 뒤숭숭한 세월을 보내던 괴테는 1775년 바이마르의 군주 카를 아우구스트 공의 초대를 받는다. 당시 바이마르는 인구 6000명 정도의 작은 도시였지만, 예술 애호가인 아우구스트 공의 어머니 안나 아밀리아가 유명한 예술가들을 불러 모아 문화의 중심지로 만들고 있었다. 괴테는 처음에는 잠시만 머무를 생각이었으나 사망하기까지 바이마르에서 거주한다.

괴테를 초대한 아우구스트 공은 당시 17세의 소년이었다. 그는 괴테와 매우 가깝게 지내며, 함께 말을 타고, 정치 문제를 의논하고 때로는 연애 문제도 상담했다. 또한 아우구스트 공은 괴테에게 추밀고문관이라는 직책을 주어 공국의 대소사에 대한 자문을 구했다. 괴테의 정치 참여는 점점 늘어나 그는 광산 운영의 책임자로 임명되었고, 국방위원회 의장직을 역임했으며 프로이센의 프리드리히 대왕을 방문하기도 했다.

괴테는 바이마르에서 샤를로테 슈타인 부인과 가깝게 지내게 된다. 그녀는 괴테보다 일곱 살 연상으로 괴테를 만났을 때 33세였다. 일곱 명의 자녀를 낳았지만 넷은 태어나자마자 죽고 살아남은 세 아이도 병약했다. 그녀는 중류계급 출신의 괴테에게 상류사회의 규율과 우아함을 가르쳤다. 뜨거운 정열을 주체하지 못하는 젊은 괴테를 진정시켜 괴테가 바이마르의 궁정 생활에 적응하는 데 결정적인 도움을 주기도 했다. 괴테는 그녀에게 보낸 어느 시에서 "그대는 뜨거운 피를 진정시키는 물방울을 떨어뜨리고 방황하는 거친 발길을 바로잡아 주셨습니다."라고 쓰고 있다.

괴테는 종종 슈타인 부인에 대한 사랑을 노골적으로 표현했다. 괴테는 슈타인 부인에게 "당신만이 나를 구할 수 있고 당신 없이는 나는 멸망입니다."라고 썼으며, 이탈리아 여행에서 돌아온 괴테가 크리스티아네 불피우스와 동거를 시작하자 슈타인 부인은 자신이 괴테에게 보냈던 편지를 모두 돌려받아 불태우기도 했다.

10년간 지속된 괴테와 슈타인 부인의 관계가 거북해졌을 무렵, 괴테는 이탈리아 여행을 떠난다. 괴테는 조그만 바이마르의 영지에서 현실 정치에 깊이 관여하는 데 비참함과 따분함을 느꼈다. 바이마르 체제 이후 10여 년 동안 괴테는 작품을 거의 쓰지 못했다. 괴테는 휴양차 머물던 카를스바트를 새벽 3시에 몰래 빠져나와 남쪽으로 향한다.

이탈리아로 떠나며 괴테는 아우구스트 공에게 일종의 무기한 휴가원을 낸다. 20개월간의 이탈리아 여행을 마치고 귀국길에 올랐을 때 아우구스트 공에게 쓴 편지에서 여행을 떠날 당시 괴테의 심정을 읽을 수 있다.

> 제 여행의 원래 의도는 독일에서 저를 괴롭힌, 그리하여 급기야 저를 쓸모없게 만든 육체적 정신적 상처로부터 저 자신을 치유하는 일이었습니다. 그러고 나서는 진정한 예술을 향한 저의 뜨거운 갈증을 달래는 것이었던바, 전자는 어느 정도, 후자는 완전히 뜻을 이루었습니다.

17세기 이후 유럽 국가들은 식민지에서 유입되는 재화를 바탕으로 경제적으로 부유해졌다. 거기에 계몽주의 사상이 널리 유포되어 교육 과정의 일부로서 해외여행을 하는 것이 보편적인 현상이 되었다. 특히, 당시 유럽의 변방에 속하던 영국이나 독일의 귀족은 자제를 프랑스와 이탈리아에 보내 이삼 년 동안 체류하며 선진 문화를 배우도록 했는데, 이를 그랜드 투어라고 불렀다.

18세기 후반 영국 그랜드투어 여행자들의 평균 연령은 16세에서 21세였다. 여행자들은 수행원 둘을 대동했는데, 한 사람은 목적지에 대한 지식과 그곳의 문화와 교양에 대한 소양을 가지고 있었고, 다른 한 사람은 경호원의 역할을 수행했다.

그랜드투어에서 가장 인기 있는 목적지는 로마였다. 르네상스 이후 유럽에서 고전에 대한 관심이 높아진 이래, 로마는 모든 여행자들이 반드시 가보아야 할 곳으로 꼽는 도시가 되었다. 여행자들은 유적지와 유물을 연구하고, 미술 작품을 구입했으며, 때로는 학자를 고용해 강의를 듣기도 했다.

괴테의 아버지 요한 카스파르 괴테도 이탈리아를 여행했고 로마를 방문했다. 아버지 괴테는 1740년에 8개월 동안 이탈리아 전역을 여행하고 1762년과 1768년 사이에 이탈리아어로 여행기를 썼다.

프랑크푸르트에 있는 괴테 생가에 가면 지금도 로마의 모습이 그려진 그림을 볼 수 있다. 괴테의 아버지는 이 그림을 거실이 아닌 대기실에 걸어놓았는데, 이는 손님들에게 자신의 이탈리아 여행 경험을 과시하려는 의도로 보인다. 괴테는 어렸을 때부터 로마의 조감도와 함께 모형 곤돌라, 아버지가 여행에서 가지고 온 동판화, 박물 표본 등을 보고 자랐다.

괴테의 이탈리아 여행은 귀족 자제들의 그랜드투어나 아버지가 한 이탈리아 여행과는 확연히 다르다. 그랜드투어는 막 성인이 된 청년들의 견문을 넓히기 위한 여행이라는 수동적인 성격이 있지만, 괴테는 지식과 경험을 갖춘 장년기에 진입하는 37세에 여행을 했다. 아버지 괴테는 가장무도회에 즐겨 참석했으나 괴테는 한 번도 가지 않았다. 그랜드투어를 나선 젊은이들이 종종 향락에 취하거나 방탕한 생활에 빠지기도 했던 것에 비해, 괴테는 자연현상과 예술에 관해 끊임없이 연구하고 사색했으며 단 한 순간도 헛되이 보내지 않기 위해 노력했다. 무엇보다 가장 큰 차이는, 괴테는 수행원을 대동하지 않고 혼자서 여행 가방 하나와 오소리 가죽 배낭을 메고 마차로 여행했다는 점이다. 괴테는 종종 자신의 신분을 숨기고 가명을 사용했다. 라이프치히 출신의 상인 필리포 밀러로 행세하는 모습이 여행기에 등장한다. 그러다 보니 스파이나 밀수꾼으로 오해받기도 했다. 괴테는 이탈리아 여행 내내 부지런히 기록을 남기고 그림을 그렸다. 괴테는 여행의 목적을 다음과 같이 적고 있다.

> 내가 이 놀라운 여행을 하는 목적은 나 자신을 속이기 위해서가 아니라, 여러 대상을 접촉하면서 본연의 나 자신을 깨닫기 위해서다.(『이탈리아 기행 1』, 90쪽)

1786년 9월 3일 괴테는 새벽에 카를스바트를 출발하여 남쪽으로 향한다. 뮌헨, 인스부르크, 브렌네르를 거쳐 볼차노에서 이탈리아에 입국했다. 이탈리아에 대한 괴테의 첫인상은 상당히 좋았다. "고향 같은 기분이 들고" "숨어 다니는 신세라든가 유랑의 몸이라는 생각은 들지 않는다."라고 적고 있다.

비첸차와 베네치아에서 괴테는 위대한 건축가 팔라디오를 체험하고 파도바의 식물원을 방문한다. 베네치아에서는 먼저 여행한 아버지에게서 습득한 정보로 인해 헤어졌던 사람과 재회하는 기분이었다고 술회했다. 빨리 로마에 도착하고 싶은 마음에 르네상스의 발상지인 피렌체에는 3시간밖에 머무르지 않았다. 10월 29일, 괴테는 로마에 도착한다. 괴테에게 있어 로마는 '제2의 탄생'이었으며, 진정한 의미의 '재생'이었다.

모든 것이 내가 벌써부터 상상했던 그대로인 동시에 모든 것이 또한 새롭다.(『이탈리아 기행 1』, 219쪽)

괴테가 로마에서 본 것은 이전에 꿈꾸었던 것, 환상이 아니라 사실, 진실로서의 로마였다. 괴테는 아버지의 시각이 아닌 자신의 눈으로 로마를 보고, 자신을 발견하는 방법을 습득하고자 했다.

괴테는 로마에서 고대 유물을 연구하고 미술 작품을 감상했다. 그리스 예술에 대한 괴테의 관점이 형성되는 데는 로마에 오랫동안 머물며 연구한 미술사가 빙켈만의 영향이 컸다. 빙켈만은 고대 그리스 예술의 본질을 "고귀한 단순성과 고요한 위대함"이라고 평했다. 괴테는 고대 미술을 접하면서 예술은 자연의 빛이 반사된 것이 아니라 자연 그 자체라는 견해를 확립한다.

빙켈만과 괴테는 로마를 세계 최고의 학교라고 보았다. 괴테는 산피에트로 대성당의 돔에 올라가 로마시 전체를 바라보거나, 미켈란젤로가 그린 시스티나 예배당의 천장화, 벨베데레의 아폴론에 감탄하고, 캄피돌리오 언덕, 콜로세움, 판테온을 둘러본다. 로마에서 괴테는 즐기기보다 배우는 일이 많았다.

이탈리아는 독일과 달리 날씨가 맑은 날이 많다. 강렬한 태양 빛을 받게 되자 자연을 바라보는 괴테의 시각에도 변화가 생겼다. 괴테는 책에서 얻는 지식이 아니라, 감각적 인상, 관찰력, 맑고 순수한 눈을 추구하게 되었다.

괴테는 보통 사람들을 많이 관찰했다. 여행 기간 중 재판 장면, 연극 공연, 장터, 성당, 카니발 등을 꼼꼼히 보았고 거기에서 받은 인상을 기록했다. 괴테는 민중을 단순히 개인들의 모임으로 본 것이 아니라 자연의 일부로 파악했다. 이탈리아 사람들은 실외에서 많은 시간을 보냈고, 집 안에서 일을 하더라도 거의 문을 열어두고 지냈다. 사람들은 서로 연결되어 있는 것처럼 보였으며 모든 활동이 자연스럽게 이어지고 있었다. 괴테는 이탈리아 민중이 자연 그 자체이고, 그들과 함께 있으면 자신도 자연과 하나가 되는 것처럼 느껴진다고 했다.

괴테는 이탈리아 여행을 하면서 폴크만의 안내서를 많이 참조했다. 하지만 나폴리에 3~4만 명의 '놀고먹는' 사람이 있다는 폴크만의 의견에 대해서는 정면으로 반박했다. 비록 옷차림은 남루해도 아무 일도 하지 않는 사람은 한 사람도 없다는 것이다. 물론 근면함이 몸에 밴 북유럽 사람들과 비교할 수는 없지만, 하층민 중에 나름대로 열심히 일하는 사람이 곳곳에서 발견된다고 주장한다.

괴테는 북유럽 사람들과 남유럽 사람들의 생활 방식을 비교한다. 하늘의 은총이 풍부한 이탈리아에는 햇볕이 강하게 쬐어 한 해에도 서너 번의 수확이 가능하기 때문에 민중은 느긋하게 현세를 향락할 수 있다. 이에 반해 눈, 비, 폭풍우가 예고 없이 들이닥치는 북유럽 사람들은 항상 긴장하고 미래를 준비해야 한다. 괴테는 이런 자연적 차이를 무시하고 이탈리아 사람들을 게으르다고 평가하는 것이 비논리적이라고 지적했다.

1787년 2월과 3월에 괴테는 나폴리에서 화산이 폭발하는 베수비오산에 세 번 오른다. 당시 나폴리는 파리, 런던에 이어 세 번째로 큰 도시였다. 괴테에게 로마는 '세계의 수도'였지만, 인구 1만 7000여 명의 작은 시골 마을에 불과했다. 대도시로 넘어온 괴테는 엄숙한 로마와는 전혀 다른 명랑함과 유쾌함을 느낀다. 완고하고 은둔자적인 로마인의 기질보다는 나폴리 사람처럼 그저 즐겁게 지내고 싶은 자신을 느낀다.

당초 로마와 나폴리만 여행지로 계획했던 괴테는 그리스 유적이 많은 시칠리아를 여행하고 로마 체류를 연장하기로 결심한다. 로마의 성체축일을 보기 위해 나폴리를 떠나 1787년 6월 5일에 로마에 도착한 괴테는 거의 1년간 로마에 더 머물게 된다. 다시 로마로 돌아온 괴테는 더욱 부지런하게 연구하고 관찰하고 글을 쓴다. 열심히 그림을 그렸고, 골상학, 해부학, 식물학, 기상학, 지질학, 풍토학 등 여러 분야에서 지식을 더했다.

자신의 천재성에 전적으로 의존한 괴테의 질풍노도기 특성은 두 번째 로마 체류 기간 동안 다른 사람들의 능력을 인정하고 그들의 재능을 배우고 받아들이는 모습으로 변하게 된다. 개인의 능력을 타인과 조화시키려는 노력은 고전주의 이념과 상통한다.

괴테는 특히 라파엘로의 재능에 찬사를 보냈고, 자신과 라파엘로가 자연을 바라보는 관점이 유사하다고 느꼈다. 괴테는 항상 예술을 자연 그 자체라고 했는데, 라파엘로의 그림 속에서 그와 같은 예술관을 발견했다.

> 라파엘로는 (중략) 자연처럼 언제나 옳았고, 특히 우리가 잘 이해하지 못하는 자연을 그는 철저하게 이해하고 있었다.(『이탈리아 기행 2』, 288쪽)

이탈리아 체류 기간 동안 괴테는 여성 화가 앙겔리카 카우프만, 어원학자 카를 필립 모리츠 등과 친하게 지냈다. 티슈바인, 하케르트, 크니프, 슈츠 등의 화가들과도 어울리며, 그림 지도를 받기도 했다. 카메라가 없던 당시 괴테는 화가들과 여행을 함께 하며, 기록을 남기기 위해 그림을 그렸다. 바이마르로 돌아갈 때 괴테는 많은 그림과 예술품을 가져갔다.

로마는 괴테의 많은 것을 바꾸었다. 괴테는 미켈란젤로나 라파엘로의 작품을 보고, 식물의 생육 상태 등을 관찰하면서, 자신이 전과 다름없는 인간이나 내면적으로 크게 변화했음을 느낀다. 괴테는 어린 시절부터 계속 그림을 그려왔으며 로마에서 본격적으로 화가가 되려는 마음을 먹었다. 하지만 로마를 떠날 무렵에 괴테는 자신이 화가보다는 문학인이라는 것을 자각하고, 글쓰기에만 전념할 것을 결심한다.

바이마르 시절 바쁜 공무로 정체되었던 괴테의 창작열은 이탈리아에 와서 다시 뜨거워졌다. 「에르빈과 엘미레」「빌라 벨라의 클라우디네」를 고쳐 썼고, 『이피게니에』를 운문으로 개정했으며, 『에그몬트』를 완성했다. 후일 그가 쓴 작품 중에 이탈리아 체류 경험이 반영된 것으로는 『로마의 비가』『빌헬름 마이스터의 편력시대』『타소』『파우스트』 등을 꼽을 수 있다.

두 번째 로마 체류는 1788년 4월 23일에 끝난다. 괴테는 로마를 떠나 피렌체에서 며칠을 머무르고 밀라노에서는 레오나르도 다빈치의 「최후의 만찬」을 감상했다. 그는 6월 18일에 바이마르에 도착한다.

괴테는 이탈리아의 낙천주의가 몸에 밴 채로 돌아왔다. 하지만 바이마르는 예전과 변한 것이 없었고, 옛 친구들과의 인간관계는 쉽게 회복되지 않았다. 게다가 괴테는 새로 시작한 사랑 때문에 바이마르 사람들에게서 더욱 배척을 당하게 된다. 괴테가 바이마르로 돌아온 지 4주 만에 만난 크리스티아네는 조화 공장에서 일한 경력이 있는, 신분이 낮은 여인이었다. 두 사람은 곧 동거를 시작했는데, 바이마르 사람들은 한동안 그녀를 비웃고 따돌렸다. 크리스티아네는 슈타인 부인처럼 괴테에게 가르침을 주거나 괴테를 고양한 여성은 아니었지만, 생명력 있는 삶의 지혜를 갖추고 있었으며 괴테를 행복하게 해주었다. 괴테는 그녀와 오랜 세월 동거하고 후일 정식으로 결혼식을 올린다.

이탈리아에서 돌아온 괴테는 한동안 자연과학 연구에 몰두한다. 1798년에 출판된 『식물변형론』이 그 성과물이다. 『로마의 비가』를 쓴 후 한동안 문학적 공백기를 거친 괴테는 시인 실러와 교류하게 되고, 서로를 고무하여 다시금 많은 문학 작품들을 생산하기 시작한다. 두 사람은 수많은 편지를 주고받으며 고전주의에 대한 이론을 정립한다. 이탈리아를 여행한 괴테의 경험이 당시의 문학적 성취에 큰 역할을 했다.

『이탈리아 기행』은 이탈리아 여행 직후 완성된 것이 아니다. 『이탈리아 기행』 1부를 집필한 것은 여행을 시작한 때로부터 거의 30여 년이 지난 1814년이다. 이해에 괴테는 자신의 일생을 정리하는 자서전적 작업인 『시와 진실』 3부를 출판했는데, 이탈리아 여행기도 그 일부로 볼 수 있다. 처음에는 '이탈리아 기행'이 아니라 '나의 삶에서'라는 제목이 붙어 있었다.

1부에서는 카를스바트에서 로마까지의 여정과 첫 번째 로마 체류를 기록하고 있다. 1817년에 나폴리와 시칠리아 부분이 발표되고, 1829년에 두 번째 로마 체류의 기록이 출간됨으로서 『이탈리아 기행』이 완성됐다. 1부가 괴테의 일기와 편지를 중심으로 작성되었던 것에 비해, 두 번째 로마 체류기에는 괴테가 주고받은 편지, 보고서, 메모, 여행 중에 미처 쓰지 못했던 일기, 논문, 잡지 기사 등이 포함되었다.

괴테의 일생에서 이탈리아 여행은 질풍노도기의 전반부와 『타소』 『파우스트』 등의 대작들을 쏟아낸 후반부를 나누는 역할을 한다. 고대의 유적들과 르네상스의 걸작들은 괴테의 후기 작품들을 고전주의의 방향으로 이끌었다. 여행을 통해 습득한 지식과 자연에 대한 성찰은 괴테의 작품을 한 단계 격상시켰다.

1790년 3월에 괴테는 다시 이탈리아를 방문할 기회를 얻는다. 베네치아에 체류 중이던 안나 아말리아 여공작의 귀국길에 동행하는 일종의 출장이었다. 괴테는 다시 이탈리아를 찾게 되었지만, 이 여행에서는 별다른 감흥을 느끼지 못했다고 기록하고 있다.

노년의 괴테는 자신의 문학 조수 에커만과의 대화에서 40여

년 전의 이탈리아 여행을 다음과 같이 추억하고 있다.

> 나는 오직 로마에서만 진정으로 인간이 무엇인지 느꼈다고 말할 수 있네. 이후로 그러한 고양된 느낌, 그러한 행복에 도달한 적은 한 번도 없었으니 말이야.(『괴테와의 대화 1』, 411쪽)

2011년 3월

이봉무

작가 연보

1749년	8월 28일 프랑크푸르트암마인에서 태어났다. 아버지 요한 카스파르 괴테(Johann Caspar Goethe, 1710~1782)는 양법(민법과 종교법)박사로 제국의회 법률고문이었다. 천성적으로 활발하고 명랑했던 어머니 카타리나 엘리자베트 괴테(Katharina Elisabeth Goethe, 1731~1808)는 법률가이자 프랑크푸르트 시장을 역임한 요한 볼프강 텍스토르(Johann Wolfgang Textor, 1693~1771)의 딸이었다.
1750년(1세)	누이동생 코르넬리아가 태어났다.(그 이후 출생한 남동생 둘, 여동생 둘은 모두 출생 후 얼마 안 되어 사망했다.)

1753년(4세)	크리스마스 날 할머니로부터 인형극 상자를 선물받았다.(지금도 프랑크푸르트의 괴테 하우스에 보존되어 전시 중이다.)
1757년(8세)	조부모에게 신년 시를 써서 보냈다.(보존되어 있는 괴테의 시 작품 중 가장 오래된 것이다.)
1759년(10세)	프랑스군이 프랑크푸르트를 점령했다. 군정관 토랑(François de Théas de Toranc, 1719~1794) 백작이 2년쯤 괴테의 집에 머물렀는데, 그를 통해 미술과 프랑스 연극에 대해 깊은 관심을 갖게 되었다.
1765년(16세)	10월에 라이프치히로 가서 대학에 입학했다. 베리슈(Behrisch), 슈토크(Stock), 외저(Oeser) 등의 예술가들과 사귀며 문학과 미술을 공부했고, 그리스 연구가 빙켈만의 글을 읽고 계몽주의 극작가 레싱의 연극을 관람했다.
1766년(17세)	식당 주인 쇤코프의 딸 케트헨을 사랑해 교제했다. 그녀에게 바친 시집 『아네테(Annette)』는 베리슈에 의해 보존되었다.
1767년(18세)	첫 희곡 『연인의 변덕(Die Laune des Verliebten)』을 썼다.(이듬해 4월에 완성.)
1768년(19세)	케트헨과 헤어졌다. 6월에 빙켈만의 피살 소식을 듣고 큰 충격을 받았다. 7월 말 각혈을 동반한 폐결핵에 걸려 학업을 중단하고 고향으로 돌아왔다.

1769년(20세) 이전 해 11월에 시작한 희곡 「피장파장(Die Mitschuldigen)」을 완성했다.

1770년(21세) 슈트라스부르크 대학에 입학하여 법학 공부를 계속했다. 눈병 치료차 슈트라스부르크에 온 헤르더와 교우하며 문학과 언어에 관해 많은 영향을 받았다. 10월에 근교의 마을 제젠하임에서 그곳의 목사 딸 프리데리케 브리온(Friederike Brion)을 만나 사랑에 빠졌다.

1771년(22세) 프리데리케와 자주 만나며 그녀를 위한 서정시를 많이 썼다. 교회사 문제를 다룬 학위 논문은 민감한 내용 때문에 불합격했으나, 대신 그에 준하는 시험에 통과하여 공부를 마쳤다. 8월 프리데리케와 작별하고 고향으로 떠났다. 프랑크푸르트에서 변호사를 개업했으나 문학에 더 몰입했다. 슈투름운트드랑의 성향이 짙은 희곡 『괴츠 폰 베를리힝겐(Götz von Berlichingen)』의 초고를 썼다.

1772년(23세) 아버지의 제안에 따라 베츨라의 고등법원에서 견습 생활을 했다. 그곳에서 만난 샤를로테 부프를 연모하게 되었으나 약혼자가 있는 여자였으므로 단념했다. 이 못 이룬 사랑의 체험이 소설 『젊은 베르테르의 슬픔(Die Leiden des jungen Werther)』의 소재가 되었다.

1773년(24세) 『괴츠 폰 베를리힝겐』을 출간하고, 슈트라스부르크 시절부터 구상했던 『파우스트』의 집필을 처음 시작했다. 시 「마호메트(Mahomet)」 「프로메테우스(Prometheus)」를 썼다.

1774년(25세) 소설 『젊은 베르테르의 슬픔』을 시작하여 4월에 완성했다. 『괴츠 폰 베를리힝겐』이 베를린에서 초연되었고, 희곡 『클라비고(Clavigo)』를 썼다.

1775년(26세) 프랑크푸르트 은행가의 딸 릴리 쇠네만을 사랑하여 약혼했으나 반년쯤 후에 파혼했다. 희곡 『스텔라(Stella)』를 썼다. 바이마르 제후 카를 아우구스트 대공의 초청을 받아 방문했다.

1776년(27세) 바이마르(당시 인구 6000명 정도의 도시)에 머물기로 결심하고, 7월 추밀원 고문관에 임명된 후 정식으로 바이마르 공국의 정치가로 활동하기 시작했다. 아말리아 여공작의 시종장 샤를로테 폰 슈타인(Charlotte von Stein) 부인과 깊은 우정 관계를 맺고 그녀로부터 많은 격려와 도움을 받았다. 「에르빈과 엘미레(Erwin und Elmire)」를 초연했다.

1777년(28세) 「피장파장」을 초연했다.

1778년(29세) 희곡 『에그몬트(Egmont)』에 전념하여 몇 장(場)을 집필했다.

1779년(30세) 희곡 『이피게니에(Iphigenie auf Tauris)』를 완성하여 초연했다. 슈투트가르트에 들러 실러가 생도로 있는 카를 학교(Karlsschule)를 방문했다.

1780년(31세) 희곡 『타소(Tasso)』를 구상했다. 「초고 파우스트(Urfaust)」를 아우구스트 대공 앞에서 낭독했다. 그 원고를 궁녀 루이제 폰 괴흐하우젠(Luise von Göchhausen)이 필사해 두었는데, 그것이 훗날 『단편 파우스트』의 출간을 가능하게 했다.

1782년(33세) 황제 요제프 2세로부터 귀족의 칭호를 받았다. 아버지가 별세했다. 『빌헬름 마이스터의 수업시대(Wilhelm Meisters Lehrjahre)』의 집필을 시작했다.

1786년(37세) 식물학과 광물학의 연구에 관심을 기울였다. 카를 아우구스트 대공, 슈타인 부인, 헤르더 등과 휴양차 카를스바트에 체재하다가 몰래 이탈리아 여행길에 올랐다. 로마에서 화가 티슈바인, 앙겔리카 카우프만, 고미술사가 라이펜슈타인 등과 교우하며 고대 유적의 관찰에 몰두했다. 『이피게니에』를 운문 형식으로 개작했다.

1787년(38세) 이탈리아 체류를 연장하고 나폴리와 시칠리아 섬까지 돌아보았다. 『에그몬트』를 완성하여 원고를 바이마르로 보냈다.

1788년(39세) 6월에 스위스를 거쳐 바이마르로 돌아왔다. 귀환 후 슈타인 부인과의 관계가 소원해졌다. 평민 출신의 크리스티아네 불피우스(Christiane Vulpius, 1765~1816)와 만나 동거 생활을 시작했다.(후에 괴테의 정식 부인이 되었다.) 실러와 처음 만났으나 절친한 관계에 이르지는 못했다. 실러는 괴테의 주선으로 예나 대학의 역사학 교수 자리를 얻었다.

1789년(40세) 크리스티아네와의 사이에 아들 아우구스트가 태어났다. 당대의 학자 빌헬름 폰 훔볼트와 친교를 맺었다.

1790년(41세) 괴셴판 괴테 전집에 『단편 파우스트(Faust. ein Fragment)』를 수록했다. 광학(光學)과 비교해부학 연구에 몰두했다.

1791년(42세) 바이마르에서 『에그몬트』를 초연했다.

1792년(43세) 프랑스 혁명군에 대항하는 프로이센군에 소속되어 베르됭 전투에 참전했다.

1793년(44세) 프랑스군 점령지인 마인츠 포위전에 참전 후 8월에 귀환했다. 그 체험을 살려 희곡 『흥분한 사람들(Die Aufgeregten)』을 썼다.

1794년(45세) 새로 건립된 예나의 식물원을 맡아 관리했다. 『빌헬름 마이스터의 수업시대』의 개작을 시작했다. 실러와 《호렌(Horen)》지 제작에 함께 협조하면서 가까워졌다. 시인 프리드리히 횔덜린과 처음으로 만났다.

1795년(46세) 『독일 피난민의 대화(Unterhaltungen deutscher Ausgewanderten)』를 출간했다. 훔볼트 형제와 해부학 이론에 관심을 쏟았고, 실러와 공동으로 경구집(警句集) 『크세니엔(Xenien)』의 출간을 구상했다.

1797년(48세) 서사시 『헤르만과 도로테아(Hermann und Dorothea)』를 집필했다. 실러의 격려와 독촉으로 『파우스트』에 다시 매달려 「헌사」 「천상의 서곡」 「발푸르기스의 밤」을 썼다.

1799년(50세) 티크, 슐레겔 등과 친교를 맺었다. 희곡 「사생아(Die natürliche Tochter)」의 집필을 시작했다.

1803년(54세) 「사생아」를 완성하여 첫 공연을 가졌다. 절친했던 친구 헤르더가 사망했다.

1805년(56세) 5월에 실러가 죽었다. 괴테는 그의 죽음을 애도하며, "내 존재의 절반을 잃은 것 같다."라고 술회했다.

1806년(57세) 나폴레옹 군대에 의해 바이마르가 점령되었다. 크리스티아네와 정식으로 결혼식을 했다.

1807년(58세) 안나 아말리아 여공작이 서거해 추도문을 작성했다. 소설 『빌헬름 마이스터의 편력시대(Wilhelm Meisters Wanderjahre)』의 집필을 시작했다.

1808년(59세) 『파우스트』 1부가 출간되었다. 소설 『친화력(Wahlverwandtschaften)』을 구상하고 집필을 시작했다. 9월에 어머니가 별세했고, 나폴레옹과 두 차례 회견했다.

1810년(61세) 카를스바트와 드레스덴으로 여행했다. 『색채론(Zur Farbenlehre)』을 완성했다.

1811년(62세)	산문집 『시와 진실(Dichtung und Wahrheit)』에 전념하여 9월에 1부를 완성했다. 『에그몬트』에 대한 베토벤의 편지를 받고 2부를 집필했다.
1812년(63세)	베토벤의 음악을 곁들인 「에그몬트」가 초연되었고, 카를스바트에서 몇 차례 베토벤을 만났다. 『시와 진실』 2부를 집필했다.
1813년(64세)	『시와 진실』 의 3부, 『이탈리아 기행』의 집필을 시작했다.
1814년(65세)	페르시아의 시인 하피스의 시집 『디반(Divan)』을 읽고 자극을 받아 『서동 시집(West-östlicher Divan)』에 착수했다. 라인과 마인 지방을 방문했다.
1815년(66세)	바이마르 수상으로 임명되었다. 희곡 「에피메니네스의 각성(Des Epimenides Erwachen)」이 공연되었고, 『서동 시집』에 수록할 140편 정도의 시를 썼다.
1816년(67세)	아내 크리스티아네가 사망했다. 『이탈리아 기행』 1권을 완결하고 곧 2권의 집필에 착수했다. 잡지 《예술과 고대(Über Kunst und Altertum)》의 발간을 시작했다.
1817년(68세)	영국 시인 바이런의 시를 탐독했다.
1819년(70세)	『서동 시집』을 마무리 짓고 출판했다.
1821년(72세)	『빌헬름 마이스터의 편력시대』를 완성해 출간했다.

1823년(74세)	괴테 숭배자 에커만이 찾아와 조수가 되었다. 그는 『괴테와의 대화(Gespräche mit Goethe)』의 저자로 유명하다.
1828년(79세)	카를 아우구스트 대공이 서거했다.
1829년(80세)	『파우스트』 1부가 다섯 개 도시에서 공연되었다. 『이탈리아 기행』 전편이 완결되었다.
1830년(81세)	아들 아우구스트가 로마에서 사망했다.
1831년(82세)	『시와 진실』과 『파우스트』 2부를 완성했다. 82회 생일을 일메나우에서 보냈다.
1832년(83세)	3월 22일 운명했다. 한 달 뒤에 『파우스트』 2부가 출판되었다.
1833년	에커만에 의해 『시와 진실』이 출판되었다.

세계문학전집 106

이탈리아 기행 2

1판 1쇄 펴냄 2004년 8월 10일
1판 26쇄 펴냄 2022년 3월 11일
2판 1쇄 찍음 2023년 9월 1일
2판 1쇄 펴냄 2023년 9월 4일

지은이 요한 볼프강 폰 괴테
옮긴이 박찬기, 이봉무, 주경순
발행인 박근섭, 박상준
펴낸곳 (주)민음사

출판등록 1966. 5. 19. (제 16-490호)
서울특별시 강남구 도산대로1길 62(신사동) 강남출판문화센터 5층 (우편번호 06027)
대표전화 02-515-2000 팩시밀리 02-515-2007
www.minumsa.com

ISBN 978-89-374-6106-4 04800
ISBN 978-89-374-6000-5 (세트)

민음사 세계문학전집

세계문학전집 목록

1·2 **변신 이야기 오비디우스·이윤기 옮김** 서울대 권장도서 100선
3 **햄릿 셰익스피어·최종철 옮김** 서울대 권장도서 100선 | 미국대학위원회 선정 SAT 추천도서
4 **변신·시골의사 카프카·전영애 옮김** 서울대 권장도서 100선
5 **동물농장 오웰·도정일 옮김** 미국대학위원회 선정 SAT 추천도서 | 《타임》 선정 현대 100대 영문소설
6 **허클베리 핀의 모험 트웨인·김욱동 옮김** 《뉴스위크》 선정 100대 명저
7 **암흑의 핵심 콘래드·이상옥 옮김** 미국대학위원회 선정 SAT 추천도서 | 《뉴스위크》 선정 10대 명저
8 **토니오 크뢰거·트리스탄·베네치아에서의 죽음 토마스 만·안삼환 외 옮김** 노벨 문학상 수상 작가
9 **문학이란 무엇인가 사르트르·정명환 옮김**
10 **한국단편문학선 1 김동인 외·이남호 엮음** 국립중앙도서관 선정 청소년 권장도서
11·12 **인간의 굴레에서 서머싯 몸·송무 옮김**
13 **이반 데니소비치, 수용소의 하루 솔제니친·이영의 옮김** 노벨 문학상 수상 작가
14 **너새니얼 호손 단편선 호손·천승걸 옮김**
15 **나의 미카엘 오즈·최창모 옮김**
16·17 **중국신화전설 위앤커·전인초, 김선자 옮김**
18 **고리오 영감 발자크·박영근 옮김**
19 **파리대왕 골딩·유종호 옮김** 노벨 문학상 수상 작가 | 《타임》 선정 현대 100대 영문소설
20 **한국단편문학선 2 김동리 외·이남호 엮음**
21·22 **파우스트 괴테·정서웅 옮김** 서울대 권장도서 100선 | 미국대학위원회 선정 SAT 추천도서
23·24 **빌헬름 마이스터의 수업시대 괴테·안삼환 옮김**
25 **젊은 베르테르의 슬픔 괴테·박찬기 옮김** 논술 및 수능에 출제된 책(1998~2005)
26 **이피게니에·스텔라 괴테·박찬기 외 옮김**
27 **다섯째 아이 레싱·정덕애 옮김** 노벨 문학상 수상 작가
28 **삶의 한가운데 린저·박찬일 옮김**
29 **농담 쿤데라·방미경 옮김**
30 **야성의 부름 런던·권택영 옮김**
31 **아메리칸 제임스·최경도 옮김**
32·33 **양철북 그라스·장희창 옮김** 노벨 문학상 수상 작가 | 서울대 권장도서 100선
34·35 **백년의 고독 마르케스·조구호 옮김** 노벨 문학상 수상 작가 | 서울대 권장도서 100선
36 **마담 보바리 플로베르·김화영 옮김** 서울대 권장도서 100선
37 **거미여인의 키스 푸익·송병선 옮김**
38 **달과 6펜스 서머싯 몸·송무 옮김**
39 **폴란드의 풍차 지오노·박인철 옮김**
40·41 **독일어 시간 렌츠·정서웅 옮김**
42 **말테의 수기 릴케·문현미 옮김**
43 **고도를 기다리며 베케트·오증자 옮김** 노벨 문학상 수상 작가 | 서울대 권장도서 100선
44 **데미안 헤세·전영애 옮김** 노벨 문학상 수상 작가
45 **젊은 예술가의 초상 조이스·이상옥 옮김** 서울대 권장도서 100선
46 **카탈로니아 찬가 오웰·정영목 옮김**
47 **호밀밭의 파수꾼 샐린저·정영목 옮김** 《타임》 선정 현대 100대 영문소설 | 미국대학위원회 선정 SAT 추천도서 | 《뉴스위크》 선정 100대 명저 | BBC 선정 꼭 읽어야 할 책
48·49 **파르마의 수도원 스탕달·원윤수, 임미경 옮김**
50 **수레바퀴 아래서 헤세·김이섭 옮김** 노벨 문학상 수상 작가 | 국립중앙도서관 선정 청소년 권장도서

51·52 **내 이름은 빨강** 파묵·이난아 옮김 노벨 문학상 수상 작가
53 **오셀로** 셰익스피어·최종철 옮김 서울대 권장도서 100선
54 **조서** 르 클레지오·김윤진 옮김 노벨 문학상 수상 작가
55 **모래의 여자** 아베 코보·김난주 옮김
56·57 **부덴브로크 가의 사람들** 토마스 만·홍성광 옮김 노벨 문학상 수상 작가
58 **싯다르타** 헤세·박병덕 옮김 노벨 문학상 수상 작가
59·60 **아들과 연인** 로렌스·정상준 옮김 《뉴스위크》 선정 100대 명저
61 **설국** 가와바타 야스나리·유숙자 옮김 노벨 문학상 수상 작가 | 서울대 권장도서 100선
62 **벨킨 이야기·스페이드 여왕** 푸슈킨·최선 옮김
63·64 **넙치** 그라스·김재혁 옮김 노벨 문학상 수상 작가
65 **소망 없는 불행** 한트케·윤용호 옮김 노벨 문학상 수상 작가
66 **나르치스와 골드문트** 헤세·임홍배 옮김 노벨 문학상 수상 작가
67 **황야의 이리** 헤세·김누리 옮김 노벨 문학상 수상 작가
68 **페테르부르크 이야기** 고골·조주관 옮김
69 **밤으로의 긴 여로** 오닐·민승남 옮김 노벨 문학상 수상 작가 | 미국대학위원회 선정 SAT 추천도서
70 **체호프 단편선** 체호프·박현섭 옮김
71 **버스 정류장** 가오싱젠·오수경 옮김 노벨 문학상 수상 작가
72 **구운몽** 김만중·송성욱 옮김 서울대 권장도서 100선 | 국립중앙도서관 선정 청소년 권장도서
73 **대머리 여가수** 이오네스코·오세곤 옮김
74 **이솝 우화집** 이솝·유종호 옮김 논술 및 수능에 출제된 책(1998~2005)
75 **위대한 개츠비** 피츠제럴드·김욱동 옮김 《타임》 선정 현대 100대 영문소설
76 **푸른 꽃** 노발리스·김재혁 옮김
77 **1984** 오웰·정회성 옮김 《타임》 선정 현대 100대 영문소설 | 《뉴스위크》 선정 100대 명저
78·79 **영혼의 집** 아옌데·권미선 옮김
80 **첫사랑** 투르게네프·이항재 옮김
81 **내가 죽어 누워 있을 때** 포크너·김명주 옮김 노벨 문학상 수상 작가
82 **런던 스케치** 레싱·서숙 옮김 노벨 문학상 수상 작가
83 **팡세** 파스칼·이환 옮김
84 **질투** 로브그리예·박이문, 박희원 옮김
85·86 **채털리 부인의 연인** 로렌스·이인규 옮김
87 **그 후** 나쓰메 소세키·윤상인 옮김
88 **오만과 편견** 오스틴·윤지관, 전승희 옮김 미국대학위원회 선정 SAT 추천도서
89·90 **부활** 톨스토이·연진희 옮김 논술 및 수능에 출제된 책(1998~2005)
91 **방드르디, 태평양의 끝** 투르니에·김화영 옮김
92 **미겔 스트리트** 나이폴·이상옥 옮김 노벨 문학상 수상 작가
93 **페드로 파라모** 룰포·정창 옮김
94 **차라투스트라는 이렇게 말했다** 니체·장희창 옮김 국립중앙도서관 선정 청소년 권장도서
95·96 **적과 흑** 스탕달·이동렬 옮김 국립중앙도서관 선정 청소년 권장도서
97·98 **콜레라 시대의 사랑** 마르케스·송병선 옮김 노벨 문학상 수상 작가 | BBC 선정 꼭 읽어야 할 책
99 **맥베스** 셰익스피어·최종철 옮김 서울대 권장도서 100선 | 미국대학위원회 선정 SAT 추천도서
100 **춘향전** 작자 미상·송성욱 풀어 옮김 서울대 권장도서 100선
101 **페르디두르케** 곰브로비치·윤진 옮김
102 **포르노그라피아** 곰브로비치·임미경 옮김
103 **인간 실격** 다자이 오사무·김춘미 옮김
104 **네루다의 우편배달부** 스카르메타·우석균 옮김

105·106 **이탈리아 기행** 괴테 · 박찬기 외 옮김
107 **나무 위의 남작** 칼비노 · 이현경 옮김
108 **달콤 쌉싸름한 초콜릿** 에스키벨 · 권미선 옮김
109·110 **제인 에어** C. 브론테 · 유종호 옮김 BBC 선정 꼭 읽어야 할 책
111 **크눌프** 헤세 · 이노은 옮김 노벨 문학상 수상 작가
112 **시계태엽 오렌지** 버지스 · 박시영 옮김 《타임》 선정 현대 100대 영문소설 | 《뉴스위크》 선정 100대 명저
113·114 **파리의 노트르담** 위고 · 정기수 옮김 미국대학위원회 선정 SAT 추천도서
115 **새로운 인생** 단테 · 박우수 옮김
116·117 **로드 짐** 콘래드 · 이상옥 옮김 《뉴스위크》 선정 100대 명저
118 **폭풍의 언덕** E. 브론테 · 김종길 옮김 미국대학위원회 선정 SAT 추천도서
119 **텔크테에서의 만남** 그라스 · 안삼환 옮김 노벨 문학상 수상 작가
120 **검찰관** 고골 · 조주관 옮김
121 **안개** 우나무노 · 조민현 옮김
122 **나사의 회전** 제임스 · 최경도 옮김 미국대학위원회 선정 SAT 추천도서
123 **피츠제럴드 단편선 1** 피츠제럴드 · 김욱동 옮김
124 **목화밭의 고독 속에서** 콜테스 · 임수현 옮김
125 **돼지꿈** 황석영
126 **라셀라스** 존슨 · 이인규 옮김
127 **리어 왕** 셰익스피어 · 최종철 옮김 서울대 권장도서 100선 | 《뉴스위크》 선정 100대 명저
128·129 **쿠오 바디스** 시엔키에비츠 · 최성은 옮김 노벨 문학상 수상 작가
130 **자기만의 방 · 3기니** 울프 · 이미애 옮김
131 **시르트의 바닷가** 그라크 · 송진석 옮김
132 **이성과 감성** 오스틴 · 윤지관 옮김
133 **바덴바덴에서의 여름** 치프킨 · 이장욱 옮김
134 **새로운 인생** 파묵 · 이난아 옮김 노벨 문학상 수상 작가
135·136 **무지개** 로렌스 · 김정매 옮김
137 **인생의 베일** 서머싯 몸 · 황소연 옮김
138 **보이지 않는 도시들** 칼비노 · 이현경 옮김
139·140·141 **연초 도매상** 바스 · 이운경 옮김 《타임》 선정 현대 100대 영문소설
142·143 **플로스 강의 물방앗간** 엘리엇 · 한애경, 이봉지 옮김 미국대학위원회 선정 SAT 추천도서
144 **연인** 뒤라스 · 김인환 옮김
145·146 **이름 없는 주드** 하디 · 정종화 옮김
147 **제49호 품목의 경매** 핀천 · 김성곤 옮김 《타임》 선정 현대 100대 영문소설
148 **성역** 포크너 · 이진준 옮김 노벨 문학상 수상 작가 | 퓰리처상 수상 작가
149 **무진기행** 김승옥
150·151·152 **신곡(지옥편 · 연옥편 · 천국편)** 단테 · 박상진 옮김 《뉴스위크》 선정 100대 명저
153 **구덩이** 플라토노프 · 정보라 옮김
154·155·156 **카라마조프가의 형제들** 도스토옙스키 · 김연경 옮김
157 **지상의 양식** 지드 · 김화영 옮김 노벨 문학상 수상 작가
158 **밤의 군대들** 메일러 · 권택영 옮김 퓰리처상 수상 작가
159 **주홍 글자** 호손 · 김욱동 옮김 서울대 권장도서 100선 | 미국대학위원회 선정 SAT 추천도서
160 **깊은 강** 엔도 슈사쿠 · 유숙자 옮김
161 **욕망이라는 이름의 전차** 윌리엄스 · 김소임 옮김
162 **마사 퀘스트** 레싱 · 나영균 옮김 노벨 문학상 수상 작가
163·164 **운명의 딸** 아옌데 · 권미선 옮김

165 **모렐의 발명** 비오이 카사레스 · 송병선 옮김
166 **삼국유사** 일연 · 김원중 옮김 서울대 권장도서 100선
167 **풀잎은 노래한다** 레싱 · 이태동 옮김 노벨 문학상 수상 작가
168 **파리의 우울** 보들레르 · 윤영애 옮김
169 **포스트맨은 벨을 두 번 울린다** 케인 · 이만식 옮김
170 **썩은 잎** 마르케스 · 송병선 옮김 노벨 문학상 수상 작가
171 **모든 것이 산산이 부서지다** 아체베 · 조규형 옮김 《타임》 선정 현대 100대 영문소설
172 **한여름 밤의 꿈** 셰익스피어 · 최종철 옮김 미국대학위원회 선정 SAT 추천도서
173 **로미오와 줄리엣** 셰익스피어 · 최종철 옮김 미국대학위원회 선정 SAT 추천도서
174·175 **분노의 포도** 스타인벡 · 김승욱 옮김 노벨 문학상 수상 작가 | 《타임》 선정 현대 100대 영문소설
176·177 **괴테와의 대화** 에커만 · 장희창 옮김
178 **그물을 헤치고** 머독 · 유종호 옮김 《타임》 선정 현대 100대 영문소설
179 **브람스를 좋아하세요...** 사강 · 김남주 옮김
180 **카타리나 블룸의 잃어버린 명예** 하인리히 뵐 · 김연수 옮김 노벨 문학상 수상 작가
181·182 **에덴의 동쪽** 스타인벡 · 정회성 옮김 노벨 문학상 수상 작가
183 **순수의 시대** 워튼 · 송은주 옮김 《뉴스위크》 선정 100대 명저 | 퓰리처상 수상작
184 **도둑 일기** 주네 · 박형섭 옮김
185 **나자** 브르통 · 오생근 옮김
186·187 **캐치-22** 헬러 · 안정효 옮김 《타임》 선정 현대 100대 영문소설
188 **숄로호프 단편선** 숄로호프 · 이항재 옮김 노벨 문학상 수상 작가
189 **말** 사르트르 · 정명환 옮김
190·191 **보이지 않는 인간** 엘리슨 · 조영환 옮김 《타임》 선정 현대 100대 영문소설
192 **왑샷 가문 연대기** 치버 · 김승욱 옮김 퓰리처상 수상 작가
193 **왑샷 가문 몰락기** 치버 · 김승욱 옮김 퓰리처상 수상 작가
194 **필립과 다른 사람들** 노터봄 · 지명숙 옮김
195·196 **하드리아누스 황제의 회상록** 유르스나르 · 곽광수 옮김
197·198 **소피의 선택** 스타이런 · 한정아 옮김 퓰리처상 수상 작가
199 **피츠제럴드 단편선 2** 피츠제럴드 · 한은경 옮김
200 **홍길동전** 허균 · 김탁환 옮김
201 **요술 부지깽이** 쿠버 · 양윤희 옮김
202 **북호텔** 다비 · 원윤수 옮김
203 **톰 소여의 모험** 트웨인 · 김욱동 옮김
204 **금오신화** 김시습 · 이지하 옮김
205·206 **테스** 하디 · 정종화 옮김 미국대학위원회 선정 SAT 추천도서 | BBC 선정 꼭 읽어야 할 책
207 **브루스터플레이스의 여자들** 네일러 · 이소영 옮김
208 **더 이상 평안은 없다** 아체베 · 이소영 옮김
209 **그레인지 코플랜드의 세 번째 인생** 워커 · 김시현 옮김 퓰리처상 수상 작가
210 **어느 시골 신부의 일기** 베르나노스 · 정영란 옮김
211 **타라스 불바** 고골 · 조주관 옮김
212·213 **위대한 유산** 디킨스 · 이인규 옮김 서울대 권장도서 100선 | BBC 선정 꼭 읽어야 할 책
214 **면도날** 서머싯 몸 · 안진환 옮김
215·216 **성채** 크로닌 · 이은정 옮김
217 **오이디푸스 왕** 소포클레스 · 강대진 옮김 서울대 권장도서 100선
218 **세일즈맨의 죽음** 밀러 · 강유나 옮김
219·220·221 **안나 카레니나** 톨스토이 · 연진희 옮김 서울대 권장도서 100선

335 **코스모스** 곰브로비치 · 최성은 옮김
336 **좁은 문 · 전원교향곡 · 배덕자** 지드 · 동성식 옮김 노벨 문학상 수상 작가
337·338 **암 병동** 솔제니친 · 이영의 옮김 노벨 문학상 수상 작가
339 **피의 꽃잎들** 응구기 와 시옹오 · 왕은철 옮김
340 **운명** 케르테스 · 유진일 옮김 노벨 문학상 수상 작가
341·342 **벌거벗은 자와 죽은 자** 메일러 · 이운경 옮김 퓰리처상 수상 작가
343 **시지프 신화** 카뮈 · 김화영 옮김 노벨 문학상 수상 작가
344 **뇌우** 차오위 · 오수경 옮김
345 **모옌 중단편선** 모옌 · 심규호, 유소영 옮김 노벨 문학상 수상 작가
346 **일야서** 한사오궁 · 심규호, 유소영 옮김
347 **상속자들** 골딩 · 안지현 옮김 노벨 문학상 수상 작가
348 **설득** 오스틴 · 전승희 옮김
349 **히로시마 내 사랑** 뒤라스 · 방미경 옮김
350 **오 헨리 단편선** 오 헨리 · 김희용 옮김
351·352 **올리버 트위스트** 디킨스 · 이인규 옮김
353·354·355·356 **전쟁과 평화** 톨스토이 · 연진희 옮김
357 **다시 찾은 브라이즈헤드** 에벌린 워 · 백지민 옮김
358 **아무도 대령에게 편지하지 않다** 마르케스 · 송병선 옮김
359 **사양** 다자이 오사무 · 유숙자 옮김
360 **좌절** 케르테스 · 한경민 옮김 노벨 문학상 수상 작가
361·362 **닥터 지바고** 파스테르나크 · 김연경 옮김 노벨 문학상 수상 작가
363 **노생거 사원** 오스틴 · 윤지관 옮김
364 **개구리** 모옌 · 심규호, 유소영 옮김 노벨 문학상 수상 작가
365 **마왕** 투르니에 · 이원복 옮김 공쿠르상 수상 작가
366 **맨스필드 파크** 오스틴 · 김영희 옮김
367 **이선 프롬** 이디스 워튼 · 김욱동 옮김 퓰리처상 수상 작가
368 **여름** 이디스 워튼 · 김욱동 옮김 퓰리처상 수상 작가
369·370·371 **나는 고백한다** 자우메 카브레 · 권가람 옮김
372·373·374 **태엽 감는 새 연대기** 무라카미 하루키 · 김연경 옮김
375·376 **대사들** 제임스 · 정소영 옮김
377 **족장의 가을** 마르케스 · 송병선 옮김 노벨 문학상 수상 작가
378 **핏빛 자오선** 매카시 · 김시현 옮김
379 **모두 다 예쁜 말들** 매카시 · 김시현 옮김
380 **국경을 넘어** 매카시 · 김시현 옮김
381 **평원의 도시들** 매카시 · 김시현 옮김
382 **만년** 다자이 오사무 · 유숙자 옮김
383 **반항하는 인간** 카뮈 · 김화영 옮김 노벨 문학상 수상 작가
384·385·386 **악령** 도스토옙스키 · 김연경 옮김
387 **태평양을 막는 제방** 뒤라스 · 윤진 옮김
388 **남아 있는 나날** 가즈오 이시구로 · 송은경 옮김
389 **앙리 브륄라르의 생애** 스탕달 · 원윤수 옮김
390 **찻집** 라오서 · 오수경 옮김
391 **태어나지 않은 아이를 위한 기도** 케르테스 · 이상동 옮김 노벨 문학상 수상 작가
392·393 **서머싯 몸 단편선** 서머싯 몸 · 황소연 옮김
394 **케이크와 맥주** 서머싯 몸 · 황소연 옮김

395 월든 소로 · 정회성 옮김

396 모래 사나이 E. T. A. 호프만 · 신동화 옮김

397·398 검은 책 오르한 파묵 · 이난아 옮김 노벨 문학상 수상 작가

399 방랑자들 올가 토카르추크 · 최성은 옮김 노벨 문학상 수상 작가

400 시여, 침을 뱉어라 김수영 · 이영준 엮음

401·402 환락의 집 이디스 워튼 · 전승희 옮김

403 달려라 메로스 다자이 오사무 · 유숙자 옮김

404 아버지와 자식 투르게네프 · 연진희 옮김

405 청부 살인자의 성모 바예호 · 송병선 옮김

406 세피아빛 초상 아옌데 · 조영실 옮김

407·408·409·410 사기 열전 사마천 · 김원중 옮김 서울대 권장도서 100선

411 이상 시 전집 이상 · 권영민 책임 편집

412 어둠 속의 사건 발자크 · 이동렬 옮김

413 태평천하 채만식 · 권영민 책임 편집

414·415 노스트로모 콘래드 · 이미애 옮김

416·417 제르미날 졸라 · 강충권 옮김

418 명인 가와바타 야스나리 · 유숙자 옮김 노벨 문학상 수상 작가

419 핀처 마틴 골딩 · 백지민 옮김 노벨 문학상 수상 작가

420 사라진 · 샤베르 대령 발자크 · 선영아 옮김

421 빅 서 케루악 · 김재성 옮김

422 코뿔소 이오네스코 · 박형섭 옮김

423 블랙박스 오즈 · 윤성덕, 김영화 옮김

세계문학전집은 계속 간행됩니다.